MANHATTAN
by Goldmann

Buch

Privatdetektiv Wallace Guttle ist gerade zu einem Klienten unterwegs, um den Lohn für seine Arbeit einzustreichen. Doch bevor er die eindeutigen Fotos eines ehrenwerten Herrn beim Ehebruch abliefern kann, wird er erschossen. Fast zur gleichen Zeit stürzt ein gewisser Victor Appleyard von einer Brücke in die Fluten, und ein Hinweis in seiner Tasche führt die Polizei schließlich zu einem weiteren, lange zurückliegenden Todesfall. Damals beging ein Mädchen Selbstmord, angeblich aus jugendlicher Niedergeschlagenheit in Tateinheit mit Liebeskummer. Doch was diese Geschichte mit den beiden anderen Fällen zu tun hat, ist Detective Sergeant Tito Ihaka, dem rauhbeinigen Maori, nicht ganz klar. Und noch ein anderer fischt bei den Recherchen lange im trüben: Reggie Sparks, Gelegenheitsreporter, Windhund und angeschlagener Gigolo. Schon bald kommt Reggie nicht nur Ihaka ins Gehege, sondern auch der Mafia sowie einer Straßengang namens *The Blood Drinkers*, neben der sich die ehrenwerte Gesellschaft Sydneys wie das Häkelkränzchen des Seniorenklubs ausnimmt...

Autor

Paul Thomas wurde in England geboren und wuchs in Neuseeland auf. Er studierte an der Universität von Auckland und arbeitete nach seinem Abschluß als Journalist sowie PR-Spezialist in Auckland, London, Toulouse und Sydney. Er hatte bereits mehrere Sportbücher verfaßt, bevor er sich als Romanschriftsteller versuchte – mit durchschlagendem Erfolg. Für *Transfer* wurde er 1996 mit dem *Ned Kelly Award* für den besten Krimi Australiens geehrt. Weitere Romane sind bei Manhattan in Vorbereitung.

Bereits von Paul Thomas bei MANHATTAN erschienen:

Transfer. Roman (54059)

Paul Thomas

SCHMUTZIGE WÄSCHE

Roman

Aus dem Englischen
von Christoph Hahn

MANHATTAN
by Goldmann

Die Originalausgabe erschien unter dem Titel
»Dirty Laundry«
bei Mandarin Books, Melbourne

Umwelthinweis:
Alle bedruckten Materialien dieses Buches
sind chlorfrei und umweltschonend.

Manhattan Bücher erscheinen im Goldmann Verlag,
einem Unternehmen der Verlagsgruppe Bertelsmann GmbH

Deutsche Erstausgabe 1/99

Die Nutzung des Labels Manhattan
erfolgt mit freundlicher Genehmigung
des Hans-im-Glück-Verlags, München
Umschlaggestaltung: Design Team München
Umschlagfoto: The Stock Market
Satz: Uhl + Massopust
Druck: Graphischer Großbetrieb Pößneck
Verlagsnummer: 54074
Redaktion: AB · Alexander Groß
Herstellung: Katharina Storz/Str
Made in Germany
ISBN 3-442-54074-7

1 3 5 7 9 10 8 6 4 2

Für Mom & Dad & Jeni

Danksagung

Mein Dank gilt meinen Freunden
Steve Barter für einen Teil des Puzzles sowie
Pam und Richard Thom für ihre
grenzenlose Gastfreundschaft während
der Arbeit an diesem Buch und
vorangegangenen Projekten.

1

Es war absolut bezeichnend, daß Wallace Guttle, der Privatdetektiv, die letzte Stunde seines Lebens damit zubringen sollte, Fotos zu betrachten, die andere Leute beim Sex zeigten.

Fotos dieser Art waren zum einen Guttles Kapital als auch die Grundlage dessen, was man als sein Sexualleben bezeichnen konnte. Als er diese speziellen Fotos zum ersten Mal betrachtete, gratulierte er sich dazu, daß er gute Arbeit geleistet hatte: Die Auflösung war hervorragend, vor allem wenn man in Rechnung stellte, daß sie aus einer Entfernung von zehn Metern durch ein Fenster hindurch gemacht worden waren. Das Ziel der Übung war hundertprozentig erreicht: Weder gab es Zweifel an der Identität des Paares, noch war unklar, in welcher Beziehung die beiden zueinander standen.

In Guttles Selbstzufriedenheit mischte sich eine Spur von Bitterkeit über die Sorglosigkeit des Paares, das es nicht für notwendig gehalten hatte, die Vorhänge zuzuziehen. Er fühlte sich in seiner Berufsehre gekränkt, wenn seine Opfer ihm die Arbeit zu leicht machten. Nicht, daß er auch nur im geringsten darüber erstaunt gewesen wäre. Im Gegenteil – Guttle hatte im Verlauf der vielen Jahre, die er nun schon mit solchen Dingen befaßt war, häufig feststellen müssen, daß Leute, die sich in außereheliche Verhältnisse verstrickten, sich oft unendliche Mühen und Strapazen aufluden, um diese Tatsache vor denjenigen zu verbergen, mit denen sie tagtäglich zusammenlebten und -arbeiteten, um in dem Augenblick, wo sie diese Umgebung verließen, eine erstaunliche Sorglosigkeit und Unachtsamkeit an den Tag zu legen. Er vermutete, daß das aufgestaute Verlangen dafür verantwortlich war. Guttle selbst wurde äußerst selten von irgendeinem Verlangen heimgesucht; für ihn war Sex eine einsame Tätigkeit, der er unter kontrollierten Bedingungen nachging.

Er breitete das Dutzend großformatiger Farbabzüge vor sich auf dem Schreibtisch aus. Die beiden hätten seit einem halben Jahr ein Verhältnis, hatte die Ehefrau vermutet. Wahrscheinlich hatte sie recht; Guttle hatte im Laufe der Jahre einen gesunden Respekt für seine weiblichen Klienten entwickelt und für ihr Gespür, wann sich die Libido ihrer Partner auf andere Ziele richtete.

Guttle war einer jener Glücklichen, die ihre Arbeit lieben. Er war Privatdetektiv mit Schwerpunkt auf Nachforschungen privater und vertraulicher Natur. Die Veränderungen der Rechtslage in bezug auf Ehebruch, Scheidung und Unterhaltszahlungen hatten einige seiner Kollegen zur Aufgabe ihrer Tätigkeit bewogen und andere dazu gebracht, sich neue Nischen zu suchen. Doch Guttle war bei dem geblieben, womit er sich am besten auskannte und was er liebte. Solange Männer und Frauen einander begehrten, anlogen, sich gegenseitig betrogen, hintergingen, mißtrauten und dem grünäugigen Ungeheuer anheimfielen, so lange würde er damit seinen Lebensunterhalt verdienen. Mit anderen Worten, er hatte einen Job bis ans Ende seiner Tage. Guttle war sich durchaus darüber im klaren, daß einige seiner Kollegen aus der Branche – besonders jene, die mit dem befaßt waren, was man Industriespionage und deren Abwehr nennen konnte – mehr Geld verdienten als er. Aber dafür mußten sie sich ewig mit irgendwelchen komplizierten und teuren Geräten herumquälen, und außerdem waren ihre Klienten häufig anspruchsvoll, arrogant und redeten einem dauernd in die Arbeit rein. Diejenigen, die Guttles einzigartige Talente in Anspruch nahmen, waren im allgemeinen derartig verunsichert und durcheinander, daß sie ihm völlig freie Hand ließen.

Und dann die Arbeit selbst! Guttle genoß es, Leuten auf die Spur zu kommen, sie auszuspionieren und sie in ihren intimsten

Augenblicken zu beobachten. Er genoß es, ihre Schlupfwinkel auszuspionieren, ihr Verhalten vorherzusehen und unter Aufwendung all seiner Geschicklichkeit fotografische Beweise an Land zu ziehen, die keinerlei Leugnen zuließen.

Ein Aspekt seiner Arbeit, den Guttle ganz besonders schätzte, war der Augenblick, wenn er seinen Klienten Bericht erstattete. Selbst jene Klienten, die ganz und gar davon überzeugt waren, daß ihre Partner eine Affäre hatten, reagierten mit Dankbarkeit, wenn er ihnen die Beweisfotos vorlegte. Es versetzte ihm jedesmal einen Kitzel der Erregung, wenn er den Schnellhefter mit den Fotos über den Tisch zu seinem Klienten hinschob, seine Hand darauf ruhen ließ, um dann mit dem Ausdruck ernsthafter Besorgnis im Gesicht zu sagen: »Vielleicht sollten Sie sich das hier doch lieber nicht ansehen.« Er wußte, daß sie, sobald er diese Worte ausgesprochen hatte, seinen Rat ebensowenig befolgen würden, als wenn er ihnen gesagt hätte, sie sollten nackt auf die Queen Steet hinauslaufen.

Eins nach dem anderen betrachtete Guttle die Fotos noch einmal, wobei ihm nicht entging, daß es sich bei der weiblichen Person auf den Bildern um ein ausgesprochen gelungenes Exemplar ihrer Gattung handelte. Sie war mindestens zwanzig Jahre jünger als seine Auftraggeberin, die betrogene Ehefrau. Er dachte: Das Leben ist doch beschissen. Kaum gerät der Arsch aus den Fugen, fangen die Titten an runterzuhängen, steigt der Alte auch schon über seine Sekretärin. Wenn er seiner Klientin die Fotos zeigte, würde sie erst wütend werden, dann würde sie anfangen zu weinen – und weswegen? Weil ihr Gatte eine Dreiundzwanzigjährige ferkelte, die einen heißen Körper und eine versaute Fantasie hatte? Was war daran so tragisch? Gerade mal vor einem Monat hatte Guttle einer jungen, attraktiven Frau einen Satz Fotos übergeben, auf denen ihr Mann zu sehen war, wie er mit einem Jungen von der Straße auf dem Rücksitz seines Wagens saß und ihm einen blies. So was, dachte Guttle, war wirklich ein Schlag ins Kontor.

Der Privatdetektiv unterbrach seine Wachträume, um auf seine Uhr zu sehen; es war Freitag abend, sieben Uhr. Er wußte, daß er der einzige war, der sich jetzt noch in dem dreistöckigen Bürogebäude aufhielt, das in einer Seitenstraße des Broadway lag. Unter normalen Umständen hätte er sich nun einen großzügig bemessenen Scotch mit Soda gemixt und sich wieder einmal den Inhalt des Ordners in seinem Wandsafe zu Gemüte geführt, in dem die geilsten Fotos aus zwanzig Berufsjahren zusammengefaßt waren. An diesem Abend hatte er allerdings um halb acht einen Termin mit einem Klienten.

Wallace Guttle sah diesem Ereignis ohne große Begeisterung entgegen. Es war keiner seiner üblichen Fälle und nicht geeignet, seinen perversen Neigungen entgegenzukommen. Außerdem handelte es sich bei den Nachforschungen, das war zumindest Guttles private Meinung, um reine Zeitverschwendung. Allerdings war der Klient sehr beharrlich gewesen und – was noch wichtiger war – darüber hinaus gewillt, Guttle ein exorbitantes Honorar zu zahlen, das dieser in erster Linie gefordert hatte, um seinen Klienten abzuschrecken.

Guttle stieß einen Seufzer aus, sammelte die Fotos ein und legte sie in seinen Aktenkoffer. Dann schaltete er das Licht aus und schloß sein Büro ab. Im Fahrstuhl zum Untergeschoß, wo sich die Garage befand, überlegte er, wie lange sein Klient wohl noch bereit war, sein Geld zum Fenster hinauszuwerfen. Nicht mehr allzulange, vermutete er.

Guttle trat aus dem Fahrstuhl und machte sich auf den Weg zu seinem Auto. Es war das einzige, das so spät noch in der in trübes Licht getauchten Tiefgarage herumstand. Im Geiste probte er schon mal die Ansprache, mit der er den bescheidenen Erfolg seiner Nachforschungen schönzureden gedachte. Als er gerade dabei war, den Schlüssel in das Türschloß seines Wagens zu fummeln, fragte ihn jemand: »Mr. Guttle?«

Guttle tat drei Dinge gleichzeitig: Er ließ den Aktenkoffer fallen, den er in seiner linken Hnad trug, machte einen Satz rückwärts und stieß die Worte »Heilige Scheiße!« in einer Tonlage aus, die einige Oktaven höher war als seine normale Stimme.

Der Sprecher stand etwa fünf Meter entfernt im Schatten eines Pfeilers und war nahezu unsichtbar. Guttle war ohnehin kein sonderlich tapferer Mann, und er lebte schon seit langem in der Furcht, daß irgendwann einmal jemand, dessen Leben als Resultat von Guttles beruflichen Anstrengungen eine Wendung zum Schlechteren erfahren hatte, versuchen würde, sich an ihm zu rächen. Der Sprecher trat aus dem Schatten, und Guttle fühlte sich ein wenig erleichtert; diesen Mann hatte er noch nie gesehen, ganz zu schweigen davon, daß er ihn im Sucher seiner Kamera gehabt hätte.

»Herrgott, ich hätte mir fast in die Hosen geschissen«, sagte er.

Der Fremde stieß ein höhnisches Lachen aus, hob den rechten Arm und schoß Guttle dreimal in den Kopf, was zweimal mehr war als absolut nötig.

Wallace Guttle hatte allein gelebt, und seine Nachbarn waren ihm, verständlicherweise, aus dem Weg gegangen. Unter normalen Umständen hätte seine Leiche deshalb bis Montag früh in der Tiefgarage gelegen, ohne daß jemand sie entdeckt hätte.

Erschossen worden war er um 19 Uhr 12. Um 22 Uhr 15 rauschte Margo Dugdale, die Rezeptionistin einer Anwaltskanzlei im zweiten Stock des Gebäudes, in dem auch Guttle sein Büro hatte, mit ihrem zehn Jahre alten Datsun in die Tiefgarage, wobei sie einige Stundenkilometer schneller fuhr, als vernünftig gewesen wäre, und machte den vor kurzem verstorbenen Privatdetektiv endgültig platt.

Ms. Dugdale kam aus der Iguaçu Bar and Restaurant in Parnell, wo sie innerhalb einer dreiviertel Stunde drei Erdbeer-Daiquiris getrunken hatte. Davor hatte sie sich bereits im Rahmen des üblichen Freitagnachmittag-Büroumtrunks diverse Biere einverleibt, gefolgt von zwei Bacardi-Cola in der Bar vor dem

Abendessen und einer halben Flasche Hawkes Bay Chardonnay zum Essen, das sie in Gesellschaft von zwei Kolleginnen einnahm. An die Bar zurückgekehrt, hatte sie im Verlauf ihres dritten Daiquiri den Entschluß gefaßt, daß die beste Art, die Feierlichkeiten zum Beginn des Wochenendes abzuschließen, darin bestand, sich in geschlechtliche Aktivitäten zu verstricken – und zwar nach Möglichkeit mehrfach.

Als sie ihren dritten Daiquiri ausgetrunken hatte, hatte sie sich auch schon einen Partner für dieses Unterfangen ausgesucht. Der betreffende Herr, ein Grundstücksmakler namens Tony Rispoli, war ihrem Vorschlag alles andere als abgeneigt, wobei eine Rolle gespielt haben mag, daß die Art, wie er formuliert war, auch die geringste Möglichkeit eines Mißverständnisses völlig ausschloß. Da er verheiratet war, kam seine Wohnung für das Unternehmen nicht in Frage. Und da Ms. Dugdale bei ihren Eltern wohnte und es sich bei diesen um strenggläubige Anhänger einer ganz außergewöhnlich irrationalen Sekte des christlichen Fundamentalismus handelte, war ihr Zuhause ebenso ungeeignet für die Realisierung ihres Ansinnens. Man einigte sich infolgedessen auf Ms. Dugdales Büro, wobei sie inständig hoffte, daß keiner ihrer Kollegen auf dieselbe Idee kam.

Vierundzwanzig Stunden nachdem es Margo Dugdale den Magen umgedreht hatte, als sie aus dem Wagen gestiegen und in Wallace Guttles Hirn getreten war, saß Reggie Sparks, Weltenbummler von Mutters Gnaden und gescheiterter Gigolo, etwa zwanzigtausend Kilometer entfernt auf der Fensterbank seines spärlich möblierten Apartments in Toulouse im Südwesten Frankreichs und las das handgeschriebene Fax seiner Mutter Mareena. Es war kurz und ohne Umschweife:

> Lieber Reggie,
> es tut mir leid, von Deinen Problemen mit der Polizei, oder was immer es gewesen sein mag, zu hören. Ich vermute, Du und Dein Freund Mr. Khong wart sehr

betrunken, als es passiert ist. Ihr habt Euch zwar absolut dämlich aufgeführt, doch das ist keine Entschuldigung für das Verhalten der Polizei. Ich hoffe, daß Mr. Khongs Kiefer wieder verheilt.
Ich überweise Dir das Geld, damit Du Deine Strafe bezahlen kannst, auf Dein Konto bei der Banque Populaire sowie noch etwas extra, damit Du Dir ein Flugticket nach Hause kaufen kannst. Ob Du Dich dazu durchringst, es wirklich für diesen Zweck zu verwenden, oder nicht, bleibt Dir überlassen, doch ich muß Dir leider mitteilen, daß Du von mir kein Geld mehr zu erwarten hast, für den Fall, daß Du Dich entschließt zu bleiben, wo Du bist. Du hast Deinen Spaß gehabt. Wie lange lebst Du jetzt schon in Frankreich – vier Jahre? Und zwar alles andere als schlecht, wie ich hinzufügen möchte. Aber wie's scheint, bist Du noch immer genausowenig in der Lage, für deinen Lebensunterhalt selbst aufzukommen, wie an dem Tag deiner Abreise. Was mich betrifft, so war dies der letzte Tropfen – und zwar ein großer, 20 000 Franc sind über 7 000 neuseeländische Dollar, und das ist nicht gerade ein Pappenstiel.
Reggie, es tut mir leid, wenn dies hart erscheint, aber ich glaube, es wäre das beste, wenn Du nach Hause kämst. Du kannst bei mir wohnen – ganz wie früher.
Bitte laß mich wissen, was du vorhast.
Dein Bruder läßt Dich grüßen.
Deine Dich liebende Mutter.

Sparks las das Fax noch einmal. Es war an das Café im Erdgeschoß des Hauses geschickt worden, in dem sich auch sein Apartment befand. Ein Gefühl von Resignation machte sich in Sparks breit. Als er an die Stelle kam, wo sein Bruder erwähnt wurde, verzog er das Gesicht. Er faltete das Blatt zusammen, steckte es in die hintere Tasche seiner Jeans und machte sich auf den Weg zum Place Wilson, einem kreisrunden Platz im Zentrum von Toulouse, der aufgrund seiner üppigen rosa Terrakottawände und Dachziegel unter dem Namen Pink City bekannt ist. Es war ein strahlender Morgen, und in den Straßencafés und teuren Boutiquen herrschte reger Betrieb. Nun, da die Polizei die Penner und Bettler vertrieben hatte, war der kleine Park in der Mitte des Platzes bevölkert von alten Männern, die scheinbar unbeeindruckt von der Hektik und dem Straßenverkehr um sie herum ihre Zeitung lasen.

Zeit, sich von alldem zu verabschieden, dachte Sparks. Es stand außer Frage, daß ihm nichts anderes übrigblieb, als den Vorschlag seiner Mutter zu befolgen und nach Auckland zurückzufliegen, das er ein Jahrzehnt zuvor verlassen hatte, um in der Welt herumzureisen. Trotz der verletzenden Unterstellung seiner Mutter war es ihm die meiste Zeit über gelungen, ganz gut über die Runden zu kommen, doch er mußte zugeben, daß sie in gewisser Hinsicht nicht ganz unrecht hatte und er, seit er sich in Toulouse niedergelassen hatte, lediglich über unregelmäßige Einkünfte verfügte, die von Zeit zu Zeit durch Zuschüsse von zu Hause aufgestockt werden mußten. Aber selbst wenn er über die unschönen finanziellen Aspekte hinwegsah, so war er sich doch darüber im klaren, daß er von nun an für die französischen Ordnungshüter alles andere als ein unbeschriebenes Blatt war, und er war sich sehr wohl bewußt, was dies bedeutete. Man brauchte sich ja nur den armen Khong anzusehen.

Die Ereignisse, auf die das Fax seiner Mutter anspielte und die Sparks' Rückkehr nach Neuseeland befördern sollten, lagen einen Monat zurück. Es hatte damit angefangen, daß Sparks bei seinem sonntäglichen Abendspaziergang auf der Place du Capitole Larry Khong über den Weg gelaufen war.

Khong war um die Fünfzig, stammte aus dem Libanon und hatte eine englische Erziehung genossen. Er war eine schillernde Figur in der englischsprachigen Gemeinde von Toulouse, deren

Angehörige nahezu samt und sonders in irgendeiner Beziehung zu den Flugzeugbauern des Airbuskonsortiums standen, das am Rande der Stadt residierte. Khong selbst arbeitete ebenfalls für Airbus als Verkäufer von Flugzeugen. Er bearbeitete, grob ausgedrückt, die arabische Welt. Auf sein Konto gingen diverse Geschäftsabschlüsse, die seine zahlreichen Neider, die ihn für gewöhnlich mit dem Attribut »der dreckige Araber« bedachten, auf sein Talent für Bestechung und Korruption zurückführten und der Tatsache zurechneten, daß sämtliche Callgirls der Luxusklasse von Paris bis Monaco nach seiner Pfeife tanzten. Es wurde hartnäckig behauptet, daß Khongs Vertragsabschlüsse weniger mit seinen Kenntnissen auf dem Gebiet der Fliegerei und seiner Zähigkeit als Verkäufer zusammenhingen, sondern in erster Linie das Resultat seiner Bereitschaft waren, alles und jeden zu bestechen, der irgendwie mit der Materie zu tun hatte, sowie seiner Fähigkeit, die perversen Neigungen der Vorstandsmitglieder nahöstlicher Fluggesellschaften und Regierungsbeamten bei ihren zahlreichen Besuchen in Frankreich zu befriedigen.

Wenn man den Meldungen von *Radio Couloir* – wie die inoffiziellen Informationskanäle bei Airbus genannt wurden – Glauben schenkte, so hatte Khong darüber hinaus noch die Angewohnheit, der Firma exorbitante Spesenrechnungen aufzutischen, die dann letzten Endes die Steuerzahler von Großbritannien, Deutschland und Frankreich zu bezahlen hatten, denn diese drei Länder finanzierten Airbus. Außerdem wurde auf den langen Korridoren getuschelt, daß Khong am Flughafen von Orly vom Zoll auf frischer Tat dabei ertappt worden war, wie er versuchte, Diamanten ins Land zu schmuggeln, als er von einer Geschäftsreise aus Nordafrika zurückkam. In all diesen Fällen, so hieß es, hätte er seine Freiheit und seinen Job nur der Intervention eines arabischen Prinzen zu verdanken, der über einen direkten Draht zu Präsident Mitterand verfügte. Während die meisten der englischsprachigen Gemeinde Khong aus vollem

Herzen verabscheuten – sei es aus Neid oder Ehrpusseligkeit –, empfand Reggie Sparks ihn als anregende Gesellschaft. Was ihn darüber hinaus noch an ihm faszinierte, waren die Gerüchte über Khongs hervorragende Beziehungen zu Callgirls.

Sparks hatte nie vorgehabt, längere Zeit in Toulouse zu bleiben. Es war hier alles andere als einfach, seinen Lebensunterhalt zusammenzukratzen; er war Journalist von Beruf, und abgesehen von ein paar kurzen Artikeln für britische Rugbymagazine gab es hier wenig für ihn zu ernten. Um seine Reisekasse aufzubessern, bevor er weiterzog, hatte er ein paar Gelegenheitsjobs als Übersetzer oder Reiseführer angenommen, die ihm vom örtlichen Fremdenverkehrsbüro vermittelt worden waren. Und genau dort traf er mit Gisele Bacarat zusammen und verliebte sich in sie.

Gisele war dreißig und arbeitete beim Fremdenverkehrsamt. Sie hatte kurzes braunes Haar, große braune Augen, lange braune Beine und einen straffen, biegsamen braunen Körper. Im Bett war sie mit einigem Abstand einfallsreicher, hemmungsloser und ausdauernder als alle anderen Frauen, die Sparks bis dato getroffen hatte. Allerdings war sie auch verheiratet.

Doch dies schien ihr nicht die geringsten Sorgen zu bereiten. Sparks mußte immer wieder staunen, wie sie sich, nachdem sie einander wild und leidenschaftlich geliebt hatten, im Bett aufsetzte und voller Zuneigung und Freude über ihren Gatten Pierre schwadronierte – was sie das letzte Wochenende getan hatten, wohin sie in den Sommerferien fahren würden, was er ihr zum Geburtstag geschenkt hatte, was es am Abend zuvor bei ihren Schwiegereltern zum Essen gegeben hatte und so weiter. An einem schwülen Nachmittag im Juli, als er nackt auf dem Bett lag und staunend die Bißstellen und schweißtriefenden Kratzspuren auf seinem Körper betrachtete, während er mit halbem Ohr zuhörte, wie Gisele sich darüber beklagte, daß Pierre, der wohl bei einer Bank angestellt war, viel zu schlecht bezahlt würde, hatte er das Thema endlich angeschnitten.

»Wie machst du das?« fragte er. »Wie kannst du dich den

ganzen Nachmittag mit mir im Bett rumtreiben und dann zu Pierre nach Hause gehen, als ob nichts geschehen wäre?«

Gisele zuckte mit den Achseln – allerdings auf jene spezielle gallische Art, die den Mund, die Augenbrauen und die Schultern samt Armen mit einschließt. »Ich verstehe nicht. Was meinst du, wie kann ich nach Hause gehen zu Pierre? Er ist mein Mann; es ist doch absolut normal, daß ich zu ihm nach Hause gehe, n'est-ce pas?«

»Aber wie kannst du einfach umschalten von mir auf ihn? Hat das, was wir hier veranstalten, keine Auswirkungen auf, na ja, auf die Art, wie du dich ihm gegenüber verhältst?«

Gisele richtete sich im Bett auf und fuchtelte mit dem Zeigefinger vor Sparks' Nase herum. »Ah oui, jetzt verstehe ich. Ich hätte nie gedacht, daß du so angelsächsisch bist, Cherie. Es ist typisch englisch zu glauben, daß man nur ein bestimmtes Maß an Liebe hat, die man jemand anderem geben kann. Und wenn man sie einem neuen Mann gibt, bedeutet das, daß man sie dem alten wegnimmt. C'est vrai, non? Du denkst, wenn ich dich liebe, ich kann nicht lieben Pierre?«

»Ich hab nur mal gefragt«, sagte Sparks. »Stimmt es denn? Liebst du mich wirklich?«

In Giseles Augen trat ein Funkeln. »Was glaubst du denn – meinst du, ich würde so was tun, wenn es nicht so wäre?« fragte sie indigniert. »Natürlich liebe ich dich. Ich habe jeden Mann geliebt, mit dem ich eine Affäre hatte. Aber Pierre ist derjenige, den ich immer lieben werde.«

Die Tragweite dieser Bemerkung blieb Sparks verschlossen, ebenso wie er niemals verstand, wie Gisele es fertigbrachte, ihr Leben in voneinander abgetrennte Bereiche einzuteilen und ihre Emotionen zu kontrollieren. Erst achtzehn Monate später sollte er herausfinden, was dies in der Praxis zu bedeuten hatte. Es war am frühen Abend, nachdem sie sich geliebt hatten, und sie stieg gleich danach aus dem Bett und ging ins Bad. Das war ungewöhnlich, aber Sparks vermutete, daß sie noch zum

Essen ausgehen würde. Als sie wiederkam, fing sie an, sich anzuziehen.

Sparks stützte sich auf einen Ellbogen. »Gehst du aus?«

Sie blickte Sparks an. In ihrem Gesicht lag etwas Feierliches. »Reggie, das hier war das letzte Mal. Wir können uns nicht mehr sehen. Pierre und ich möchten ein Baby, und deshalb...« Sie zuckte mit den Achseln, als sei jede weitere Erklärung unnötig. Kaum daß ihre Worte sich gesetzt hatten, begann Sparks' Herz zu pochen, und ein Gefühl von Übelkeit erfaßte sein gesamtes Gedärm. Er machte einen Satz aus dem Bett und kam auf sie zu, um sie in die Arme zu nehmen. Sie hielt die Hände hoch und wehrte ihn ab.

»Bitte Reggie, du mußt das verstehen. Ich muß jetzt gehen.« Sie schenkte ihm ein sanftes, trauriges Lächeln. Er senkte den Kopf, unfähig, sie anzusehen. Sie küßte ihn sachte auf die gesenkte Stirn, flüsterte »Au revoir, Cherie«, und weg war sie.

Die Erholung von seinem akuten Fall von gebrochenem Herzen entpuppte sich für Sparks als langwierige und komplizierte Angelegenheit. Über mehrere Wochen hinweg verließ er seine Wohnung nur, um zum Markt zu gehen oder zum Waschsalon. Selbst nach fünf Monaten hatte er nicht das geringste Interesse an einer wie auch immer gearteten Beziehung. Als Folge seines zölibatären Daseins wurde er allerdings zusehends von einer gewissen Zappeligkeit und inneren Unruhe geplagt. Immer öfter ertappte er sich dabei, wie seine Gedanken um unpersönlichen Sex kreisten. Doch sowenig ihn die häufig frequentierten Damen reizten, die in gewissen Seitenstraßen der Allées Jean Jaures patrouillierten, so erstrebenswert erschien ihm allmählich die Aussicht auf ein Zusammentreffen mit einer der Damen aus Khongs exklusivem Sortiment – die in Reggies Fantasie samt und sonders umwerfend aussahen und über Fähigkeiten verfügten, von denen man nicht einmal zu träumen wagte.

Bereits ein paar Wochen vor jener schicksalhaften Sonntagnacht hatte er versucht, das Gespräch mit Khong in diese Richtung zu lenken. Es war auf einer Party gewesen, in Pibrac, einem kleinen Dorf außerhalb der Stadt, wo sich eine englische Enklave gebildet hatte. Allerdings lief Khong, ohnehin schon ein großer Partyplauderer vor dem Herrn, an jenem Abend zu absoluter Hochform auf und huschte flatterhaft wie ein Schmetterling von einer Gesprächsrunde zur nächsten, ohne daß es ihn im geringsten interessiert hätte, ob er willkommen war oder nicht. Als es Sparks endlich gelungen war, ihn weit genug von den übrigen Gästen wegzumanövrieren, um mit ihm das Thema Prostitution zu diskutieren, hatte Khong schon ein enormes Quantum Armagnac intus. Sparks war noch nicht über euphemistische Umschreibungen seines Anliegens hinausgekommen, als Khong ihm das Wort abschnitt:

»Entschuldige, alter Knabe, aber ich muß mal kotzen.«

Es dauerte gerade mal zwei Minuten, bis ein Heidengetöse ausbrach, als die Gastgeberin Khong entdeckte, der, auf allen vieren vor ihrem Schrank kniend, ihre nicht unbeträchtliche Schuhkollektion vollreiherte. Die Gastgeberin, eine ansonsten eher spröde und zurückhaltende Person, überhäufte Khong mit allerlei obszönen Verwünschungen, wobei sie sowohl Tonfall als auch Vokabular betreffend eine offenbar lange verdrängte Vertrautheit mit dem Arbeitermilieu an den Tag legte. Khong hingegen tat so, als bemerke er die Flüche gar nicht, die auf ihn herniederprasselten, sondern entschuldigte sich wortreich und überreichte ihr einen unterschriebenen Blankoscheck, um sich sodann würdevoll, wie es mit einem vor Kotze in allen Regenbogenfarben schillernden cremefarbenen Kaschmirpullover eben ging, zu empfehlen. Das Zusammentreffen mit ihm am Place du Capitole war das erste Mal, daß Sparks ihn seit jenem Abend wiedersah.

Khong, elegant wie eh und je, trug ein dunkelblaues Seidenhemd und cremefarbene Chinohosen. Er hatte Sparks herzlich begrüßt und darauf bestanden, ihm einen Drink zu spendieren. Kaum, daß sie an der Bar saßen, beschloß Sparks im Bewußtsein von Khongs Unberechenbarkeit, keine Zeit zu verschwenden und direkt zum Thema zu kommen.

»Larry, mir ist zu Ohren gekommen, daß du ziemlich gute Beziehungen hast zu einigen hochklassigen – wie soll ich sagen – Damen aus dem Gewerbe?« platzte er heraus.

Schlagartig verschwand die gute Laune aus Khongs schwarzen Augen.

»Du hast dich offensichtlich mit einigen meiner Bewunderer unterhalten«, sagte er.

Sparks lief ein wenig rosa an. »Scheiße, mir ist das völlig schnurz – im Gegenteil, ich würde gerne mal eine treffen.«

Khong nahm einen tiefen Schluck von seinem Glenfiddich mit Wasser und musterte Sparks von Kopf bis Fuß.

»Ich möchte ja nicht neugierig sein, Reggie, aber bist du mit finanziellen Mitteln im Übermaß gesegnet?«

»Klar doch«, erwiderte Sparks niedergeschlagen. »Ich schwimme förmlich im Geld.«

»Das heißt also nein, oder irre ich mich?«

Sparks nickte.

Khong schob sein leeres Glas von sich weg und lehnte sich in seinem Stuhl zurück. »Mein lieber alter Knabe, diese Damen aus dem Gewerbe, wie du sie so diskret zu nennen beliebst, bekommen gewöhnlich fünftausend Dollar plus eine Rolex nur dafür, daß sie irgendeinem Scheich den Rücken ablecken. Wenn man nun in Rechnung stellt, daß es sich bei dir um einen Weißen handelt, der an keinerlei sichtbaren Krankheiten leidet und« – er schnüffelte geräuschvoll – »keinen allzu aufdringlichen Gestank verströmt, so kann man davon ausgehen, daß sie dir unter Umständen einen Rabatt gewähren; also schlappe zehn Riesen.«

Sparks wollte schon protestieren, doch Khong schnitt ihm sachte, aber bestimmt das Wort ab.

»Reggie, selbst wenn du es dir leisten könntest, warum willst du dein Geld zum Fenster rauswerfen? Diese Nutten sind wahre

Haifische – da würde ich lieber eine Nacht mit Jasir Arafat verbringen.«

Sparks nippte mißmutig an seinem Bier. »Na ja, war wohl nur so ein Wunschtraum ...«

Khong verfiel wieder in seine gewohnheitsmäßige Jovialität und klopfte Sparks auf die Schulter.

»Wunschträume sollten Wunschträume bleiben, Reggie«, tönte er. »Die Wirklichkeit ist immer eine Enttäuschung. So. Und wo sollen wir jetzt was essen?« Damit war klar, daß das Thema abgeschlossen war.

Sie zogen also eine Zeitlang von einer Bar zur nächsten, bis sie sich schließlich für das L'Entrecôte entschieden, das an der Ecke zwischen der Allée Président Roosevelt und dem Boulevard de Strasbourg gelegen war und wo die einzige Entscheidung, die den Gästen abverlangt wurde, darin bestand, wie sie ihr Steak gebraten haben mochten und welchen der beiden Weine – rot oder rosé – sie dazu trinken wollten. Khong vereinfachte die Angelegenheit noch weiter, indem er eine Flasche von jeder Sorte bestellte.

Danach bestand Khong darauf, daß sie sich ins Nachtleben stürzten. Er legte Sparks einen Arm um die Schulter: »Wie so ein stattlicher Bursche wie du überhaupt auf die Idee kommen kann, sich mit einem Flittchen einzulassen, ist mir schleierhaft. In dieser Stadt wimmelt es nur so von appetitlichen Soubretten. Wir finden schon das Passende für dich – laß Onkel Larry nur machen.«

Schlag zwölf Uhr Mitternacht wurden sie unsanft aus dem Ubu Club in der Rue Saint-Rome hinausbefördert. Ungeachtet der Proteste von Sparks hatte Khong sein Versprechen ernst genommen. Er war auf eine Reihe von Mädchen zugegangen und hatte sie in akzentfreiem Französisch gefragt, ob sie daran interessiert seien, den Filmstar Mickey Rourke zu treffen. Dabei hatte er sein Angebot mit heftigem Augenzwinkern und Kopfnicken in Richtung Sparks unterstrichen, der zu diesem Zeitpunkt schon zu betrunken war, um sich dafür zu schämen. Khong handelte sich eine Reihe unterschiedlich brüsker Abfuhren ein, die ihn jedoch unbeirrt ließen, bis eine ausgesprochen kesse Mademoiselle ihn anfauchte: »Va te faire enculer«, was in etwa die Aufforderung darstellt, sich davonzumachen und sich dem Analverkehr hinzugeben. Khong reagierte auf diesen Vorschlag, indem er eine ordentliche Ladung Schleim und Speichel in dem Zitronenlikör der jungen Dame versenkte.

Nachdem ihnen in zwei weiteren Nachtclubs der Zutritt verwehrt worden war, landeten sie schließlich in Khongs Apartment in einem auf elegante Weise verfallenden alten Gebäude am Place des Jacobins, wo sie herumsaßen und Armagnac tranken. Es war kurz vor zwei Uhr früh, und beide waren kurz davor, in ihren Sesseln einzuschlafen, als im Hinterhof des Gebäudes ein Kampf zwischen zwei Katern losbrach. Khong war wie elektrisiert. Fluchend sprang er vom Sofa auf, rauschte zum Zimmer hinaus und kam mit einer kleinen schwarzen Pistole zurück. Er riß das Doppelfenster zum Hof auf und feuerte ein halbes Dutzend Schüsse ab. Das Katzengeschrei hörte augenblicklich auf.

Kichernd kehrte Khong zum Sofa zurück.

»Waren leider nur Platzpatronen«, sagte er. »Was für ein Jammer, wo ich Katzen hasse wie die Pest.«

Normalerweise wäre die Angelegenheit damit erledigt gewesen, doch leider kam ein unglückliches Zusammentreffen zweier Ereignisse ins Spiel. Khongs Apartment lag im dritten Stock, und das Apartment genau gegenüber auf der anderen Seite des Innenhofes wurde von einem palästinensischen Chirurgen namens Abu Fazali und seiner Familie bewohnt. Fazali lud Khong von Zeit zu Zeit zum Couscous zu sich in die Wohnung ein, doch die beiden waren nicht allzu eng miteinander befreundet. So hatte Khong beispielsweise nicht den blassesten Schimmer, daß Fazalis Bruder Naim eine hochrangige Persönlichkeit im Revolutionsrat der PLO war. Und es war ebendieser Naim Fazali, der just an diesem Wochenende aus Tunis gekommen war, um seinem Bruder Abu einen Besuch abzustatten, und nun völlig unbeeindruckt von Khongs Ballerei tief, fest und friedlich im Gästezimmer seines Bruders geschlummert hatte.

Es gibt in Toulouse einen nicht unbedeutenden Bevölkerungsanteil arabischer Herkunft, und nahezu die gesamte Bandbreite des arabischen Radikalismus ist innerhalb dieser Bevölkerungsgruppe vertreten. Unter Rücksichtnahme auf das diplomatische Protokoll und aus Sicherheitsüberlegungen angesichts der Tatsache, daß für einige der extremeren Gruppierungen die Auslöschung der Führungselite der PLO das Hauptziel darstellte, hatte Naim das französische Außenministerimum stillschweigend von seinem Privatbesuch in Toulouse informiert.

Die französische Regierung betrachtete diesen Besuch als ein Sicherheitsproblem erster Ordnung, denn innerarabische Richtungskämpfe hatten in den letzten Jahren mehrfach zu Blutvergießen auf französischem Boden geführt und dem französischen Renommee erheblich geschadet. Folglich hatte man um den Place des Jacobins etwa ein Dutzend speziell ausgebildeter Killer verteilt, die einer der verschiedenen mysteriösen paramilitärischen Spezialeinheiten angehörten, auf die die französische Regierung von Zeit zu Zeit zurückgreift.

Nach Khongs Versuch, die Katzen zu verscheuchen, dauerte es keine fünf Minuten, bis die Tür zu seiner Wohnung aus den Angeln krachte und sechs schwerbewaffnete, schwarzmaskierte Gestalten hereinstürmten. Khong konnte von Glück sagen, daß er die Pistole wieder zurückgelegt hatte; hätte er sie in der Hand gehalten oder sie auch nur in Reichweite gelegen, wäre er aller Wahrscheinlichkeit nach von Maschinengewehrsalven zerfetzt worden, ehe er auch nur einen Finger hätte rühren können. So kam es, daß Khong sich gerade aufrappeln wollte, als der Anführer des Kommandos über den niedrigen Couchtisch hechtete und Khong einen unappetitlich heftigen Tritt gegen die Kinnspitze verpaßte. Khong machte einen Salto rückwärts über das Sofa und krachte auf den Boden, wo er regungslos liegenblieb.

Sparks war derart paralysiert vor Schreck, Müdigkeit und Suff, daß er einfach nur reglos in seinem Sessel verharrte, wodurch ihm eine ähnliche Behandlung erspart blieb. Er handelte sich lediglich eine geschwollene Oberlippe ein, als ihm der Lauf einer Maschinenpistole unter die Nase gerammt wurde, damit er blieb, wo er war, während die Eindringlinge Khongs Wohnung in ein Trümmerfeld verwandelten.

Sparks wurde zu einem Luftwaffenstützpunkt außerhalb von Toulouse gebracht und anderthalb Tage lang verhört, wobei die Brutalität auf ein Minimum begrenzt blieb. Bei Khongs Feuerwaffe, so stellte sich heraus, handelte es sich um eine Startpistole. Am Morgen des folgenden Mittwochs erhielt Sparks in seiner Zelle Besuch von einem überaus weltgewandten Zivilisten, der anscheinend über jedes auch noch so kleine Detail aus Sparks Leben, seit er französischen Boden betreten hatte, informiert war. Sein Besucher erklärte ihm, bei der Angelegenheit handle es sich um ein »bedauerliches Mißverständnis«, das schon längst aus der Welt geschafft wäre, wenn Monsieur Khong nicht für unnötige Komplikationen sorgen würde.

Khong nämlich drohte damit, soweit man das aus dem blubbernden Gekeife heraushören konnte, das aus seinem verdrahteten Kiefer drang, die Sache nicht auf sich beruhen zu lassen, sondern erwähnte wiederholt, daß er Freunde in hohen Positionen hatte. Was ihn schließlich dazu brachte, seine Meinung zu ändern, war ein Besuch seitens eines Angehörigen der Staatsanwaltschaft, der ihm ganz unverblümt erklärte, daß Khong, falls er sich nicht zur Kooperation bereitfand, unter Anklage gestellt würde, wegen bewaffneten Angriffs auf Angehörige der Sicherheitskräfte. Und Beweismittel Nummer eins, so versprach man ihm, wäre in diesem Fall nicht seine kleine Startpistole, sondern eine 9-mm-Beretta, die ballistischen Untersuchungen zufolge vor ein paar Monaten bei einem Mordanschlag auf einen israelischen Diplomaten in Paris benutzt worden war. Falls es dazu kommen würde, so versprach ihm der Beamte, würde Airbus fliegende Untertassen bauen, bis Khong wieder aus dem Gefängnis kam.

Sie wurden vor Gericht gestellt und wegen nicht näher spezifizierter Vergehen gegen die öffentliche Ordnung verurteilt und zu 20 000 Franc Strafe verdonnert. Am Tag, als das Geld von seiner Mutter eintraf, bezahlte Sparks seine Strafe und kaufte sich ein Flugticket nach Hause. Dann packte er seine Koffer, räumte seine Wohnung und nahm den Zug nach Lyon, wo er seine verbliebenen finanziellen Mittel im Rahmen einer Tour durch die berühmten Nobelrestaurants der Stadt verjubelte. Nachdem er sich eine Woche lang hemmungslos hatte gehenlassen, bestieg er verkatert wie noch nie in seinem Leben den Schnellzug nach Paris und schleppte sich an Bord einer 747 nach Singapur.

2

Die polizeilichen Nachforschungen, die die Entdeckung der Leiche Wallace Guttles nach sich zog, wurden anfänglich dadurch kompliziert, daß einige Vewirrung über die genaue Todesursache herrschte. Daß er überfahren worden war, stand außer Frage; wie es dazu gekommen war, daß er auf dem Boden gelegen und in welchem Zustand er sich befunden hatte, als Margo Dugdales Datsun über ihn hinweggerollt war, darüber konnten zum derzeitigen Zeitpunkt nur Vermutungen angestellt werden. Und Ms. Dugdale, die die Polizei von ihrem Büro aus angerufen hatte, war beim Eintreffen der Beamten auch keine große Hilfe. Noch immer benebelt vom Alkohol war sie fest davon überzeugt, daß sie sich einen Bärendienst erwiesen hatte, was ihre Arbeit und ihren Führerschein betraf – ganz zu schweigen von der Person, die mit einem bis zur Unkenntlichkeit zermatschten Schädel am Boden lag. Folglich brachte sie nichts weiter hervor als Tränen und wirres Gebrabbel.

Tony Rispoli war überhaupt keine Hilfe, denn in der Erkenntnis, daß die Situation geeignet war, sein Leben völlig zu ruinieren, hatte er sich vom Ort des Geschehens bereits entfernt, noch bevor Ms. Dugdale dazu gekommen war, die Notrufnummer zu wählen. Rispoli machte sich Ms. Dugdales Verwirrung zunutze und schlich sich heimlich davon, nicht ohne den Sternen dafür zu danken, daß die Dame mehr am Austausch von Körperflüssigkeiten interessiert gewesen war als an biographischen Details wie zum Beispiel Namen.

Die Constables Crane und Drinkwater vom Revier Newmarket bearbeiteten Ms. Dugdales Notruf. Ihr erster Gedanke war der, daß der Verstorbene entweder infolge von Alkoholkonsum oder Krankheit ohnmächtig geworden war und es lediglich ungünstigen Umständen zu verdanken war, daß er seinen Kopf an eine Stelle gelegt hatte, die später auch das rechte Vorderrad von Ms. Dugdales Wagen einnehmen sollte. Doch schon eine kurze Durchsicht der Fotos in Guttles Aktenkoffer legte andere Möglichkeiten nahe und überzeugte sie, daß die sicherste und vernünftigste Vorgehensweise darin bestand, den Fall nach oben weiterzuleiten. Aus diesem Grund erschienen kurz nach Mitternacht Detective Inspector Finbar McGrail und Detective Sergeant Tito Ihaka am Tatort.

Constable Crane war zu Ihaka durchgestellt worden, als er bei der Polizeizentrale in Auckland anrief, um einen verdächtigen Todesfall zu melden. Er berichtete Ihaka, daß der Inhalt des Aktenkoffers darauf hindeutete, daß es sich bei dem Verstorbenen um Wallace Guttle, einen lizensierten Privatdetektiv, handelte; der besagte Koffer enthielt Fotos überaus privater, wenn nicht gar skandalträchtiger Art, und darüber hinaus hatte eine zweite, eingehendere Untersuchung des Toten ergeben, daß er Verletzungen aufwies, bei denen es sich unter Umständen um Einschußlöcher handelte. Man hatte daraufhin die Umgebung abgesucht, jedoch nichts gefunden, das eindeutig auf ein Verbrechen hindeutete, wie etwa Patronenhülsen.

Ihaka hörte sich das Ganze mit wachsendem Mißmut an. Er hatte gerade Feierabend machen und sich unterwegs noch ein Essen zum Mitnehmen besorgen wollen, um sich dann in dem unwahrscheinlichen Fall, daß es ihm gelungen war, seinen Videorecorder richtig zu programmieren, ein paar Dosen Bier zu genehmigen, während er sich ein Rugbyspiel anschaute. Er dachte einige Sekunden über das nach, was Constable Crane ihm erzählt hatte, und blaffte ihn dann an: »Ist der Arsch nun erschossen worden oder nicht?«

Constable Cranes Antwort ließ in Ihakas Augen einiges an Präzision zu wünschen übrig, denn es war die Rede von einer hysterischen Frau, einem teilweise zermalmten Kopf und einem mysteriösen männlichen Begleiter, der sich aus dem Staub gemacht hatte. Also kürzte Ihaka die ganze Angelegenheit ab, indem er auflegte, die Spurensicherung alarmierte und sich dann über den Korridor auf den Weg zu McGrails Büro machte.

Finbar McGrail, 44, war in Belfast, Nordirland, aufgewachsen und gleich nach der Schule in den Polizeidienst des Royal Ulster Constabulary eingetreten. Mit dreißig galt er als eine der großen Hoffnungen des RUC – zumindest stand dies in einer groß aufgemachten Titelgeschichte des *Belfast Telegraph*, in der berichtet wurde, daß er es gewesen war, der als Anführer einer Ermittlungseinheit ein Killerkommando der IRA aufgespürt hatte. Alle vier Mitglieder des Killerkommandos waren am Tag vor Erscheinen des Berichts zu Tode gekommen, als sie in einen Hinterhalt der britischen Armee gerieten, der minutiös geplant und mit kalter Präzision unter Einsatz eines Waffenarsenals durchgeführt worden war, das ausgereicht hätte, die königliche Jacht Britannia zu versenken. Beim Lesen des Artikels kam McGrail zu zwei Schlußfolgerungen: Erstens, die sogenannten Probleme in Nordirland würden aller Wahrscheinlichkeit nach bis zum Ende seiner Karriere andauern, und zweitens wären seine Chancen, nach dem Ende seiner Karriere seine Pension zu genießen, allenfalls fünfzig zu fünfzig. Also ließ Finbar McGrail die Zeitung sinken und rief die Auskunft an, um sich die Nummer des Generalkonsulats von Neuseeland in London geben zu lassen. Als er zur Einwanderungsbehörde durchgedrungen war, fragte er, ob von neuseeländischer Seite Interesse an den Diensten eines qualifizierten Detectivs und engagierten Presbyterianers bestünde, dessen Hobbys Jogging und Militärgeschichte waren.

Tito Ihaka war sich darüber im klaren, daß McGrail Laienprediger war und er über ein Dutzend Marathonläufe bestritten hatte. Er wußte außerdem, daß man ihn nicht großartig ermuntern mußte, damit er sich über den Krieg im allgemeinen ausließ und insbesondere über seinen Lieblingsprotagonisten, Feldmarschall Montgomery bei El Alamein. Doch Ihaka war der Ansicht, daß nichts von alledem dem alten Ulsterman so sehr am Herzen lag wie ein guter Mord.

Er klopfte an McGrails Tür und trat ein; McGrail blickte kurz von seinen Papieren auf, sein Gesicht war kantig und finster, doch er verzog keine Miene. Unter Kollegen war McGrail berüchtigt für seine griesgrämige Art; irgendwann einmal hatte es ein Constable gewagt, McGrail eine Kassette mit dem Kinderlied *The Laughing Policeman* unterzujubeln, als dieser eigentlich damit rechnete, das Geständnis einer Hausfrau zu hören, die einen Landstreicher mit einem Hockeyschläger zu Tode geprügelt hatte, weil er auf ihren Narzissen herumgetrampelt war. McGrail hatte nicht einmal mit der Wimper gezuckt, als das Lied, akzentuiert von schallendem Gelächter, in seinem Büro ertönte, doch diejenigen, die dabei waren, schwören, daß der Anflug eines Lächelns über sein Gesicht huschte, als er dem bewußten Constable seine Versetzung nach Otara bekanntgab – oder in den »Urwald«, wie das Revier von denjenigen genannt wurde, die dort ihren Dienst versahen.

Das hier wird dich sicher aufmuntern, du elender Stinkbock, dachte Ihaka. »Sir, Newmarket hat gerade einen Kerl gemeldet, der in einer Tiefgarage überfahren wurde. Allem Anschein nach ein Privatdetektiv; der Kerl heißt Wallace Guttle. Die Jungs am Tatort glauben, daß er unter Umständen schon vorher tot war.«

McGrail setzte seine Brille ab. »Diesen Guttle kenne ich«, sagte er. »Er machte dreckige Fotos.«

»Das paßt«, sagte Ihaka. »Er hatte einen Koffer voller Fickfotos – keine Pornos, eher so, als hätte er jemand bei 'nem Querfick geknipst –, zumindest hört sich's so an.« Die meisten jüngeren Beamten achteten im Umgang mit McGrail auf ihre Wortwahl, weil sie wußten, daß er in der Kirche aktiv war. Ihaka hingegen gab sich nicht die geringste Mühe, ein Blatt vor den Mund zu nehmen, sondern befleißigte sich mit Absicht einer derben, den unschönen Gegebenheiten angepaßten Ausdrucksweise in der Hoffnung, McGrail zu irgendeiner Reaktion zu provozieren, doch bis dato waren selbst die, was Obszönität anging, schwersten verbalen Geschütze an McGrail abgeperlt, ohne die geringste Wirkung zu zeitigen.

McGrails schmale Lippen zuckten, in seine dunkelbraunen Augen trat ein wahrnehmbarer Glanz – ein sicheres Zeichen, daß sein Interesse geweckt war. Dann stand er auf, ein Mann von einem Meter achtzig, drahtig wie ein Rettungsschwimmer, rollte seine Hemdsärmel herunter und griff nach seinem Jackett.

»Sieht so aus, als würden wir das Wochenende durcharbeiten, Sergeant«, sagte er und beeilte sich, sein Büro zu verlassen.

Jawohl, Herr Dekan, dachte Ihaka. Sex, Mord und Perversion – da kann der Kindergottesdienst nicht mithalten.

Reggie Sparks verfolgte beim Fliegen gewöhnlich die Strategie des kontinuierlichen Trinkens vom Start bis zur Landung. Das lag nicht daran, daß er Flugangst hatte oder ihm das Fliegen als solches zu unangenehm erschien, um es nüchtern über sich ergehen zu lassen. Der Grund lag einfach in seiner charakterlich bedingten Unfähigkeit, Getränke zurückzuweisen, für die man nicht zahlen mußte. Dieses Mal jedoch nippte er zu seinem eigenen Erstaunen lediglich an einem Wodka Tonic, ja er mußte sich regelrecht zu der Entscheidung durchringen, zum Essen ein Glas Wein zu trinken, und ließ ansonsten den Wagen mit den harten Getränken unbehelligt passieren. Sparks war mit anderen Dingen beschäftigt; er wußte, daß er an einem Scheidepunkt angelangt war, und diese Erkenntnis hatte ihn dazu bewogen, in sich zu gehen. Der Flug von Paris nach Auckland dauerte 28 Stunden, von denen Reggie Sparks allerdings nur ein paar brauchte, um das, was er bisher in seinem Leben erreicht hatte, Revue passieren zu lassen.

Er war 39 Jahre zuvor in Auckland geboren worden – als Sohn von Stanley und Mareena Sparks, geborene Harzard. Sein Vater betrieb einen Altmetallhandel, dessen Einnahmen er jedoch durch Schwarzmarktschiebereien mit Fleisch aufbesserte. Jeden Donnerstag fuhr er mit einem alten Bedford-Lieferwagen auf den Parkplatz einer Fabrik für Tiefkühlfleisch in South Auckland; seine Komplizen luden dann paketweise Frischfleisch, das sie von ihren Arbeitsplätzen in der Halle hatten mitgehen lassen, aus dem Kofferraum ihrer Autos in den Lieferwagen. Später am Abend machte Sparks dann seine Runde bei den Rugby Clubs und Sportplätzen und verkaufte das Fleisch um einiges billiger als die Metzger der Umgebung.

Die Geschäftsleitung der Kühlhalle war über den Fleischschmuggelring bestens informiert. Angesichts der Tatsache, daß der Gewerkschaftsvertreter der Kühlhausarbeiter und seine Gefolgschaft diesem Ring angehörten, kam das Management zu der Auffassung, daß der Diebstahl von ein paar hundert Pfund Fleisch pro Woche kein zu hoher Preis für ein ruhiges Leben war: Zum einen wurde der Betriebsfrieden gewahrt, und zum anderen konnten die Bosse durch die Kühlhalle schlendern, ohne dabei zu riskieren, daß ihnen jemand einen Fleischerhaken zwischen die Schulterblätter jagte. Dennoch geschah es, daß Stanley Sparks eines Donnerstagabends mit seinem mit Fleisch vollgepackten Lieferwagen in eine Straßensperre der Polizei geriet.

Zu diesem Zeitpunkt hatte er sein Altmetallgeschäft bereits mit einigem Gewinn weiterverkauft, so daß seine Familie während der zwei Jahre, die er im Mount-Eden-Gefängnis zubrachte, nicht allzu große Entbehrungen zu erleiden hatte – wenn man davon absah, daß Mareena sich mit unangemeldeten Besuchen seitens männlicher Bewunderer herumzuschlagen hatte, die aus der Abwesenheit ihres Gatten Profit zu schlagen versuchten. Nach seiner Entlassung aus dem Gefängnis machte sich Stanley als Milchmann selbständig. Der frühe Arbeitsbeginn um fünf Uhr morgens ließ ihm viel Zeit an den Nachmittagen, die er mit Angeln und Gelegenheitsjobs zubrachte und damit, seinen ehemaligen Komplizen aus dem Fleischschmuggelring auszukundschaften.

Durch das hocheffektive Informationssystem im Gefängnis von Mount Eden hatte er erfahren, daß er von dem Gewerkschaftsvertreter verpfiffen worden war, der mittlerweile für die Labour Party im Parlament saß. Obwohl er nun in Wellington wohnte, kam der Parlamentarier relativ häufig nach Auckland, um seine Familie zu besuchen, sich mit seinen Gewerkschaftsführern zu beraten und seine Geliebte aufzusuchen, die in einem kleinen Apartmenthaus in Epsom wohnte. Allerdings waren die Prioritäten dieser Angelegenheiten genau umgekehrt gelagert als die Reihenfolge ihrer Auflistung.

Während seines Aufenthalts im Gefängnis hatte Stanley nicht nur von der Existenz dieser Geliebten, sondern auch ihre Adresse erfahren. Und so parkte er des öfteren ein bis zwei Stunden auf der gegenüberliegenden Straßenseite des Apartmenthauses in der Hoffnung, daß ihm der Kerl, der ihn verpfiffen hatte, irgendwann über den Weg laufen würde. Schließlich wurde seine Geduld belohnt.

Als Stanley den Abgeordneten und seine Freundin vor dem Apartmentblock auftauchen sah, glitt er vom Fahrersitz seines Wagens, ging zur Hecktür und öffnete sie. Auf der Ladefläche im hinteren Teil des Lieferwagens lagen seine Gartengeräte und

Schreinerwerkzeuge auf einer Decke ausgebreitet. Er entschied sich für ein kleines Stemmeisen von etwa einem Meter Länge. Gesenkten Kopfes überquerte er die Straße, das Stemmeisen ans Bein gepreßt, und näherte sich dem Pärchen. Er ging auf die beiden zu, holte aus und zerschmetterte, ohne vorher auch nur ein Wort zu verlieren, dem Mann das rechte Knie. Der Abgeordnete stürzte unter lautem Stöhnen auf den Rasenstreifen, der den Gehsteig begrenzte. Die Frau kreischte los. Stanley sagte ihr, sie solle sich aus dem Staub machen.

Er überlegte gerade, wo er als nächstes zuschlagen sollte, als der Abgeordnete mit zusammengebissenen Zähnen hervorpreßte: »Laß es bleiben, Kumpel. Hör auf, und es springt auch was für dich dabei heraus, dafür sorg ich.«

Stanley versetzte ihm einen Schlag auf den linken Knöchel, daß es krachte. Der Abgeordnete ließ sein Knie los und umklammerte leise fluchend die neue Schmerzquelle.

»Kein Scheiß, Alter«, keuchte er. »Hör auf, und ich geb dir 'n brandheißen Tip. Abgemacht?«

Stanley nickte. Er hatte fest vor, mindestens so lange weiterzumachen, bis er dem Kerl ein paar Knochen gebrochen hatte, doch er dachte, es könne nichts schaden, sich zumindest mal anzuhören, was der Mann zu sagen hatte.

»Es wird eine Brücke über den Hafen gebaut«, stöhnte der Abgeordnete. »Nächsten Monat wird es bekanntgegeben.«

Stanley versetzte ihm noch einen Schlag und ging dann zurück zu seinem Lieferwagen, warf das Stemmeisen in den Laderaum und fuhr davon.

Ungeachtet der Proteste von seiten Mareenas verkaufte Stanley seine Milchvertriebslizenz und erwarb mit dem Erlös sowie all ihren Ersparnissen, aus welchen dunklen Quellen sie auch stammen mochten, Grundstücke in North Shore. Die Hafenbrücke wurde 1959 eröffnet. Mitte 1962 verkaufte Stanley eines seiner Grundstücke an der Küste von Takapuna Beach und strich dabei einen Gewinn ein, der ansehnlich genug war, daß er sich einen gebrauchten Jaguar leisten konnte. Zwei weitere Grundstücke verkaufte er 18 Monate später und zog daraufhin mit seiner Familie in ein zweistöckiges Haus mit Swimmingpool in der Victoria Avenue in Remuera – in seinen Augen die nobelste Adresse im nobelsten Vorort von Auckland. Der Tag ihres Einzugs war der heißeste Tag des ganzen Sommers. Nachdem er den riesigen Rasen vor und hinter dem Haus gemäht hatte, stand Stanley am flachen Ende des Pools, in der einen Hand ein Bier und in der anderen eine Zigarette, und erklärte seiner Frau, daß er nie wieder einen verdammten Rasen mähen würde, solange er lebte. Am folgenden Tag rief er den Rektor des Prince Albert College an, um mit ihm die Anmeldeformalitäten für seine beiden Söhne zu besprechen.

Die Vorstellung, als Ex-Knacki seine Söhne auf die exklusivste Schule der Stadt zu schicken, übte auf Stanley einen unwiderstehlichen Reiz aus. Das Prince Albert College war hundert Jahre zuvor in Meadowbank von einer Gruppe gottesfürchtiger Kaufleute gegründet worden, die eine tiefe Achtung für Queen Victoria und ihren deutschen Gemahl empfanden. In der Schule wurden seitdem die Werte hochgehalten, die im allgemeinen mit der Herrschaft der beiden in Verbindung gebracht werden: anglikanische Glaubensstrenge, Fleiß, Disziplin und Puritanismus.

Mochte es Stanley auch Freude bereiten, Reggie und seinen 18 Monate älteren Bruder Gavin nach Prince Albert zu schicken, so war das Unternehmen nur zum Teil mit Erfolg gesegnet. Gavin, aufgeschlossen, folgsam und eifrig, war der Liebling des Lehrerkollegiums. Er wurde Klassenprimus und Schülersprecher seines Jahrgangs.

Wenn Gavin die gesellschaftlichen Ambitionen seiner Mutter geerbt hatte, so schlug Reggie eher seinem Vater nach. Er war der Alptraum eines jeden Schulmeisters – faul, vorlaut, nie um eine Ausrede verlegen und, was am ärgerlichsten war, gesegnet mit einem offenbar eisenharten Hinterteil, das jede Drohung mit dem Stock an ihm abprallen ließ, selbst wenn er vom Rektor, Dr. Foster Hogbin, geschwungen wurde. Jener war eine baumlange, knochige Gestalt, der seinen Doktorhut nur zum Essen, Schlafen und zum Gottesdienst ablegte und darüber hinaus zu jähen Stimmungsumschwüngen neigte. So konnte es vorkommen, daß Dr. Hogbin sich innerhalb von Sekundenbruchteilen von einem freudestrahlenden Menschen, der mit sich und der Welt in Einklang stand, in ein wutschnaubendes Ungeheuer mit Schaum vor dem Mund verwandelte. Wenn die Jungs seiner Meinung nach zuviel Lärm machten, kam es nicht selten vor, daß er mit wehendem Talar, einen Stock in jeder Hand, die Flure entlangrauschte, lauthals »Ihr Schurken, Halunken, Schufte« brüllte und gnadenlos auf jeden eindrosch, der sich nicht schnell genug in Sicherheit brachte.

Als Reggie die zehnte Klasse abgeschlossen hatte, schrieb Dr. Hogbin in seinen Jahresbericht: »Zu behaupten, Reginald sei eine Enttäuschung, wäre eine Untertreibung von grotesken Ausmaßen. Unter denjenigen, die das Pech hatten, sich als Lehrer mit ihm befassen zu müssen, herrscht die allgemein übereinstimmende Auffassung, daß es sich bei ihm um einen faulen Flegel handelt und es auch nicht das Geringste gibt, was zu seinen Gunsten zu sagen wäre. Ich rate Ihnen dringend zu überlegen, ob es nicht angemessener wäre, ihn dem staatlichen Bildungssystem anzuvertrauen, wo, soweit mir bekannt ist, um jene Neigungen seinerseits, die auf uns durch und durch antisozial wirken, kaum Aufhebens gemacht wird.«

Wenn Dr. Hogbin schlechter Laune war, konnten die Kommentare in seinen Jahresberichten durchaus von einer brutalen Offenheit sein. Doch selbst an diesen Maßstäben gemessen, war das, was er über Reggie zu Papier brachte, besonders hart, geschrieben in der Hoffnung, die Eltern von Reggie Sparks so weit einzuschüchtern und zu beschämen, daß sie ihn vom College nahmen, denn genaugenommen hatte er sich nichts zuschulden kommen lassen, das einen Verweis von der Schule gerechtfertigt hätte. Doch mit solch subtilen Methoden war Stanlay nicht beizukommen. Dennoch sollte es nicht lange dauern, bis die Gebete des Doktors erhört wurden.

Anfang des folgenden Jahres veranstalteten einige von Reggies Klassenkameraden eine Party. Reggie war nicht eingeladen, da die Party bei einem Jungen zu Hause stattfinden sollte, der Reggie nicht für genügend stubenrein erachtete. Dies war um so ärgerlicher, weil die Eltern des Jungen nach Übersee verreist waren und Parties ohne elterliche Aufsicht seltene Ereignisse mit der Aussicht auf Ausschweifungen von schier unvorstellbarer Dekadenz darstellten. Um sich für diese Schmach zu rächen, gab Reggie einer Jugendgang einen anonymen Tip. Es handelte sich dabei um den Boot Hill Mob, der seine Mitglieder in erster Linie aus einer Sozialbausiedlung in Glen Innes rekrutierte. Reggie hatte erwartet, daß ein paar Mitglieder der Gang unangemeldet bei der Party aufkreuzen würden, um ein bißchen den wilden Mann zu spielen und sich alles, was an Schnaps im Haus war, abzugreifen, um sich danach wieder aus dem Staub zu machen und sich mit Dingen zu befassen, die mehr auf ihrer Linie lagen als ein Haufen Privatschulzöglinge, die sich Beatles-Platten anhörten und Flaschendrehen spielten. Dabei unterschätzte er allerdings die tiefgreifenden Klassenressentiments seitens des Boot Hill Mobs, die sich Bahn brachen, als die Gangmitglieder auf das Anwesen strömten, das zu den prachtvollsten der östlichen Suburbs gehörte.

Die Ereignisse gerieten schnell außer Kontrolle: Ein Motorrad rauschte durch das gesamte Haus und über den Rasen des Tennisplatzes, wo eine Reihe von Beschleunigungs- und Bremsmanövern vollführt wurde; ein Piano wurde in den Swimmingpool geschoben; ein Doppelbett wurde zum Fenster im ersten Stock hinausgehievt und landete krachend auf der Straße, Mädchen wurden begrapscht; Jungs bezogen Dresche; der Sachschaden war beträchtlich.

Die Tatsache, daß die Gang einen anonymen Tip bekommen

hatte, kam später am Abend heraus, als die Polizei den Boot Hill Mob einkassierte. Unter dem Druck der Eigentümer des verwüsteten Anwesens veranstaltete Dr. Hogbin eine regelrechte Hexenjagd, um den Übeltäter ausfindig zu machen. Dabei fiel der Verdacht sofort auf Reggie. Als ihm aufging, was er angerichtet hatte, wurde ihm augenblicklich klar, daß er geliefert war, wenn er auch nur einen Augenblick in seinen Unschuldsbeteuerungen schwankte. Und so blieb Reggie auch dann eisenhart, als Dr. Hogbins Verhörmethoden das einem Schulrektor selbst bei großzügigster Auslegung seiner Befungnisse angemessene Verhalten bei weitem überschritten. Selbstverständlich glaubte man ihm nicht, und selbst Stanley mußte einsehen, daß die Position seines Sohnes am Prince Albert College unhaltbar geworden war. Es sollte nicht das letzte Mal sein, daß Reggie von der rechten Bahn abkam.

Die restliche Schulzeit absolvierte Sparks an öffentlichen Einrichtungen, ohne daß es zu weiteren Überraschungen gekommen wäre, wenn man davon absieht, daß er zum Erstaunen aller, die ihn kannten, trotz der relativen Freizügigkeit, die hier herrschte, am Ende die Hochschulreife erworben hatte. Danach verbrachte er anderthalb ereignislose Jahre an der Universität von Auckland, bis er aus den Armen der Alma mater verstoßen wurde.

Womit er den Zorn der Gremien auf sich zog, war weniger die Tatsache, daß er bei Prüfungen versagt hätte, als vielmehr seine Angewohnheit, zunehmend verstiegenere und zu Herzen gehende Begründungen für sein Nichtauftauchen auf Anwesenheitslisten zu hinterlassen. Um seine verschiedenen Tutoren zu beschwichtigen und ihnen den Wind aus den Segeln zu nehmen, ließ Sparks seine gesamte Verwandtschaft dahinscheiden oder – siechen – wobei es in einigen Fällen in Folge eines langen Leidens nicht unerwartet kam und daher absehbar war, es sich in anderen wiederum um plötzliche, traumatische Unglücksfälle handelte. Selbstredend lagen die Krankenhäuser, in denen verzweifelt um das Leben seiner Großeltern, Tanten, Onkel, Schwestern oder Brüder gekämpft wurde, in den entlegensten Teilen des Landes – ebenso wie die Friedhöfe, wo die Beerdigungen der Unglücklichen stattfanden –, so daß er sich manchmal für eine Woche oder länger nicht in Auckland aufhalten konnte.

Als er spürte, daß sein Englisch-Tutor mißtrauisch wurde, wartete Sparks mit einer Entschuldigung auf, die jeden Skeptizismus hinwegfegte. Er schrieb seine Eltern ab und behauptete, sie seien bei einem Autounfall ums Leben gekommen, als ihr Mietwagen irgendwo auf dem endlosen Highway durch die Nullabor-Ebene von Adelaide nach Perth von einem Zehntonner zermalmt worden sei wie eine Küchenschabe. Beim kalten Buffet der Filmfreunde, das am gleichen Abend stattfand, erwähnte der Englisch-Tutor Reggies plötzliches Vollwaisendasein gegenüber seinem Kollegen aus dem Fachbereich Geschichte. Der Historiker war sehr erstaunt über das Schicksal von Mr. und Mrs. Sparks, hatte Reggie ihm gegenüber doch noch vor einer Woche erzählt, die beiden müßten auf unabsehbare Zeit in einer Dekompressionskammer in Honolulu bleiben, nachdem sie bei einem Tauchunfall der Tiefenkrankheit zum Opfer gefallen waren. Der Englisch-Tutor befragte daraufhin seine Kollegen und brachte eine erstaunliche Chronik von Schicksalsschlägen zusammen, die Autounfälle, Flugzeugabstürze, seltene Krankheiten, Jagdunfälle, Haifischattacken, ärztliche Kunstfehler und höhere Gewalt umfaßte. Es war sonnenklar, daß es sich entweder bei Reggie um einen schamlosen, zwanghaften und geschmacklosen Lügner handelte oder daß die Kennedys, wenn es um vom Schicksal gebeutelte Familien ging, verglichen mit den Sparks geradezu blendend dastanden.

Als nächstes verblüffte Reggie seine Eltern mit der Ankündigung, daß er nun Journalist werden wolle, und versetzte sie in der Folgezeit in noch größeres Erstaunen, indem er es schaffte, ein Volontariat beim *Auckland Evening Standard* zu bekommen, das er mit Erfolg abschloß. Er ertrug die Widrigkeiten des Volontariats, ohne sich zu beklagen. Pflichtbewußt besuchte er auch die langweiligsten Vereins- und Ausschußsitzungen und ging allen Konflikten mit seinen Vorgesetzten aus dem Weg. Ja, er schaffte es sogar, sich mit dem Chefredakteur gut zu stellen, indem er für ihn zum Wettbüro lief, um seine Wetteinsätze zu tätigen. Reggie, so schien es, hatte seine Berufung gefunden.

Als er Mitte Zwanzig war und sechs Jahre beim *Standard* zugebracht hatte, war er zu einem angesehenen Redaktionsmitglied aufgestiegen, dem allseits eine große Zukunft vorausgesagt wurde. Zwar verlief sein sonstiges Dasein nicht gerade in geordneten Bahnen, doch gemessen an den Maßstäben, die allgemein in der Redaktion herrschten, fiel dies nicht weiter auf. Sein anfangs etwas überschwenglicher Schreibstil hatte sich allmählich dem starren Schema des Zeitungsberichts angepaßt: Einleitung in einem Satz; was, wann, wo, warum und wie; Auflistung der Fakten dem Grad der Bedeutung nach. Seine Stärke waren Nachrichten und Reportagen – es gab niemanden, der mit größerem Elan einem Krankenwagen hinterherhetzte oder eifriger und besessener Fakten sammelte –, doch sein Mentor, der Chefredakteur, faßte den Entschluß, daß Reggie Erfahrungen auf dem Feld der Politik sammeln sollte. Um den Sprung in die Chefredaktion des *Standard* zu schaffen, war es im allgemeinen unerläßlich, daß man ein paar Jahre lang Erfahrungen auf den Sitzen der Pressegalerie des Parlaments in Wellington gesammelt hatte, denn nur dies versah einen mit der Weisheit und Weltgewandtheit, die es einem ermöglichte, die Ansichten bedeutender Politiker zu Themen wie der Niederschlagung des Prager Frühlings oder der Bedeutung des Osterfestes zu Papier zu bringen. Um ihm das Rüstzeug für die Pressegalerie in Wellington zu verschaffen, wurde Sparks über die Köpfe diverser dienstälterer Journalisten hinweg zum Berichterstatter im Stadtparlament von Auckland befördert.

An diesem entscheidenden Punkt seiner Karriere entdeckte Sparks die Arbeiten des amerikanischen Journalisten Dr. Hunter S. Thompson. Thompson pfiff auf die Prinzipien der objektiven Beobachtung und neutralen Berichterstattung, durch die der traditionelle Journalismus geprägt ist. Er wurde zum Teil seiner Stories; er pflegte eine aggressive Parteinahme und attackierte seine Widersacher nicht selten auf höchst unflätige Weise. Darüber hinaus propagierte er in seinen Artikeln ein wildes Bohemeleben, angereichert mit Unmengen von Alkohol und Drogen.

Sparks war fasziniert von Thompsons Rebellentum, der Art, wie er sich über sämtliche Konventionen hinwegsetzte, von seinen aberwitzigen Einsichten und seinen ungestümen Outlawmanieren. Sein verquerer Humor und seine donnernde, von einem biblischen Zorn geprägte Prosa verschlugen ihm schier den Atem. Dummerweise war die journalistische Landschaft im Neuseeland der späten Siebziger noch nicht reif für einen Thompson-Imitator, egal, wie bläßlich er auch sein mochte.

Die ersten Alarmglocken begannen zu klingeln, als Sparks ein Porträt des Vizebürgermeisters vorlegte. Dieser war ein beleibter Mann, der aus seiner konservativen Weltsicht keinerlei Hehl machte, doch Sparks attestierte ihm, er sei »von einer ebenso schweinischen Habgier wie der ehemalige König Faruk von Ägypten, mit dem ihn außerdem die völlige Indifferenz und Ignoranz dem Elend derjenigen gegenüber verbindet, die nichts oder nur wenig haben.« Der betreffende Satz wurde vom zuständigen Redakteur gestrichen. In der Folgezeit wurde es immer häufiger notwendig, die Berichte des Korrespondenten aus dem Stadtrat zusammenzustreichen, um unbewiesene Unterstellungen und an den Haaren herbeigezogene verleumderische Behauptungen über Ratsmitglieder daraus zu tilgen. Im gleichen Maße, wie Sparks' Texte der Redaktion immer schlimmeres Kopfzerbrechen bereiteten, löste er eine wahre Lawine von Beschwerden seitens der Ratsmitglieder und Verwaltungsbeamten aus, die sich an seinem Benehmen stießen, das sich innerhalb weniger Wochen von gar nicht mal unangenehmer Direktheit zu missionarischer Aggressivität gewandelt hatte. Nur einen Monat nachdem er sich dem Gonzo-Journalismus verschrieben hatte, wurde Sparks von seinem Korrespondentenposten abberufen.

Er wurde in ein neues Ressort der Zeitung versetzt, das den Namen *City Beat* trug und zur Zielsetzung hatte, eine junge Leserschaft anzusprechen. Vielleicht war es die Hoffnung, daß sein neu erworbenes Rebellentum bei den entfremdeten Teenagern ankam, doch nach einer Reihe von vernichtenden Plattenbesprechungen, die gewürzt waren mit Formulierungen wie »Wenn Eiter Geräusche machen würde, dann würde es so klingen wie diese Platte«, ließen die Reaktionen der Leser darauf schließen, daß ihnen das doch zu starker Tobak war. Seine Karriere als Plattenkritiker fand ein jähes Ende, als ein Plattenvertrieb eine Schadensersatzklage gegen die Zeitung anstrengte mit der Begründung, es hätten sich nicht unbeträchtliche Einnahmeverluste eingestellt, nachdem Sparks geschrieben hatte, »daß klinische Tests an der Harvard-Universität ergaben, daß Discomusik Darmkrebs verursacht.«

Zu diesem Zeitpunkt gab es in der Redaktionsleitung nur noch einige wenige, auf deren Unterstützung Sparks noch zählen konnte. Es gab eine letzte Abmahnung, und er wurde an den Schreibtisch des stellvertretenden Chefredakteurs versetzt, wo er unter permanenter Überwachung stand. Nachdem es ihm also unmöglich war, Dr. Thompsons Arbeitsstil zu imitieren, setzte Sparks alles daran, wenigstens dessen Lebensstil zu kopieren. Also schraubte er seinen Alkoholkonsum nach oben und nahm alles an Drogen, dessen er habhaft werden konnte. Allerdings gehörte zu den Eigenschaften, mit denen Thompson im Gegensatz zu Sparks gesegnet war, die sogenannte »Gaul-Hai«-Konstitution, derer der Doktor sich rühmte. Und so kam es, daß Sparks, nachdem er sich einen Monat lang nahezu ausschließlich von Whisky, Marihuana und LSD ernährt hatte, einigen Aufruhr in den Redaktionsräumen verursachte, als er versuchte, den Seefahrtskorrespondenten mit seinem Papierdolch zu erstechen, in der festen Überzeugung, es handle sich um eine Riesenechse.

Nachdem man ihn überwältigt hatte, verbrachte Sparks 36 Stunden in tiefer Bewußtlosigkeit, und als er wieder erwachte, war er arbeitslos.

3

Wallace Guttle war am Freitag, dem 13. August, erschossen worden. Angesichts der Tatsache, daß ihm gerade mal eine Sekunde geblieben war zwischen der Einsicht, daß er nun sterben mußte, und dem Eintreten dieser Ereignisse, hatte er keine Gelegenheit gehabt, großartige Überlegungen über die Bedeutung dieses speziellen Datums anzustellen. Am Mittwoch der fünften Woche nach diesem Ereignis hatte Constable Jarrad Renshaw von Mitternacht bis acht Uhr morgens Dienst auf der Polizeistation an der Harbour Bridge. Wie sich herausstellen sollte, handelte es sich dabei um eine ereignisreiche Nacht.

Es gab den üblichen Papierkram zu erledigen sowie die unappetitliche Pflicht, die Hinterlassenschaften eines an Inkontinenz leidenden Besoffenen aufzuwischen, der hereingewankt kam, weil er ein warmes Plätzchen für die Nacht suchte. Und dann gab es noch Krach in einem der Puffs an der Fort Street, wo sich der Betreiber des Ladens und ein Seemann aus Estland darüber in die Haare geraten waren, ob der Kunde oder die »Hosteß« für das Zustandekommen einer Erektion verantwortlich war. Schließlich erhielt er um vier Uhr morgens einen Anruf von einem Kollegen, der auf dem Revier Papatoetoe die gleiche Schicht versah und ihm etwas erzählen wollte, das sich in seinem Zuständigkeitsbereich ereignet hatte. Renshaw kapierte schnell, warum sein Freund keine Zeit verschwendete, um die Neuigkeiten zu verbreiten. Das Vorkommnis gehörte aus zweierlei Gründen in die Sammlung von Geschichten-die-man-als-Polizist-so-erlebt: Es war – selbst an polizeilichen Maßstäben gemessen – reichlich bizarr, und es bestätigte einen in der grundlegenden Auffassung, die man sich im Laufe der Jahre als Polizist aneignet, nämlich daß ein Großteil der Leute da draußen einfach nicht mehr alle Tassen im Schrank hatte. Folgendes war passiert: Ein Mann war mitten in der Nacht vom Gebell des Nachbarhundes wach geworden, woraufhin er das Tier unter Einsatz einer Motorsäge enthauptet und den abgetrennten Kopf seinen Nachbarn durch das geschlossene Fenster ins Schlafzimmer geschleudert hatte. Deren Reaktion war eher lautstark als gewalttätig. Zwar regten sie sich mächtig darüber auf, daß der Kopf ihres dreijährigen Schäferhundes samt einem beträchtlichen Haufen Glasscherben am frühen Morgen in ihrem Bett gelandet war, doch sie waren vernünftig genug, sich von jemandem fernzuhalten, der mit einer bluttriefenden Motorsäge in der Gegend herumfuchtelte.

So kam es, daß der diensthabende Constable das Auto auf seinem Monitor erst um 4 Uhr 27 bemerkte. Just in dem Augenblick, als er zum Telefon griff, meldete die 27jährige Sozialhilfeempfängerin Beryl Baptist aus Whangarei die Tatsache, daß auf der Auckland Harbour Bridge ein Wagen abgestellt war.

Sie war um 1 Uhr 35 aufgewacht und hatte festgestellt, daß ihr Freund, mit dem sie seit zwei Wochen zusammenlebte, noch nicht nach Hause zurückgekommen war, nachdem er Stunden zuvor versprochen hatte, er würde »nur mal kurz mit den Jungs 'n Bier zischen gehen«. Infolgedessen hatte Ms. Baptist den schnellen Entschluß gefaßt, ein paar Sachen zusammenzupacken, und war, nachdem sie ihren ein Jahr alten Sohn Axl im Babysitz auf der Rückbank ihres rostzerfressenen Honda festgeschnallt hatte, nach Süden gefahren in der Absicht, ein paar Tage bei ihrer Schwester Eve in Auckland zu verbringen.

Als sie um 4 Uhr 18 in südlicher Richtung die Harbour Bridge passierte, bemerkte sie auf der linken Spur der Gegenfahrbahn einen Wagen, der am höchsten Punkt der Brücke abgestellt war. Sie fand es merkwürdig, daß die Fahrertür offenstand, der Fahrer jedoch nirgends zu sehen war. Sobald Beryl bei ihrer Schwester in Grey Lynn eingetroffen war und die beiden ihr kurzes Beschimpfungszeremoniell zur Begrüßung hinter sich gebracht hatten, wählte sie die Notrufnummer und berichtete, was sie gesehen hatte.

Um 4 Uhr 21 verließ Fred »The Freckle« Freckleton seine Villa in Herne Bay, um zum Studio in Takapuna zu fahren, von wo aus er wie jeden Wochentagmorgen jene Mischung aus hysterisch geiferndem, schlüpfrigem Gelaber und Popmusik über die Ätherwellen schickte, die ihn zum unanfechtbaren König des Morgenradios in Auckland gemacht hatten. Um 4 Uhr 28 hielt The Freckle mit seinem Porsche hinter dem relativ neuen Saab 9000, der am Scheitelpunkt der Brücke die linke Fahrbahn blockierte. Er schaute durch die Front- und die Heckscheibe, doch der Wagen war leer. Leicht zitternd angesichts des kühlen Morgenwetters und der Ahnung dessen, was wohl passiert war, warf er einen Blick über das Brückengeländer. Doch in der Dunkelheit der See 43 Meter unter ihm hätte er mit einigem Glück allenfalls eine Herde von Walen ausmachen können. Als die Polizei eintraf, saß The Freckle, ein Telefon in der Hand, in seinem Wagen und erklärte seinem Produzenten, warum er zu spät zum Dienst kommen würde.

Der Saab gehörte Victor Appleyard. Drei Stunden nachdem Eve Baptist ihre jüngere Schwester eine »elende Schlampe, die immer nur aufkreuzt, wenn sie was braucht« genannt hatte und dreieinviertel Stunden nachdem er mit einer Geschwindigkeit von fast hundert Stundenkilometern ins graue Wasser von Waitemata Harbour gestürzt war, wurde Victor Appleyards Leiche in der Nähe der Chelsea-Zuckerraffinerie von Birkenhead an Land gespült.

In den folgenden 48 Stunden wühlten sich Polizisten beiderlei Geschlechts unter vielfachen Bekundungen des Bedauerns durch das Leben von Victor Appleyard, das jener, wie es schien, aus freien Stücken hinter sich gelassen hatte, ohne diese Tatsache jedoch formell in einem Abschiedsbrief anzukündigen.

Appleyard war 41 Jahr alt und Direktor der Abteilung Verkauf und Erschließung bei Berkeley Enterprises, einer nicht unbedeutenden Bau- und Immobilienfirma. Das kleine Team von Polizisten, das um elf Uhr morgens im fünfstöckigen Hauptsitz der Firma in Onehunga auftauchte, wurde angeführt von Senior Sergeant Ted Worsp, der sich im Verlauf der drei Jahrzehnte, die er in Diensten der Polizei stand, den Ruf erworben hatte, daß er mit dem notwendigen Fingerspitzengefühl für solche Situationen ausgestattet war.

Worsp wußte aus Erfahrung, daß man, wenn Männer wie Appleyard die große Flatter machten – auf welche Art und Weise auch immer –, im allgemeinen nur ihre Sekretärinnen anzapfen mußte, um sich genauere Einblicke zu verschaffen. Die Sekretärin des verstorbenen Verkaufsdirektors hieß Janet Gabites und war 49 Jahre alt. Als er ihr gegenüberstand, bemerkte Worsp ihr Alter, die Tatsache, daß sie einen überaus mütterlichen Eindruck machte und keinen Ehering trug. Als sie erklärte, daß sie acht Jahre lang für Appleyard gearbeitet hatte, war er vollends zufrieden. Er wies seine Untergebenen an, sich mit Appleyards Kollegen aus der Vorstandsetage zu unterhalten, und setzte sich mit Miss Gabites zu einem Tee zusammen.

Nach einer halben Stunde mit Miss Gabites, die wie erwartet von ihrem Ex-Chef in den höchsten Tönen schwärmte, hatte Worsp das Gefühl, daß er alles über den verblichenen Appleyard wußte, was er wissen mußte.

»Sie wissen ja, wie es ist, Sergeant«, sagte Miss Gabites und tupfte sich die feuchten Augen mit einem Papiertaschentuch ab. Es war, soweit Worsp mitgezählt hatte, mindestens schon das zehnte seit dem Beginn ihrer Unterhaltung. »Ich bin sicher, bei der Polizei läuft es genauso; die Leute, die sich wirklich engagieren, denen nicht alles egal ist und die nicht alles einfach von sich abschütteln – die werden immer nur ausgenutzt. Als ob Victor sich nicht schon mit genügend Kram hätte rumschlagen müssen, nein, sie« – und ihre Augen schwenkten wie Luftabwehrgeschütze durch das Büro in Richtung Sitzungszimmer – »mußten ihm auch noch Australien aufhalsen, so daß er eine Heidenzeit drüben verbringen mußte, um den Schlamassel wieder hinzubiegen, den sie dort angerichtet hatten. Kein Wunder, daß es um den armen Mann in letzter Zeit nicht allzugut bestellt war – er hat sich ja schier totgeschuftet.«

Miss Gabites rückte mit ihrem Stuhl ein wenig näher an Worsp heran und fuhr beinahe flüsternd fort: »Ich habe mit Klatsch nichts am Hut, Sergeant – ich bin eine herzensgute Seele, die kein Fünkchen Bosheit im Leib hat –, aber ich muß schon sagen, daß es Victor schon gutgetan hätte, wenn er von zu Hause mehr Unterstützung bekommen hätte. Es geht mich zwar eigentlich nichts an, aber ich hatte den Eindruck, als ob Louise – das ist Mrs. Appleyard – sich nie damit abfinden konnte, daß Victor so lange arbeiten und so viel herumreisen mußte. Der ganze Streß, den er hatte, was es manchmal bedeutete, die Frau von einem Mann in seiner Position zu sein – dafür schien sie kein Verständnis zu haben. Verstehen Sie mich richtig – einerseits machte sie durchaus den Eindruck, als ob sie die Vorzüge seiner Stellung nur allzugern in Kauf nahm – das prächtige Haus, Skifahren in den Ferien, die ganzen Kleider. Ich will nicht unbedingt so was behaupten, aber es gibt in der Firma hier einige, die Ihnen erzählen würden, daß sie die Vorzüge ihres Daseins als Mrs. Appleyard in vollen Zügen genoß, aber die Verpflichtungen und Opfer, die das mit sich brachte, nicht auf sich nehmen wollte, und wie Sie wissen, Sergeant, kann man das eine nicht haben ohne das andere.«

Das Bild von Victor Appleyard, das sich zusammenfügte, als das Polizeiteam am späten Nachmittag die Ergebnisse zusammentrug, war das eines umgänglichen, aufrechten Bürgers, der loyal zu seiner Firma stand. Einige seiner Kollegen hatten erklärt, daß er in den letzten Wochen einen etwas abwesenden, zurückgezogenen Eindruck machte, doch sie hatten es darauf zurückgeführt, daß ihm der Druck zu schaffen machte, der mit der ihm übertragenen Verantwortung für die kränkelnde Niederlassung der Firma in Australien einherging. Eine Überprüfung seines Terminkalenders hatte ebenfalls keine überraschenden Erkenntnisse gebracht. Es schien ganz so, als sei mit ihm bis zum vergangenen Abend alles in Ordnung gewesen, als er sich widerstrebend damit abgefunden hatte, bis nach Mitternacht zu arbeiten. Niemand bei Berkeley wäre je auf die Idee gekommen, daß er irgendwann Selbstmord begehen könnte.

»Das beweist einen feuchten Scheiß«, erklärte Worsp. »Leute, die rumlaufen und groß rumtönen, daß sie sich umbringen, enden entweder in der Klapsmühle, oder sie sterben irgendwann mit neunzig im Bett.«

Louise Appleyard entsprach in keiner Hinsicht den Erwartungen und Erfahrungen, die Senior Sergeant Worsp in bezug auf Witwen hatte.

Schlank, elegant und sieben Jahre jünger als ihr verblichener Gatte, saß sie an dem Mosaiktisch auf dem Sonnendeck mit Blick über den Lake Pupuke, rauchte eine Dunhill und trank Kaffee. Auf dem Tisch lag ein Handy. Dieses klingelte alle paar Minuten, und Mrs. Appleyard nahm es dann zur Hand und horchte eine Weile. Dann murmelte sie jedesmal ein Danke und sagte, daß sie nun Schluß machen müsse, weil die Polizei ihr ein paar Fragen stellen mußte und die Herren sich sicher lieber wieder ihren eigentlichen Aufgaben widmen und Kriminelle hinter Schloß und Riegel bringen wollten.

Constable Beth Greendale nahm voller Bewunderung zur Kenntnis, daß, obwohl gerade mal 24 Stunden vergangen waren, seit sie vom Tode ihres Mannes erfahren hatte, man Louise Appleyard zumindest optisch nichts anmerkte, wenn man einmal von ihrer dunklen Sonnenbrille absah, die im schwachen Sonnenlicht des beginnenden Frühlings nicht notwendig gewesen wäre. Senior Sergeant Worsp hegte andere Gefühle. Sicher, ihr Rock war schwarz, aber er hätte doch etwas länger sein können, um Himmels willen. Nicht, daß Worsp eine Abneigung gegen lange Beine in schwarzen Strümpfen gehabt hätte, aber er war nun mal daran gewöhnt, daß gramgebeugte Frauen auf sein weißes Haar und seine gewinnende Persönlichkeit positiver reagierten – ganz abgesehen von seiner einfühlsamen Art, die ihn nach seiner eigenen Auffassung als Trostspender geradezu prädestinierte. Auf dem Weg nach draußen zum Sonnendeck hatte Worsp Mrs. Appleyard mitfühlend die Hand auf den Ellbogen gelegt, doch sie hatte mit einem leichten, aber merklichen Zurückzucken reagiert und ihn dabei angelächelt wie ein Haifisch, um ihm so zu verstehen zu geben, daß er seine Hände bei sich behalten sollte.

Constable Greendale, die mittlerweile einen ganzen Tag Senior Sergeant Worsp ausgesetzt war und allmählich die Nase voll von ihm hatte, bemerkte diesen Akt von Körpersprache sofort. Sie freute sich richtig auf die bevorstehende Unterhaltung.

Worsp begann damit, daß er fragte, ob ihre Ehe glücklich gewesen sei. Sie zündete sich eine neue Zigarette an und stieß den Rauch genüßlich aus, wodurch sie dem Sergeant, der sich das Rauchen abgewöhnt hatte, einen Moment akuten Unbehagens bescherte.

»Ist das eine höfliche Art zu fragen, ob ich ihn zur Verzweiflung getrieben habe?« erwiderte sie, erneut ein steifes, kontrolliertes Lächeln auf den Lippen. »Ich würde sagen, wir waren mindestens genauso glücklich wie die meisten Ehepaare, die ich kenne. Wenn Sie mich fragen, ob ich in Vic verliebt war, muß ich Ihnen ehrlicherweise mit Nein antworten. Aber andererseits kann ich mir auch kaum vorstellen, daß man nach zehn Jahren noch ineinander verliebt ist – zumindest nicht in dem Sinne, daß einem ganz schwindlig wird und man nicht mehr weiß, wo einem der Kopf steht. Das heißt aber nicht, daß ich ihn nicht geliebt habe, denn das habe ich. Ich nehme an, daß Ihnen diese Unterscheidung keine Probleme macht, Sergeant?«

Sie schaute ihn forschend an. Er hat keinen Schimmer, wovon ich rede, dachte sie.

»Wenn Sie mich fragen, ob Vic und ich immer noch miteinander geschlafen haben«, fuhr sie ungerührt fort, »dann ist die Antwort: ›Gelegentlich‹. Allerdings nicht so oft, wie ich es gerne gehabt hätte. Andererseits sind vierzehnstündige Arbeitstage der Libido nicht gerade förderlich. Wenn Sie mich fragen, ob ich dieses Defizit anderweitig ausgeglichen habe, dann lautet die Antwort ›Nein‹, obwohl ich Ihnen, nachdem Sie mich zur Offenheit ermutigt haben, gestehen muß, daß mir der Gedanke daran von Zeit zu Zeit durchaus durch den Kopf ging. Ich bezweifle, daß ich mich darin von den meisten Frauen unterscheide – und schon gar nicht von den meisten Ehemännern.«

Was für eine Zicke, dachte Worsp. Er räusperte sich und sagte: »Ein oder zwei Leute im Büro hatten den Eindruck, daß Sie sich für seine Arbeit und die Leute, mit denen er in der Firma zu tun hatte, nicht sonderlich interessiert haben.«

Mrs. Appleyard strich sich mit einem grellrot lackierten Fingernagel über die rechte Augenbraue. Constable Greendale gewann den Eindruck, daß sie sich über die Fruchtbarkeit der Unterhaltung mit Worsp keinerlei Illusionen mehr hingab und die ganze Angelegenheit als schiere Zeitverschwendung betrachtete.

»Sie haben sich offensichtlich mit Janet unterhalten – meinem größten Fan«, sagte sie salopp. »Die Firma ist schon ganz in Ordnung, soweit man so was von einer Firma sagen kann, aber sie zwingt die Leute, eine ziemlich eingeschränkte Existenz zu führen. Manche von denen braucht man gar nicht dazu zu zwingen – soweit es sie betrifft, existiert die Welt außerhalb von Berkeley und ihren Geschäftsinteressen überhaupt nicht. Aber Vic ging es um viel mehr. Ich dachte, daß sie ihn ausnutzten, indem sie immer mehr auf ihn abluden. Ich nehme an, daß er einfach nein hätte sagen können, aber das war nicht seine Art; er atmete einfach tief durch, zog den Kopf ein und machte weiter. Doch gerade in der letzten Zeit hatte ich den Eindruck, daß er sich allmählich fragte, ob er den Rest seines Lebens wirklich in einer solchen Umgebung zubringen wollte.«

»Sie glauben also, daß diese zunehmenden Selbstzweifel dazu geführt haben, daß er…« Worsp ließ die Frage unausgesprochen in der Luft hängen.

Louise Appleyard betrachtete Worsp mit beinahe klinischem Interesse, was Constable Greendale nicht entging. Jetzt kommt's, dachte sie.

»Ach das?« sagte Louise. »Ich dachte schon, wir würden hier den ganzen Morgen sitzen und über mein Intimleben reden.« Worsp kniff seine beträchtlichen Arschbacken zusammen und dachte: kein Wunder, daß der arme Sack gesprungen ist.

Louise Appleyard schlug ihre Beine wieder übereinander und beugte sich vor. »Eins sollte Ihnen klar sein, Sergeant, und ich möchte, daß Sie das verstehen«, sagte sie. »Vic hat nicht Selbstmord begangen. Nehmen wir mal an, es sei ihm wirklich alles zuviel geworden – der Druck, die zunehmende Desillusionierung, all das Grübeln darüber, was das alles soll, die Tatsache, daß ich mir das Rauchen nicht abgewöhnt habe und keine Kinder wollte, all meine Versäumnisse und Fehler, über die Janet Sie bereits bestens informiert hat. Tatsache ist, daß Vic vor allem eins war, nämlich verantwortungsbewußt und rücksichtsvoll. Und er hatte eine Lebensversicherung für über eine halbe Million Dollar. Das heißt, wenn er Selbstmord hätte begehen wollen, dann hätte er es nicht auf diese Weise getan. Er hätte es aussehen lassen wie einen Unfall.«

Worsp und Greendale führten lediglich eine oberflächliche Untersuchung von Victor Appleyards Arbeitszimmer durch in der Annahme, daß, wenn er einen Abschiedsbrief hinterlassen hätte, er diesen wohl kaum in der untersten Schreibtischschublade unter der Gebrauchsanleitung für sein Telefon deponiert hätte. Auf der Fahrt zurück in die Stadt verfiel Worsp in plötzliches Schweigen. Die Tatsache, daß Louise Appleyard ihn mit solch augenfälliger Herablassung behandelt hatte, war schlimm genug; was die Angelegenheit noch schlimmer machte, war, daß das Ganze in Gegenwart eines 22 Jahre alten Constable weiblichen Geschlechts passiert war.

»Was ist denn jetzt mit dieser Versicherung?« fragte Constable Greendale, während sie mit dem Wagen 20 Stundenkilometer schneller als erlaubt an Westhaven vorbeirauschte.

Worsp hob den Blick. »Meine Liebe, was für die Familie eines Selbstmörders immer am schwersten zu begreifen ist, ist die Tatsache, daß er an sie offensichtlich nicht den geringsten Gedanken verschwendet hat. Sie müssen folgendes verstehen: Selbstmord zu begehen ist ein in höchstem Maße egoistischer Akt«, sagte er, dankbar dafür, daß jener Satz, den er irgendwo mal gelesen oder aufgeschnappt hatte, ihm just in dem Augenblick wieder eingefallen war, als er ihn brauchte. »Wenn Appleyard wirklich etwas an ihr gelegen hätte, wäre er doch wohl nicht von der Brücke gesprungen, oder? Also warum sollte er sich dann noch Gedanken darüber machen, wie er ihr die Versicherung zuschustern kann? Glauben Sie mir, es war heute nicht das erste Mal, daß ich diesen Satz gehört habe. So wie ich die Angelegenheit sehe, ist ihm der Druck und alles über den Kopf gewachsen. Und jetzt fragen Sie sich mal selbst: Verbringt so jemand wirklich die letzten Stunden seines Lebens damit, daß er sich irgendeine raffinierte Methode ausdenkt, wie seine Angetraute – die er unter Umständen eh nicht ausstehen kann, und wer würd's ihm verdenken? – sich die Taschen mit dem Geld aus seiner Lebensversicherung vollstopfen kann? Und was natürlich auch sein kann, ist, daß er sich schon eine ganze Weile darüber Gedanken gemacht hat, und eines Nachts fährt er auf dem Heimweg über die Brücke und denkt, jetzt mach ich's. – Sie müssen verstehen, bei dem ganzen Gerede darüber, daß man es aussehen läßt wie einen Unfall, wird immer eines vergessen: Man tut immer so, als wäre das das Einfachste auf der Welt, aber das ist es absolut nicht. Es gibt keine unbegrenzte Zahl von Methoden, Selbstmord zu begehen. Es ist immer die Frage, welche Mittel man zur Verfügung hat. Und außerdem gibt es natürlich in den meisten Fällen von Selbstmord nur ein bis zwei Arten, zu denen die Betreffenden sich überhaupt durchringen können. Nur weil jemand ohne weiteres in der Lage wäre, sich eine Pistole in den Mund zu stecken und abzudrücken, heißt das noch lange nicht, daß er es auch fertigbrächte, sich die Pulsadern aufzuschlitzen; es gibt jede Menge Leute, die einfach viel zu große Höhenangst haben, um sich von einer verdammten Brücke zu stürzen. Verstehen Sie, was ich meine? Sicher ist es unlogisch, aber so ist es nun mal. Und deswegen trifft es nicht zu, daß man hundert Möglichkeiten hätte, von denen man sich nur eine aussuchen müßte, um uns und die Versicherungsgesellschaft an der Nase herumzuführen.«

»Ich weiß nicht, ob es das war, was sie gemeint hat«, sagte Constable Greendale, doch sie wollte sich nicht auf weitere Diskussionen einlassen und ließ es damit bewenden. Für heute hatte sie genug vom Witz und von der Weisheit des Ted Worsp.

Die Gegenstände aus Victor Appleyards Saab waren auf einem Schreibtisch ausgebreitet. Worsp inspizierte mit mäßigem Interesse den Inhalt eines schwarzen Pilotenkoffers; andere hatten dies schon vor ihm getan und auch nichts gefunden, das interessant gewesen wäre. Da war ein dickes Buch mit festem Einband, das von japanischen Managementtechniken handelte. Als Worsp es durchblätterte, fiel eine gefaltete Karte heraus, die etwas kleiner war als eine normale Weihnachtskarte. Worsp untersuchte sie. Es war eine weiße Karte mit ausgestanztem Zierrand; auf der Vorderseite befanden sich ein ziemlich prachtvolles Wappen und die Aufschrift »Prince Albert College Ball, 1970«.

Irgend etwas in Worsps Gedächtnis regte sich. Er faltete die Karte auseinander. Der Aufdruck am oberen Rand der linken

Seite lautete »Ballkarte«, und auf der gepunkteten Linie darunter stand in einer schnörkeligen Jungmädchenschrift der Name »Bronwen Ticehurst«. Worsp wurde von einem leichten Schwindelanfall gepackt. Er legte die Karte hin und lehnte sich in seinem Stuhl zurück.

Nach ein paar Sekunden nahm er die Karte wieder in die Hand. Unter ihrem eigenen Namen und auf der gegenüberliegenden Seite hatte die lange verstorbene Bronwen Ticehurst die Namen ihrer verschiedenen Tanzpartner beim Jahresball des Prince Albert College von 1970 aufgelistet. Einer davon war der erst kürzlich verstorbene Victor Appleyard.

Erneut legte Worsp die Karte hin und erhob sich. »Der Abschiedsbrief«, sagte er zu niemand Speziellem. »Er hat doch einen hinterlassen.«

4

Obwohl seine Erscheinung etwas von einem Engel hatte, stand Jackson Pike mit dem Premierminister, dem Finanzminister und ein oder zwei Fernsehgestalten der widerlicheren Sorte in hartem Wettstreit um den Titel des meistgehaßten Menschen Neuseelands.

Dies bereitete Pike kein allzu großes Kopfzerbrechen. Wann immer er den Eindruck hatte, daß man ihn ausnutzte, tröstete ihn das Bewußtsein, daß sein Einfluß als Herausgeber und Eigentümer des Monatsmagazins *New Nation* seinen Mangel an Beliebtheit mehr als wettmachte.

Als junger Journalist mit hehren Idealen hatte sich Pike oft Gedanken um die Zukunft der Presse gemacht. Eines Morgens war er im Verlauf eines zweistündigen Dauerlaufs am Strand zu der Einsicht gelangt, daß der unaufhaltsame Niedergang der Zeitungslandschaft Neuseelands, was Qualität, Quantität und

Leserschaft anging, eine goldene Möglichkeit bot. Er brauchte gerade mal sechs Monate, um die notwendigen Mittel und Leute für sein Projekt zusammenzubekommen, und weitere sechs Monate, bis die erste Ausgabe von *New Nation* erschien. Die gesamte Auflage von 15 000 Exemplaren war innerhalb von 72 Stunden ausverkauft.

Was Leserschaft und Inhalt anging, deckte *New Nation* alle Bereiche ab. Das Magazin kombinierte Nachrichten und Lifestyle, Ernsthaftigkeit und Lockerheit, investigativen Journalismus von unerbittlicher Härte mit respektlosen Prominentenporträts, die der Schamgrenze nicht nur nahe kamen. Pike hatte sich auf die Fahnen geschrieben, daß die Leser seines Magazins niemals auch nur den geringsten Zweifel daran haben sollten, welchen Standpunkt *New Nation* einnahm – egal ob es dabei um Restaurants, Rugby oder die Rassenbeziehungen ging. Er hatte außerdem geschworen, daß sein Blatt keinen Modetrends oder ideologischen Festlegungen zu folgen hatte, sondern immer am jeweiligen Thema orientiert war: So wurde in einer Ausgabe eine heilige Kuh der Political Correctness der allgemeinen Lächerlichkeit preisgegeben, um in der nächsten schonungslos aufzudecken, welche Resultate die jüngsten Experimente des Wirtschaftsliberalismus nach sich zogen.

Dies alles kam zwar dem Ruf des Magazins zugute, doch es bedeutete auf der anderen Seite auch, daß man im Lauf der Jahre sämtlichen politischen Kräften – gleich welcher Richtung – und jeder Interessengruppe irgendwann einmal ans Bein gepinkelt hatte. Jackson Pike hatte schon sehr früh den Entschluß gefaßt, wenn er schon ins Fettnäpfchen trat, dann richtig, und folglich schoß *New Nation*, wenn sie jemanden aufs Korn nahm, auch nicht mit Spatzenschleudern, sondern mit schwerem Geschütz.

Pike mochte gemeinhin als Widerling gelten, doch die Popularität seiner Zeitschrift erlaubte es nicht, daß ihn irgend jemand, der – womit auch immer – die öffentliche Meinung beeinflussen wollte, ignorieren konnte. Nachdem er nun schon seit über einem Jahrzehnt den zähneknirschenden Respekt seiner Mitmenschen genoß, hatte er eine geradezu divenhafte Selektivität entwickelt, was die Persönlichkeiten anging, mit denen er sich umgab. Es gab Kabinettsmitglieder, die seine Sekretärin mit Einladungen zum Lunch förmlich bombardierten und die er trotzdem abblitzen ließ; Wirtschaftsbarone unternahmen monatelange Anstrengungen, um ihn für ein Wochenende auf ihren Landsitz zu locken. Die einzige Ausnahme bildete ein Mann, der schon so alt war, daß er weithin für tot gehalten wurde. In dreizehn Jahren hatte Pike noch nicht einmal seinen monatlichen Lunch mit Garth Grimes versäumt.

Pike und Grimes hatten ihren monatlichen Lunch zur festen Einrichtung gemacht, als Grimes in den Ruhestand getreten war. Eine Zeitlang, als *New Nation* gerade aus den Startlöchern gekommen war und Grimes der Außenwelt noch nicht den Rücken gekehrt hatte, fanden diese Mittagessen in einem der wenigen und natürlich sehr teuren Restaurants von Auckland statt, die in beider Augen Gnade fanden. Doch seit er neunzig geworden war, ließ es Grimes bei seinen beiden täglichen Spaziergängen am Strand von Takapuna bewenden und ging ansonsten nicht mehr aus dem Haus.

Seitdem fuhr Pike einmal im Monat an die Küste zum Bungalow des alten Mannes und brachte einen Korb voller Essen, eine Monatsladung Zeitschriften aus Übersee und eine Flasche sehr guten Weines mit. Dann mixte er Grimes seinen ersten Gin Tonic des Tages und für sich selbst einen Campari Soda. Daraufhin diskutierten sie die laufenden Ereignisse auf nationaler wie internationaler Ebene, und Grimes lieferte dazu eine scharfe Analyse, die Pike für gewöhnlich erhellender fand als alles, was er in den sieben Tageszeitungen und fünfzehn Zeitschriften zu lesen bekam, die er sich zur Pflichtlektüre gemacht hatte. Sodann unterzog Grimes die letzte Ausgabe von *New Nation* einer detaillierten Kritik, während sich Pike Notizen machte. Danach aßen sie zu Mittag – je nach Wetterlage entweder an dem Tisch bei der

Glasfront mit Blick aufs Meer oder auf dem Sonnendeck mit Blick auf den Strand. Während des Essens versorgte Pike seinen Gastgeber mit all dem Klatsch, den er und seine Mitarbeiter in den letzten vier Wochen aufgeschnappt hatten, der aber nicht zum Druck geeignet war.

Wenn Pike die Klatschgeschichten ausgingen, schwelgten die beiden in Erinnerungen an den mittlerweile eingegangenen *Auckland Evening Standard*, für den sie in den Siebzigern beide gearbeitet hatten – Pike als Autor von Hintergrundberichten und Grimes, seit er 1952 nach 32 Jahren in Übersee nach Neuseeland zurückgekehrt war, als Starkolumnist. Gelegentlich, wenn Grimes in Schwadronierlaune war, ließ er sich bei seinen Erinnerungen auch über die ungewöhnlichen, ja bisweilen bizarren Fantasien aus, die er in bezug auf einige der weiblichen Reporter des *Standard* gehegt hatte. Und jedesmal, wenn er dem klangvollen Timbre von Grimes lauschte, wurde Pike von der Vermutung heimgesucht, daß er sich aller Wahrscheinlichkeit in der Gesellschaft des mit der schmutzigsten Fantasie ausgestatteten Neunzigjährigen von ganz Neuseeland, wenn nicht sogar der Welt, befand.

Nach dem Lunch kochte Pike gewöhnlich Kaffee und machte sich Notizen, während Grimes ihn mit Ideen zu Geschichten und irgendwelchen Hinweisen und Gerüchten versorgte, die ihm von den überlebenden Mitgliedern eines ehemals legendären Netzwerkes von Kontaktleuten zugetragen worden waren. So kam es, daß Grimes und Pike an einem der wenigen nicht verregneten Tage in jenem Frühling auf dem Sonnendeck saßen und sich über den seltsamen Tod von Victor Appleyard unterhielten, der sich vier Wochen zuvor ereignet hatte.

Garth Grimes betrachtete es als Glücksfall, daß er im Jahre 1900 geboren worden war. Dies bedeutete, daß er für den Ersten Weltkrieg zu jung und für den Zweiten zu alt gewesen war. Er hatte in vollen Zügen jene Epochen genossen, die er selbst als das »letzte nervöse Herzflattern der Zivilisation« bezeichnete – die zwanziger Jahre und den Wirtschaftsboom der Nachkriegszeit, während dessen es ihm gelungen war, Vorkehrungen für einen geruhsamen Ruhestand zu treffen. Hin und wieder wurde er, wenn er diese Ansicht vertrat, gefragt: »Und was war mit der Wirtschaftskrise?« Woraufhin Grimes gewöhnlich zur Antwort gab, daß er den Großteil der Dreißiger in Schanghai zugebracht hatte und vom vielen Opiumrauchen so benebelt war, daß er die Wirtschaftskrise gar nicht mitbekommen hatte. Dies war eine leicht geschönte Version der Wahrheit, die so aussah, daß er selbst während seiner Zeit in Schanghai niemals so knapp bei Kasse gewesen war, daß er sich »nicht eine ordentliche Mahlzeit und die Nacht mit der Tochter des Gastwirts« hätte leisten können.

Grimes hatte Neuseeland 1920 verlassen und war die nächsten drei Jahrzehnte als Auslandskorrespondent – vorwiegend für Reuters – in der ganzen Welt herumgestreunt. In den späten dreißiger Jahren hatte ihn sein Pessimismus zu der Einsicht gelangen lassen, daß die USA wahrscheinlich die einzige Gegend waren, die von dem Chaos verschont bleiben würde, das seiner Ansicht nach der Welt bevorstand, und folglich hatte er Schritte unternommen, um sich eine Akkreditierung in Washington zu sichern. Als in den Fünfzigern ein Nuklearkrieg zwischen den USA und der UdSSR am Horizont zu dräuen begann, rechnete Grimes sich aus, daß seine Wohnung, die weniger als eine Meile vom Weißen Haus entfernt lag, vermutlich von der ersten russischen Rakete in Schutt und Asche gelegt werden würde. Folglich dachte er, es sei an der Zeit, nach Hause zurückzukehren. 1965 verstarb Grimes' amerikanische Ehefrau völlig unerwartet. Buchstäblich über Nacht entledigte sich Grimes sämtlicher Anteilnahme an der fortgesetzten Existenz seiner selbst und der menschlichen Rasse im allgemeinen und zeichnete sich von da an durch ein sonniges, unbeschwertes Gemüt aus, um das ihn alle beneideten, die mit ihm zu tun hatten.

Grimes hatte stets in der Annahme gelebt, daß seine ziemlich ausschweifende, streckenweise sogar zügellose Lebensführung ihm mit einiger Sicherheit die von Würdelosigkeit geprägten Widrigkeiten eines hohen Alters ersparen würde – vor allem angesichts der Tatsache, daß seine einzige sportliche Betätigung darin bestanden hatte, daß er manchmal zwei Treppenstufen auf einmal nahm. Es überraschte ihn daher nicht wenig, daß ihm nach einer gründlichen medizinischen Untersuchung im Alter von 70 Jahren, kurz bevor er in den Ruhestand treten wollte, eröffnet wurde, sein Gesundheitszustand sei robust und er könne durchaus noch zwei Jahrzehnte leben.

Grimes nahm den Arzt beim Wort und konsternierte die Journalisten des *Standard*, die bereits dabei waren, das Fell des Bären in Gestalt seiner dreimal wöchentlich erscheinenden Kolumne zu verteilen, mit der Ankündigung, daß er nun doch nicht in den Ruhestand treten würde. Und so schrieb er weiterhin seine weltgewandten Kolumnen, eine Mischung aus persönlicher Meinung, Gerüchten und Hintergrundwissen aus obskuren Quellen, und besserte sein Einkommen mit dem auf, was er als »Briefe an Freunde« bezeichnete.

In der Branche nannte man eine solche Vorgehensweise »Ausschlachten«, und sie bedeutete, gewöhnlich unter Pseudonym, für andere Publikationen zu schreiben. Das fundamentale Prinzip des Ausschlachtens besteht in der maximalen Bezahlung für minimalen Aufwand; im Idealfall ging man dieser Tätigkeit während der regulären Arbeitszeiten nach, indem man lediglich ein paar geringfügige Änderungen an einer Geschichte vornahm, die bereits für die Zeitung geschrieben worden war, von der man sein reguläres Einkommen bezog.

Grimes war der König der Ausschlachter. Jeden Nachmittag stöberte er methodisch die Ablage des Nachrichtenredakteurs durch, in der sich die Artikel befanden, die an jenem Tag eingereicht worden waren. Dann schnalzte er mit der Zunge angesichts von grammatikalischen Mängeln, ungeschickten Formulierungen und plumpen Einleitungen. Er suchte sich die Artikel heraus, die für seine zahlungskräftige Kundschaft auf vier Kontinenten von Interesse waren, schrieb sie um, kürzte sie wenn nötig und schlenderte zum Hauptpostamt, von wo aus er sie an verschiedene Zeitschriften und Zeitungen in Übersee verschickte, deren Hunger nach Neuigkeiten aus Neuseeland ihn immer wieder aufs neue in Erstaunen versetzte.

Unter normalen Umständen hätte die Tatsache, daß der bestbezahlte Journalist einer Zeitung sein Einkommen durch die Arbeit anderer mindestens verdoppelte, einige Ressentiments in der Redaktion hervorgerufen. Doch Grimes wurde aufgrund seines Alters, seines Rufes und seines exemplarischen Professionalismus ein nahezu ehrfurchtsvoller Respekt entgegengebracht, nicht zuletzt deshalb, weil er für etliche Journalisten des *Standard* die Rolle eines Mentors spielte. Jeder Reporter, egal wie unbedeutend er auch sein mochte, konnte ihn um Rat angehen oder um Hilfe bei einer Geschichte bitten und sicher sein, daß sie ihm mit größter Freundlichkeit gewährt würde. Der junge Jackson Pike gab selbst dann, als er sich bereits einen Ruf als Berichterstatter erworben hatte, niemals einen Artikel ab, bevor Grimes sein Placet dazu gegeben hatte.

An seinem achtzigsten Geburtstag trat Grimes schließlich doch in den Ruhestand. Er hatte lange und sorgfältige Berechnungen angestellt, ausgehend von der Anahme, daß er 95 Jahre alt werden würde, und war zu dem Ergebnis gekommen, daß er genügend Wohlstand angehäuft hatte, um seinen Tagesbedarf in Form von einer viertel Flasche Gin, einer Flasche anständigen Weines, einem Glas Cognac und zehn Zigaretten finanzieren zu können, ohne sein Haus verkaufen zu müssen, für das man ihm bereits 1979 etwas mehr als eine Million Dollar geboten hatte. Doch er hatte nicht das geringste Verlangen, irgendwo anders zu leben.

Im Ruhestand hatte er einen festen Tagesablauf, von dem er selten abwich. Um acht Uhr stand er auf und machte sich eine Tasse Tee und ein gekochtes Ei, las die Zeitung und rauchte zwei

Zigaretten. Danach ging er, egal wie das Wetter auch sein mochte, am Strand spazieren. Er stand noch immer auf der Verteilerliste diverser Unternehmen, für die er Artikel ausgeschlachtet hatte, und so kam es, daß er jeden Tag in seiner Post Zeitungen fand, die ihm per Luftpost aus Hongkong, London oder New York zugeschickt wurden. Bei seiner Rückkehr vom Strand setzte er sich also für gewöhnlich an den Tisch bei dem großen Fenster mit Blick auf den Horizont über der See und las diese Zeitungen sorgfältig durch. Um Mittag mixte er sich einen Gin Tonic; um 12 Uhr 30 aß er zu Mittag – gewöhnlich kalten Braten und einen Salat zusammen mit einem Glas Wein aus der Flasche, die er dann zum Abendessen austrank.

Nach dem Lunch machte er einen weiteren Spaziergang am Strand und legte sich danach zu einem Mittagsschläfchen hin, bis ihn seine mittlerweile schon fast fünfzig Jahre alte Tochter weckte, die seine Einkäufe erledigte, gelegentlich für ihn kochte und häufig in Tagträumen schwelgte bei dem Gedanken an das Haus, das sie und ihr Gatte auf dem Grundstück bauen würden, sobald Grimes gestorben war. Gelegentlich wurde seine Tochter von Gewissensbissen geplagt, wenn sie wieder einmal eine leichte Verärgerung nicht unterdrücken konnte, sobald jemand eine Bemerkung über den rüstigen Zustand ihres Vaters machte.

Vor dem Abendessen, das modernen ernährungswissenschaftlichen Erkenntnissen zum Trotz überaus reichhaltig und schwer war, wenn seine Tochter kochte, trank Grimes zwei weitere Gin Tonic, während er ein Buch oder die Zeitschriften las, die Pike ihm mitgebracht hatte. Manchmal schaute er sich auch die Nachrichten im Fernsehen an, obwohl ihm dies meist schwer auf die Laune schlug. Nach einem ausgiebigen Abendessen ging er dann zu Bett, wobei er sich einen Schlummertrunk und ein Buch mitnahm – häufig eines von P. G. Wodehouse, dessen Romane *Blandings Castle* und *Jeeves* er jedes Jahr wieder las. Nachdem er etwa eine Stunde mit Lesen verbracht hatte, knipste er das Licht aus und bettete seinen Kopf auf das Kissen. Während er so in der Dunkelheit dalag, überlegte er sich, ob dies wohl der Schlaf sei, aus dem er niemals wieder erwachen würde. Und für den Fall, daß ja, wählte er aus seinem reichhaltigen und variationsreichen sexuellen Erfahrungsschatz ein Ereignis aus, um es sich in allen Einzelheiten noch einmal zu vergegenwärtigen. Garth Grimes glaubte nicht an ein Leben nach dem Tode.

»Das hier könnte was für dich sein«, sagte Grimes, während er seinen Kaffee umrührte. »Erinnerst du dich noch an die Sache mit Appleyard?«

»Der Kerl von Berkeley?« sagte Pike. »Das war's, Scheißwelt, und dann runter von der Harbour Bridge?«

Grimes, der sich noch sehr gut an die Zeiten erinnern konnte, als Pike in solchen Angelegenheiten weniger Herzlosigkeit und Abgeklärtheit an den Tag gelegt hatte, nickte. »Genau der. Soweit ich mich erinnere, wollte der Leichenbeschauer dafür seine Hand nicht unbedingt ins Feuer legen.«

»Es blieb ihm auch nichts anderes übrig. Appleyard hat keinen Abschiedsbrief hinterlassen. Was ist mit ihm?«

»Mein alter Kumpel Worsp hat mich vor kurzem angerufen«, sagte Grimes. »Er ist Sergeant im Hauptrevier. Der Typ ist so eitel wie ein Erzbischof; vor zwanzig Jahren habe ich ihn mal in einer Kolumne erwähnt, und seitdem ruft er mich immer wieder mal an, um mich über seine Heldentaten und Geniestreiche auf dem laufenden zu halten. Aber diesmal hatte er was ziemlich Interessantes auf Lager. Ich nehme mal an, die Geschichte von der Erhängten im Prince Albert College sagt dir nichts?«

Pike schüttelte den Kopf.

»Das Ganze ist 1970 passiert. Ich hab nicht schlecht an der Geschichte verdient – die *Daily Mail* konnte gar nicht genug davon kriegen, obwohl sie mich dauernd gelöchert haben, daß ich mehr Sex reinbringe. Was passiert ist, war folgendes: Ein Mädchen namens Bronwen Ticehurst ist zum alljährlichen Collegeball gegangen und wurde tot im Glockenraum der Schule aufgefunden. Sie hatte sich mit einer Schulkrawatte erhängt.«

Pike nickte. »Stimmt, da klingelt irgendwo ein Glöckchen.«

Grimes verzog den Mund zu einem müden Lächeln angesichts Pikes unbeabsichtigten Witzes. Er neigte zu der Ansicht, daß das einzige Hindernis, das Pike auf seinem Weg zu einem wirklich großen Herausgeber im Wege stand, die Tatsache war, daß er alles – und zwar einschließlich seiner selbst – eine Spur zu ernst nahm. Er fuhr fort: »Wie du dir vorstellen kannst, gab es einen Heidenaufstand deswegen. Schließlich war sie ein zauberhaftes Mädchen aus gutem Hause, und Eltern, die damals ihren Töchtern erlaubten, zum Ball einer Privatschule zu gehen, rechneten eigentlich damit, daß sie lebend wieder zurückkamen. Für den Schuldirektor war die Angelegenheit einfach zuviel. Der Kerl hieß Hogbin, einer von der überkorrekten Sorte, der dann deswegen völlig ausgerastet ist, so daß sie ihn schließlich in die Gummizelle stecken mußten.«

Pike schob sein Notizbuch zur Seite. »Das ist ja alles ganz spannend, Grimy, aber was hat es mit Appleyard zu tun?«

Grimes schaute Pike über die halbmondförmigen Gläser seiner Lesebrille hinweg an. Vielleicht, dachte er, wäre etwas mehr Geduld auch nicht von Nachteil. »Schweife ich zu weit ab? Das will ich aber nicht hoffen, denn immerhin wird Weitschweifigkeit im allgemeinen mit Senilität in Verbindung gebracht. Die Verbindung besteht darin, daß die Polizei die Ballkarte von Bronwen Ticehurst im Aktenkoffer von Appleyard gefunden hat. Und sein Name stand auch darauf.«

Pike hatte eine schnelle Auffassungsgabe, und es bereitete Grimes einiges Vergnügen zuzuschauen, wie er sie nutzte. Pike stützte seine Ellbogen auf den Tisch, preßte seine gefalteten Hände vor den Mund und starrte Grimes eine halbe Minute lang eindringlich an. »Er war in der besagten Nacht mit dem Mädchen zusammen, hat die Karte seitdem aufbewahrt und dann den Abgang gemacht«, sagte er langsam. »Aber was soll das bedeuten: daß er sie umgebracht hat und anschließend sein Gewissen ihn zwanzig Jahre so sehr gequält hat, bis er es nicht mehr ertragen konnte?«

»Das scheint die Theorie des Sergeants zu sein, doch sie ist mehr als fragwürdig. Der Leichenbeschauer hat nichts davon erwähnt; ich nehme an, er konnte es auch nicht, denn bei Unterstellungen von solcher Tragweite hätte das zur Folge, daß man den Tod des Mädchens wieder aufrollen müßte, wozu offensichtlich wenig Neigung besteht.« Grimes nahm einen Zettel aus der Tasche und faltete ihn vor sich auf dem Tisch auseinander. »Ich habe den Sergeant überredet, mir alle Namen auf der Ballkarte des Mädchens zu geben; ein paar davon wirst du bestimmt ganz interessant finden.«

Pike zog die Augenbrauen zusammen und griff nach seinem Notizbuch.

Langsam las Grimes die Namen vor: »Appleyard, natürlich; Dermot Looms – er muß ihr Partner gewesen sein, denn er ist mehrmals aufgeführt; Maurice Trousdale; Basil Batrouney; Caspar Quedley und Trevor Lydiate.«

Ja, fick mich doch einer mit ’ner Motorsäge, dachte Pike. Baz Batrouney hatte es in den Siebzigern zumindest auf lokaler Ebene zum Rockstar gebracht; auf dem Höhepunkt seines Ruhms, als außerdem Gerüchte die Runde machten, daß er schwer drogenabhängig sei, hatte er sich nach Waiheke Island zurückgezogen, wo er seitdem ein Einsiedlerdasein führte. Quedley war ein einflußreicher Public-Relations-Mann, während Lydiate hinter Gittern saß, weil er als Anwalt einen seiner Klienten um zwei Millionen Dollar betrogen hatte. Pike streckte den Arm aus und nahm die Liste zur Hand. »Was ist mit den beiden, Looms und Trousdale – hast du eine Ahnung, wer sie sind?«

»Was Looms angeht, nein«, sagte Grimes. »Bei Trousdale nehme ich an, daß er einer von den Teppich-Trousdales ist.«

»Hervorragend«, sagte Pike. Wenn Grimes recht hatte, gehörte er zu einer der reichsten Familien Aucklands. »Das hier könnte wirklich ein Prachtstück von einer Geschichte werden. Wir müßten allerdings einige Mühe reinstecken. Im Augenblick sind wir ziemlich ausgelastet, das heißt, ich müßte einen Freien drauf ansetzen. Irgendwelche Vorschläge?«

»Wie der Zufall so spielt, ja«, sagte Grimes. Pike bemerkte ein freudiges Glitzern in Grimes' wäßrigen Augen; Vorsicht, sagte er sich. Der alte Fuchs führt was im Schilde. »Was glaubst du wohl, von wem ich neulich im Radio gehört habe, daß er aus Frankreich ausgewiesen wurde? Unser alter Kumpel Reggie Sparks.«

Pikes Lächeln verschwand. Ruckartig schob er seinen Stuhl zurück, erhob sich und rannte auf dem Sonnendeck auf und ab. »Grimy, das hier ist eine spitzenmäßige Idee für eine Story, und ich bin wirklich äußerst dankbar und so weiter, aber Sparks? Das ist doch nicht dein Ernst. Der Kerl hat nicht mehr alle Tassen im Schrank – weißt du noch, wie er versucht hat, Col Dumpley aufzuspießen?«

Grimes lachte. »Wie könnte man so was vergessen? Ein Glanztag in der Geschichte des Journalismus. Das wirst du ihm doch wohl nicht verdenken? Der Junge war damals voll auf Drogen. Mein Gott, wenn ich dran denke, als ich damals in Mexiko Pilze gefressen habe – das letzte, was ich hätte sehen wollen, wäre eine Kreatur gewesen, die so ekelhaft war wie Dump. Auf den wäre ich auch mit allem losgegangen, was ich in die Hände bekommen hätte.«

Pike rannte immer noch hin und her. »Grimy, du weißt, daß ich deinem Rat normalerweise blind folge, aber diesmal muß ich dich leider enttäuschen. Ich kann diesen Irren doch nicht in der Gegend rumlaufen lassen als Vertreter meiner Zeitschrift.«

»Na ja, es war ja auch nur so ein Gedanke«, beharrte Grimes, nicht im mindesten beeindruckt. »Ich dachte einfach nur, daß Reggie zusammen mit den ganzen Typen auf der Liste am Prince Albert gewesen ist und daß das vielleicht von Vorteil wäre.«

Pike blieb abrupt stehen und starrte Grimes an. Er kam an den Tisch zurück und ließ sich auf seinen Stuhl fallen.

»Falls du deine Meinung ändern solltest«, sagte Grimes und griff nach einer Zigarette, »kannst du ihn über seine Mutter erreichen; sie wohnt irgendwo in St. Heliers. Ich denke, du gehst mit Reggie ein bißchen zu hart ins Gericht, Jackson – ich fand ihn als jungen Mann immer ganz sympathisch. Und er war alles andere als ein schlechter Reporter. Nicht gerade brillant, das gebe ich zu, aber er hatte Mumm, auch wenn man es ihm nicht unbedingt ansah. Ich kannte seinen Vater ganz gut – der typische nette Gangster von nebenan. Er hat ungefähr zur gleichen Zeit Grundstücke in der Gegend hier gekauft wie ich – vermutlich hatten wir dieselbe Quelle, aus der der Tip kam.«

5

Ganz anders als er selbst und Sergeant Ihaka erwartet hatten, bereiteten die Nachforschungen im Fall Wallace Guttle Detective Inspector Finbar McGrail kein Vergnügen.

Die Obduktion hatte ergeben, daß der Tod des Privatdetektives nicht durch Margo Dugdales abgefahrenen Goodyear-Reifen verursacht worden war, sondern durch drei Kugeln, die dicht nebeneinander in seine Stirn eingedrungen waren. Die Tatsache, daß der Mörder es geschafft hatte, drei Kugeln in ein derart kleines Ziel zu bringen – Wallace Guttles Stirn hatte eher etwas Affenartiges als etwas Professorales –, und das auch noch mit einer Handfeuerwaffe bei schlechten Lichtverhältnissen, deutete stark darauf hin, daß es sich bei ihm – oder ihr – um einen Profi handelte.

Allein die Durchsicht von Guttles Akten war zeitaufwendiger als ursprünglich angenommen. McGrail hatte, als er sich einen ersten Überblick verschaffte, die übellaunige Indigniertheit eines hundelosen Hausbesitzers an den Tag gelegt, der einen Hundehaufen von seinem Rasen entfernen muß. Sein Widerwillen gegen die Angelegenheit stand in scharfem Kontrast zu dem zungenschnalzenden Enthusiasmus Ihakas, der sich sogar dahin verstieg, den Akteuren auf den Fotos von Guttle für Technik und Erscheinungsbild Noten von Eins bis Zehn zu geben. Nach drei aufreibenden Wochen hatten sie eine Liste von Leuten zusamengestellt, die eventuell Grund hatten, einen gewissen Groll gegen Guttle zu hegen. Die Liste war alles andere als kurz. Es begann ein langsamer, an peinlichen Situationen reicher, letztendlich jedoch ergebnisloser Prozeß, während dessen sämtliche Namen auf der Liste überprüft wurden. Die Befragungen dauerten mehr als einen Monat, und schließlich stand nur noch ein Name auf der Liste.

McGrail blieb vor der halbgeöffneten Tür vor dem kleinen Konferenzzimmer des Hauptreviers stehen, von wo aus die Untersuchungen im Fall Guttle koordiniert wurden. Er wurde von einer Mischung aus Unglauben und Irritation gepackt, als er das schallende Gelächter von drinnen hörte. Bekam der Kerl diese elenden Fotos denn nie satt?

Er ging hinein. Ihaka wedelte mit dem Foto eines Mannes beim Cunnilingus herum und erklärte zwei Constables: »Ich hab den Kerl gar nicht erkannt, als ich bei ihm aufgekreuzt bin – ich hatte damit gerechnet, daß er 'n Schnurrbart hat.«

Die Constables kicherten nervös. McGrail sagte: »Darf ich die Gynäkologievorlesung einen Moment unterbrechen?« Die Constables eilten zur Tür hinaus und zogen sie hinter sich zu. Ihaka nippte an seinem Tee.

McGrail betrachtete das Foto. Bemerkenswert, dachte er; Guttle mußte so nah dran gewesen sein, daß er die beiden förmlich riechen konnte.

»Nun, Sergeant, was haben Sie zu berichten?«

»Ich treffe mich noch heute morgen um elf mit Mrs. Broome. Das ist die, die in Übersee war. Sie ist die letzte auf der Liste.«

»Für sechs Wochen Arbeit haben wir nicht besonders viel vorzuweisen, stimmt's?«

Ihaka zuckte mit den Achseln. »Einen Scheiß haben wir.«

McGrail setzte sich Ihaka gegenüber. Auf dem Schreibtisch zwischen den beiden türmten sich die Stapel mit Guttles Akten, Fotos und Vernehmungsprotokollen.

»Wir mußten diesen Aufwand betreiben, das ist schon klar, aber wenn ein Profi am Werk war, und da bin ich mir ziemlich sicher, dann hilft uns das hier auch nicht weiter«, erklärte er und schob einen Stapel Akten ein paar Zentimeter zur Seite.

Ihaka nickte. Er und der Inspector hatten diese Unterhaltung schon einmal geführt.

»Die ganzen Leute hier drin«, sagte McGrail und versetzte dem Stapel einen Stoß, »was hätten sie davon, Guttle umzubringen? Genugtuung, und das ist alles. Was sie angeht, war doch alles schon gelaufen – dadurch, daß sie ihn aus dem Weg räumen, konnten sie ihre Ehen und Beziehungen auch nicht mehr einrenken. Um jemanden aus Rache umzubringen, muß man emotional ziemlich mitgenommen sein – es muß Tag und Nacht an einem nagen. Und wenn man jemanden so sehr haßt, dann ist es eher wahrscheinlich, daß man es selbst erledigt, anstatt jemanden anzuheuern.«

Ihaka wußte, daß McGrail keine Antwort erwartete, also gab er ihm auch keine.

McGrail schlug einen Schnellhefter auf und stöberte darin herum. »Sie haben sich mit den Leuten unterhalten, Sergeant, Sie haben die Vernehmungsprotokolle gelesen. Die meisten dieser Personen sind wohlhabende Geschäftsleute. Wie viele von denen wissen wohl, wo sie einen Attentäter auftreiben können?«

Attentäter, dachte Ihaka. Er denkt wohl, er ist wieder im hohen Norden. »Kaum jemand, Sir«, sagte er. »Ich denke nicht, daß in Remuera ein großer Bedarf an Attentätern besteht.«

Schon als die Untersuchung begann, hatte McGrail Ihaka und seinen Leuten eingeschärft, sich von Guttles Akten und Fotos nicht auf die falsche Fährte locken zu lassen. »Wenn jemand einen professionellen Killer anheuert«, hatte er ihnen erklärt, »ist das in neun von zehn Fällen das Resultat von geschäftlichen Überlegungen und nicht von emotionalen Beweggründen.«

McGrails Theorie zufolge war Guttle nicht wegen etwas umgebracht worden, das er in der Vergangenheit getan hatte, sondern vielmehr, um ihn daran zu hindern, daß er in einer Sache, an der er gerade arbeitete, weiterkam, beziehungsweise, weil er eine Entdeckung gemacht hatte und diese Spur nicht weiterverfolgen sollte. Ihaka hielt diese Theorie schon beim ersten Mal für plausibel. Seitdem hatte er sie sich sechs Wochen lang mindestens zweimal pro Woche anhören müssen, ohne daß dies seine Meinung geändert hätte, doch das Problem war, daß Wallace Guttle an seinen Geheimnissen zu viel Freude gehabt hatte, als daß er sie mit jemandem hätte teilen wollen. Niemand wußte, woran er zu dem Zeitpunkt, als er ermordet worden war, gearbeitet hatte. Er hatte kein Tagebuch geführt, und es gab keinerlei Aufzeichnungen und Notizen zu laufenden Fällen. Hinzu kam, daß es sich bei ihm um ein Einmannorchester handelte. Lediglich zweimal in der Woche kam eine Frau vorbei, die sich jedoch nur um die Buchhaltung kümmerte und Papierkram erledigte.

Eine ganze Woche hatten sie damit verschwendet, Margo Dugdales mysteriösen Begleiter, Tony Rispoli, aufzuspüren. Bei sich zu Hause und unter den Augen seiner Frau machte Rispoli Bekanntschaft mit McGrails legendären Vernehmungsmethoden – Fakten, Fakten, Fakten, keine Emotionen, kein Wischiwaschi und kein Erbarmen. Ihaka konnte sich des Eindrucks nicht erwehren, daß Rispoli nachgerade die Ehre zukam, Guttles letztes Opfer gewesen zu sein. Selbst nach seinem Ableben schien Guttle in der Lage zu trennen, was Gott zusammengefügt hatte.

McGrail erhob sich. »Okay, gehen Sie zu dieser Frau, und schreiben Sie mir einen Bericht, was Sie erreicht haben. Sobald ich den durchgelesen habe, werde ich den ganzen Fall noch mal durchgehen. Sieht nicht so aus, als könnten wir uns hier großartige Meriten verdienen, Sergeant.«

Ihaka erwiderte McGrails ausdruckslosen Blick und griff dann nach seinem Lieblingsordner. »Voll für 'n Arsch, Sir«, sagte er, »und zwar in jeder Hinsicht.«

Hätten die Zigaretten und der Whisky Stanley Sparks einen Moment früher dahingerafft, wäre er als schwerreicher Mann gestorben. Nicht daß er nach dem Börsenkrach von 1987 am Hungertuch hätte nagen müssen, er wurde lediglich auf den Stand zurückgeworfen, den er Anfang der Achtziger schon einmal innegehabt hatte, bevor er in den folgenden Jahren sein Kapital durch Aktienspekulationen vermehrte. So hatte Stanley seiner Witwe lediglich ein nicht unbeträchtliches Vermögen und ein großzügig angelegtes, hypothekenfreies Haus in einer der schöneren Straßen von St. Heliers hinterlassen. Und ebendort hatte sich Reggie Sparks seit seiner Rückkehr aus Frankreich wieder niedergelassen.

Reggies größte Leistung seit seiner Heimkehr hatte darin bestanden, seine Mutter zu überreden, den Sky Channel zu abonnieren. Mit der Zeit verließ er kaum noch das Sofa vor dem Fernsehgerät im Wohnzimmer des Erdgeschosses. Er hatte jede Menge Filme angeschaut und sich mittlerweile einen ganz guten Überblick über die Situation auf dem Balkan verschafft. Meistens jedoch sah er Sport. Das Schwergewicht der Berichterstattung auf dem Sportkanal lag auf der südafrikanischen Rugbyliga, und Sparks war mittlerweile so sehr damit vertraut, daß er sich sogar die Namen der Spieler merken konnte, obwohl sie sich beim ersten Mal so anhörten, als würde sich jemand räuspern, um gleich darauf auszuspucken.

Sparks war sich selbst dessen zwar nicht bewußt, doch der Anruf von Jackson Pike kam genau im richtigen Augenblick. Seine Mutter Mareena mochte zwar geduldig und tolerant sein, doch auch sie war nicht im Überfluß mit diesen Gaben gesegnet.

Sie akzeptierte, daß Reggie eine Weile brauchen würde, um sich wieder einzugewöhnen, und wenn dies bedeutete, daß er bis zu 15 Stunden am Tag auf dem Sofa herumlag, dann sollte es eben so sein. Außerdem machte sich Reggie im Haushalt nützlich, indem er Kochkünste an den Tag legte, die man bei ihm gar nicht vemutet hätte. Seine Spezialitäten waren traditionelle französische Kasserollen wie *Bœuf Bourgignon, Navarin de Mouton* und *Coq au Vin*. Doch das Wohlgefühl, das mit einem *Etuvée de Veau au Vin Rouge* in Verbindung mit ein paar Gläsern südaustralischem Shiraz einherging, war nur von begrenzter Dauer; in Mareenas Fall verflüchtigte es sich nahezu gänzlich bis zum Mittag des nächsten Tages, besonders, wenn der Koch sich dann noch im Bett herumwälzte.

Seit Reggies Heimkehr waren mittlerweile neun Wochen verstrichen. Damit war die Eingewöhnungsphase, die Mareena ihrem Sohn zubilligte, zu Ende. Es war nun an der Zeit, so glaubte sie, daß Reggie seinen Hintern endlich hochbekam, sich einen Job suchte und entweder auszog oder Miete bezahlte. Sie stand gerade in der Tür zum Wohnzimmer, wo sie, die Arme vor der Brust verschränkt, mißmutig ihren ungekämmten Sohn betrachtete und sich mental für die nun kommende Auseinandersetzung rüstete, als das Telefon klingelte. Sie hob den Hörer ab. Es war ein Mr. Jackson Pike von der Zeitschrift *New Nation*, der Reggie Sparks sprechen wollte.

In der Nacht zuvor hatte sich Reggie bis vier Uhr morgens eine Live-Übertragung vom Rentierrennen in Lappland angesehen und Malt Whisky getrunken. Selbst drei Aspirin und zwei Gläser Berocca hatten keinerlei anästhetischen Effekt auf die stechenden Schmerzen, die sich in gleißenden Explosionen in seinem Schädel austobten. Weder der Name Jackson Pike noch das Magazin *New Nation* sagten ihm irgendwas, doch selbst in diesem Augenblick, da es um seine Wahrnehmungsfähigkeiten gerade mal eine Idee besser bestellt war als bei einem Schlafwandler, bemerkte er die energische Haltung seiner Mutter, die nichts Gutes zu bedeuten hatte. Genaugenommen konnte es nur eines bedeuten, und deshalb mußte er jede Gelegenheit nutzen, um die Angelegenheit zu verschieben. Er hievte sich vom Sofa und nahm den Hörer zur Hand.

»Hallo.«

»Sparks? Hier ist Jackson Pike. Wir haben vor langer Zeit zusammen beim *Standard* gearbeitet.«

Sparks schloß die Augen und unternahm eine übermenschliche Anstrengung, um sich zu erinnern – Pike: klein, dunkelhaarig, schrieb Hintergrundberichte, strotzte vor Selbstsicherheit.

»Klar. Wie geht's?«

Die halbherzige Vertraulichkeit wich aus Pikes Tonfall. Nun ging es wieder ausschließlich ums Geschäftliche.

»Hören Sie zu, was machen Sie eigentlich so in letzter Zeit? Schreiben Sie noch immer?«

Er wartete Sparks' Antwort gar nicht ab. »Ich leite eine Zeitschrift mit dem Namen *New Nation*, und ich brauche jemanden, der für mich einer Story auf den Grund geht. Kann sein, daß sie ordentlich was hergibt. Haben Sie Interesse?«

Während er Pike so zuhörte, machte sich bei Sparks ein wachsendes Mißbehagen breit. Der Hintergrundbericht, den der Herausgeber da in groben Zügen umriß, hörte sich ganz so an, als wäre er mit einigem Aufwand und Ansprüchen verbunden, und es war schon lange her, seit sich Sparks zum letzten Mal in den Gefilden des seriösen Journalismus versucht hatte. Wenn er seine moralische Verfassung in Rechnung stellte und in Betracht zog, daß der Kater, der in seinem Hirn noch immer tobte, irgendwann zur Ruhe käme, schätzte er, daß er gerade mal dazu in der Lage war, eine Presseerklärung zu einem Artikel von zehn Absätzen zurechtzustutzen. Wovon Pike sprach, war allerdings etwas ganz anderes. Herrgott noch mal, jetzt hör ihm schon zu.

»... okay, im Grunde genommen geht es um diese sechs Typen,

die mit dem Mädchen zu tun hatten, das vor zwanzig Jahren gestorben ist – inwiefern sie davon betroffen waren und was seitdem aus ihnen geworden ist. Aber ich sehe das Ganze auch noch als, nun ja, als eine Metapher dafür, wie sich das ganze Land seitdem verändert hat: Sie wissen schon, Lydiate, der Anwalt hinter Gittern, könnte den Verfall der Moral im Wirtschaftsleben symbolisieren – das Ausmaß, in dem Gier und Korruption allenthalben überhandnehmen. Batrouney, der Musiker, steht für die Schattenseiten von Sex, Drogen und Rock 'n' Roll – das Ende der Unschuld aus den Siebzigern. Quedley, der PR-Man, symbolisiert den Aufstieg des Imagegestalters, den Manipulator, die ganze Image-Industrie – Werbung und Public Relations – und wie sie dem Steuerzahler das Geld aus der Tasche zieht, indem sie Beraterverträge mit Regierungsstellen und Ministerien abschließt und der ganze Scheiß. Der Ausgangspunkt von allem ist Appleyard. Sie müssen irgendwie herausbekommen, was eventuell in seinem Kopf vorgegangen sein mag – kann es sein, daß er das Mädchen umgebracht hat? Hat ihn ihr Tod über Jahre hinweg verfolgt? Über die anderen Typen weiß ich nichts, aber ich wette, daß auch sie ordentlich was hergeben. Trousdale zum Beispiel ist anscheinend der Erbe eines riesigen Vermögens. Was sagen Sie dazu? Wenn die Geschichte hinhaut, kommt sie auf die Titelseite, und Sie sind wieder voll im Geschäft.«

Wovon redet dieser verdammte Irre bloß? fragte sich Sparks. Er wollte nichts lieber, als den Hörer auflegen und sich in einem dunklen Zimmer aufs Ohr legen. Aber das kam nicht in Frage, solange Mareena neben ihm stand und ihn erwartungsvoll anblickte. Er murmelte etwas davon, daß er die Sache übernehmen würde, und hörte mit halbem Ohr Pikes ungebremstem Redefluß zu, in dem es um Geld, Abgabetermine und Fotos ging und darum, daß er ihm Zeitungsausschnitte über Appleyard zuschicken würde.

»Gut, dann ist ja alles klar«, sagte Pike. »Halten Sie mich über Fortschritte auf dem laufenden.«

»Einen Moment noch«, sagte Sparks. »Wo finde ich diese Typen?«

»Schon mal was vom Telefonbuch gehört?« sagte Pike gereizt, nachdem er zunächst eine ganze Weile geschwiegen hatte. »Sie sind doch mit diesen Wichsern in die gleiche Schule gegangen, Sparks; wenn Sie's nicht mal schaffen, die Typen aufzutreiben, was für einen Schrott werden Sie dann wohl abliefern?«

Sparks sagte: »Ja, okay« und legte auf. Er schenkte seiner Mutter ein schwaches Lächeln.

»Tja Mom, sieht so aus, als hätte ich wieder 'nen Job.«

Er erzählte ihr von dem Auftrag; sie war darüber doppelt glücklich, weil es bedeutete, daß der Moment der großen Aussprache – unter Umständen auf alle Ewigkeit – verschoben werden konnte. Wer konnte wissen, wohin das Ganze führen würde? Als sie sich auf den Weg nach oben machte, um den Lunch zuzubereiten, rief sie ihm über die Schulter hinweg zu: »Ich bin sicher, daß Gavin dir helfen kann, an diese Leute heranzukommen; er hat ein paar Feunde im Club der Ehemaligen des Prince Albert College.«

Sparks ließ sich aufs Sofa plumpsen. Drei Gedanken gingen ihm durch den Kopf, und er wußte nicht, welcher der deprimierendste war.

Zum einen war da die Tatsache, daß seine Mutter wesentlich schneller geschaltet hatte als er selbst, als es darum ging, an die Tanzpartner des toten Mädchens heranzukommen; dies bedeutete, daß er sich mit seinem Bruder treffen und, was noch schlimmer war, ihn um Hilfe bitten mußte, und drittens war da noch Pike, der tolle Hecht und Herausgeber einer Zeitschrift – jemand, der genauso alt war wie er selbst und mittlerweile auf der Überholspur des Lebens an ihm vorbeigezogen war.

In den ersten Wochen nach seiner Rückkehr hatte Sparks sich wirklich Mühe gegeben, den Kontakt zu alten Freunden wiederherzustellen, doch die Zusammentreffen erwiesen sich als ziemlich niederschmetternde Erlebnisse. Selbst jene, die ebenso desorientiert und sorglos durchs Leben gedriftet waren wie er selbst, machten den Eindruck, als hätten sie mittlerweile etwas vorzuweisen. Sie hatten Häuser, Familien, Jobs, in denen sie anscheinend wirklich aufgingen, sie genossen einen gewissen Respekt und in einem oder zwei Fällen sogar so etwas wie Berühmtheit. Sie waren um die Vierzig und hatten etwas vorzuweisen. Und was hatte er? Null Komma nix in fetten Buchstaben. Sicher, einige seiner alten Bekannten hatten sich zu ihrem Nachteil verändert; manche waren spießig, langweilig und selbstgefällig. Aber sie hatten ein Ziel und schienen mehr oder weniger glücklich damit.

Schließlich wurden ihm die Fragen zuwider, die unweigerlich den Begrüßungsfloskeln und den nostalgischen Schwelgereien in der Vergangenheit folgten: Und wie sieht's bei dir aus, Reg? Hast du irgendwelche Pläne? Wirst du dir 'n Haus kaufen? Halt dich bloß ran, die Preise gehen hoch. Du hast dir doch bestimmt 'ne kleine Mademoiselle mitgebracht? Wann steht denn bei dir der Vierzigste an, Reg – oder ist es unhöflich, so was zu fragen? Reggie, ich sag dir nur eins – Altersversorgung; wir müssen selbst vorsorgen, der Staat kümmert sich doch einen Scheiß.

Sie alle waren erwachsen und ruhiger geworden, hatten es geschafft oder waren dabei, sich in ihren kleinen Nischen einzurichten, ihr Dasein mit Sinn zu erfüllen, zumindest in dem Maße, daß sie in der Lage waren, die Härte des täglichen Lebens, des häuslichen Daseins – das wahre Leben – zu ertragen.

Und allmählich stellte sich das Gefühl ein, als wäre der Zug gerade aus dem Bahnhof gefahren, und er selbst sah nur noch den letzten Wagen.

Tito Ihaka parkte vor Priscilla Broomes hübschem Haus mit Aussicht auf Mairangi Bay. Er fragte sich, wo ihr Gatte nun wohnte, und kam zu dem Ergebnis, daß er vermutlich mindestens ebensogut dran war, wenn nicht besser. Man hörte zwar eine Menge darüber, daß irgendwelche armen Hunde im Verlauf ihrer Scheidung auch noch das letzte Hemd verloren hatten, doch Ihakas persönliche Erfahrung hatte ihn gelehrt, daß das Rechtssystem eine ziemlich jämmerliche Figur abgab, wenn es darum ging, reiche Männer von ihrem Geld zu trennen.

Du hörst dich genauso an wie dein Alter, dachte er und lächelte bei dem Gedanken. Ihaka bezweifelte stark, daß sein verstorbener Vater ungeachtet seiner flammenden Rhetorik jemals Hand an einen Klassenfeind gelegt hatte. Wohingegen er sein nicht unbeträchtliches Gewicht mit einiger Effizienz bei den obskuren und häufig gewalttätigen Richtungsdiskussionen in den Ring geworfen hatte, in die er und seine kommunistischen Genossen sich oft verstrickten. Andauernd verstrickten, um genau zu sein; es schien fast so, als hätten sie einfach keine Zeit gehabt, das System aus den Angeln zu heben.

Sein Vater hatte ohnehin eine Neigung zum Einzelgängertum gehabt; er war ein glühender Verehrer des – zumindest in den Kreisen der Moskautreuen – als politisch unzuverlässig geltenden Josip Broz Tito gewesen, dem Ihaka seinen Vornahmen verdankte. Hätte er es noch erlebt, so wäre das bluttriefende Auseinanderbrechen von Titos Erbe die zweite große Enttäuschung im Leben von Jimmy Ihaka gewesen; bei der ersten handelte es sich um die Entscheidung seines Sohnes, Polizist zu werden. Obwohl er in einigen Fragen durchaus ketzerische Ansichten vertrat, lag Ihaka senior in der Frage nach der Funktion der Polizei im Klassenkampf doch auf der offiziellen marxistischen Linie.

Priscilla Broome hatte es während ihres sechswöchigen Aufenthalts in Noosa mit dem Sonnenbaden übertrieben. Ihakas Meinung nach bestand einer der wenigen Vorteile, die man hatte, wenn man als dunkelhäutiger Mensch geboren war, darin, daß man wenig Neigung verspürte, den Sommer damit zu verschwenden, daß man in der Sonne herumlag und Hautkrebs heranzüchtete, wie es Mrs. Broome, deren Teint große Ähnlichkeit mit einer Passionsfrucht hatte, offensichtlich tat.

Mrs. Broome war nicht in der Lage, viel zu der Untersuchung

beizutragen. Ihre Haltung in der Frage eines gewaltsamen Todes ließ sich darauf reduzieren, daß sie dieses, was ihr eigenes Leben betraf, am liebsten ganz ausgeschlossen hätte, doch wenn es schon jemandem passierte, den sie kannte, wen hätte es da eher treffen können als Wallace Guttle? Dagegen konnte Ihaka schlecht etwas einwenden.

Während sie Ihaka hinauskomplimentierte, wurde Mrs. Broome von dem plötzlichen Verlangen gepackt, ihn an ihren Gedanken zum Thema Tod teilhaben zu lassen.

»Mein ganzes Leben lang ist niemand, den ich kannte, auf mysteriöse oder gewaltsame Art ums Leben gekommen, und jetzt passiert es plötzlich zweimal innerhalb weniger Wochen. Wobei ich sagen muß, daß ich Guttle eigentlich nicht richtig kannte, und wenn ich ehrlich sein soll, auch gar nicht das Verlangen hatte, aber den armen Victor Appleyard kannte ich ganz gut. Und ein noch größerer Zufall ist, daß Victor mich nicht allzulange bevor er starb angerufen hat, um sich bei mir über Guttle zu erkundigen, und mich nach seiner Telefonnummer gefragt hat.«

Wie bei den meisten Polizisten war Ihakas Glauben an Zufälle nicht besonders ausgeprägt.

»Appleyard – das war doch der Mann, der von der Harbour Bridge gestürzt ist? Ein ziemlicher Überflieger, oder? Stopp, lassen Sie's mich anders ausdrücken – ein erfolgreicher Geschäftsmann?« Sie nickte. »Wozu brauchte er Guttle?«

»Das hat er nicht gesagt.« Mrs. Broome wirkte ein wenig betreten. »Eigentlich bin ich eher mit Louise befreundet. Victors Frau – beziehungsweise Witwe. Ich nehme an, sie hat ihm erzählt, daß ich einen Privatdetektiv eingeschaltet habe, um… als es in meiner Ehe zu kriseln begann. Victor hat mir bestimmt zwei- oder dreimal versichert, daß es nichts mit ihm und Louise zu tun hätte; er sagte, es handle sich um eine geschäftliche Angelegenheit, weswegen er Guttle engagieren wolle. Ganz unter uns, Sergeant, ich war mir nicht sicher, ob ich ihm glauben konnte. Ich habe mir überlegt, ob ich Louise davon erzählen sollte – ich dachte, daß ich ihr eher Loyalität schuldete als ihm, aber man kann nicht vorsichtig genug sein, wenn man sich in die Beziehungen anderer Leute einmischt; manchmal richtet man mehr Schaden an, als man Gutes tut. Und dann, als Victor … na ja, in so einer Situation ist es das letzte Thema, das man anschneidet, oder?«

»Ich glaube auch«, sagte Ihaka und dachte: Ist das vielleicht ein Anhaltspunkt? Besaß Rose Kennedy ein schwarzes Kleid?

6

Gavin Sparks, der Steuerberater, warf erneut einen Blick auf seine Präzisionstaucheruhr, um nachzusehen, wie spät es war. Es war ein nervöser Reflex – Reggie war also mal wieder zu spät. War das was Neues? Der zweite Scotch noch vor dem Abendessen war ebenfalls ein Zeichen von Nervosität; alles in Maßen war Gavins Devise, was das Trinken und die meisten anderen Dinge anging – gemessen an seinen Maßstäben bedeuteten zwei Schnäpse vor dem Abendessen, daß er sich gehenließ.

Es war mittlerweile dreißig Jahre her, seit sich Gavin in Gesellschaft seines Bruders rundum wohl gefühlt hatte, und so war es nur allzu verständlich, daß er dem Abend nicht gerade freudig entgegenblickte. Zu allem Überfluß hatte ihre Mutter sich auch noch in die Idee verrannt, daß Reggie mit dieser Geschichte für *New Nation* wieder festen Boden unter die Füße bekommen könnte, und von daher erwartete – nein, verlangte – sie, daß Gavin sich kooperativ zeigen und seinen Bruder unterstützen sollte.

Gavin war alles andere als begeistert von dem ganzen Projekt. Allein der Gedanke daran, daß sein Bruder mit seinem Hang zu Desastern aller Art und dieses Revolverblatt *New Nation* eine unheilige Allianz bilden sollten, um die Leichen im Keller des Prince Albert College wachzurütteln, war zutiefst irritierend. Das kann Auswirkungen auf meine Karriere haben; der Klüngel der Ehemaligen hatte sich in der Vergangenheit als überaus vorteilhaft fürs Geschäft erwiesen. Außerdem sollte sein Sohn James im nächsten Jahr dort eingeschult werden.

Trotz aller dieser Bedenken war Gavin bereit, für seinen Bruder zu tun, was er konnte, denn Mareena hatte ihn darum gebeten, und er war als Sohn ebenso gut und pflichtbewußt wie als Vater, Ehemann und Steuerberater. Gavin Sparks nahm seine Verpflichtungen ernst, und es erfüllte ihn mit Stolz, daß er in den verschiedenen Rollen, die er spielte, eine gute Figur machte. Er sah sich selbst als guten Bürger, der seinen Beitrag leistete. Natürlich verdiente er nicht schlecht, aber das hieß nicht, daß Geld für ihn alles bedeutete; er wollte einfach nur das Beste für seine Familie. Wenn jeder so eine Haltung hätte wie Reggie, wo wären wir dann, zum Teufel noch mal?

Dieser Gedankengang hatte etwas von einem Igel, der seine Stacheln aufstellt, doch er wurzelte in Gavins Gewißheit, daß im Verlauf des Abends alles, wofür er einstand, irgendwann einmal mit Hohn und Spott überzogen würde: Spott darüber, daß er Steuerberater war, einer von den Schlipsen, daß er gutes Geld verdiente, das Leben ernst nahm – Hohn, Häme und Spott darüber, daß er kein Versager war! Es gab etliches, das Gavin Sparks an seinem Bruder irritierte, doch was am meisten an ihm nagte, war das Überlegenheitsgefühl, das Reggie ausstrahlte. Was in Gottes Namen hatte er vorzuweisen, um sich überlegen zu fühlen? Gavin holte tief Luft. Heute abend würde es ganz anders werden; er würde unter allen Umständen eine herzliche Attitüde wahren, egal wie stark er auch provoziert wurde. Wenn man ihrer Mutter glaubte, so machte Reggie endlich einen zögerlichen Schritt in die richtige Richtung, und es mußte alles vermieden werden, um ihn auf dem Weg vom Rückzug aus dem Beinahe-Ruhestand wieder aus der Bahn zu werfen.

Es klingelte an der Tür. Gavin ließ seinen Bruder herein. Während sie sich die Hand gaben, fiel Gavin auf, daß sein Bruder sich nicht rasiert hatte, einen Haarschnitt ganz gut gebrauchen könnte und das Lieblingssakko ihres verstorbenen Vaters trug. Das Jackett ist mindestens 15 Jahre alt, dachte Gavin, und es sieht immer noch um Längen besser aus als alles andere, was er trägt.

»Tag, Gavin«, sagte Reggie und reichte ihm eine braune Papiertüte mit einer Flasche Rotwein für zwölf Dollar. »Hübsche Jeans. Hast du sie selbst gebügelt?«

Heather Sparks stand unbemerkt in der Tür und beobachtete ihren Mann und ihren Schwager. Gavin stand steif zur Linken des Kamins; Reggie fläzte sich mit gespreizten Beinen auf dem Polstersessel.

Was für ein Paar, dachte sie; sie haben absolut nichts gemeinsam außer der Nase und dem Nachnamen. Fangen wir mal oben an: Gavs Haare sind immer noch schwarz; er sieht um einiges besser aus, seit er zu diesem neuen Friseur geht. Vielleicht wär's besser, du würdest mit dem Fön nicht so übertreiben, Liebling – es sieht einfach einen Tick zu glatt aus. Reggie, alter Knabe, trügen mich meine Augen, oder sehe ich da tatsächlich ein paar graue Haare? Mein Gott, man könnte glatt glauben, er hätte keinen Kamm, so wie seine Haare in alle Richtungen abstehen. Ich wette, Gav muß heute abend noch was einstecken; er wird ihm seinen Friseur empfehlen, und Reg wird dieses fiese Grinsen aufsetzen und sagen: »Kannst du mir mal erzählen, warum ich so rumlaufen sollte wie du?« Oder irgendwas in der Richtung. Einfach goldig, wie nett sie zueinander sind. Gavin, warum mußtest du auch die Designerjeans anziehen, die ich dir gekauft habe? Du magst sie doch überhaupt nicht; du sagst immer, Jeans stehen dir einfach nicht. Er versucht nur zu vermeiden, daß er aussieht – wie hat Reggie immer gesagt? –, als ob er 'nen Besenstil im Arsch stecken hätte. Deswegen hat er auch das Country-Road-Hemd angezogen. Der Pullover mit dem Diamantenmuster paßt allerdings nicht ganz; Liebling, irgendwie siehst du immer ein bißchen nach Golfclub aus. Mein Gott, Reg, wo hast du denn dieses furchtbare Jackett aufgegabelt? Ansonsten ganz die alte Aufmachung – und zwar »alt« in jeder Hinsicht: altes Hemd, alte Turnschuhe, alte Jeans. Aber entscheidend ist ja, wie's drunter aussieht. Gav hält sich fit, aber er ist halt ein schlanker Typ; die ganze Joggerei macht ihn noch drahtiger. Reggie hat mehr Fleisch auf den Knochen, aber vielleicht ist er schon ein bißchen wabbelig – bei seiner Lebensweise ... Kann man schlecht sagen, jedenfalls hängt ihm der Bauch nicht über den Gürtel, und sein Hintern macht auch den Eindruck, als wäre er noch ganz schön stramm. Zieh dein Hemd aus, Reggie, laß dich mal genauer anschauen. Das wäre wirklich die Krönung des Abends für Gav.

Statt dessen sagte sie: »Na Jungs, wer von euch will den Braten anschneiden?«

Reg Sparks hegte zwar die Vorstellung, daß er seinen Bruder kein bißchen beneidete, doch dies entsprach nicht der Wahrheit. Er beneidete ihn um Heather. Wann immer er während des Abendessens einen Blick auf die beiden warf, dachte er wie stets bei solchen Gelegenheiten: Wie konnte so ein Weichei wie er nur so eine Frau an Land ziehen?

Später dann, als sie bei einem Glas Portwein im Salon saßen, verlieh Gavin seinen Bedenken Ausdruck.

»Glaubst du wirklich, das Ganze ist so eine gute Idee? Ich meine, es gibt einige Leute, die sich ziemlich darüber aufregen werden, wenn der alte Kram wieder ausgegraben wird.«

»Mein Gott, die Story wird gemacht, egal ob ich es mache oder nicht. Du hättest Pike mal am Telefon hören sollen – der Kerl war ganz aus dem Häuschen.«

»Aber mußt du das unbedingt machen? Ich sage dir, mein Leben wird dadurch nicht unbedingt einfacher.«

Das war nicht unbedingt das Schlaueste, was Gavin vorbringen konnte. Reggie hatte es noch nie als seine Aufgabe betrachtet, das Leben seines Bruders einfacher zu machen, und es war nicht seine Absicht, jetzt damit anzufangen.

»Na ja, es liegt ganz an dir«, sagte er. »Meine Idee war's schließlich nicht. Mom hat halt gedacht, du könntest mir dabei behilflich sein, an diese Kerle ranzukommen, aber wenn es dir unangenehm ist...«

Woraufhin Gavin einwendete, daß er nie behauptet hätte, er würde sich weigern, ihm zu helfen, und daß er die Liste halt mal herzeigen solle, die meisten davon wären ohnehin sein Jahrgang, und deshalb könne er ihm vermutlich sagen, wo er sie auftreiben konnte. Reggie dachte, o Gott, Gav, du machst es einem wirklich leicht, dich zu überfahren.

Als er die Liste las, verfinsterte sich Gavins Miene. Sein Bruder saß schweigend da und dachte: Wetten, daß einer davon sein größter Klient ist? Schließlich fand Gavin seine Sprache wieder, doch seine Stimme war ton- und leblos.

»Looms, der kam doch von einer Farm aus dem Norden. Dort lebt er vermutlich immer noch; der Club der Ehemaligen hat garantiert seine Adresse. Batrouney war doch der Popstar, oder? Keine Ahnung, wo der sich jetzt rumtreibt. Was Trousdale angeht: Seiner Familie haben früher mal die Fabrice-Teppichwerke gehört. Bis sie ein Vermögen kassiert haben, als sie den ganzen Laden verkauft haben. Maurice hat in seinem ganzen Leben noch nicht einen Handschlag gearbeitet – soweit ich weiß, sitzt er in seinem Apartment in Herne Bay und wartet darauf, daß seine Mutter endlich stirbt. Trevor Lydiate hat einem Klienten zwei Millionen aus der Tasche gezogen und das ganze Geld verbraten; er sitzt in einem dieser Gefängnisse, die man fast schon als Sanatorium bezeichnen kann. Genau, der Klient, den er abgezockt hat, war Barry Plugge, der König der Stripteaseclubs. Deswegen heißt es auch, daß Lydiate im Knast besser dran ist, weil Plugge ihm da nicht an die Gurgel kann. Und Quedley – da brauchst du nur im Telefonbuch nachzuschauen.«

Gavin gab die Liste zurück, kippte den Rest von seinem Portwein in einem Zug hinunter, lehnte sich im Sessel zurück und starrte an die Decke.

»Was ist mit dir los?« fragte Reggie.

»Quedley hat sich kein bißchen verändert. Er ist immer noch der gleiche Strahlemann, der seinen Charme nicht im Griff hat. Vor ein paar Jahren sind wir ihm mal über den Weg gelaufen. Es war einer von den Abenden, wo Heather etwas über die Stränge geschlagen hat...«

Im Verlauf der letzten Jahre hatte Reggie schon mal davon gehört, daß Heather »dieses Problem« hatte, wie seine Mutter es ausdrückte. Soweit er das Ganze beurteilen konnte, war es nichts weiter, als daß Heather, sobald sie mal ein paar Drinks intus hatte, ein wenig frivol wurde – also in den einen oder anderen Hintern kniff oder beim Neujahrskuß zungenmäßig ein bißchen mehr Engagement an den Tag legte. Im Grunde nichts weiter als das, was die meisten Männer machten, sobald sich ihnen auch nur die geringste Möglichkeit dazu bot. Doch Gavins entsetzter Blick deutete darauf hin, daß sie sich im Falle Quedley einiges mehr rausgenommen hatte.

»Wir sind zu einer Party irgendwo an der Küste gefahren. Ein Klient hat mich festgenagelt, er ließ mich einfach nicht in Ruhe. Als ich es schließlich geschafft hatte, ihn abzuwimmeln, konnte ich Heather nirgendwo finden. Also habe ich mich auf die Suche nach ihr gemacht.«

Reggie wußte, was jetzt kam. Die Frage war nur: Wie schlimm war es gewesen? Es war ihm ein wenig beklommen zumute. Andererseits war er aber auch überaus neugierig.

»Ich habe die beiden – Heather und Quedley – dann im Gästeschlafzimmer entdeckt. Sie trugen nichts weiter als ihre Unterwäsche. Heather ist früher schon ein paarmal aus dem Ruder gelaufen – na ja, du weißt schon, peinliche Situationen, aber nichts, weswegen man sich die Haare ausreißen müßte. Richtig ernst war es ihr nie, verstehst du? Aber dieses Mal war sie... völlig weggetreten.«

Gavin starrte noch immer zur Decke, während die Szene vor seinem geistigen Auge ablief wie schon tausend Male zuvor. Reggie wußte nicht genau, was er für seinen Bruder empfand. Schließlich kam er zu dem Ergebnis, daß es Respekt war. Du hast mehr Mumm als ich, alter Kumpel, dachte er.

Dennoch mußte er eine Frage einfach stellen: »Was hat Quedley getan, als du reinkamst?«

Gavin schüttelte langsam den Kopf. »Nicht mal mit der Wimper gezuckt hat er. Hat einfach nur gesagt: ›*C'est la vie*‹; dann hat er seine Klamotten aufgesammelt und uns allein gelassen. In der Schule war er schon ganz genauso – der Junge hatte Nerven, es war nicht zu fassen.«

Auf dem Weg nach draußen schaute Reggie noch einmal im Wohnzimmer vorbei, wo Heather mit James Scrabble spielte. Als er sich verabschiedete, legte er seinem Neffen gegenüber eine Aufmerksamkeit an den Tag, die ziemlich untypisch für ihn war. Wie nett, dachte Heather, sonst benimmt er sich so, als würde Jamie gar nicht existieren.

Tito Ihaka hatte eigentlich eine heftigere Reaktion seitens Louise Appleyard erwartet, als er sie damit konfrontierte, daß ihr verstorbener Mann einen Privatdetektiv engagiert hatte, der auf vertrauliche Nachforschungen spezialisiert war. Was er für diese Neuigkeit erntete, war ein »Wirklich«, begleitet von erwartungsvoll in die Höhe gezogenen Augenbrauen. Ihr Tonfall und ihre Ausdrucksweise gaben Ihaka zu verstehen, daß er schon mit etwas Besserem aufwarten mußte, um seinen Besuch zu rechtfertigen.

»Sie glauben es nicht?«

»Wenn Sie sagen, daß es so ist, glaube ich Ihnen.«

»Aber?«

»Hören Sie zu, ich denke, wir reden aneinander vorbei. Ich bin durchaus bereit zu glauben, daß Vic diesen Menschen engagiert hat, aber er hat es nicht getan, um mir nachzuspionieren.«

»Woher wissen Sie das?«

»Weil es nichts zum Nachspionieren gab«, sagte sie mit der

schwindenden Geduld einer Lehrerin, die einem zurückgebliebenen Kind etwas erklärte, das eigentlich glasklar auf der Hand liegen sollte. »Vic wußte das, also warum sollte er Geld zum Fenster hinauswerfen, um etwas zu bestätigen, was er ohnehin schon wußte?«

»Warum hat er den Kerl dann angeheuert?«

»Ganz offensichtlich, um etwas herauszufinden, das er noch nicht wußte«, sagte sie, und ihr Tonfall war nun merklich schärfer.

Ihaka hatte die Akten im Fall Appleyard im Vorfeld dieses Besuches durchgearbeitet. »Könnte es sein, daß es irgendwas mit der Ballkarte des Mädchens zu tun hatte, die in seinem Aktenkoffer gefunden wurde?« fragte er.

Auch Louise Appleyard wußte über die Ballkarte bestens Bescheid. Nachdem sie entdeckt worden war, war sie in den Genuß einer weiteren Vernehmung durch Senior Sergeant Worsp gekommen.

»Möglicherweise«, sagte sie nachdenklich. »Die Sache ging ihm nach, daran gibt es keinen Zweifel. Mir kam es ein wenig morbid vor, aber so sehr fixiert auf die Geschichte, wie dieser Clown Worsp es darstellt, war er auf keinen Fall. All dieses Gefasel, daß Vic zwanzig Jahre über der Angelegenheit gebrütet hätte. Wenn Sie meine Meinung hören wollen, so hat Vic die Karte erst vor kurzem bekommen. Wenn er sie schon länger gehabt hätte, hätte er sie mir irgendwann gezeigt. Ich schlage Ihnen vor, daß Sie Ihre Zeit sinnvoller nutzen und herausfinden, woher er die Karte bekommen hat, als daß Sie sich darüber den Kopf zerbrechen, ob ich ein ungezogenes Mädchen war.«

Wenn du ein ungezogenes Mädchen warst, dachte Ihaka, als er wegfuhr, dann hätte ich nichts dagegen gehabt, die Fotos zu sehen.

Ungefähr zum gleichen Zeitpunkt, als Tito Ihaka versuchte sich vorzustellen, wie Louise Appleyard von den Wogen der Leidenschaft hinweggetragen wurde, unterhielt sich Reggie Sparks mit ihr am Telefon und bat sie um ein Interview. Noch eine Stunde zuvor wäre ein solches Ansinnen schnöde abgewiesen worden, doch Ihakas Besuch hatte Louise nachdenklich gemacht. Zum ersten Mal in ihrem Leben war sie mit der Polizeimentalität konfrontiert, und sie war keineswegs beeindruckt davon: die Selbstverständlichkeit, mit der ihr irgendwelche sexuellen Faxen unterstellt wurden, die Unbeirrbarkeit, mit der Victors Tod als Selbstmord betrachtet wurde, die atemberaubenden Hirnverrenkungen, mit denen ihr Mann mit dem Tod der kleinen Ticehurst in Verbindung gebracht wurde. An der Verbindung zu Guttle war irgend etwas dran, aber die gesamte Polizei tat nichts weiter, als sich den Arsch platt zu sitzen ... außer sie, Louise, fand irgendeine Möglichkeit, sie dazu zu bringen, diese Spur weiterzuverfolgen. Mit einem Artikel in *New Nation* beispielsweise.

Und so kam es, daß Reggie Sparks am nächsten Morgen um 11 Uhr 05, ausstaffiert mit einer neuen Levis, einem gebügelten Hemd und dem Jackett seines verstorbenen Vaters, an Louise Appleyards Haustür klopfte. Es dauerte eine Minute, dann wurde die Tür aufgerissen. Eine Parfümwolke umwehte ihn, ein Schwall schwarzen Haares wogte an ihm vorbei, und eine weibliche Stimme sagte schnell: »Kommen Sie rein, Mr. Sparks, und machen Sie es sich bequem. Ich bin gerade am Telefonieren, aber ich bin schwuppdiwupp bei Ihnen.«

Sie führte Sparks in die geräumige Küche, mit Glasschiebetüren zum Sonnendeck, und verschwand. Sparks schaute durch die beschlagenen Glastüren hinaus auf den Regen, der sich wie ein silbernes Laken auf die Landschaft herabsenkte. Der Frühling war anders, als wir noch klein waren, dachte er. Damals war es trocken und frisch, und morgens gab's immer ein Wettrennen um die besten Plätze in der Sonne. Und wenn's nur für eine Viertelstunde war. Jetzt ist es immer nur grau und dunkel, und es pißt in einer Tour. Muß der Treibhauseffekt sein – diese ganze Sprühdosen-Scheiße.

Aus einem Ghettoblaster auf dem Küchentresen drang Musik. Es hörte sich an wie Lloyd Cole. Er achtete auf den Text: »Now when you're putting on your face/Guess that you feel kinda low/Knowin' that you're past your best/And you got nothing to show.« Klingt irgendwie bekannt, dachte er. Dann kam der Chorus: »Only this time round you might have to... pay for it.«

Es war nicht der geeignete Augenblick, um an seine kurze und unrühmliche Karriere als Gigolo erinnert zu werden, doch die Erinnerung daran sprang ihn förmlich an, so daß Sparks spürte, wie seine Wangen glühten. Schuld daran war nur dieser Arsch von einem Deutschen, wie hieß er noch mal? Klaus irgendwas. Stand da in einer Bar in Toulouse, über zwei Meter groß, überprüfte seine Bizepse und sein Profil im Spiegel, sah dabei aus wie der Prototyp der Herrenrasse, während er ellenlange Vorträge darüber hielt, wieviel Geld er als Gigolo an der Côte d'Azur verdient hatte, um schließlich damit rauszurücken, ob Sparks denn nicht mal mit runterkommen wolle, um es selbst zu probieren? Sparks bestellte noch zwei Biere und sagte: »Das mag ja bei dir wunderbar klappen, Kumpel, aber ich sehe nun mal nicht so aus wie der fleischgewordene feuchte Traum von einem Gentechniker.«

»Überhaupt nicht, überhaupt nicht«, erwiderte Klaus vehement. »Es kommt nur drauf an, charmant zu sein und ihn dann hochzukriegen, wenn's drauf ankommt, selbst wenn die Damen schon ein bißchen älter sind oder nicht so gut aussehend. Okay? Es ist gar nicht nötig, sonderlich hübsch zu sein, solange du nicht häßlich bist. Man darf nicht zu klein sein und nicht zu fett, und man muß noch alle Haare haben. Dann ist alles prima. Natürlich« – er betrachtete Sparks von oben bis unten – »mußt du dich auch korrekt anziehen.«

Hätte sich Sparks leidenschaftslos an den von Klaus vorgebrachten Kriterien gemessen, so hätte er zugeben müssen, daß er nicht gerade berühmt war für seinen teuflischen Charme. Darüber hinaus war seine Fähigkeit, auf Kommando strammzustehen und zu feuern, noch nie auf die Probe gestellt worden. Allerdings war die Nacht schon ebensoweit fortgeschritten wie sein Alkoholpegel, und die Kombination dieser Umstände bewirkte im allgemeinen eine gewisse Empfänglichkeit für Pläne, die ebensogut einem Hasenhirn entsprungen sein könnten. Zwei Tage später stand er also in der Bar des Hotels Negresco an der Promenade des Anglais in Nizza, gewandet in einen blaßgrünen Leinenanzug, den er in Bangkok gekauft hatte, und warf jeder reiferen Dame, die zur Tür hereinkam, bedeutungsvolle Blicke zu.

Sein erstes Stelldichein hatte er mit einer 50jährigen Jungfer aus Somerset. Als er merkte, daß sie nicht im Negresco wohnte, sondern in einem weit bescheideneren Etablissement mehrere Blocks vom Strand entfernt, begann Sparks sich zu fragen, ob sie preislich in der gleichen Liga spielten. Wie sich herausstellte, hatte sie gar keine bestimmte Zahl im Kopf; ja, sie hatte nicht den blassesten Schimmer einer Ahnung, daß sie überhaupt Geschäftspartnerin im Rahmen einer finanziellen Transaktion war. Wie man so etwas anstellte, fand er bei seinem zweiten Versuch heraus, als die Dame, eine Österreicherin, verlangte, daß er sie bezahlte, bevor sie auch nur ein einziges Kleidungsstück abgelegt hatte. Das Klingeln gutturaler Flüche und Verwünschungen noch immer in seinen Ohren, ergriff Sparks die Flucht, schnappte sich den nächsten Zug nach Toulouse und ging Frauen während der folgenden Wochen tunlichst aus dem Weg.

Diese traumatischen Erinnerungen ließen ihn auch während des Interviews mit Louise Appleyard nicht los. Nachdem sie 15 Minuten damit zugebracht hatte, ihm zu erklären, warum sie sicher war, daß ihr Ehemann nicht Selbstmord begangen hatte, und ihm eindringlich nahegelegt hatte, die Verbindung zu Guttle näher zu untersuchen, fühlte sie sich schließlich bemüßigt, Sparks zu fragen, ob er das Gedächtnis eines Schachgroßmeisters besaß, da er weder einen Kassettenrecorder benutzte noch Notizen machte. Eine halbe Stunde später sah sie ihm nach, wie er durch den Regen zum Wagen seiner Mutter trottete. Wenn das der große journalistische Spürhund ist, dachte sie, dann bin ich Skippy, das Buschkänguruh.

7

Während das Treffen mit Reggie Sparks kaum dazu angetan war, Louise Appleyards Laune zu heben, hatte es in Sparks' Fall den umgekehrten Effekt. Er spürte sehr wohl, daß sie nicht sonderlich beeindruckt von ihm war, doch er war fest entschlossen, ihr einen Grund zu liefern, damit sie ihre Einschätzung revidierte. Es war lange her, seit er zum letzten Mal in seinem Leben ein Ziel gehabt hatte.

Von Gavin hatte er die Telefonnummern und Adressen von Looms, Trousdale und Quedley erhalten. Von der Auskunft bekam er die Nummer des Gefängnisses eine Stunde südlich von Auckland, in dem Lydiate einsaß, und Jackson Pikes Sekretärin hatte ihn angerufen und ihm Batrouneys Adresse auf Waiheke Island gegeben. Falls Batrouney überhaupt ein Telefon besaß, stand er jedenfalls nicht im Telefonbuch.

Dermot Looms lebte immer noch auf seiner Farm. Seine Antwort war geprägt von jener barschen Schroffheit, die man im allgemeinen mit der Landbevölkerung assoziiert: »Wenn Sie den ganzen Weg hier raufkommen wollen, ist das Ihre Sache. Ich halt's allerdings für Zeitverschwendung.« In Quedleys Büro schien der Name *New Nation* mehr Gewicht zu haben; ohne Umschweife arrangierte seine Sekretärin einen Termin für den folgenden Montagmorgen. Bei Trousdale meldete sich nur der Anrufbeantworter, und Sparks hinterließ eine Nachricht.

Als Trevor Lydiate, der gestrauchelte Anwalt, die Nachricht von Sparks erhielt, stieß er leise Flüche aus und bat um die Erlaubnis, ein dringendes Telefonat zu führen. Er rief bei einem

Autohändler in South Auckland an – einer der wenigen Leute aus den Kreisen, in denen er sich früher bewegt hatte, der immer noch Anrufe von ihm entgegennahm – und sagte ihm, er solle alles stehen- und liegenlassen und noch am selben Nachmittag zu ihm ins Gefängnis kommen.

Als der Autohändler nach seinem Besuch bei Lydiate wieder nach Auckland zurückkehrte, befolgte er buchstabengetreu die Anweisungen, die der Anwalt niedergeschrieben hatte, bevor er ins Gefängnis gekommen war. Er hielt an der ersten Telefonzelle, die er sah, und wählte eine Nummer, die er auswendig gelernt hatte. Der Mann am anderen Ende der Leitung sagte: »Kundendienst.«

»Ist Danny da?«

»Am Apparat.«

Der Autohändler sagte: »Ein Journalist namens Reggie Sparks von der Zeitschrift *New Nation* möchte sich mit Mr. Brown unterhalten.« Dann legte er auf.

Der Autohändler stieg wieder in seinen Wagen. Ihm schwirrte der Kopf. Er überlegte, wer wohl Danny war; er fragte sich, was Lydiate vorhatte; er fragte sich, ob es besonders schlau gewesen war, sich damit einverstanden zu erklären, Lydiate zu helfen, ohne Fragen zu stellen. Er fragte sich außerdem, wie lange Reggie Sparks noch zu leben hatte. Zwei Monate zuvor hatte der Autohändler schon einmal eine Nachricht an den schweigsamen Danny übermittelt, daß »ein Privatdetektiv namens Wallace Guttle Mr. Brown hinterherschnüffelt.« Eine Woche später hatte er in der Zeitung gelesen, daß Guttle in einer Tiefgarage in Newmarket erschossen worden war.

In erster Linie fragte sich der Autohändler, ob er sich dadurch, daß er den Mittelsmann für Lydiate spielte, der Beihilfe zum Mord schuldig machte.

Nach dem Anruf des Autohändlers verließ der Mann namens Danny, der von Berufs wegen Elektrogeräte reparierte, seine Werkstatt, überquerte die Straße und ging zu einer Telefonzelle.

Er wählte eine Nummer, die er schon auswendig kannte, lange bevor Lydiate die Gastfreundschaft der Krone genoß. Nach zweimaligem Klingeln wurde der Hörer am anderen Ende abgenommen. Es gab keine Begrüßung oder dergleichen. Danny wiederholte die Nachricht, die er von dem Autohändler erhalten hatte, und legte auf. Im Gegensatz zu dem Autohändler machte er sich weder Gedanken über die Konsequenzen seines Handelns, noch war er neugierig, wer der schweigsame Gesprächspartner am anderen Ende der Leitung wohl sein mochte. Solange seine unbekannten Wohltäter ihm weiterhin 50 Dollar pro Woche auf sein Konto überwiesen, war Danny nur allzugern ein Glied in dieser mysteriösen Kette.

Bei seinem Anruf schrillte ein rotes Telefon; es war eines von dreien auf einem mächtigen, peinlich sauberen Schreibtisch in einem Büro oberhalb des Blue Angel Strip Club an der Karangahape Road in Auckland. Der Mann hinter dem Schreibtisch stöhnte laut auf, als das rote Telefon sein charakteristisches Schrillen vernehmen ließ; in der letzten Zeit hatte dieser Klang nur schlechte Nachrichten verheißen. Nachdem er Dannys Nachricht gehört hatte, stützte der Mann seine Ellbogen auf den Schreibtisch, vergrub seinen Kopf in den Händen und sagte mit lauter, besorgter Stimme: »Ist denn nie Schluß mit dem Scheiß?!«

Der Mann war Barry Plugge. Gavin Sparks hatte ihn als den »König der Stripteaseclubs« bezeichnet; eine Sonntagsgazette hatte ihm einmal den Titel »Aucklands Baron von Rotlicht« verliehen; Plugge selbst betrachtete sich einfach nur als Geschäftsmann, als jemanden, der einen Bedarf erkannt hatte und zu seiner Deckung beitrug.

Auf dem Höhepunkt seiner Laufbahn in den späten Siebzigern hatte Plugge mit seinem Dutzend gut laufender Stripclubs und Massagesalons in der Umgebung von Auckland nahezu eine Million Dollar pro Jahr verdient. Die Achtziger erwiesen sich allerdings gleich in dreifacher Hinsicht als ein schwieriges Jahrzehnt: Zuerst kam die Lockerung der Zensurgesetze, was zur Folge hatte, daß Pornovideos frei erhältlich wurden; dann kam Aids; und schließlich bekam er ernsthafte Konkurrenz.

Plugge konnte allen drei Entwicklungen nichts abgewinnen. Seiner Ansicht nach sollte Sex dort bleiben, wo er hingehörte, nämlich in die Stripclubs und Massagesalons und nicht in die Regale der Videothek um die Ecke. Pornovideos, so glaubte er, beförderten nur die Masturbation, eine Handlung, die er ebenso unnachgiebig verdammte wie der Vatikan. Plugge war seit 27 Jahren verheiratet, und er konnte sich nichts Erniedrigenderes für einen Mann vorstellen, als vor dem Fernseher zu sitzen und zu onanieren. In seinem Falle hatte die Angelegenheit auch noch einen kommerziellen Aspekt: Onanie war schlecht fürs Geschäft. »Vom Wichsen wird das Konto dick«, pflegte er zu sagen. »Ein Kerl, der sich gerade einen runtergeholt hat, läuft hinterher nicht noch in einen Massagesalon.«

Aids, so war seine feste Überzeugung, war etwas, das Homosexuelle und Drogensüchtige betraf, und seine Mädels waren weder das eine noch das andere; ein paar von ihnen waren zwar lesbisch, daran gab es keinen Zweifel, doch um einen anderen seiner Aphorismen zu zitieren: »An 'nem Dildo hat sich noch niemand Aids eingefangen.«

Plugge war als glühender Nationalist stolz darauf, ein Neuseeländer zu sein, der Neuseeländern Arbeit gab und ein Freizeitangebot für Neuseeländer offerierte, das darüber hinaus auch noch eine nützliche soziale Funktion erfüllte. Was ihn in Rage brachte, war die Art und Weise, wie Organisationen aus dem Ausland in letzter Zeit versuchten, sich auf seinem Territorium breitzumachen. Das waren zunächst einmal die Italiener aus Sydney und dann, noch schlimmer, die Asiaten, die »Studentinnen« aus Hongkong und Thailand einfliegen ließen, die für einen Apfel und ein Ei arbeiteten und nur allzuoft bereit waren, für ein paar Dollar mehr auf die Benutzung eines Kondoms zu verzichten. Und als Plugge in Anbetracht dramatisch rückläufiger Einnahmen seinen Stolz herunterschluckte und selbst Mädchen aus Asien kommen ließ, was taten diese kleinen gelben Bestien? Sie setzten ein verdammtes Kopfgeld auf ihn aus.

Angesichts dieser negativen Entwicklungen sah Plugge sich gezwungen, nach anderen Möglichkeiten Ausschau zu halten und außerdem ernsthaft zu überlegen, ob er entgegen seiner üblichen Überzeugung nicht doch nach dem Motto verfahren sollte, daß auf einen groben Klotz ein grober Keil gehört. Haargenau der Kombination dieser beiden Überlegungen verdankte er nun seine augenblickliche Lage, in der er nichts weiter tun konnte, als an seinem prächtigen Schreibtisch zu sitzen und sich in Selbstmitleid zu suhlen.

Während seiner gesamten Karriere hatte Plugge stets drei Grundsätze streng befolgt: Borge niemals jemandem Geld, und leihe dir auch selbst nie welches; laß dir nie von einem Anwalt ins Geschäft reden; und triff nie Entscheidungen aus einer Gefühlslage heraus, egal ob die Stimmung himmelhoch jauchzend oder zu Tode betrübt sein mag. Während er nun über seinen Problemen brütete, mußte Plugge sich das bittere Eingeständnis machen, daß er zwei dieser Regeln verletzt hatte und er nun dafür bezahlte. Damals allerdings machte alles den Eindruck, als sei es einfach zu gut, um wahr zu sein; seitdem er im Geschäft war, hatten ihn Anwälte immer nur über den Tisch gezogen. Bis ihm dann just zu dem Zeitpunkt, als seine Einnahmen nur noch spärlich flossen, ein Deal vorgeschlagen wurde, bei dem er all seine früheren Verluste mit Zinseszins zurückerhalten würde.

Begonnen hatte alles mit einer Einladung zum Lunch. Sie kam von Trevor Lydiate, einem der Partner von Trubshaw Trimble & Partners, einer Anwaltskanzlei, deren exorbitante Gebühren voll und ganz zu ihren feudalen Büros in der Innenstadt und der Selbstherrlichkeit ihrer Geschäftsführer paßten. Plugge hatte mit Lydiate eigentlich kaum zu tun; er hielt ihn für einen dieser hochnäsigen Schwulen mit einem Händedruck wie ein toter Fisch, die bei Trubshaw Trimble reihenweise rumliefen. Andererseits nahm Plugge, der nicht mal seinem besten Freund eine Bulette spendierte, wenn es sich vermeiden ließ, für einen kostenlosen Lunch einiges in Kauf, ganz besonders dann, wenn er im Antonie's stattfand. Offensichtlich wollte Lydiate etwas von ihm, doch er war zu wohlerzogen, um die Angelegenheit auf den Tisch zu bringen, bevor sie ihre Bestellung aufgegeben hatten. Und dann... na ja, dachte Plugge, ich hab schon Typen, die einem mehr Angst einjagen konnten, gesagt, sie sollen mich am Arsch lecken.

Sie speisten ausgezeichnet. Lydiate erwies sich als exzellenter Gastgeber, der die Geschäfte mit keinem Wort erwähnte, bis die Dessertteller abgeräumt waren und die Gäste an den Tischen nebenan nach und nach gegangen waren.

Dann allerdings rückte Lydiate damit heraus: »Barry, ich werde Trubshaw Tirmble verlassen, um meine eigene Kanzlei aufzumachen, und ich habe Ihnen einen Vorschlag zu machen.«

Der Wagen mit den Hochprozentigen wurde herangerollt. Plugge wählte den ältesten und teuersten Cognac, der zu haben war, und nahm erstaunt zur Kenntnis, daß Lydiate zustimmend nickte und seinem Beispiel folgte.

»Sie haben 200 000 Dollar in unserem Treuhandfonds«, fuhr Lydiate fort. »Und wieviel Geld, würden Sie sagen, haben Sie in Aktien investiert oder auf verschiedenen Bankkonten oder ähnlichem – also Geld, das kurzfristig umdirigiert werden könnte?«

Plugge brauchte darüber nicht lange nachzudenken. »900 Riesen, in etwa.«

Lydiate stieß einen leisen Pfiff aus »Ich würde mal schätzen, daß Ihre Geschäfte im Jahr etwa 300 000 Dollar nach Steuern abwerfen. Sie müssen mir jetzt keine Antwort geben, aber ich kann mir nicht vorstellen, daß Sie jeden Dollar angeben, der hereinkommt?«

Plugge kippte seinen Cognac hinunter und spürte, wie die

Hitze in seinem Gesicht aufstieg. Der Anwalt deutete seinen zufriedenen Gesichtsausdruck als Zeichen der Zustimmung.

»Nehmen wir der Einfachheit halber mal an, daß dies der Fall ist. Also gut, hier ist mein Vorschlag: Sie räumen all Ihre Bankkonten ab, machen Ihre Aktien zu Bargeld und lassen sich Ihr Geld von Trubshaw Trimble auszahlen. Dann schaffen Sie es unbemerkt ins Ausland – ich weiß auch nicht, auf die Cayman Islands vielleicht oder so was; darum können wir uns später noch kümmern. Nach offizieller Lesart – und es werden alle notwendigen Papiere vorliegen, um das zu belegen – wird es so aussehen, daß Sie mir das Geld zur treuhänderischen Verwaltung übertragen haben. Alles klar? Dann ziehen Sie zwei Jahre lang soviel Geld wie irgend möglich aus Ihrem Geschäft und machen damit das gleiche – Sie schaffen es unbemerkt ins Ausland und tun so, als ob ich es bekommen hätte. Wenn wir die Gesamtsumme auf – sagen wir – zwei Millionen aufgeblasen haben, lege ich ein Geständnis ab, daß ich das Geld gestohlen und verjubelt habe. Sie werden in voller Höhe durch den Rückversicherungsfonds der Anwaltskammer entschädigt, und ich wandere ins Gefängnis. Während ich meine Zeit absitze, schaffen Sie meinen Anteil auf ein Konto im Ausland, wo ich es abkassiere, wenn ich wieder rauskomme. Und das ist im Grunde genommen alles.«

Lydiate lehnte sich in seinem Stuhl zurück und nippte an seinem Drink. Plugge, dessen große Ohren nun hellrosa strahlten, starrte ihn voller neugewonnenem Respekt an.

»So einfach soll das gehen?«

»Yep, so einfach. Glauben Sie mir, es ist nicht so, daß mir das letzte Woche im Traum eingefallen wäre; die Sache geht mir schon jahrelang durch den Kopf.«

»Sagen wir mal, wir kassieren zwei Mios – wie werden die aufgeteilt?«

»Nun ja, ich bin derjenige, der die Schuld auf sich nimmt – ich bekomme Berufsverbot und wandere in den Knast –, folglich denke ich, daß mir eine runde Million durchaus zusteht.«

»Eine Mio für Sie, eine Mio für mich – das klingt vernünftig.«

»Nicht ganz. Wir werden einen Partner brauchen, einen Steuerberater, denn die Buchhaltung muß absolut wasserdicht sein.«

»Sie haben da vermutlich schon jemanden im Kopf, nehme ich an?«

Lydiate schenkte ihm ein herzliches Lächeln. »Er bekommt 200 000 Dollar. Darüber hinaus brauche ich selbstverständlich auch noch Klimpergeld.«

Plugge kniff die Augen zusammen. »Was zum Teufel soll denn das heißen – Klimpergeld?«

»Ich soll doch zwei Millionen verjubelt haben, wissen Sie noch? Das heißt Glücksspiel, aufwendiges Leben, Luxus. Wenn es klappen soll, muß ich bis dahin ein Verhaltensmuster etabliert haben – Sie wissen schon, Reisen nach Übersee, Flüge erster Klasse, Fünfsternehotels, Großeinkäufe und so weiter.«

»Über wieviel Geld reden wir?«

»Ich würde sagen, noch mal 200 000 müßten reichen.«

»Heilige Scheiße. Wieviel bleibt dann für mich noch übrig?«

»600 000 – aber denken Sie dran, davon geht nichts ab, und das alles, ohne daß Sie auch nur einen Finger rühren müssen.«

Dieser Lunch lag nun beinahe vier Jahre zurück, und die Ereignisse hatten seitdem im großen und ganzen den Verlauf genommen, den Lydiate vorhergesagt hatte, während sie nahezu eine ganze Flasche 1951er Cognac niedermachten. Es war alles wie am Schnürchen gelaufen, jedenfalls bis zu dem Tag, als sein rotes Telefon klingelte und Danny die Nachricht durchgab, daß ein Privatdetektiv wegen Lydiate Fragen stellte.

Plugge war kein Mann, der gewalttätig veranlagt war. Bedingt durch die Sorte Leute, die von seiner Branche angezogen wurden, kam es aber manchmal vor, daß man mit Menschen zu tun hatte, die sich eher durch eine Faust im Gesicht oder einen Stiefel im Gemächt überzeugen ließen als durch rationale Argumentation. Wenn solche Maßnahmen vonnöten waren, so waren sie in der Vergangenheit von den massigen, tumben Männern, die Plugge als Rausschmeißer beschäftigte, zufriedenstellend ausgeführt worden. Doch zu Beginn dieses Jahres hatte Plugge, als er von zwei Seiten unter Beschuß geraten war und die Asiaten wie auch die Italiener jegliche Bereitschaft zur friedlichen Koexistenz aufgaben und ihn mit allen Mitteln aus dem Geschäft drängen wollten, seine Haltung überdenken müssen.

Innerhalb von drei Wochen war in einem von Plugges Clubs eine Brandbombe hochgegangen, es kam das Gerücht auf, daß man sich 25 000 Dollar verdienen konnte, wenn man ihn umlegte, und der Chef seiner »Sicherheitsmannschaft« war in eine Gasse gezerrt worden, wo man ihm die linke Achillessehne durch- und den rechten Daumen abgetrennt hatte. Die anderen Rausschmeißer kamen zu dem Ergebnis, daß die Gehälter, die Plugge zahlte, und die gelegentlichen Gratis-Blowjobs das Risiko nicht wert waren, sich unter Umständen solch unmenschlichen orientalischen Grausamkeiten ausgesetzt zu sein, und machten sich aus dem Staub. Dabei handelte es sich bei dem Schlitzer um einen 49jährigen Großvater aus Henderson, der kroatischer Abstammung war und gerade aus Bosnien zurückgekehrt war, wo er ein kurzes Gastspiel bei den ethnischen Säuberungen gegeben hatte. Seine Auftraggeber waren die Italiener aus Sydney, die ihm dafür 2 000 Dollar gezahlt und ihm versprochen hatten, daß er bei seinem nächsten Aufenthalt in Europa Freikarten für seine Lieblingsmannschaft, den AC Milan, bekommen würde.

Schlimme Zeiten verlangen nach schlimmen Maßnahmen, und Herman Pickrang, den Plugge auf Anraten eines seiner Bekannten aus dem tieferen Unterweltmilieu angeheuert hatte, konnte mit Fug und Recht als eine solche bezeichnet werden. Pickrang rückte dem Feind auf den Pelz; an seinem ersten Arbeitstag spazierte er in ein italienisches Restaurant, schnappte sich einen der Unruhestifter von der anderen Küste der tasmanischen See, schob ihn mit dem Kopf voran in den Pizzaofen und hielt ihn so lange fest, bis seine Augäpfel Blasen schlugen und knisterten wie Eier in der Pfanne.

Dann lauerte er der Frau des Gentleman aus Hongkong auf, der das Kopfgeld auf Plugge ausgesetzt hatte, und überraschte sie, als sie gerade ihren preisgekrönten Pekinesen Gassi führte. Pickrang schnappte sich den Hund bei den Hinterbeinen und klatschte ihn gegen einen Telefonmast aus Beton. Von dem Tier blieb nur ein haariger, blutiger Klumpen übrig. Als die entsetzte Frau zu fliehen versuchte, packte er eine Handvoll von ihren Haaren und riß sie mitsamt der Wurzeln aus. Die Dame hatte danach eine kahle Stelle auf dem Kopf, wie ein Mönch, und das Kopfgeld wurde am nächsten Tag widerrufen.

Plugge waren solche Maßnahmen nicht angenehm, doch er sagte sich, daß man Feuer mit Feuer bekämpfen mußte. Die Geschichte mit Guttle war allerdings etwas ganz anderes. Das war voll übers Ziel hinausgeschossen, und zumindest zum Teil war es seine eigene Schuld: Es war das zweite Mal, daß er seine eigenen Regeln gebrochen hatte. Er hatte gerade erfahren, daß zwei seiner besten Stripperinnen zu Gott gefunden hatten und sich aus dem Geschäft zurückzogen, um fürderhin dem Herrn zu dienen, als das besagte rote Telefon klingelte. Plugge verlor nicht oft die Fassung, doch wenn es passierte, dann mußte ein Suchtrupp losgeschickt werden, um sie wieder aufzutreiben. Er tobte in seinem Büro herum, warf mit Gegenständen um sich und brüllte, daß kein schleimiger Schnüffler angeschissen kommen konnte, um seine Nase in seine Angelegenheiten zu stecken. Und von Pickrang wollte er wissen, ob er noch länger rumstehen und sich am Arsch kratzen wolle oder ob er endlich was dagegen unternehmen würde. Pickrang unternahm in der Tat etwas, das mußte man ihm lassen; der gottverdammte Irre ging einfach los und knallte Guttle ab. Hatte er denn noch nie davon gehört, daß man jemandem auch die Beine brechen konnte? Es war zum Heulen.

8

Als er sich durch das Gerümpel im Keller seiner Mutter wühlte, fand Reggie Sparks seine alte Plattensammlung, darunter auch das Abschiedsalbum von Basil Batrouney, *Going Mad in Public*.

Auf dem Cover war Batrouney zu sehen, wie er auf einer belebten Straßenkreuzung stand und nichts weiter trug als einen Hut wie Napoleon, Gummistiefel und eine Unterhose, deren Bund bis zum Nabel hochgezogen war, so daß die Auswölbung im Genitalbereich besser zum Tragen kam. Unter der extravaganten Kopfbedeckung war, eingerahmt von strähnigen schwarzen Haaren, ein blasses, ovales Gesicht zu erkennen, aus dem ein paar Glubschaugen hervorquollen, die jedem Frosch zur Ehre gereicht hätten. Alles in allem wirkte Batrouney völlig derangiert.

Völlig durchgeknallt der Mann, dachte Sparks.

Das einzige Stück auf dem Album, an das Sparks sich noch erinnern konnte, war das berüchtigte *Smack gets in your Eyes*, ein Loblied auf den Konsum von Drogen, das mehrere Abgeordnete zu der Forderung verleitet hatte, daß Batrouney hinter Schloß und Riegel gehörte. Diesem Ansinnen wurde widerstanden, doch der Song kam auf die schwarze Liste der staatlich kontrollierten Radiostationen und wurde nicht gespielt. Musikalisch und die Texte betreffend war das Album eine totale Nullnummer, doch seiner Fähigkeit, dem Establishment ans Bein zu pissen, war es zu verdanken, daß es ein großer kommerzieller Erfolg wurde.

Sparks fuhr mit dem Quickcat nach Waiheke Island und nahm am Hafen ein Taxi, das ihn zu der Ortschaft Onetangi brachte. Die Adresse, die man ihm gegeben hatte, entpuppte sich als ein unscheinbares Schindelhaus, einen Block vom Wasser entfernt. Sparks stieg die Treppen zur Veranda hinauf und klopfte an die Tür. Ein stämmiger Mann Anfang Vierzig öffnete. Was von seinen dünnen schwarzgrauen Haaren noch übrig war,

war zurückgekämmt und zu einem Knoten oder Pferdeschwanz zusammengebunden. Das Gesicht des Mannes wirkte ohnehin schon wie ein Kürbis, doch diese Tatsache wurde noch betont durch seine dicken weißen Koteletten, die einem Schafsbock alle Ehre gemacht hätten. Wohlwollend schaute er Sparks durch seine runde Brille an, deren Gläser so dick waren wie das Panzerglas in der Limousine eines Despoten.

»Wohnt Basil Batrouney hier?«

»Das bin ich.«

Nicht einen Moment lang hätte Sparks geglaubt, daß diese beleibte Dickensfigur das frühere Enfant terrible der Rockmusikszene Neuseelands war. Er war von dem Eingeständnis so vor den Kopf gestoßen, daß ihm nichts weiter zu sagen einfiel als: »Wir sind in die gleiche Schule gegangen.«

Batrouney starrte ihn 20 Sekunden lang völlig ausdruckslos an.

»Schule«, sagte er schließlich. Es war weder eine Feststellung noch eine Frage. Es erinnerte Sparks an die Art, wie kleine Kinder etwas nachsprechen, weil ihnen der Klang eines Wortes gefällt.

Das fängt ja gut an, dachte Sparks. »Ja, Prince Albert College.«

Wieder eine lange Pause des Schweigens. »Groovy. Aber wie mein alter Amigo Bobby Zimmerman schon sagt: ›That was in another lifetime.‹«

Mein Gott, was für 'n Knalldepp, dachte Sparks, doch er ließ nicht locker. »Paß auf, ich bin Journalist«, sagte er, »und ich schreibe an einem Artikel für *New Nation* über eine Gruppe von Kerlen – und einer davon bist du –, die zusammen auf dem Prince Albert College waren …«

»Journalist, hm? Ich dachte schon, mit denen wär ich fertig.«

Batrouney zuckte mit den Achseln, drehte sich um und trottete den Flur entlang. »Wenn du quatschen willst, komm halt rein«, rief er Sparks über die Schulter hinweg zu. Sparks folgte ihm. Batrouneys Schädeldecke war kahl, doch sein restliches

Haar trug er zu einem Pferdeschwanz zusammengebunden, der wie ein totes Tier zwischen den Schulterblättern hin und her baumelte.

Er führte Sparks in einen Raum, der ihm anscheinend als Arbeitszimmer diente. Darin standen ein großer Schreibtisch mit einem Computer, einem Drucker und einem Faxgerät, daneben ein alter Küchentisch, der mit Ordnern, Zeitschriften und Zeichnungen übersät war, und außerdem noch ein Zeichentisch. Batrouney setzte sich auf einen Drehstuhl am Schreibtisch und bedeutete Sparks, sich auf das alte Sofa an der Wand zu setzen.

»Bist du immer noch im Musikgeschäft?« fragte Sparks, um die Konversation aufrechtzuerhalten.

»Oh, Mann, ich hab noch nicht mal 'n Radio.« Batrouney erhob sich schwerfällig von seinem Stuhl und ging zum Tisch. »Mittlerweile zeichne ich Comics; du kannst mich auch den Walt Disney von Waiheke nennen.« Er nahm ein Comic-Heft von einem der Stapel auf dem Tisch und warf es zu Sparks hinüber. Es trug den Titel *Schmuddelkram* und den Unteritel *Comics für Klos im Kiwiland.* Auf dem Cover war ein ungeheuer fetter Mann abgebildet, der auf einer Toilette saß. Darunter hieß es: »In dieser Ausgabe – riesige Kackstreifen, wie man sie absolut sicher hinkriegt. Plus! Debbis Dünnschiß, Ronnies Riesenloch, Fred mit seiner Furzkanone und vieles mehr!«

Sparks hob den Kopf und warf Batrouney einen Blick zu, der vor sich hin summend auf seinem Drehstuhl hin und her schaukelte. »Is' nich' jedermanns Sache«, sagte er. Sparks legte das Comic-Heft auf die Armlehne des Sofas.

»Machst du das alles alleine?«

»Nöö, wir arbeiten mit mehreren dran.« Batrouney kicherte. »Ich hab gerade eine neue Figur erfunden – ›Freddy Fladen und seine Furche der Verzweiflung‹.«

Nicht zu fassen, dachte Sparks. Er bemühte sich um einen interessierten Gesichtsausdruck. »Ach ja? Und worum geht's dabei?«

»Freddy ist ein Superheld, so ähnlich wie Batman, nur daß er die Bösewichter in seinen Arsch einsaugt. Wie ein schwarzes Loch im Kosmos.« Er kicherte schon wieder.

»Ich kann mir kaum vorstellen, daß das je verfilmt wird«, sagte Sparks, »aber es wäre nicht das erste Mal, daß ich mich irre. Wie viele Exemplare verkauft ihr denn so?«

»Du würdest staunen«, sagte Batrouney ernsthaft. »Wir haben unsere Hausaufgaben gemacht. Skatologischer Humor – also alles, was mit Arschlöchern, Furzen und dem ganzen Zeug zu tun hat – ist der große Wachstumssektor bei den Comics. Also«, er blickte Sparks mit strahlenden Augen an. »Kann ich dich in die Abonnentenliste eintragen?«

»Nein danke. Ich stehe mehr auf *Doonesbury* und so was.«

Batrouney wirkte ein wenig eingeschnappt. »Wie's beliebt.«

Er verfiel wieder in Schweigen. Herrgott, dachte Sparks, er wird sich meinetwegen doch jetzt nicht aufregen. Nach ein oder zwei Minuten erwachte Batrouney wieder zum Leben: »Also, was diese Geschichte mit der Schule angeht: Um die Wahrheit zu sagen, es gibt nichts, was ich darüber erzählen könnte. Das einzige, woran ich mich aus der Zeit noch erinnere, ist dieser Kram hier.« Er wedelte mit einem Comic herum. »Schülerhumor halt. Du mußt wissen, ich teile mein Leben ein in VDD und NDD – vor den Drogen und nach den Drogen. Alles, woran ich mich aus der VDD-Periode erinnere, is' glatt für 'n Arsch.«

Sparks wurde neugierig. »Und was ist mit der Phase dazwischen, als du auf Drogen warst?«

»Das war eine ziemlich lange Phase. Aber es ist alles ein einziger Nebel, mir fehlen da einfach ein paar Jahre.«

»Also die ganzen Parties, die Groupies ...«

Batrouney schüttelte langsam den Kopf. »Sag du's mir. Ich hätte genausogut in 'nem Büro arbeiten können.«

»Das ist hart«, sagte Sparks, und er meinte es ehrlich. »Aber kommen wir wieder auf die VDD-Phase, deine Schulzeit am Prince Albert College – du erinnerst dich doch sicher an Bronwen Ticehurst, das Mädchen, das sich aufgehängt hat? Du hast beim Ball mit ihr getanzt.«

Batrouneys Augen flackerten hinter seinen dicken Brillengläsern. »Mann, alles, woran ich mich erinnere, ist, daß es deswegen einen Heidenaufstand gab. Wie haben wir immer gesagt – schlechtes Karma? Genau, das war's, schlechtes Karma.«

Seufzend klappte Sparks seinen Notizblock zu. Er vermutete, daß Jackson Pike etwas ganz anderes vorschwebte als oberflächliches Gelaber über schlechtes Karma.

Die Klasse von 1970 hat ziemlich Haare lassen müssen, dachte Sparks, als er Dermot Looms, den Farmer aus dem Norden, die Treppe hinunter auf sich zukommen sah. Damit erschöpften sich allerdings auch die Gemeinsamkeiten mit Batrouney: Während der Schöpfer des *Schmuddelkram* vom vielen Herumsitzen in der Einsamkeit seines Arbeitszimmers bleich und aufgedunsen war, strahlte Looms' ganze Gestalt vom Leben in der freien Natur – er war hochgewachsen und drahtig, und sein Gesicht und der kahle Schädel waren braungebrannt wie verwittertes Holz.

»Sparks, stimmt's?«

»Ja.«

»Der Bruder von Gavin?«

»Ja.«

»Sie sind geflogen, stimmt's?«

»Nun ja, offiziell der Schule verwiesen wurde ich nicht …«

»Ist jetzt sowieso scheißegal. Gehen wir nach hinten.«

Die Halbinsel Okahukura ragte bei Kaipara Harbour ins Meer hinaus, und hier wohnte Looms in dem Ort Tapora in einem alten im Kolonialstil gehaltenen Farmhaus mit schiefergedecktem Dach und weißem Anstrich. Rechts vom Haus befand sich eine Doppelgarage, dahinter lagen ein Rosengarten und ein Rasen, an dessen gegenüberliegender Seite weitere Farmgebäude standen. Hinter diesen wiederum befanden sich Koppeln für das Vieh, die sich bis hinunter zum Wasser erstreckten. Sie saßen in der Sonne auf weißen Gartenmöbeln aus Schmiedeeisen, und Sparks erklärte seinen Auftrag.

Looms rieb sich die Stirn. »Mein Gott, das war eine fürchterliche Sache. Sie müssen wissen, ich kannte Bronwen kaum. Meine Mutter und ihre Mutter waren befreundet, und die beiden haben es so eingefädelt, daß ich Bronwen zum Ball mitnehmen sollte. Ich war nicht gerade der Schwarm aller Mädchen, und ohne Bronwen hätte ich niemanden gehabt und wäre aufgeschmissen gewesen. Für sie lag der Fall allerdings ganz anders, sie hatte jede Menge Verehrer. Das Problem war nur, daß sie in einen ganz speziellen Kerl völlig verschossen war und der mit ihr machen konnte, was er wollte. Und ich denke, deswegen ist die ganze elende Angelegenheit auch so ausgegangen.«

»Wer war das?«

»Der Geist – Cas Quedley. Erinnern Sie sich an ihn?«

Sparks nickte.

»Wir haben ihn immer den Geist genannt – nach der Zeichentrickfigur, Caspar, der freundliche Geist. Hat zu ihm gepaßt, der Name.«

»Was hatten er und Bronwen denn miteinander?«

»Sie sind ein paarmal zusammen ausgewesen. Sie war ziemlich verknallt in ihn; aber das war bei der Hälfte der Mädchen in der Stadt nicht anders. Jedenfalls hat Cas sie abgesägt – aber auch da war sie nicht die einzige; er hat die Mädels halt reihenweise flachgelegt. Bei dem Ball habe ich vielleicht zweimal mit Bronwen getanzt, dann hat sie gesagt, sie muß mal mit Cas reden und kommt gleich wieder. Und schon war sie weg. Danach habe ich sie nicht mehr gesehen. Anscheinend hatte sie Cas zur Rede gestellt, und er hatte ihr gesagt, es ist alles vorbei, und jetzt geh mir nicht auf den Sack, und sie ist abgerauscht. Jedenfalls war es das, was ich dachte – daß sie sich vom Acker gemacht hat und nach Hause gegangen ist. Ihre Eltern wohnten ja nicht weit weg vom College. In Wirklichkeit ist sie den Glockenturm hochgestiegen und – na ja, den Rest kennen Sie ja.«

»Was ist mit Victor Appleyard? Was hat er damit zu tun?«

»Mein Gott, der arme alte Vic. Na ja, er war auch einer von denen, die hinter Bronwen her waren – ihn hatte es ziemlich erwischt. Für ihn war es ein ziemlicher Schlag.«

»Also war er scharf auf sie, aber sie hatte kein Interesse?«

Steif schüttelte Looms den Kopf. »Sie hatte kein Interesse an ihm oder sonst irgendwem. Für sie gab es nur Quedley und sonst niemand.«

»Ich habe gehört, daß die Polizei denkt, daß Appleyard vielleicht von der Brücke gesprungen sein könnte, weil er Schuldgefühle hatte und sein Gewissen ihn geplagt hat. Wäre es möglich, daß er Bronwen in einem Anfall von Eifersucht getötet hat, Sie wissen schon, weil er es nicht ertragen konnte, abgewiesen zu werden?«

Looms atmete abrupt aus. »Puh, also das ist ja 'n Ding. Wer kommt denn auf so was? Sagen wir mal so: Vic ist so ungefähr der letzte, bei dem man sich so was vorstellen könnte…«

»Das ist genau das, was Freunde und Nachbarn immer sagen, oder? ›Er war so ein netter, zuvorkommender Mann. Ich hätte nie geglaubt, daß ausgerechnet er jemanden mit der Axt erschlagen würde.‹«

»Na ja, da haben Sie wohl recht.«

»Was war mit Quedley? Wie hat er es aufgenommen?«

Looms lehnte sich zurück und verschränkte die Arme vor der Brust. »Nun ja, wie ich schon gesagt habe, Geist war ein durchaus passender Name für Cas. Man konnte nie genau sagen, woran man bei ihm war. Ich meine, er war nicht gerade sentimental oder so. Seine Mutter ist in der Zeit gestorben, als wir zusammen auf der Schule waren, und niemand hat davon erfahren. Es ist erst Wochen später durchgesickert. Aber klar, ihn hat es garantiert auch mitgenommen. Ich hätte nicht in seiner Haut stecken wollen.«

»Warum? Hat man ihm die Schuld gegeben?«

Looms machte eine wegwerfende Handbewegung, als wolle er

eine unsichtbare Fliege verscheuchen. »Ach wissen Sie, natürlich wurde hinter seinem Rücken getuschelt. Ich denke, die eine oder andere Tür war von da an für ihn verschlossen, und in manchen Kreisen war er nicht mehr willkommen. Aber man konnte ihm nicht wirklich die Schuld geben. Zum einen wußten die Puppen ja, woran sie bei ihm waren – Scheiße, er hat sie im Eiltempo abgehakt, als wäre es ein Rennen. Und Sie wissen ja, wie das in dem Alter so ist – die Kids machen sich andauernd gegenseitig fertig, da geht's mit den Gefühlen mal rauf und mal runter.«

Gemeinsam gingen sie zu Mrs. Sparks' Peugeot. Looms schaute noch einmal zum Fenster auf der Fahrerseite herein. »Wissen Sie, nachdem Sie vor 'n paar Tagen angerufen hatten, hab ich mir noch mal über dieses spezielle Jahr Gedanken gemacht. Wenn man mal dran denkt – zwei Selbstmorde innerhalb von ein paar Wochen –, schon ein verdammtes Wunder, daß damals die Leute ihre Kinder nicht reihenweise von der Schule genommen haben.«

»Ich bin am Anfang des Jahres abgegangen und hab mich nicht mehr so drum gekümert«, sagte Sparks. »Wer war der andere?«

»Der Kaplan. Padre Swindell. Hat seinen Morris 1100 direkt in eine Mauer gefahren – und zwar höchstens ein paar Wochen vor dieser anderen Geschichte. Es ist natürlich versucht worden, es so darzustellen, als ob's ein Unfall gewesen wäre, aber mit dem Wagen war wohl alles in Ordnung, am Wetter lag's auch nicht, das war prima, und vom Fusel hat der alte Knabe die Finger gelassen. So wie's aussieht, hat der Kerl einfach auf die Mauer zugehalten und Vollgas gegeben.«

Sparks saß in der Empfangshalle von Quedley Communications (Beratung, Strategien, Krisenmanagement) und versuchte die diversen attraktiven jungen Damen auseinanderzuhalten, die an ihm vorbeihuschten. Das war keine leichte Aufgabe; anscheinend gab es bei Quedley Communications ganz spezifische Anforderungen an das Aussehen – lange Haare, kurze Röcke, hohe Absätze. Nachdem er zehn Minuten mit Warten zugebracht hatte, kam eine Brünette mit atemberaubender Figur in sein Blickfeld gestöckelt und hauchte: »Mr. Sparks? C. Q. hat nun Zeit für Sie.« Dann eskortierte sie ihn den Korridor entlang zu Quedleys Büro.

Es war ein riesiges Büro, groß genug für einen mächtigen Schreibtisch, vor dem drei ausladende Lederstühle aufgereiht waren, plus ein Konferenztisch mit acht Plätzen und zwei breite Sofas, die um einen niedrigen Kaffeetisch gruppiert waren, sowie eine kleine Bar und diverses Grünzeug. Und trotzdem könnte glatt noch ein Hubschrauber hier drin landen, dachte Sparks, am Platz würde es jedenfalls nicht scheitern.

Caspar Quedley trug einen elegant geschnittenen Zweireiher. Sein Gesicht tiefbraun, seine Zähne strahlend weiß, kam er hinter seinem Schreibtisch hervor und streckte Sparks die Hand entgegen. Sein Händedruck war von beeindruckendem Elan und präzise kalkulierter Dauer: lange genug, um jemandem zu vermitteln, daß man erfreut war, mit ihm zusammenzutreffen, ohne dabei anbiedernd oder schleimig zu wirken. Die Sonnenbräune, der feste Händedruck, die aufrechte Haltung, die breiten Schultern und der flache Bauch – all dies schien verkünden zu wollen, daß man einen Mann vor sich hatte, der um sechs Uhr früh aus dem Bett sprang und noch vor dem Frühstück zehn Kilometer lief, einen Mann, der im Kraftraum Eisen stemmte, jemand, der einem beim Squash den Ball um die Ohren drosch, daß man nicht mehr wußte, wo einem der Kopf stand, der Ski fahren konnte wie der Teufel und der es liebte, wenn ihm die salzige Gischt ins Gesicht peitschte. Was für eine Arschgeige, dachte Sparks. Es stieß ihm sauer auf, feststellen zu müsen, daß im Gegensatz zu seinen Altersgenossen bei Quedley nicht ein Quadratzentimeter Kopfhaut unter den glänzenden schwarzen Locken hervorlugte, die ihm in die Stirn fielen und seinem schon beinahe unfaßbar guten Aussehen auch noch eine jungenhafte Note verliehen.

»Danke, daß Sie mir Ihre Zeit opfern, Mr. Quedley«, sagte Sparks. »Oder sollte ich Sie lieber C. Q. nennen?«

Quedley begegnete ihm mit einem entwaffnenden Grinsen. »Sie können mich Caspar nennen oder Arschgesicht – ganz wie's beliebt. Nehmen Sie doch Platz.«

Während er Kaffee einschenkte, machte Quedley Small talk über *New Nation* und Jackson Pike – »Unser aller Streben sollte sein, den jungen Master Pike nicht gegen uns aufzubringen.«

Sparks unterbrach ihn: »Mr. Quedley, ich komme nicht umhin festzustellen, daß Sie sich vornehmlich mit Tussis und Düsen umgeben. Hat das einen bestimmten Grund?«

Quedley setzte seine Tasse ab und beugte sich, den Mund zu einem halben Lächeln verzogen, vor. »Nun ja, Reggie, Tussi oder Düse ist eine irgendwie abwertende Bezeichnung, die impliziert, daß diese jungen Damen lediglich dekorative Funktionen erfüllen. Das ist nicht hundertprozentig der Fall. Aber um Ihre Frage zu beantworten: Ja, es gibt einen Grund dafür. Fakt ist, daß wir es trotz all der Äußerungen, die man zum Thema Frauen im Berufsleben zu hören oder lesen bekommt, in 90 Prozent aller Fälle, in denen es um die Public Relations großer Firmen geht, mit Männern zu tun haben. Und es ist nun mal die Wahrheit, daß die meisten Männer – ob sie es nun zugeben oder nicht – im Alltagsgeschäft lieber mit einer attraktiven Frau zu tun haben als mit einem Mann. In der Realität sieht das so aus, daß ein Großteil der Führungskräfte PR-Fragen als eine Art Erholung betrachtet. Deshalb bin ich von jeher der Auffassung gewesen, daß es wichtig ist sicherzustellen, daß der Genußfaktor nicht unter den Tisch fällt – also ihnen zu geben, was sie wollen, und nicht notwendigerweise, was sie brauchen.«

Sparks runzelte die Stirn. »Das hört sich aber ziemlich... oberflächlich an.«

Quedley beugte sich noch ein Stück weiter vor und schaute

ihn voller Aufrichtigkeit an. »Haar-ge-nau. Wenn ich das mal nur so unter uns sagen darf: Dies ist eine oberflächliche Industrie für oberflächliche Leute. Wenn ab morgen der ganze Public-Relations-Komplex aufhören würde zu existieren, wäre die Menschheit kein Jota weniger glücklich; ja, man könnte sogar behaupten, sie wäre besser dran. Stellen Sie sich mal eine Welt vor, in der Unternehmen, Regierungen und Institutionen nach ihren Leistungen und Verdiensten beurteilt werden und nicht nach der gequirlten Kacke, die sie verbreiten lassen – also danach, was sie tun, und nicht danach, was sie behaupten zu tun. Aber ich gebe Ihnen auch zu bedenken, daß es doch ein gewisses Maß an Geist und Gerissenheit erfordert, um es durch etwas derart Oberflächliches zu Wohlstand zu bringen und dabei, was noch entscheidender ist, dem angeblich gerissensten, abgebrühtesten und finanziell versiertesten Sektor der Gesellschaft das Geld aus der Tasche zu ziehen – den Großkonzernen. Was uns wieder zu meinen Tussis und Düsen zurückbringt – Gott segne jede einzelne von ihnen.«

Nachdem er seinen Vortrag beendet hatte, schwieg Quedley einen Moment und musterte Sparks von oben bis unten. »Sie sind also Gavins Bruder?«

»Ja.«

»Ich glaube, ich bin Ihrer Schwägerin schon mal begegnet. Eine ganz reizende Person – wie heißt sie noch mal?«

»Heather.«

»Mein Gott, Heather, richtig«, sagte Quedley und schlug sich auf den Schenkel. »Wie konnte ich das nur vergessen? Schon eine ganze Weile her, seit ich die beiden gesehen habe.«

Sparks schaute ihn finster an. »Sind Sie verheiratet, Mr. Quedley?«

»Nein, Sir. Dafür hab ich nicht das geeignete Temperament.«

»Es ist wohl für einen Lebemann Ihres Kalibers nicht ganz einfach, zur Ruhe zu kommen?«

Falls Quedley die Feindseligkeit überhaupt bemerkte, die in

Sparks Frage mitschwang, so ließ er sich jedenfalls nicht das geringste anmerken. Er schaute Sparks voller Liebenswürdigkeit an. »Ein Lebemann – den Ausdruck habe ich ja schon lange nicht mehr gehört. Wenn Sie damit sagen wollen, daß ich gelegentlich ungern etwas anbrennen lasse, dann gebe ich das zu. Sie etwa nicht?«

Sparks ignorierte die Frage. »Ich denke, das war auch das Problem mit Bronwen Ticehurst – sie hatte wohl einfach kein Verständnis für Ihr Temperament?«

Quedley hielt Sparks starrem Blick stand. »Ich weiß nicht, warum Bronwen Ticehurst sich umgebracht hat. Bei dem Ball in der besagten Nacht hat sie mich gefragt, ob wir eine feste Beziehung haben könnten, und ich sagte nein. Später habe ich dann von ein paar Freunden gehört, daß sie das sehr verletzt hat – offensichtlich hat sie geglaubt, daß sie in mich verliebt war –, und so könnte man unter Umständen behaupten, daß ich sie dazu getrieben habe. Wenn dem so ist, dann lag es nur daran, daß ich aufrichtig gewesen bin. Selbstverständlich hätte ich die Situation anders gehandhabt, hätte ich gewußt, was sie tun würde, doch wenn man diesen Gedanken bis in die letzte Konsequenz durchdenkt, hätte ich nie mit ihr Schluß machen können – ich hätte sie heiraten müssen, nur um sie am Leben zu erhalten. Aber wer weiß? Vielleicht gab es da noch mehr, worüber Bronwen unglücklich war, Dinge, von denen niemand eine Ahnung hatte, und als ich ihr den Laufpaß gab, war das nur der letzte Tropfen, der das Faß zum Überlaufen brachte. Und jetzt mal ganz offen gesagt: Sie oder wer auch immer können über mich schreiben, wozu Sie Lust haben – ich habe ein ziemlich dickes Fell, und mir ist mehr oder weniger scheißegal, was die Leute von mir halten. Aber glauben Sie nicht auch, daß Bronwens Familie gut darauf verzichten könnte, daß *New Nation* wegen ein paar Kröten die ganze Geschichte nach all den Jahren wieder aufwühlt?«

»Nun ja, ich denke, das ist der Unterschied zwischen Journalismus und PR; wie heißt es so schön: Eine Nachricht ist etwas, das irgendwer irgendwo zu unterdrücken versucht.«

Quedley kicherte herablassend. »Was sind denn das für bombastische Töne, Reg? Außerdem, wissen Sie, wer das gesagt hat? Ein Pressezar von der Fleet Street, der vermutlich auf diese Weise eine Story vom Kaliber ›Der Butler packt aus‹ rechtfertigen wollte. Eigenlob reinsten Wassers – ich wäre mächtig stolz, wenn mir so was mal einfallen würde.«

Sparks zuckte mit den Achseln. »Mit wem sind Sie überhaupt zum Ball gegangen? Sie muß ja wohl was ganz Besonderes gewesen sein – so wie's sich anhört, hätten sich die meisten anderen Jungs für Bronwen glatt ein Bein ausgerissen.«

Quedley verzog den Mund. »Bitte mißverstehen Sie mich nicht, aber ich kann mich nicht mehr daran erinnern. Sie war neu, das war alles.«

»Und deswegen war sie eine Herausforderung, stimmt's? Genau, ich hab schon gehört, daß Herausforderungen Sie reizen.« Quedley wollte etwas erwidern, doch Sparks ließ nicht locker. »Was Sie da gesagt haben, von wegen daß *New Nation* die ganze Geschichte wegen ein paar Kröten wieder aufwühlt, als ob wir nicht Besseres zu tun hätten – das ist Scheiße. Wir haben einen Aufhänger für die Story – die Verbindung zu Victor Appleyard.«

Quedley richtete sich auf. »Sie wissen davon?«

»Wovon?«

Quedleys freundliche Gelassenheit geriet ins Wanken. »Nun ja, ich bin nicht sicher, ob ich möchte, daß...«

»Wenn Sie wissen wollen, ob wir davon gehört haben, daß Appleyard unter Umständen manisch fixiert auf Bronwen Ticehurst gewesen ist, dann lautet die Antwort ›ja‹.«

Quedley ließ sich auf das Sofa zurücksinken. »Nun, es tut mir leid, das zu hören, aber zumindest haben Sie es nicht von mir.«

»Nun, war das denn der Fall?«

Quedley erhob sich und beschrieb beim Gehen einen kleinen Kreis. »Sehen Sie, Victor war ein netter Kerl, aber – und das bleibt jetzt bitte unter uns – man muß wohl sagen, daß ihn die Sache schwer gejuckt hat. Er ist ein paarmal vorbeigekommen, um sich mit mir darüber zu unterhalten.«

»Wie kam er dazu?«

»Na ja, das war's ja. Ich konnte mir keinen Reim drauf machen. Es schien einfach so, als wollte er immer wieder das gleiche Thema durchkauen. Ich meine, ich weiß selbst, daß ich nicht gerade ein Paradebeispiel für mitfühlendes Verhalten abgebe, und ich will mich auch gar nicht dafür entschuldigen, daß ich es abgelehnt habe, für Bronwens Tod verantwortlich gemacht zu werden, aber die ganze Geschichte bis in die letzte Einzelheit noch mal durchzugehen war nicht gerade das, womit ich mir gern die Zeit vertreibe.«

»Würden Sie sagen, er war davon besessen?«

Quedley verzog das Gesicht. »Besessen ist ein unschönes Wort. Ich weiß nicht, ob ich das in diesem Zusammenhang benutzen würde. Aber es war bei ihm sicherlich ein wunder Punkt.«

Auf dem Weg nach draußen fragte Sparks Quedley nach dem Kaplan.

»Der alte Pard Swindell? Klar, aber da haben wir's schon wieder. Wer weiß, was da alles eine Rolle gespielt hat? Nichts liegt mir ferner, als über die Toten schlecht zu reden, aber meines Erachtens war er völlig durchgedreht. Ich meine, ein Geistlicher, Junggeselle noch dazu, ein Jungeninternat – ein Kopfnicken, ein Augenzwinkern, Sie wissen, was ich meine? Er war vermutlich eine gequälte Seele und hat sich für eine Lappalie bestraft, wegen der unsereiner nicht mal schlecht geschlafen hätte.«

Sie gaben sich die Hand. Quedley lächelte verschmitzt. »Das Gewissen ist ein schrecklich Ding. Ohne wären wir wesentlich besser dran, oder Reggie?«

Ich kann mir nicht helfen, dachte Sparks, als er mit dem Lift nach unten fuhr. Eigentlich sollte ich den Kerl widerlich finden, aber ich tu's nicht.

9

Maurice Trousdale, der zukünftige Erbe des Teppichimperiums, war von seinem Ausflug nach Sydney zurückgekehrt, wo er innerhalb von vier Tagen acht Restaurants besucht hatte, und stand nun am Panoramafenster des Wohnzimmers im ersten Stock seines mehrere Millionen Dollar teuren Apartments. Nachdem er ein paar Minuten den Blick über den Jachthafen von Westhaven nach Waitemata Harbour, die Nordküste und die Harbour Bridge hatte schweifen lassen, wandte er sich ab und seufzte. Nicht einmal der Ausblick munterte ihn mehr auf. Er konnte sich daran erinnern, daß er sich früher, wenn er von einer Reise nach Übersee zurückkam, ans Fenster gestellt und überlegt hatte, wie gut es war, wieder zu Hause zu sein. Nun ließ ihn selbst dieses Gefühl der Zugehörigkeit im Stich. Er spürte, daß ihm eine melancholische Phase bevorstand.

Trousdales gelegentliche Anfälle von schwermütiger Innenschau resultierten aus dem Bewußtsein, daß sein gesamtes Dasein, die Rolle als Erbe, ihm nichts weiter abverlangte, als seine Mutter zu überleben. Angesichts der Tatsache, daß diese doppelt so alt war wie er, war das nicht besonders viel, und Trousdale hatte allmählich genug davon. Er fühlte, daß es an der Zeit war, sich anspruchsvolleren Aufgaben zu stellen, etwas, das ihn wirklich forderte.

Trousdale verbrachte eine Viertelstunde damit, über sein Dilemma zu sinnieren. Als es ihm nicht gelang, sich irgendwelche aufregenden Projekte auszudenken, die weder eine hohe Intelligenz noch physischen Elan, Schwung und Mut erforderten, denn mit alldem war er nicht gesegnet, hörte er seinen Anrufbeantworter ab. Unter all den Einladungen zu Cocktailparties und Vernissagen oder Wochenenden auf Pauanui war eine Nachricht, die ihm zunächst bitter aufstieß, ihn dann jedoch zu wilden Überlegungen anregte. Das Ergebnis, zu dem er schließlich gelangte, hatte auf seine Stimmung eine ähnliche Wirkung wie strahlendster Sonnenschein nach einem Sommerregen.

Die Nachricht stammte von Reggie Sparks und war eine Bitte um ein Interview, das er im Zusammenhang mit einem Artikel für die Zeitschrift *New Nation* führen wollte. Die Nachricht endete mit einer Liste von Namen, die ihm teilweise bekannt vorkamen – Victor Appleyard, Caspar Quedley –, und solchen, die er völlig vergessen hatte: Bronwen Ticehurst, Basil Batrouney. Der gemeinsame Nenner war anscheinend das Prince Albert College.

Was Trousdale anfänglich so alarmiert hatte, war die Erwähnung von *New Nation*. Das Magazin hatte eine Klatschkolumne, *Tagebuchnotizen aus Auckland*, in der Trousdale von Zeit zu Zeit Erwähnung fand. Vor Jahren war einmal ein Artikel erschienen, den Trousdale noch immer auswendig aufsagen konnte. Er lautete folgendermaßen:

»Ein Schatten senkt sich über die kommenden Feiertage! Es ist die traurige Pflicht des Chronisten zu berichten, daß sich erneut ein Jahr dem Ende zuneigt, ohne daß Maurice Trousdale, Weltenbummler, Förderer der Künste, *bon vivant* und Erbe des Fabrice-Teppichimperiums, sichtbare Fortschritte in Hinblick auf eine Lebensgefährtin gemacht hätte.

Es fällt schwer zu glauben, daß in diesen materialistischen Zeiten ein Mann, auf den ein Erbe von 200 Millionen Dollar wartet, sobald seine ehrwürdige Mutter, die tapfere Lydia, das Zeitliche segnet, seinen vierzigsten Sommer als Junggeselle begehen kann. Nicht daß Auckland an einem Mangel an weiblichen Wesen litte, die eine solche Heirat durchaus nicht ablehnen würden. In den Salons von Parnell und Remuera, den feinen Restaurants, den Jachtclubs, in der Mitgliederloge von Ellerslie – an all den Tummelplätzen der Lustgreise, Halbseidenen und Neureichen, die gemeinhin als die Hautevolee von Auckland gelten – ist man in ständiger Gefahr, von Debütantinnen, ›Models‹ und einem Heer von Tussis niedergetrampelt zu werden, die ihre Busen und Schenkel jedermann vor die Nase halten, der in dem Verdacht steht, jung, männlich und reich zu sein. Das Jagdfieber hat mittlerweile so bedrohliche Ausmaße angenommen, daß selbst eine dunkle Hautfarbe jemanden nicht länger inakzeptabel macht, vorausgesetzt der Mohr spielt, was sein Nettovermögen angeht, in der richtigen Liga.

Wie kommt es dann, so hallen jammervolle Schreie durch die Runde, daß Maurice noch immer auf Freiersfüßen wandelt? Ihr ergebener Tagebuchschreiber neigt der Theorie zu, daß selbst den hartgesottensten Goldgräberinnen der Gedanke daran, die schmierigen Liebkosungen des puddingwabbligen Albinos allnächtlich über sich ergehen lassen zu müssen, zu abschreckend erschien, um ihn näher in Betracht zu ziehen. *Plus ça change, plus la même chose*… als junger Mann am Prince Albert College trug unser armer Maurice den Spitznamen ›Der Troll‹, wegen seines unansehnlichen Äußeren, und wurde von den helleren Köpfen gemieden.«

Trousdale und seine Anwälte hatten erwogen, *New Nation* zu verklagen. Die Falken in seinem Stab von Rechtsberatern hatten die Auffassung vertreten, daß der Artikel so von Bösartigkeit und überflüssigen Beleidigungen strotze, daß kein Gericht im ganzen Land sich auf die Seite von *New Nation* stellen würde. Die Tauben verwiesen darauf, daß Beleidigungsklagen sich häufig zu brutalen, zermürbenden Angelegenheiten auswuchsen; es sei damit zu rechnen, daß der Beklagte selbst in den hintersten Winkeln herumschnüffeln würde, um nach Möglichkeit jeden noch so geschmacklosen Aspekt des Klägers ans Tageslicht zu zerren, wodurch der Ruf am Ende wesentlich mehr zu leiden hätte als unter den ursprünglichen Anfeindungen. Bewogen von der grausigen Aussicht, daß *New Nation* das Undenkbare wagen und es eventuell fertigbringen würde, die Damen, die an seinen seltenen und allesamt schauerlichen sexuellen Erlebnissen teilgenommen hatten, als Zeugen vor Gericht zu zerren, hatte sich Trousdale schließlich zu der Entscheidung durchgerungen, daß es klüger war, auch noch die andere Wange hinzuhalten.

Diese Nachsicht hatte ihren Preis, denn von nun an fühlte sich der Redakteur der *Tagebuchnotizen* bemüßigt, bei jeder Erwähnung von Trousdale das Attribut »puddingwabbliger Albino« voranzustellen.

Was Trousdale besonders bitter aufstieß, war die Tatsache, daß die Affäre um die *Tagebuchnotizen* ein weiteres Glied einer Kampagne aus Verunglimpfungen und Erniedrigungen war, die vor dreißig Jahren gegen ihn lanciert worden war und seitdem, lediglich kurzfristig unterbrochen, immer wieder aufflackerte. Er hatte es gleich vermutet – »Puddingarsch«, »Schleimfinger«, »Der Albino« und »Der Troll« waren samt und sonders Spottnamen, die auf seine Zeit am Prince Albert College zurückgingen und von dem Mann in die Welt gesetzt worden waren, der ihn seitdem unablässig verfolgt hatte und ihm auch in Zukunft keine Ruhe gönnen würde: Caspar Quedley, der teuflische Quälgeist. Trousdales Verdacht wurde von Quedley selbst bestätigt, als sie sich kurz nach Erscheinen des Artikels begegneten. Nicht daß Quedley zugegeben hätte, etwas mit den *Tagebuchnotizen* zu tun zu haben; das brauchte er gar nicht. Der bösartige Schimmer in seinen Augen, sein Haifischgrinsen, seine Worte zur Begrüßung – »Trouser von der traurigen Gestalt, da leck mich doch einer am Arsch, du wirst auch jedesmal blasser, wenn ich dich sehe; lebst du unter 'ner Brücke oder was?« –, all dies zielte darauf ab, Trousdale wissen zu lassen, daß der Geist wieder einmal zugeschlagen hatte.

Während nun also der Name *New Nation* Trousdale bis zu den Wurzeln seiner spärlicher wachsenden Haare erröten ließ, gab ihm der Rest von Sparks' Nachricht einiges zu denken. Wie oft hatte er sich schon eine Gelegenheit herbeigesehnt, sich an Quedley, dem Dorn in seinem Fleische, zu rächen. Wenn ich das hier richtig angehe, dachte der Erbe des Teppichimperiums, kann ich dem Schwein eins auswischen und dabei das gleiche Vehikel benutzen wie er, als er mich zum Gespött gemacht hat. Trousdale setzte sich an seinen antiken Schreibtisch, nahm ein frisches Blatt Papier heraus, schraubte den Deckel von seinem roten Füllhalter und begann mit der Niederschrift dessen, was er dem Mann von *New Nation* über Caspar Quedley erzählen würde.

Als Sparks sich bei *New Nation* meldete, waren dort zwei Nachrichten für ihn hinterlassen worden: Die erste war eine Einladung von Maurice Trousdale zum Lunch im Le Brie am nächsten Tag. Die zweite Mitteilung besagte, daß er um Punkt zwei Uhr am gleichen Nachmittag die beiliegende Telefonnummer anrufen sollte, wenn er die Wahrheit über Trevor Lydiate erfahren wollte. Das tat Sparks dann auch.

Nach dem vierten Klingeln wurde abgehoben.

»Wer ist da?« sagte eine tiefe männliche Stimme.

»Reggie Sparks. Mit wem spreche ich?«

»Spielt keine Rolle, Kumpel. Wollen Sie wissen, was mit Lydiate los ist oder nicht?«

»Klar.«

»Okay, kennen Sie Potter's Park an der Ecke Dominion und Balmoral? Da gibt's einen Kinderspielplatz, ja? Dahinter, wo's den Abhang raufgeht, ist eins von diesen runden Dingern, wo Bands auftreten.«

»Eine Rotunde.«

»Was?«

»So nennt man das, diese runden Dinger – eine Rotunde.«

Einen Augenblick lang herrschte Stille. »Sparks?«

»Yep.«

»Halten Sie die Klappe. Wollen Sie wissen, was mit Lydiate los ist oder nicht?«

»Klar will ich wissen, was mit Lydiate los ist.«

»Dann seien Sie in genau einer Stunde an diesem wie immer das Scheißding im Potter's Park heißt. Wie alt sind Sie?«

»Neununddreißig.«

»Was haben Sie an?«

»Jeans, ein blaues Hemd und 'ne braune Jacke. Wie kann ich Sie erkennen?«

»An meinen Hot pants.«

Der Unbekannte legte auf.

Sparks saß eine halbe Stunde lang in der Rotunde im Potter's Park herum. Er hätte noch länger gewartet, obwohl er mittlerweile ziemlich sicher war, daß er seine Zeit verschwendete, doch dann fing es an zu regnen, und es wurde merklich kühler. Er rannte zurück zum Auto seiner Mutter.

Herman Pickrang saß in seinem Wagen auf dem Parkplatz des Kentucky Fried Chicken auf der gegenüberliegenden Seite der Dominion Road, von wo aus er Sparks durch ein Fernglas beobachtete. Allmählich begann er sich zu wundern, wie lange der blöde Arsch wohl brauchen würde, bis er merkte, daß man ihn reingelegt hatte. Schließlich sagte er: »Wurde aber auch Zeit« und startete seinen Wagen. Für diesen Nachmittag hatte sich Pickrang zweierlei vorgenommen: herauszufinden, wie Sparks aussah und wo er wohnte. Weder das eine noch das andere erwies sich als sonderlich schwierig. Nachdem Sparks brav sein Schaulaufen absolviert hatte, damit Pickrang ihn problemlos identifizieren konnte, agierte er weiterhin wie gewünscht und fuhr geradewegs zu einem Haus in St. Heliers, wo er den Wagen in der Garage parkte und nach drinnen ging. Pickrang, der sich an Sparks Fersen geheftet hatte, war hochzufrieden mit sich und beschloß, nach Hause zu fahren, um mit seiner elektrischen Eisenbahn zu spielen.

Sparks rief Jackson Pike an und erstattete ihm einen kurzen und inhaltsarmen Bericht über die Fortschritte, die er mittlerweile gemacht hatte. Pike seinerseits bereitete der Mangel an Fakten kein sonderliches Kopfzerbrechen; allein dadurch, daß Sparks einige der Tanzpartner des toten Mädchens aufgetrieben und interviewt hatte, war er über die Erwartungen, die Pike in ihn gesetzt hatte, hinausgeschossen. Sparks wollte wissen, ob Pike über Mittel und Wege verfüge, Namen und Adresse zu der Telefonnummer herauszufinden, die ihm von dem Informanten gegeben worden war, der ihn versetzt hatte. Er wartete eine

Weile, während Pike einen Kontaktmann bei der Telecom anrief, der ihm erklärte, daß die Nummer zu einer Telefonzelle an der New North Road gehörte. Etwas Derartiges hatte Sparks erwartet. Dennoch berührte es ihn irgendwie seltsam, daß die Erwartung dieser Antwort das Unbehagen, das sie verursachte, nicht im geringsten zerstreute.

Als Sparks an den Tisch geleitet wurde, kippte Trousdale hastig einen Schluck von seinem trockenen Martini hinunter, wischte sich ein paar Krümel aus den Mundwinkeln und hievte sich aus seinem Stuhl, um Sparks seine wurstfingerbewehrte Hand entgegenzustrecken.

Wie ein Mann, der von Kunst nichts versteht, aber weiß, was ihm gefällt, so hatte auch Sparks keine Ahnung, wie der Erbe eines Vermögens wohl aussehen mochte, doch auf keinen Fall so wie sein Tischgenosse in spe. Trousdale war klein – allenfalls einsfünfundsechzig – und plump. Genau in der Mitte seines fetten, rosafarbenen Gesichts saß eine Stupsnase, die allenfalls zu einem Baby gepaßt hätte, bei einem erwachsenen Mann jedoch völlig deplaziert wirkte. Gelegentlich ließen sich Frauen, die sich verpflichtet fühlten, in der konturlosen schwabbeligen Masse von Trousdales Gesicht wenigstens einen Hoffnungsschimmer zu orten, zu der Behauptung hinreißen, seine Nase sei niedlich. Trousdale selbst ging sie schwer auf die Nerven, weil sie seiner Brille nicht genügend Halt gab. Sein dünnes Haar war weiß wie ausgebleichte Knochen, und auf der rosa Kopfhaut, die darunter hervorschimmerte, glitzerten zahllose kleine Schweißperlen. Trousdale war ein heftiger Schwitzer. Einige seiner Bekannten, die ihn in die Nähe der Gattung Vielfraß rückten, vermuteten, daß es seine Erregung war, die ihn besonders in Restaurants soviel schwitzen ließ.

Sie gaben ihre Bestellung auf. Sparks, neuerdings gesundheitsbewußt, wählte eine Suppe und gegrillten Snapper mit grünem Salat. Trousdale, der mit Mahlzeiten endlose Stunden ausfüllte, von denen es in seinem unerfüllten Leben gar zu viele gab, bestellte Schnecken in Knoblauchbutter, gefolgt von einer Wildkasserolle mit Gemüse. In der Erwartung, daß ein Gast sich nicht zu einem Wein würde einladen lassen, bestellte er eine Flasche Pinot noir, ohne ihn zu fragen.

Während sie auf das Essen warteten, skizzierte Sparks seine Vorgaben von *New Nation*.

Trousdale kippte den Rest von seinem Martini hinunter. »Und was halten Sie von dem großartigen Caspar?« fragte er.

»Quedley? Auf mich wirkt er wie ein gerissenes Bürschchen.«

»Ein gerissenes Bürschchen?« Trousdale zog seine kaum wahrnehmbaren Augenbrauen in die Höhe und die verbiesterten Mundwinkel nach unten. »Falls die Einschätzung von Caspar als einem gerissenen Bürschchen irgendeinen Schluß darauf zuläßt, welches Niveau an Originalität und Informationsgehalt wir von diesem Artikel erwarten dürfen, dann möchte ich doch sehr bezweifeln, ob ich mir die Mühe machen werde, ihn zu lesen.«

Nur das kurze Zucken seiner Nasenflügel hielt Sparks davon ab, ihm über den Tisch hinweg die Gabel in seine kesse kleine Nase zu rammen.

»Nun, um absolut aufrichtig zu sein, meine liebe alte Wurst«, sagte er mit völliger Gelassenheit, »ob Sie den Artikel lesen oder der Hund scheißt, ist mir einerlei.«

Trousdale betupfte sich die Stirn mit einer Serviette, während seine andere Hand heftig abwiegelte.

»Entschuldigen Sie bitte – das eben klang vermutlich ziemlich impertinent. Aber was ich wirklich sagen wollte, war, daß die Einschätzung von Caspar als einem gerissenen Bürschchen doch eine ziemliche Untertreibung darstellt.«

Sparks' Blick verriet keinerlei Regung. »Nun denn, ich habe den Eindruck, daß Sie kaum an sich halten können, mir mehr über ihn zu erzählen. Warum tun Sie's dann nicht?«

Trousdale wurde von Hitzewallungen und Erregung gepackt. Er rutschte auf seinem Stuhl herum, seine Achseln troffen vor

Schweiß. So hatte er sich das Ganze nicht vorgestellt: Er hatte geplant, Sparks wie eine Marionette nach seiner Pfeife tanzen zu lassen, ihn zu manipulieren, ohne daß er es überhaupt mitbekam. Aber dennoch, hier hatte er seinen Einstieg. Er holte tief Luft.

»Nun, ich denke, man darf nicht aus dem Blick verlieren, daß Caspars Familie nur über sehr begrenzte Mittel verfügte und er sich an der Schule dieser Tatsache immer überaus stark bewußt war. Sie müssen wissen, wenn man heute die Selbstverständlichkeit sieht, mit der er sich in der Gesellschaft bewegt, vergißt man leicht, daß er aus eher bescheidenen Verhältnissen stammt. Sein Vater war Pfarrer, und der einzige Grund, warum Caspar ans Prince Albert kam, war der, daß dem Klerus ein Rabatt auf das Schulgeld eingeräumt wurde – sie mußten nur 50 Prozent zahlen, wenn ich mich recht entsinne. Wie ich schon sagte, war er, Caspar, sich sehr genau darüber im klaren, daß er im Vergleich zu den meisten seiner Schulkameraden so etwas wie ein Habenichts war. Ich weiß noch, daß ich mit ihm und ein paar anderen einmal im Kino war – es war in der elften Klasse, glaube ich – und jemand eine Bemerkung machte, daß man Caspar außerhalb der Schule – bei einer Party, beim Fußball, in der Stadt, egal wo – immer in der gleichen Kleidung sah. Ich bin sicher, es war ganz unschuldig gemeint – einfach eine dieser gedankenlosen, schnoddrigen Bemerkungen, wie sie unter Teenagern so üblich sind – doch Caspar war davon ziemlich getroffen.«

Trousdale spürte, wie ihm erneut der Schweiß auf die Stirn trat, und griff zur Serviette. In Wirklichkeit war er es gewesen, der die Aufmerksamkeit auf die erbärmlich geringe Vielfalt von Quedleys Garderobe gelenkt hatte. Es war ein Schlag unter die Gürtellinie, der in seiner genau kalkulierten Gemeinheit einem Quedley durchaus würdig war – ein Anblick, den man sich förmlich auf der Zunge zergehen lassen konnte. Quedley war puterrot angelaufen, und die anderen hatten wie Haie, die Blut gewittert haben, genußvoll Salz in die Wunde gestreut.

»Jedenfalls war Caspar von da an furchtbar geldversessen. Er hatte immer irgendeine Sache am Laufen, die ihm Geld einbrachte. Ob Sie's glauben oder nicht – und das muß strikt unter uns bleiben –, in unserem letzten Schuljahr hat er es irgendwie geschafft, eine Vorabkopie einer Examensprüfung in die Hände zu bekommen – ich glaube, es war die Zulassungsprüfung in Geschichte –, und die hat er dann verkauft.«

»Was, Prüfungsunterlagen für ein öffentliches Examen? Wie hat er denn das geschafft?«

»Nein. Nein. Nein. Es war das interne Schulexamen, aber er hat es an die Jungs verkauft, die im Jahr zuvor durchgefallen waren und versuchten, es als interne Zulassung anerkannt zu bekommen.«

»Selbst wenn, wie ist er da rangekommen?«

»Weiß Gott. Vielleicht ist er nachts ins Rektorzimmer geschlichen und hat eine Kopie gemacht. Wie ich schon sagte, er hatte immer was am Laufen, er hat immer irgendein Ding ausgebrütet.«

Trousdale machte sich über sein Essen her und nahm mit Zufriedenheit zur Kenntnis, daß Sparks sich eifrig Notizen machte. Ich hoffe nur, daß er seine Sache gut macht, dachte Trousdale. Mein Gott, wird Quedley toben, wenn das hier rauskommt.

Sparks legte seinen Stift hin und nahm einen hastigen Bissen von seinem Fisch.

»Was ist mit Appleyard? Gibt es irgendwas, das Sie mir über ihn erzählen könnten?«

»Nicht viel – wir hatten weder an der Schule noch danach viel miteinander zu tun. Obwohl – es ist schon komisch –, vor nicht allzu langer Zeit habe ich ihn doch gesehen. Es war gerade mal ein paar Wochen vor seinem Tod – drüben in Sydney. Ich bin ihm zufällig in der Halle des Regent-Hotels begegnet, und er hat darauf bestanden, daß wir zusammen einen trinken. Sie interessieren sich doch für die kleine Ticehurst, oder? Also ich schwöre Ihnen, er konnte über nichts anderes reden. Er war ganz außer sich wegen dieses Themas und hat alle möglichen Fragen über sie und den Ball gestellt. Was konnte ich ihm sagen? Ich will ja nicht herzlos erscheinen, aber ich habe mit dem armen Ding gerade mal einen nicht allzu leidenschaftlichen Walzer getanzt; es hatte kaum einen Sinn, sich alle Einzelheiten zu merken.«

»Was hat er dazu gesagt?«

Trousdale arrangierte sein Besteck auf einem blitzblanken Teller. Das Thema Victor Appleyard interessierte ihn weit weniger als das Dessert.

»Oh, keine Ahnung. Um offen zu sein, ging es zum einen Ohr rein und zum anderen wieder raus. Alles, woran ich mich noch erinnere, war, daß er endlos darauf rumgeritten ist, daß er in Sydney jemandem begegnet wäre, der Licht in die Angelegenheit bringen würde.«

Für einen Augeblick wurde Sparks von echter Aufregung gepackt. »Wer? Hat er gesagt, wer es war?«

»O nein. Ich habe ihn sogar gefragt, allerdings mehr aus Höflichkeit, aber er sagte, er hätte geschworen, die Sache vertraulich zu behandeln, oder etwas in der Richtung. Ich muß sagen, daß ich sein Verhalten ziemlich eigenartig fand; es schien mir, als sei er vielleicht nicht ganz richtig im Kopf. Und was passiert als nächstes? Kurz darauf springt er von der Brücke.«

10

Reggie Sparks interessierte sich nicht im geringsten für Kleidung. Soweit es ihn betraf, trug man Kleidung, um zu vermeiden, daß man sich eine Lungenentzündung zuzog oder verhaftet wurde. Während seiner Zeit in Frankreich gehörten zum Bestand seiner Garderobe lediglich zwei relativ teure Kleidungsstücke: ein Leinenanzug und ein Burberry-Trenchcoat. Nach der unrühmlichen Episode als Gigolo hatte er den Leinenanzug einem Penner, der manchmal im Eingang seines Mietshauses übernachtete, mit der Auflage geschenkt, daß er in Zukunft zum Pinkeln woanders hinging. Den Regenmantel hatte er behalten, was, wie sich herausstellen sollte, ein weiser Entschluß gewesen war, da in diesem Frühling in Auckland Sonnenschein so rar war wie angenehme Gäste und sich ebenso schnell auch wieder verabschiedete. Sparks trug den Regenmantel, als er der Witwe Appleyard zum zweiten Mal einen Besuch abstattete. Sie öffnete die Tür, musterte ihn von Kopf bis Fuß und schaute auf ihre Uhr.

»Ist die Schule schon aus?«

»Was?«

»Der Mantel, Mr. Sparks. Sie sehen aus wie der Alptraum sämtlicher Eltern.«

Seit ihrem ersten Zusammentreffen war Louise Appleyard Sparks nicht aus dem Kopf gegangen. Er war ziemlich gespannt auf ihre Reaktion, wenn er unangemeldet bei ihr auftauchte, ließ sich daraus doch eventuell ablesen, ob sie ihm gegenüber eher negativ oder positiv eingestellt war. Er hatte im Geiste diverse Möglichkeiten durchgespielt, welchen Empfang sie ihm wohl bereiten würde, wobei einige von wildem Optimismus geprägt waren und andere eher in die gegenteilige Richtung tendierten, um die Enttäuschung über einen frostigen Empfang abzufedern. Für einen potentiellen Kinderschänder gehalten zu werden – damit hatte er allerdings nicht gerechnet.

Er rang sich ein steifes Grinsen ab. »Danke, daß Sie mich dran erinnern. Ich habe kaum noch klebrige Lollis.« Sie würdigte seinen Konter, indem sie ein wenig den Kopf senkte und den Mund zu einem leichten Lächeln verzog. Er beeilte sich, zum eigentlichen Thema zu kommen.

»Ich dachte, ich schaue mal vorbei, um Sie auf dem laufenden zu halten. Ich habe mich mittlerweile mit den anderen Kerlen, die auf der Ballkarte stehen, unterhalten. Einer fehlt allerdings noch. Dabei haben sich ein paar interessante Aspekte ergeben.«

Er wurde hereingebeten. Sie gingen in die Küche, wo er sich auf einen Barhocker am Tresen setzte, während sie Kaffee kochte.

Sparks begann mit seinem Bericht: »Den ersten Kerl, den ich getroffen habe, Batrouney, der ehemalige Rocksänger, der auf Waiheke lebt, den kann man im Grunde genommen abhaken. Der Kerl ist so bekloppt wie 'ne Ratte im Scheißhaus.«

Louise zog eine Augenbraue in die Höhe.

Sparks deutete ihre Reaktion falsch. »Entschuldigen Sie die französische Ausdrucksweise. Aber Tatsache ist, er gibt selbst zu, daß er sich mit Drogen zugedröhnt hat bis zum Gehtnichtmehr. Der Mann ist gar nicht richtig da. Wissen Sie, was er heutzutage macht? Er zeichnet dreckige Comics.«

»Inwiefern dreckig?«

»Na, so 'n Zeug für Kinder mit 'ner schmuddligen Fantasie.«

Sie sah ihn erwartungsvoll an. »Nennen Sie mal ein Beispiel.«

»Na ja. Es geht um ... Körperfunktionen«, sagte er und rührte seinen Kaffee um. »Geschichten wie ›Debbies Dünnschiß‹, ›Ronnies Riesenloch‹ und so weiter.«

Louise kicherte wie ein kleines Mädchen. »›Ronnies Riesenloch‹? Sie machen Witze.«

»Absolut nicht. Es ist kaum zu fassen. Ich dachte schon, ich hätte einen reichlich kruden Humor.« Er schüttelte den Kopf. »Na ja, wie gesagt, Basil lebt da draußen auf seinem eigenen Planeten. Und, was entscheidender ist, sein Gedächtnis ist absolut den Bach runter. Der Mann kann sich kaum dran erinnern, wie er aufs Klo kommt, ganz zu schweigen, was bei dem Ball 1970 passiert ist.«

»Nun gut, Nummer eins abgehakt. Wer war der nächste?«

»Dermot Looms. Er lebt als Farmer oben in der Nähe von Wellsford – ein aufrechter Bursche, geradeheraus. Er war Bronwens Partner beim Ball, aber er behauptet, das hätte nicht viel zu bedeuten, weil die Mütter der beiden die Sache ausgekungelt haben. Er hat allerdings eine Sache erwähnt, die nicht ganz uninteressant ist: Ein paar Wochen vor dem Ball hat sich ein Kaplan am College ebenfalls umgebracht.«

»Was ist daran so interessant?«

Er zuckte mit den Achseln. »Interessant ist vielleicht nicht das richtige Wort – eigenartig würde eher passen. Glauben Sie nicht auch, daß zwei Selbstmorde an derselben Schule innerhalb weniger Wochen schon ein ziemlich großer Zufall sind?«

Nachdenklich zog sie an ihrer Zigarette. »Hmm. Was hat er noch erzählt, unser Farmer?«

»Nicht sonderlich viel. Er hat erzählt, daß Ihr Mann und noch ein paar andere ziemlich verschossen waren in Bronwen.«

»Oh, das wußte ich«, sagte sie lächelnd. »Unter der harten Schale war er ein totaler Romantiker. Er hat mir erzählt, als er noch jung war, war er ein hoffnungsloser Fall, der sich andauernd über beide Ohren verliebt hat. Allerdings beruhte das in diesem Fall wohl nicht auf Gegenseitigkeit.«

»Richtig, denn sie hatte das gleiche Problem mit Caspar Quedley. Den habe ich als dritten besucht.«

»O ja, ich bin ihm schon begegnet. Ziemlich umwerfend aussehender Mann, arbeitet in der Werbung oder so was? Meine ich den Richtigen?«

»Ich weiß nicht«, log Sparks. »Quedley ist PR-Mann.«

»So häufig kommt der Name ja nicht vor. Wie sieht er aus?«

Sparks zuckte mit den Achseln und runzelte die Stirn. »Na ja... glatt, irgendwie.«

Louise Appleyard lächelte rätselhaft. »Also gut, was hat unser Mr. Aalglatt zum besten gegeben?«

»Also, Quedley hat erzählt, daß Ihr Mann ein paarmal bei ihm vorbeigekommen ist, um sich mit ihm über Bronwen Ticehurst zu unterhalten. Er sagte, er wolle nicht behaupten, daß er den Eindruck eines Besessenen gemacht hat, aber viel gefehlt hätte nicht. Dann habe ich mich mit Trousdale unterhalten, diesem eigenartigen kleinen Kerl, und er hat mir im großen und ganzen das gleiche erzählt. Trousdale ist Victor kurz vor seinem Tod in Sydney über den Weg gelaufen, und er meint, daß er alles mögliche von ihm wissen wollte, was das Mädchen anging und den Ball und so weiter. Aber egal, was ich Sie fragen wollte, ist folgendes: Trousdale hat erzählt, daß Ihr Mann angeblich mit jemandem in Sydney zusammengetroffen ist, der einiges Licht – das sind seine Worte – in die Ticehurst-Affäre bringen könnte. Er meinte, Ihr Mann sei deshalb ganz aus dem Häuschen gewesen. Haben Sie irgendeine Idee, wer das gewesen sein könnte?«

Sie schüttelte den Kopf. »Nein. Mir gegenüber hat er nie irgendwas erwähnt.«

»Hatte er keinen Terminkalender oder ein Adreßbuch, in das er Telefonnummern eingetragen hat?«

»Er hat einen Terminkalender in seinem Büro in Berkeley. Doch ich bezweifle, daß der viel hergibt, denn den hatte er garantiert nicht mitgenommen.« Sie wollte gerade an ihrer Zigarette ziehen, als ihre Hand plötzlich mitten in der Bewegung verharrte. »Mein Gott, natürlich – der elektronische Terminplaner.« Sie drückte die gerade erst angezündete Zigarette im Aschenbecher aus und rauschte in die Küche. Kurz darauf kam sie mit dem größten Aktenkoffer, den Sparks je gesehen hatte, wieder zurück. Sie legte den Koffer auf den Küchentisch, ließ die Schlösser aufschnappen und kramte kurz darin herum, bis sie einen flachen schwarzen Gegenstand von der Größe eines Taschenbuches zum Vorschein brachte. Sparks dachte zunächst, es sei ein Taschenrechner.

»Die Polizei hat seinen Aktenkoffer durchwühlt«, sagte sie. »Vermutlich haben sie geglaubt, das hier wäre ein Taschenrechner.«

Sparks sagte nichts. Sie klappte das Gerät auf, und es kam eine Tastatur mit Bildschirm zum Vorschein.

»Was für ein Glück, daß ich das Ding ganz vergessen hatte, sonst hätte ich unter Umständen Victors ganzen Kram gelöscht und es selbst benutzt, damit ich den Überblick über meine aberwitzig vielen Termine behalte. Dann schauen wir mal nach… Wann war Vic das letzte Mal in Sydney?« Sie nahm einen Kalender von der Wand und blätterte ihn durch. Dann tippte sie auf der kleinen Tastatur herum.

Mit zusammengekniffenen Augen betrachtete sie den kleinen Bildschirm. »Okay, er ist am 20. Juli rübergeflogen und war abends mit T. R. essen – das ist vermutlich Toby Redsell, der die Niederlassung von Berkeley in Australien leitet. Als hätt ich's geahnt – nichts als verdammte Initialen.« Sie drückte einen anderen Knopf. »Halt mal, da haben wir's schon – am 25. hatte er eine Verabredung mit Lloyd Chennell und am 27. eine mit Julian Gage. Ich kann mich nicht erinnern, daß Vic die beiden mir gegenüber jemals erwähnt hätte. Sagen Ihnen die Namen irgendwas?«

Sparks nickte und versuchte dabei nicht allzu selbstgefällig auszusehen. »Ich bin ziemlich sicher, daß es am Prince Albert einen Lehrer mit Namen Chennell gab. Gage kommt mir auch irgendwie bekannt vor. Kann ich mal von hier aus telefonieren? Ich kenne jemanden, der weiß es ganz genau.«

Herman Pickrang saß in seinem Wagen, den er 50 Meter von Louise Appleyards Haus entfernt am Straßenrand geparkt hatte, und schaute zu, wie der Regen in Strömen an der Windschutzscheibe hinunterlief. Er war Sparks hierher gefolgt, und nun wollte er warten, bis er wieder aus dem Haus kam. Obwohl es ihm kein sonderliches Vergnügen bereitete, im Wagen zu sitzen und zuzusehen, wie es regnete, war er doch bereit, so lange auszuharren wie nötig. Unter den vielen Dingen, die Pickrang während seiner 25 Jahre bei der Armee gelernt hatte, war auch die hohe Kunst des Wartens, daß etwas passierte.

Pickrang war 49 Jahre alt. Auf seiner Steuererklärung und anderen offiziellen Formularen bezeichnete er sich als Berater in Sicherheitsfragen. In Wirklichkeit verdiente er seine Brötchen damit, daß er Leuten Angst einjagte, ihnen Schmerz zufügte und sie gelegentlich auch umbrachte. Manchmal überlegte Pickrang, ob es sich bei ihm um das handelte, was die Zeitungen als Psychopathen bezeichneten. Dann sagte er sich, daß er kein Psycho sein konnte, weil er das, was er tat, für Geld tat und nicht zu seinem Vergnügen. Daraufhin meldete sich gelegentlich eine Stimme aus einem der hinteren Winkel seines Kopfes und wies ihn darauf hin, daß dies nicht allzuviel besagte, weil es ihm obendrein auch noch Spaß machte, woraufhin Pickrang den Widerstreit in seinem Schädel mit der Einsicht beendete, daß es seinen Opfern vermutlich ziemlich gleichgültig war, ob er ein Psychopath war oder nicht.

Pickrang war in verschiedener Hinsicht hochqualifiziert für seine Arbeit. Zunächst hatte er ein furchteinflößendes Äußeres. Er war der Sohn von Janey Wang, einer Hure chinesisch-samoanischer Herkunft, die in den Holzfällercamps im Zentrum der Nord-Insel gearbeitet hatte, und einem ihrer Kunden. Während Herman heranwuchs, kam Janey zu der Einsicht, daß sein Vater ein großer Pakeha gewesen sein mußte, was die Auswahl der Kandidaten zwar ziemlich einschränkte, ohne daß man jedoch mit Bestimmtheit hätte sagen können, wer es denn nun gewesen war. Kurz nachdem sie schwanger geworden war, war Janey mit einem Maori-Holzfäller namens Joe Pickrang zusammengezogen und hatte ihrem Sohn dessen Nachnamen gegeben. Den Vornamen verdankte er ihrem allerersten Kunden, dem Abkömmling einer wohlhabenden deutschen Familie mit großen Ländereien in Samoa.

Von seiner Mutter hatte Pickrang den kleinen, an eine Katze gemahnenden Kopf und die leicht schräg stehenden Augen geerbt. Diese Attribute verliehen Janey, die kaum einsfünfzig groß war, ein exotisches Aussehen. Bei Pickrang, der darüber hinaus auch noch die lange, drahtige Statur seines unbekannten Vaters geerbt hatte und es schon im Alter von 19 Jahren auf einsfünfundneunzig brachte, hatte dies jedoch eine recht gespenstische Wirkung, was ihm, als er in die Armee eintrat, den Spitznamen Pickelkopf eintrug. Die reichlich ungewöhnliche Glatzenbildung in den folgenden dreißig Jahren verstärkte noch sein bedrohliches, außerirdisches Aussehen: Sein Schädel war völlig kahl bis auf einen Streifen schwarzen, gekräuselten Haares, der sich an seinem Hinterkopf von einem Ohr zum anderen hinzog wie eine Hängematte, und einen mit grauen Strähnen durchsetzten V-förmigen Fleck auf seiner Stirn, der früher von Geheimratsecken begrenzt gewesen war und nun einsam und allein auf seinem Schädel thronte. Es kam häufig vor, daß Leute, die Pickrang auf der Straße entgegenkamen, sich wunderten, warum es sich nicht die Vogelscheiße von seinem Kopf wischte.

Als junger Mann war Pickrang ein begeisterter und vielversprechender Rugbyspieler gewesen. Seine Größe, seine Schnelligkeit und seine Kraft machten ihn zu einem vielversprechenden Außenstürmer. Sein Hang zur Brutalität wirkte sich zumindest anfangs sogar eher förderlich auf seine Karriere aus, denn die Talentsucher in ländlichen Gegenden neigten von jeher zu Stürmern »mit Biß«. Eines kühlen Nachmittags jedoch mußte Herman Pickrang in Tokoroa die Erfahrung machen, daß diejenigen, die durch das Schwert leben, durch das Schwert untergehen. Noch bevor eine Viertelstunde gespielt war, hatte er drei Spielern der gegnerischen Mannschaft mehrere gezielte Tritte am Kopf beigebracht und die Rücken und Hintern diverser anderer Gegenspieler mit blauen Flecken und Kratzern verziert. Alles deutete darauf hin, daß er einen höchst vergnüglichen Nachmittag haben würde, bis er kurz vor der Landung nach einem leicht vermasselten Sprung an der Auslinie von einer Faust unter dem rechten Ohr getroffen wurde, die in etwa die Größe und Konsistenz einer Kanonenkugel hatte, die über Jahrhunderte auf dem Meeresgrund gelegen hatte und von Seepocken überwuchert war. Sein Kopf explodierte in einem Blitz grellweißen Lichts und dem Krachen zersplitternder Knochen. Als er zehn Wochen später wieder feste Nahrung zu sich nehmen konnte, beschloß Pickrang, das Rugbyspielen bleibenzulassen und zur Armee zu gehen.

Pickrang mochte so oft bezweifeln, wie er wollte, daß er ein Psychopath war – die meisten Menschen, die seinen Weg kreuzten, waren jedenfalls dieser Auffassung. In der Armee, einer Institution, die psychopathische Tendenzen von jeher zu schätzen wußte, vorausgesetzt sie gehen mit der Bereitschaft einher, Befehle zu befolgen, sich mit unbequemen Uniformen abzufinden und sich aus kurzer Distanz anbrüllen zu lassen, fand Pickrang ein natürliches Zuhause. Er brachte es zum Sergeant-Major der SAS, wo seine freudige Bereitwilligkeit, extreme Unannehmlichkeiten zu ertragen und während des Überlebenstrainings die widerlichsten Sachen zu verspeisen, in Kombination mit seinem unentwegten Enthusiasmus, seinen Untergebenen das Leben zur Hölle zu machen, ihm allseits hohen Respekt eintrug.

Nach 25 Jahren in der Armee nahm Herman Pickrang widerwillig seinen Abschied und wurde Zivilist. Was ihn nachhaltig mit Zorn erfüllte, war die Tatsache, daß er zweieinhalb Jahrzehnte damit verbracht hatte, eine Vielzahl von Tötungstechniken bis zur Perfektion zu beherrschen, er jedoch nie die Gelegenheit gehabt hatte, sein Wissen in der Praxis anzuwenden. In etwa ebeno ärgerlich war die Aussicht, daß nun außerdem Schluß war mit den unbewaffneten Nahkampfübungen, im Verlauf derer er routinemäßig über das normale Maß an Schmerz und Härte, das Ausbildern erlaubt war, hinausgeschossen war. Was, so fragte er sich, gab es für eine hochtrainierte menschliche Kampfmaschine mit starken, aber gerade noch kontrollierbaren sadistischen Neigungen zu tun, wenn er nicht länger seinem Land dienen durfte? Nach langem Nachdenken kam Herman Pickrang zu dem Ergebnis, das ohnehin auf der Hand lag: Er wurde ein bezahlter Schläger.

Pickrangs zweite Karriere war glänzend verlaufen – bis zu jenem Mißverständnis im Fall Wallace Guttle. Die ganze Angelegenheit nagte noch immer an ihm. Nicht genug damit, daß Plugge sich geweigert hatte, ihn für einen ganz hervorragend erledigten Job zu bezahlen, nein, zu allem Überfluß hatte er auch noch strammstehen und einige der fiesesten und wüstesten Beschimpfungen über sich ergehen lassen müssen, wie es ihm seit den Tagen als Frischling in Uniform nicht mehr passiert war. Für einen Mann, der zwanzig Jahre Erfahrung auf dem Buckel hatte, wenn es darum ging, anderen übelste Beleidigungen ins Gesicht zu brüllen, war dies eine zutiefst beunruhigende Erweiterung seines Horizonts. Und nun mußte er unter Beachtung entwürdigend restriktiver Auflagen dieser Witzfigur von einem Journalisten hinterherlatschen. Er fühlte sich in seiner Berufsehre zutiefst gekränkt.

Wäre Pickrang nicht so sehr damit befaßt gewesen, sich über Plugges irrationale und ungerechte Reaktion auf die tadellose Ermordung Guttles aufzuregen, hätte er es vielleicht mitbekommen, als Detective Sergeant Tito Ihaka in einem Zivilfahrzeug vorbeifuhr. Dieser wollte gerade Louise Appleyard einen Besuch abstatten, als Herman Pickrangs auffällige Physiognomie Ihaka im Vorbeifahren geradezu ins Auge sprang. Also fuhr er am Haus von Louise vorbei und parkte ein Stück weiter am Straßenrand.

Pickrang war noch nie verurteilt worden, obwohl er verschiedentlich von der Polizei verhört worden war. Doch diejenigen seiner Opfer, die von der Begegnung mit Pickrang hätten erzählen können, ließen dies tunlichst bleiben. Ihaka fragte sich, was ein ausgewachsenes, kriminelles Monster vom Schlage Herman Pickrangs in dieser friedlichen und idyllischen Straße an der Küste von Lake Pupuke machte und ob es in Zusammenhang stand mit Louise Appleyard und ihrem toten Ehemann, der den ebenfalls toten Privatdetektiv angeheuert hatte.

Reggie Sparks telefonierte mit seinem Bruder Gavin.

»Ich hab hier ein paar Namen für dich. Ich denke, sie haben auch mit dem Prince Albert zu tun.«

»Schieß los.«

»Lloyd Chennell.«

»Treffer. Er war zu unserer Zeit Lehrer für Kunst, Englisch, Geschichte und so. Ziemlich guter Lehrer.«

»Weißt du, wo er jetzt steckt?«

»Er ist nach Australien gegangen. Das letzte, was ich von ihm gehört habe, war, daß er Rektor an einer von den Top-Schulen geworden ist – Sydney oder Melbourne, ich kann mich nicht genau erinnern, aber ich kann es für dich rausfinden.«

»Okay, zweiter Name – Julian Gage.«

Gavin stöhnte auf. »Scheiße, ich wußte es. Wenn die Geschichte rauskommt, kann ich mich im Prince Albert nicht mehr blicken lassen.«

»Wieso, was hat er getan?«

»Ach, Mann, selbst du wirst dich doch noch an Gage erinnern, oder? Er war der Kerl, den jeder für schwul gehalten hat. Und zwar aus gutem Grund, was ich seitdem so gehört hab. Ich denke, er lebt mittlerweile ebenfalls in Australien.«

11

Ihaka saß in seinem Wagen auf der Straßenseite gegenüber von Louise Appleyards Haus und wartete. Irgendwann wurde die Tür geöffnet, und ein Mann kam heraus. Der Mann drehte sich noch einmal zu Louise Appleyard um und schüttelte ihr die Hand. Sie schien über die Geste überrascht und amüsiert und brachte die Angelegenheit mit Eleganz hinter sich. Daraufhin schritt ihr Besucher den Aufgang zur Straße entlang, stieg in seinen Peugeot und fuhr davon. Ihaka beobachtete ihn im Rückspiegel und sah, wie Pickrang wendete und ihm mit seinem Wagen folgte.

Als es an der Tür klopfte, dachte Louise Appleyard schon, daß Reggie Sparks einen Vorwand gefunden hätte, um noch einmal zurückzukehren, und sie stellte erstaunt fest, daß sie auf dem Weg zur Tür lächeln mußte. Nur daß es nicht der Journalist war, der ihr gegenüberstand, sondern der hochgewachsene Polizist, an dessen Namen sie sich nicht erinnern konnte, den sie jedoch im Verdacht hatte, daß er schlauer war, als er vorgab. Louise tat, was sie immer machte, wenn sie mit offenem Visier erwischt wurde, was allerdings selten vorkam: Sie stand einfach, sah gut aus und sagte gar nichts.

»Detective Sergeant Ihaka, Mrs. Appleyard. Wie geht es Ihnen?«

»Mir geht's gut, danke der Nachfrage, Sergeant. Kommen Sie doch rein. Zwei Besucher an einem Tag – das grenzt ja schon an Hektik.«

Ihaka folgte ihr den Flur entlang zur Küche. Er sagte: »Ja, ich hab den Kerl gesehen, der gerade weggefahren ist. Wer war das denn, wenn ich fragen darf?«

»Ich bin sicher, daß Sie das nicht nur aus reiner Neugierde wissen wollen, also sag ich's Ihnen: Sein Name ist Reggie Sparks, und er ist Journalist.«

»Ein Journalist also? Aus welchem Grund sollte Herman Pickrang wohl einen Journalisten verfolgen?«

»Entschuldigen Sie?«

»Während Sie und Sparks sich hier angeregt unterhalten haben, saß ein Kerl namens Herman Pickrang in seinem Wagen ein Stück weiter die Straße runter. Als Sparks losfuhr, ist Pickrang ihm gefolgt. Wer Pickrang ist, wollen Sie wissen? Vermutlich das ekligste Wesen auf zwei Beinen in der ganzen Stadt. Und das ist noch ein wenig unfair Rottweilern gegenüber. Er ist ein Gangster, ein schwerer Junge, jemand, der seine Brötchen damit verdient, daß er Leute zusammenschlägt – oder Schlimmeres tut.«

Ihaka hatte sich richtig darauf gefreut festzustellen, wie hart die Schale von Louise Appleyards kühler Ironie wirklich war. Mehr Schein als Sein, bemerkte er mit einer gewissen Zufriedenheit, als ihre Hand zum Mund schoß und sie sagte: »Guter Gott, ist Reggie in Gefahr?«

Ihaka nickte langsam. »Wenn Pickrang mir hinterherschnüffeln würde, wäre ich alles andere als froh darüber.«

»Wir müssen ihn warnen«, sagte sie und kramte auf dem Küchentresen herum. »Er hat mir seine Telefonnummer dagelassen – sie muß hier irgendwo sein.«

»Wenn Sie nichts dagegen haben, Mrs. Appleyard, dann würde ich das gerne übernehmen. Ich würde mich ganz gern mit Mr. Sparks unterhalten. Er arbeitet also an einer Story?«

Louise wußte nicht, wo ihr der Kopf stand. Sie rieb sich die Stirn. »Ja, das stimmt. Für *New Nation*. Ich nehme an, es hat irgendwas damit zu tun, worüber wir das letzte Mal gesprochen haben – die Ballkarte von der kleinen Ticehurst. Er hat sich mit mir über die Männer unterhalten, die auf der Karte standen, vermutlich weil er einen Artikel schreiben will, was seitdem aus ihnen geworden ist. Auf die Idee dazu sind sie durch Vics Tod gekommen.«

»Na ja, da haben Sie ja Ihre Presse. Um ehrlich zu sein, es überrascht mich, daß Sie denen auch noch helfen.«

Louise reckte das Kinn in die Höhe. »Von mir haben die die Namen nicht bekommen, Sergeant. Mr. Sparks hatte sie schon. Und außerdem, warum sollte ich ihnen nicht helfen? Zumindest geht er ohne eine vorgefaßte Meinung an die Sache heran; für Sie und Ihre Leute war es doch von Anfang an klar, daß mein Mann Selbstmord begangen und obendrein noch einen Mord auf dem Gewissen hat. Können Sie mir mal sagen, was ich zu verlieren habe?«

Ihaka brauchte gerade mal fünf Sekunden, bis ihm aufging, von wem *New Nation* die Namen auf der Ballkarte erhalten hatte. Ted Worsp, dachte er, dieser alte Drecksack, wenn der mal stirbt, muß man seine Klappe extra totschlagen.

Er fragte: »Wo kann ich Sparks finden?«

Als seine Sekretärin ihm mitteilte, daß ein Mr. Sparks ihn sprechen wolle, erwartete Jackson Pike, der Herausgeber von *New Nation*, schon beinahe, daß Sparks nur gekommen war, um sein Scheitern einzugestehen. Er staunte daher nicht schlecht, daß jener Reggie Sparks, der nun vor ihm auftauchte, weder das durchgeknallte Drogenmonster war, das Jahre zuvor Col Dumpley mit einem Papierdolch auf den Pelz gerückt war, noch jener ahnungslose Weichling, dem er telefonisch den Auftrag erteilt hatte. Zwar sah Sparks nicht gerade so aus, als habe er allem völlig abgeschworen und ginge früh zu Bett, doch er war keineswegs das ausgebrannte Wrack, das Pike erwartet hatte. Was Pike in noch größeres Erstaunen versetzte, war die Tatsache, daß Sparks ihn keineswegs mit Wischiwaschi vollaberte, sondern mit einigem Biß zugange war und ziemlich genau wußte, was er wollte.

Sparks verlor keine Zeit: »Mein Lieber, ich will Ihnen keinesfalls vorschreiben, wie Sie Ihre Arbeit zu machen haben, aber ich denke, wir gehen diese ganze Geschichte völlig falsch an. Die Sorte Geschichte, von der Sie geredet haben, daß man diese Typen als Symbole benutzt, um an ihnen aufzuhängen, was in den letzten 20 Jahren aus diesem Land geworden ist – seien wir doch mal ehrlich, so was kann man jederzeit machen. Ich meine, was ist an den Typen denn so interessant? Batrouney ist ein Rock 'n' Roll-Wrack – na und? Davon gibt's Hunderte. Quedley ist ein gelackter PR-Mann; aber das sind diese Typen doch alle, oder? Sicher, er ist schon so 'n bißchen ein Paradepferd. Looms sitzt auf seiner Farm rum und kümmert sich um seinen eigenen Kram, und Trousdale ist ein elender, wabbeliger Fettsack, der sich nur dafür interessiert, was es als nächstes zum Futtern gibt.«

Pike lehnte sich in seinem beeindruckenden Chefsessel zurück und schaute Sparks an, als wolle er sagen: »Bis hierher ganz gut.« Es sollten gleichzeitig Ermutigung und Herausforderung in seinem Blick liegen, nach dem Motto: »Also gut, Sie haben meine Aufmerksamkeit, sehen wir mal, ob Sie's schaffen, mich zu überzeugen.« Sparks, der sich in dem Glauben befand, seinem Herausgeber stecke ein Furz quer im Hintern, fühlte sich leicht geschmeichelt. Als er merkte, daß sein Blick nicht die gewünschte Wirkung erzielte, spreizte Pike die Hände und sagte: »Ich höre.«

»Ich denke, Appleyard hat irgendwas über den Tod von Bronwen Ticehurst herausgefunden – vielleicht, daß sich alles gar nicht so abgespielt hat, wie immer behauptet wurde, oder daß zumindest eine Menge mehr im Spiel war. Für mich ist das die Story – was hat Appleyard herausgefunden? Denn was immer es gewesen sein mag, es war genug für ihn, um von der Brücke herunterzuspringen. Oder genug für jemand anderen, um ihn runterzustoßen.«

Pike richtete sich auf und stützte seine Ellbogen auf den Schreibtisch. »Jetzt mal langsam, anscheinend habe ich was verpaßt. Wie kommen wir denn dazu?«

»Sie wissen, daß die Polizei der Meinung ist, er hätte irgendwas mit dem Tod des Mädchens zu tun gehabt und seine Schuldgefühle hätten ihn in den Selbstmord getrieben. Ich glaube nicht, daß diese Theorie einer näheren Betrachtung standhält. Mrs. Appleyard ist voll und ganz davon überzeugt, daß er sich nicht selbst umgebracht hat. Ich weiß, daß das überhaupt nichts beweist, aber ich bin mir gottverdammt sicher, daß es ihr oder irgend jemandem sonst aufgefallen wäre, wenn er die ganzen Jahre über dieses furchtbare Geheimnis mit sich herumgeschleppt hätte. Das ist das erste. Zweitens, wenn er die ganze Zeit über gewußt hätte, was wirklich mit dem Mädchen passiert ist, warum ist er dann mit einem Mal so besessen davon und fragt alle möglichen Leute darüber aus? Und was die Frage angeht, ob er ermordet wurde oder nicht: Nun ja, wenn er nicht gesprungen ist, was ist dann passiert? Entweder er hat auf der Brücke angehalten, um ein bißchen frische Luft zu schnappen, und ist dabei runtergefallen – und das kommt mir nicht allzu glaubwürdig vor –, oder jemand hat ihn runtergestoßen. Außerdem ist da noch etwas: Appleyard hatte einen Privatdetektiv engagiert.«

»Wozu?«

»Nun ja, das wissen wir nicht, denn wie der Zufall so spielt, hat jemand dem Kerl zwei Wochen später das Gehirn weggepustet.«

Pike war mit einem Mal hellwach.

»Der Kerl hieß Guttle. Mrs. Appleyard sagt, daß er definitiv nicht angeheuert worden war, um ihr nachzuspionieren. Okay, auch hier kann man Zweifel anmelden, aber alles, was ich dazu sagen kann, ist, daß ich mich mit ihr unterhalten habe und es mich ziemlich überraschen würde, wenn sie irgendwelchen Quatsch erzählt.«

Pike dachte eine oder zwei Minuten nach. Mochte Sparks seine wilden Tage auch noch so weit hinter sich gelassen haben, es verstieß einfach gegen die übliche Praxis und seinen Instinkt als Herausgeber, einem freien Mitarbeiter, und ganz besonders einem, der ein relativ unbeschriebenes Blatt war, die Zügel in die Hand zu geben, was eine Story anging. Andererseits kamen die besten Geschichten, die wahren Reißer, häufig dann zustande, wenn der Journalist sich darin verbissen hatte und aus dem Bauch heraus arbeitete. Und genau das schien bei Sparks der Fall.

»Also gut, Reggie, machen wir's erst mal so, wie Sie sagen. Was kommt als nächstes?«

Sparks grinste. »Ich bin froh, daß Sie mich das fragen.«

Nachdem Ihaka sich von Louise Appleyard mit dem Versprechen verabschiedet hatte, Sparks persönlich über die Gefahr aufzuklären, die ihm von Pickrang drohte, machte sie sich ihre fünfte Tasse Kaffee und rauchte ihre zehnte Zigarette, während sie sich erst mal hinsetzte und die Ereignisse des Tages Revue passieren ließ. Pickrangs Auftauchen aus dem Nichts war sicherlich alarmierend, doch wenigstens war sich die Polizei über die Situation im klaren. Überhaupt, was die Polizei anging, so war Ihaka ein ziemlicher Fortschritt – verglichen mit Worsp. Hinter diesem unbewegten dunkelhäutigen Gesicht steckte, da war sie sich sicher, ein scharfer Verstand. Und außerdem hatte seine massige Statur unter den gegebenen Umständen ebenfalls eine entschieden beruhigende Wirkung. Dennoch hielt sie sich nicht allzulange mit Gedanken an Ihaka und Pickrang auf – es gab da noch eine andere, wesentlich unterhaltsamere Entwicklung zu bedenken.

Im allgemeinen kümmerte sich Louise Appleyard nicht darum, was andere Leute über sie dachten, und sie hielt dies für eine ihrer wenigen starken Seiten. Dennoch gab es eine Rolle, in die sie sich nur überaus ungern drängen lassen wollte – die der lustigen Witwe. Von daher hatte sie sämtliche Versuche abgewimmelt, sie wieder auf den Tummelplatz des gesellschaftlichen Treibens zurückzuzerren. Die ersten ernsthaften Versuche in dieser Richtung hatte es zu Beginn der letzten Woche gegeben, exakt vier Wochen nach der Beerdigung ihres Gatten. Vier Wochen erscheinen also als die angemessene Frist, die man mit Klagen und Selbstverleugnung zuzubringen hatte. Sie hatte nicht gewußt, ob sie lachen oder weinen sollte, als sie die erste Einladung erhielt, der ein diskret formulierter Hinweis darauf beilag, daß sich unter den Gästen auch ein lediges männliches Wesen befinden würde, das, was Alter und sozialen Status betraf, kompatibel mit ihr war, weshalb sie ihn doch einmal in Augenschein nehmen sollte.

Nichtsdestotrotz sagte ihr nun ihr Instinkt, daß es Zeit war, ihr Leben wieder in die Hand zu nehmen. Sie hatte den Verdacht, daß Reggie Sparks sie mochte, und es war ihr alles andere als unangenehm oder lästig, sondern sie genoß das leichte Prickeln, das zwischen ihnen in der Luft lag, auch wenn die Zuneigung eher einseitig war. Keine Ahnung, was ich von dem Knaben halten soll, dachte sie. Er ist nicht gerade der Traumprinz eines jeden Mädchens, aber so vergammelt, lahmarschig und absolut hoffnungslos, wie ich am Anfang dachte, ist er auch nicht.

Irgendwie prickelnder als der etwas zerzauste und unbeholfene Reggie Sparks wirkte da schon das, was ihr Audrey Benn, die Frau eines Kollegen von Victor bei Berkeley Enterprises, in Aussicht stellte. Während andere Gastgeberinnen in spe ihre Einladungen so stark verklausuliert hatten, daß man sich kaum noch einen Reim darauf machen konnte, war Audrey von einer erfrischenden Direktheit gewesen, als sie Louise an jenem Morgen angerufen hatte.

»Meine Liebe«, hatte Audrey forsch erklärt. »Es ist jetzt langsam an der Zeit, den Witwenschleier wegzuwerfen. Ich weiß, daß du in letzter Zeit alle Einladungen ausgeschlagen hast, egal woher sie kamen, aber laß dich warnen – es gibt einen schweren Aufstand, wenn du nächsten Samstag abend nicht an deinem Platz bei uns am Tisch sitzt. Ich habe Himmel und Hölle in Bewegung gesetzt, um Aucklands meistbegehrten Junggesellen hierherzulocken. Ich bin sicher, du weißt, von wem ich rede – Caspar Quedley.«

Louise sagte, sie würde darüber nachdenken. Man mußte sich sein Interesse ja nicht unbedingt anmerken lassen.

Ihaka hatte Sparks' Telefonnummer mit dem Eintrag seiner Mutter im Telefonbuch verglichen und war dann nach St. Heliers gefahren. Weder von dem Peugeot noch von Pickrang war irgend etwas zu sehen. Er klingelte an der Tür. Nachdem er sich vorgestellt und Mareena versichert hatte, daß ihr Sohn nicht in Handschellen abgeführt werden würde, bat sie ihn auf eine Tasse Tee und Erdnuß-Brownies herein.

Ihaka hatte zwei Tassen Tee, drei Erdnuß-Brownies und eine Diskussion über Rassenbeziehungen hinter sich – ein Thema, über das Mrs. Sparks zu seiner Verblüffung, gemessen an den üblichen Standards der Damenwelt von St. Heliers, wohlinformierte und geistreiche Ansichten äußerte –, als er, am Fenster sitzend, beobachtete, wie Sparks in die Einfahrt einbog – dicht gefolgt von Herman Pickrang.

Während des Nachmittags waren Pickrangs Frustrationen schließlich übergekocht. Scheiß auf diesen Dreck, dachte er. Jeder Stinkschwanz mit 'nem Wagen unterm Arsch und Augen im Kopf könnte diesen Job erledigen. Bei der ersten Gelegenheit knöpfe ich mir diesen Sparks vor und jage ihm so einen Schrecken ein, daß er für den Rest seines Lebens bedient ist, und wenn Plugge das nicht paßt, kann er's sich in den Arsch schieben.

Pickrangs Entschluß, sich über Plugges explizite Anweisungen hinwegzusetzen, basierte nicht allein auf seiner Abneigung dagegen, sich als hochqualifizierter Spezialist behandeln zu lassen wie eine x-beliebige Hilfskraft. Es war ihm während der Stunden, die er mittlerweile damit verbracht hatte, Sparks hinterherzuschnüffeln, aufgefallen, daß Plugge ihn gar nicht mehr brauchte und er sich das in erster Linie selbst zuzuschreiben hatte. Seitdem er Plugges Rivalen aus Asien und Italien mit Vergeltungsmaßnahmen überzogen hatte, herrschten in der Karangahape Road wieder Ruhe und Frieden; Plugge behandelte ihn deswegen so mies, weil er für ihn nicht mehr von Nutzen war. Wenn Plugge mich sowieso absägt, dachte Pickrang, warum sollte ich mich dann noch groß drum kümmern, ob er sauer auf mich ist?

Sparks war Pickrangs roter Mitsubishi gar nicht aufgefallen, obwohl er schon am Morgen ein Stück vom Haus seiner Mutter entfernt geparkt hatte und er ihm nahezu den ganzen Nachmittag über durch die Stadt hinterhergefahren war. Folglich war Sparks nun auch nur leicht erstaunt, als er unmittelbar hinter ihm anhielt. Sein Erstaunen nahm schlagartig zu, als Pickrang aus dem Wagen stieg. Heilige Scheiße, dachte Sparks, was ist denn das für ein Mutant! Einen Augenblick später, als das Wesen ihn ansprach, wandelte sich sein Erstaunen in blankes Entsetzen, und er hätte sich fast in die Hosen gemacht vor Angst.

»Hey, Fotzenkopf«, sagte es. »Ich reiß dir jetzt die Ohren ab.«

Ihaka trat aus dem Haus und schlenderte die Auffahrt entlang zu den beiden anderen. Zwei elende Sekunden lang dachte Sparks, daß sie ihn in die Zange nehmen würden. Kaum daß der neue Mann im Ring die ersten Worte gesagt hatte, war er sich jedoch darüber im klaren, daß er und der Ohrenabreißer nicht in derselben Mannschaft spielten.

»Tag, Herman«, sagte Ihaka. »In letzter Zeit fleißig Babys verspeist?«

Pickrangs normale Reaktion wäre gewesen, den ungebetenen Gast zu Boden zu schleudern und ihm die Hoden zu Matsch zu zertrampeln, doch die Tatsache, daß dieser Kleiderschrank seinen Namen kannte und sich außerdem stark genug fühlte, ihn zu beleidigen, konnte nur eines bedeuten.

»Du bist 'n Bulle.«

»Ich bin Bulle, und du bist 'n Fall für die Klapse – deswegen sind wir hier. Für wen machst du im Moment die Drecksarbeit, Herman? Wer hat dir den Auftrag gegeben, Mr. Sparks auf die Pelle zu rücken?«

Pickrang trat schnell ein paar Schritte zurück und öffnete die Tür seines Wagens. Er machte eine obszöne Handbewegung, stieg in den Wagen und fuhr rückwärts aus der Einfahrt. Unter großem Geknirsche und Gejaule des Getriebes raste er davon.

»Er hat gesagt, er würde mir die Ohren abreißen«, sagte Sparks. »Hätte er das wirklich getan?«

»Anscheinend findet Herman Sie sympathisch«, sagte Ihaka. »Normalerweise krallt er sich gleich die Eier. Was haben Sie angestellt, daß er so sauer auf Sie ist?«

Sparks bemerkte, daß er leicht zitterte. Er steckte seine Hände in die Hosentaschen. »Ich weiß nicht genau, aber ich denke, es muß was mit Trevor Lydiate zu tun haben.«

»Mit wem?«

»Ich schreibe diesen Artikel für *New Nation*...«

»Ich weiß Bescheid über Ihre Story«, sagte Ihaka. »Ich habe mit Mrs. Appleyard gesprochen.«

»Dann wissen Sie auch von der Ballkarte?«

Ihaka nickte.

»Lydiate ist einer der Namen auf der Karte. Er ist Anwalt und sitzt wegen Unterschlagung im Knast. Vor kurzem habe ich einen anonymen Anruf von einem Kerl erhalten, der gesagt hat, ich soll mich mit ihm im Potter's Park treffen, wenn ich wissen will, was Sache ist mit Lydiate. Na ja, ich bin halt hin, aber niemand ist aufgekreuzt. Der Kerl am Telefon war Ihr Herman Dingsbums – dieser Irrläufer der Evolution. Ich habe die Stimme sofort wiedererkannt.«

12

Caspar Quedley, der große PR-Zampano, lebte in einer schicken, modernen Villa in Mission Bay. Das Haus hatte zwei Schlafzimmer, ein Arbeitszimmer, ein Wohnzimmer mit einer prächtigen Aussicht auf Rangitoto Island und ein mit Marmor überladenes Bad samt Fitneßram, in dem Quedley von Zeit zu Zeit sogenannte Spontanparties inszenierte, bei denen in solchem Maße Champagner und Kokain genossen und die Partner anderer Leute vernascht wurden, um in diesen lustfeindlichen und wenig spontanen Zeiten den Begriff Orgie zu rechtfertigen. Darüber hinaus gab es noch einen Weinkeller, ein Eßzimmer und eine mit allen Schikanen ausgestattete Küche, die aber ebenso wie das Eßzimmer nur selten benutzt wurde, sowie eine Garage, in der sein Lexus und sein Jeep untergestellt waren. Außerdem besaß Quedley an einem der schönsten und unzugänglichsten Strände der Halbinsel Coromandel ein Privatrefugium, das er gerne als seine Einsiedlerklause bezeichnete, doch trotz der verschiedenen Vorzüge seiner beiden Häuser war er in seinem Büro am glücklichsten.

Wie er Reggie Sparks gegenüber angedeutet hatte, betrachtete Quedley die PR-Branche mit unverhohlenem Zynismus, doch handelte es sich in seinem Falle bei Public Relations ohnehin nur um eine vage Umschreibung diverser zwielichtiger Aktivitäten.

Quedleys Büro war das Zentrum eines weitreichenden komplizierten Netzwerks aus Freunden, Bekannten, Kontakten und Informationen, die die Zentrale permanent mit Nachrichten, Spekulationen, Gerüchten und Klatsch versorgten. Quedley seinerseits filterte diesen Informationsfluß, bereitete ihn auf und leitete ihn an die Stellen weiter, die den Interessen, Projekten und Anliegen, die er zufälligerweise gerade vertrat, am förderlichsten waren. Sein Netzwerk erstreckte sich auf große Teile der

Wirtschaft, über die Medien bis hin zu den Führungsetagen der wichtigsten politischen Parteien. Seine Klienten zahlten Quedley nicht unbeträchtliche Summen für seine Informationen, Analysen, Ratschläge und das, was sie irrtümlicherweise für Loyalität hielten. Die meisten von denen, die mit ihm zu tun hatten – sei es als Klient oder als Kontaktperson –, unterschätzten die Größe seines Netzwerks, ahnten nichts von der Selbstverständlichkeit, mit der ihm Zugang zu den höchsten Führungsetagen in Wirtschaft und Politik gewährt wurde, oder den Manipulationsmöglichkeiten, über die er verfügte: Etliche hätten allenfalls mit verächtlichem Spott auf die Feststellung reagiert, daß sein Einfluß mindestens genauso groß war wie ihr eigener; nur diejenigen mit wirklich guten Beziehungen, die wahren Insider, waren sich darüber im klaren, daß Casper Quedley zu den zwei oder drei Dutzend mächtigsten Männern des Landes zählte.

Außerdem genoß Quedley die Geschäftigkeit des Bürobetriebs. Auch wenn er aus eigenem Entschluß allein lebte, so empfand er doch die Gegenwart von Menschen um sich herum als überaus angenehm, besonders, wenn sie jung, aufgeweckt, attraktiv und weiblich waren – wie der Großteil seiner Angestellten. In PR-Kreisen wurde oft gemunkelt, daß er seine Einstellungsgespräche auf der Couch führte; er hatte diese Geschichten gehört und fand sie zutiefst beleidigend. Für Quedley war Verführung ein Sport. Und beim Sport einen Sieg über einen Gegner mit einem Handicap oder einer schlechteren Ausgangsposition zu erringen brachte einem wenig oder gar keine Befriedigung; worin bestand also die Herausforderung oder der Triumph, wenn man eine Frau ins Bett bekam, indem man sie unter Druck setzte oder ihr eine Belohnung in Aussicht stellte? Da konnte man doch gleich dafür bezahlen.

Er hatte, das stimmte allerdings, mit einer Reihe seiner Angestellten geschlafen, doch dies war stets auf deren Betreiben hin passiert und nachdem er sie darüber aufgeklärt hatte, daß es sich dabei lediglich um eine kurzlebige Übung zur gegenseitigen

Befriedigung physischer Bedürfnisse handelte. Keinesfalls, so warnte er immer wieder, würde dies zu einer tieferen Beziehung führen oder zum Aufstieg in der Hierarchie seines Unternehmens. Manchmal verhallten diese Warnungen ungehört, und das Nachspiel einer solchen Liaison kulminierte in einer peinlichen Szene. Wann immer dies passierte, schwor Quedley, dem Gefühligkeit zuwider war, es nie wieder zu tun. Doch diesen Gelübden war keine lange Haltbarkeit beschieden; Quedley war ebensowenig in der Lage, sich an seine eigenen Regeln zu halten, wie an die anderer Leute.

An diesem speziellen Donnerstag morgen im späten Oktober war Quedley mit etwas ganz anderem beschäftigt als mit Büroangelegenheiten. In seiner morgendlichen Post hatte sich ein von Hand adressierter Brief befunden, der in Sydney abgestempelt war und die Aufschrift »Privat und Vertraulich« trug. Quedley öffnete den Umschlag; er enthielt ein einzelnes Blatt Papier, die Handschrift war ihm nicht bekannt, und der Brief lautete:

»Clifftops«
Ocean View Road
Palm Beach NSW 2108

Caspar,
ich bin hier in meinem Strandhaus, und aller Wahrscheinlichkeit nach ist es das letzte Mal, daß ich mich hier aufhalte. Mein Arzt kann sich zwar immer noch nicht dazu durchringen, das Offensichtliche auch wirklich auszusprechen, aber mittlerweile unterläßt er die üblichen Durchhalteparolen, und ich kann schon beinahe den Totenschein in seinen Augen lesen. Ich selbst bin kaum noch in der Lage, irgend etwas allein zu erledigen; selbst der einfache Akt des Schreibens überfordert mich, weshalb ich diese Zeilen meinem Freund Dean Delamore diktiere, ohne dessen aufop-

ferungsvolle Hilfe und Pflege ich vermutlich schon nicht mehr am Leben wäre.
Wohingegen ich von Dir herzlich wenig Unterstützung erfahren habe. Ein Blick auf den Kalender sagt mir, daß es neun Monate her ist, seit ich Dir von meinem Zustand erzählt habe. Bei unserer damaligen Unterhaltung hast Du mir versprochen, daß Du mich bei nächster Gelegenheit besuchen kommen würdest. Nicht nur, daß Du dies unterlassen hast, Du hast es offensichtlich nicht einmal für nötig befunden, den Hörer in die Hand zu nehmen und mich ein einziges Mal anzurufen. Ich bin sicher, daß Du Dir sehr wohl darüber im klaren bist, wieviel ein Besuch Deinerseits mir bedeutet hätte und wie sehr mich im Gegenzug Deine Gleichgültigkeit verletzt hat. Ich bin zutiefst schockiert darüber, daß Du mir, nach allem, was hinter uns beiden liegt, nun den Rücken zukehrst.
Ein religiöser Mensch – wie beispielsweise der arme Kaplan Swindell – würde zweifelsohne einwenden, daß jemand in meiner Lage eher Vergebung üben als Bitterkeit empfinden sollte. Ich persönlich war stets der Auffassung, daß es ein Zeichen von Feigheit ist, auf dem Totenbett mit seinen Überzeugungen und seiner Vergangenheit zu brechen. Also werde ich mit Bitterkeit reagieren, jedoch auf eine Weise, die ganz nach Deinem Geschmack sein sollte, was Deinen hochentwickelten Sinn für Boshaftigkeit betrifft. Vor ein paar Wochen – das war noch, bevor ich ein völliger Pflegefall wurde – habe ich mich hingesetzt und ein paar Erinnerungen an die seltsamen Tage unserer lieben alten Alma mater zu Papier gebracht. Und, so darf ich wohl sagen, herausgekommen ist eine ziemlich fesselnde Lektüre. Wenn Du hier nicht auftauchst, bevor

ich mich davonmache, wird Dean dieses Schriftstück an eine geeignete und interessierte Adresse schicken. Ich höre jetzt lieber auf und sorge dafür, daß dies zur Post kommt. Die Zeit wird knapp.

Julian

Nachdem er den Brief gelesen hatte, krächzte Quedley ein leises »Dreckscheiß«. Dann schaute er auf den Poststempel; der Brief war vor vier Tagen abgeschickt worden. Herrgott, dachte er, ich hoffe bloß, die kleine Schwuchtel ist noch nicht abgekratzt. Er lehnte sich in seinem Sessel zurück und dachte ein paar Minuten lang verzweifelt nach. Dann blätterte er sein Adreßbuch durch, fand eine bestimmte Nummer und wählte sie. Am anderen Ende klingelte es dreimal, dann gab es ein Klicken, und eine Ansage folgte:

»Hallo, hier ist Julian Gage. Ich kann im Augenblick nicht ans Telefon kommen, aber wenn Sie eine Nachricht hinterlassen, rufe ich zurück, sobald ich kann.«

Der Piepton erklang. Quedley legte den Hörer auf. Wäre vielleicht besser, eine Nachricht zu hinterlassen, überlegte er. Scheiß drauf, je schneller ich ihn erreiche, desto besser.

Er rief die gleiche Nummer noch einmal an. Als der Piepton erklang, legte er alles, was er an Scham, Bedauern und Vertreterschleimigkeit aus sich herauskitzeln konnte, in seine Stimme und trötete: »Julian, hier ist Caspar. Bitte vergib mir. Ich schäme mich furchtbar. Ich war unglaublich beschäftigt, aber es gibt keine Entschuldigung dafür. Sobald ich kann – dieses Wochenende komme ich rüber. In der Zwischenzeit tu mir bitte einen Gefallen und ... tu nichts Überstürztes.«

Quedley legte auf. Hinhaltetaktik erster Güte, sagte er sich. Die Frage ist: Wie regle ich die Angelegenheit? Natürlich, Bill Tench. Wenn ich nicht gewesen wäre, würden Tench und der ganze Abschaum, den er für sich arbeiten läßt, im Gefängnis von Mount Eden Steine klopfen, anstatt sich als Sicherheitsleute für ein paar von den dicksten Firmen der Stadt eine goldene Nase zu verdienen.

Quedley blätterte erneut sein Adreßbuch durch, wählte eine Nummer und wurde durchgestellt.

»Bill, hier ist Caspar Quedley. Ich muß Sie um einen Gefallen angehen, alter Häuptling. Die Sache ist allerdings ein bißchen heikel. Ich brauche jemanden, der möglichst schnell, heute nachmittag zum Beispiel, nach Sydney fliegt und dort einen kleinen Auftrag für mich erledigt. Kann sein, daß die Sache nicht ganz unkompliziert ist – es braucht also jemanden mit Improvisationsgabe, wenn man mal so will. Die Bezahlung ist entsprechend hoch.«

»Wir reden also über die Sorte Kerl, die sich nicht mit einem Nein abspeisen läßt?«

»Haargenau. Exakt jemanden dieses Kalibers suche ich.«

»Da gibt's einen, der mit gerade einfällt«, sagte Tench. »Überlassen Sie mir die Angelegenheit. Ich erkundige mich mal, ob er gerade verfügbar ist, und rufe Sie dann zurück. Falls er zusagt, wie wollen Sie's angehen?«

»Ich würde es vorziehen, auf Distanz zu bleiben. Wie wäre es, wenn ich Ihnen alles erkläre und Sie's ihm erklären?«

Quedley bestellte einen Kaffee und wartete daraf, daß Tench ihn zurückrief. Genau, dachte er. Das war die beste Art, die Sache zu regeln. Jemand rüberschicken, und zwar pronto, um Julians Giftpfeil abzufangen.

Sein Privattelefon klingelte.

»Alles klar«, sagte Tench. »Der Kerl ist am Start.«

»Billy, mein Junge, Sie haben sich selbst übertroffen. Wie wär's, wenn wir uns in einer Stunde auf ein Sandwich im Cornwall Park treffen und ich Ihnen bei der Gelegenheit alles erkläre?«

Caspar Quedley war nicht die einzige herausragende Persönlichkeit in Auckland, die an jenem Morgen aufgescheucht wurde.

Von Unbehagen gepackt wurde auch Barry Plugge, der Rotlichtbaron, in dem Augenblick, als Detective Sergeant Ihaka sein Büro betrat. Es war sein Grinsen, entschied Plugge. Wenn ein Bulle einen dermaßen breit und freundlich angrinste, bedeutete das immer nur, daß er es einem im nächsten Moment schwer einschenken würde.

Plugges Sekretärin brachte Kaffee und Biskuits und stellte das Tablett auf den niedrigen Couchtisch zwischen ihrem Arbeitgeber und dem Polizisten.

»Mallow Puffs«, verkündete Ihaka. »Das grenzt ja an Bestechung.«

Er nahm einen der Mallow Puffs zwischen Daumen und Zeigefinger, betrachtete ihn voller Entzücken und ließ ihn in seinem Mund verschwinden. Er spielte mit dem Gedanken an einen weiteren, riß seinen Blick dann doch vom Tablett los und schaute Plugge an.

»Barry, ich habe gehört, daß Herman Pickrang auf deiner Gehaltsliste steht. Ist das nicht ein bißchen schweres Kaliber für dich?«

»Jetzt aber mal halblang, Sergeant«, erklärte Plugge indigniert. »Sie wissen doch selbst, was es hier für 'n Ärger gab. Irgendwann ist es soweit gekommen, daß jemand ein Kopfgeld auf mich ausgesetzt hat, und da dachte ich mir, Scheiß drauf, ich muß was tun zu meinem persönlichen Schutz. Das können Sie mir nicht vorwerfen.«

»Ich glaube nicht, daß der Journalist, dem Pickrang auf die Pelle gerückt ist, versucht dich umzunieten, Barry.«

Plugge runzelte die Stirn. »Ein Journalist, sagen Sie? Davon hab ich keine Ahnung; ich hab damit nichts zu tun. Herman ist Freischaffender, vergessen Sie das nicht, er arbeitet nicht nur für mich.«

Wieder grinste Ihaka. »Sicher, Barry, aber es heißt nun mal, daß er so gut wie ausschließlich für dich arbeitet, seit du dir wegen dem Kontrakt in die Hosen gemacht hast. Was ich nicht ganz verstehe, ist, warum ausgerechnet du so einen Aufstand machst, nur weil so ’n Schreiberling sich mit Trevor Lydiate unterhalten will.«

Plugges Gesichtszüge erstarrten, und er gab ein tiefes Grunzen von sich. Ihaka verschlang einen weiteren Biskuit.

»Ist es nicht unglaublich, wie diese Anwälte ihre Klienten abziehen?« sagte Ihaka kopfschüttelnd. »Und zwar so viele, man kommt kaum noch nach. Aber egal, es geht um folgendes: Dieser Hansel von dir, Pickrang, läuft diesem Journalisten überall hinterher und droht ihm weiß Gott was an – ich meine, was soll der Scheiß? Ich muß zugeben, ich werd nicht schlau draus. Ich habe mich gefragt: Warum sollte Plugge einen feuchten Scheiß drauf geben, wenn irgendwer mit Lydiate reden will? Also habe ich mich mit ’nem Kumpel von der Abteilung Wirtschaftsverbrechen unterhalten, und er fand auch, daß das ziemlich seltsam war. Er hat gemeint, man könnte glatt auf den Gedanken kommen, das hinter der Nummer, die Lydiate da abgezogen hat, vielleicht doch mehr steckt, als man vermuten würde. Jedenfalls werden er und seine Jungs sich mal mit der Anwaltskammer unterhalten und die ganze Angelegenheit genauer unter die Lupe nehmen. Ich dachte halt, das würde dich vielleicht interessieren.«

Ihaka schlang noch einen letzten Mallow Puff herunter und erhob sich. Plugge saß da und schwieg. Er sah aus, als hätte er etwas Widerliches geschluckt und warte nun auf die Abwehrreaktion seines Körpers.

Die Hand auf dem Türknauf blieb Ihaka noch einmal stehen. »Wo wir gerade von Lydiate sprechen – erinnerst du dich noch an einen Privatdetektiv namens Guttle? Irgend jemand hat ihn vor einer Weile abgeknallt. Er hat jedenfalls für einen Typen gearbeitet, der mittlerweile übrigens ebenfalls tot ist und der in einer Sache rumgestochert hat, wo auch der Name von Lydiate aufgetaucht ist. Ich denke, das werden wir uns auch noch mal genauer anschauen!«

Louise Appleyard hatte die Telefonnummern von Lloyd Chennell und Julian Gage im Namensregister des elektronischen Terminplaners ihres verstorbenen Gatten gefunden. Sparks rief von Auckland aus an, um zu versuchen, schon im Vorfeld feste Termine zu arrangieren. Chennell war mißtrauisch; um ihn zu einem Interview zu bewegen, tischte Sparks ihm eine haarsträubende Geschichte auf, von wegen, daß er an einer Story arbeite, die das Prince Albert College als Fallstudie für die Frage benutze, ob Privatschulen sich den gesellschaftlichen Veränderungen anpassen sollten oder ob es besser war, wenn sie ihre Tradition aufrechterhielten, koste es, was es wolle. Als er bei Gage anrief, erreichte er nur den Anrufbeantworter. Er hinterließ allerdings keine Nachricht.

Am Nachmittag flog Sparks mit Air New Zealand nach Sydney und fuhr mit dem Taxi vom Flughafen zu seinem Hotel in Kings Cross. Dort war bereits ein Fax von seinem Bruder Gavin eingetroffen, mit dem Wortlaut: »LC war von 1968 bis 1974 stellvertretender Fachleiter in Geschichte am PAC. Der Fachleiter war zuständig für die Vergabe von Stipendien und Begabtenförderung, während LC für die Zugangsberechtigung zur Universität und interne Abschlüsse verantwortlich war. In seine Zuständigkeit fiel auch die Zusammenstellung der Klausuren für den internen Abschluß.«

Kurz nach sieben Uhr verließ Sparks das Hotel, um ein wenig spazierenzugehen und etwas zu essen. Vorbei an dem üblichen Getümmel von Zuhältern, Schleppern und Huren von Kings Cross steuerte er auf Potts Point zu. Er überquerte die Straße, um nicht in ein Handgemenge zwischen einem grotesk mit den Augen rollenden Penner mit einem Gesicht wie eine Pflaume und drei rappeldürren Nutten verwickelt zu werden, die unter ihren knappen Kostümen jede Menge ungesund aussehendes bläuliches Fleisch zur Schau stellten. Ein Taxi hielt an, um Sparks vorbeizulassen. Im Fond saß Herman Pickrang, doch Sparks sah ihn nicht, und Pickrang war zu sehr damit beschäftigt, sich über die Blödheit der Leute auf der Straße zu amüsieren, um Sparks zu bemerken.

13

In kritischen Situationen, so wird oft behauptet, kommt das Beste in einem Menschen zum Vorschein. Nun war es sehr fragwürdig, ob bei Barry Plugge von einem »Besten« überhaupt die Rede sein konnte, doch einmal erholt von dem Schock über die schweren Geschütze, die Ihaka da abgefeuert hatte, war der Rotlichtbaron selbst überrascht über das Maß an kühler Gefaßtheit, Entschlußfreudigkeit und kompromißloser Gerissenheit, das er plötzlich an den Tag legte. Zugegeben, die Tatsache, daß er nach dem Abgang des Polizeibeamten theatralische Einlagen unterließ, war eher dem Faktum zuzuschreiben, daß die Schwere der Situation ihn in einen Zustand knapp vor der Katalepsie versetzt hatte. Nachdem er geschlagene 25 Minuten buchstäblich regungslos herumgesessen hatte, verscheuchte Plugge die alptraumhaften Visionen von Armut, einem Leben hinter Gittern inklusive Vergewaltigung durch brutale Männer mit Tätowierungen und Dreadlocks und zwang sich zum Nachdenken.

Er hatte in zweierlei Hinsicht Probleme, und beide hingen miteinander zusammen, doch der Fall Guttle war der drängendere. So schmerzhaft die Andeutungen Ihakas auch gewesen sein mochten, angesichts des epidemischen Ausmaßes an Wirtschaftsverbrechen würde es eine Zeit dauern, bis das Betrugsdezernat dazu kam, Lydiates Schwindel noch einmal zu untersuchen, zumal sie ja auch schon eine Verurteilung vorzuweisen hatten. Aber Mord blieb Mord. Was ihn mit Guttle in Verbindung brachte, war Pickrang – Pickrang, dessen unfaßbare Inkompetenz, chronische Unfähigkeit, Anweisungen zu befolgen, und brutale Neigungen ihn überhaupt erst in diese mißliche

Situation gebracht hatten. Alles, was Pickrang hatte erreichen sollen, war, jegliches Interesse an Lydiate im Keim zu ersticken und so sicherzustellen, daß die Verbindung zwischen Lydiate und Plugge weiterhin im dunkeln blieb. Was er erreicht hatte, war das genaue Gegenteil. Und was, so fragte sich Plugge, würde dieser nutzlose Haufen Scheiße veranstalten, wenn die Bullen ihn erst einmal in die Finger bekamen, was garantiert nicht mehr lange dauern würde? Seinen eigenen haarigen Arsch retten vermutlich. Man konnte es drehen und wenden, wie man wollte, aber Pickrang war zu einem Risiko geworden.

Von Pickrang hatte er seit zwei Tagen nichts gehört, was angesichts des Besuchs von Ihaka beunruhigend erschien. Und so kam es, daß Plugge am nächsten Morgen als allererstes seinen neuen Oberrausschmeißer damit beauftragte herauszufinden, wo Pickrang sich aufhielt. Kurz vor Mittag berichtete ihm der Gorilla, daß Pickrang weder über sein Telefon zu Hause noch über sein Handy zu erreichen und auch in keinem seiner üblichen Reviere gesichtet worden war.

»Fahr raus zu seiner Wohnung und schau dich da mal um«, befahl Plugge. »Wenn's sein muß, brich einfach ein.«

»Und was, wenn er da ist?«

»Wenn er da ist, brauchst du ja wohl auch nicht einzubrechen, oder?« sagte Plugge mit einer Ruhe, die etwas Gespenstisches hatte. Er legte den Hörer auf und dachte: Der Bastard weiß, daß ihm der Arsch in Flammen steht, und deshalb ist er erst mal auf Tauchstation; vielleicht beruhigt sich ja dadurch alles wieder. Doch schon in dem Augenblick, als er sich diesen Hoffnungsschimmer gestattete, ging Plugge auf, daß Pickrang, wenn er im Gewühl der Menge untertauchen wollte, sich schon in einer Leprakolonie verstecken mußte.

Eine halbe Stunde später rief sein Gorilla wieder an.

»Boß, ich bin hier draußen in Hermans Wohnung – ich hab die Tür eingetreten, wie Sie gesagt haben –, und ich würde mal schätzen, er ist nach Sydney geflogen.«

»Sydney?« Plugge mußte schlucken. »Was zum Teufel will er denn da?«

»Na ja, weiß ich auch nicht. Ich hab hier auf dem Küchentisch so 'n Wisch von 'nem Reisebüro gefunden. Da steht Hermans Name drauf und 'ne ganze Menge Uhrzeiten, alles mit Schreibmaschine. Wann er auf dem Flughafen sein muß, seine Flugnummer, in welchem Hotel er wohnt und all so 'n Kram. Wenn das stimmt, was da draufsteht, ist er gestern nachmittag nach Sydney geflogen.«

»Wann kommt er zurück?«

»Steht hier nicht drauf. Hier steht nur ›Rückflug offen‹.«

»Okay, dann komm jetzt wieder her und bring den Zeitplan mit.«

Plugge legte auf und starrte an die Wand. Ein Plan nahm in seinem Kopf Gestalt an. Je mehr Plugge darüber nachdachte, desto besser gefiel er ihm. Er war simpel, leicht durchzuführen und würde den Problemfall Pickrang auf einen Schlag hinwegwischen. Zu erkennen, daß Pickrang eine Gefahr darstellte, die eliminiert werden mußte, war eine Sache, das Eliminieren an sich schon etwas ganz anderes. Plugge war sich sehr genau darüber im klaren, daß seine Angestellten sich eher mit blutigen Innereien einreiben und in das Haifischbassin von Kelly Tarltons Unterwasserwelt springen würden, als sich mit Pickrang anzulegen; doch durch seinen Plan umging er dieses Problem. Er marschierte in seinen privaten Waschraum und klatschte sich kaltes Wasser ins Gesicht. Als er sich in dem Spiegel über dem Handwaschbecken betrachtete, sagte er laut: »Herman, du wirst nun leider die schmerzliche Erfahrung machen, daß es sich nicht auszahlt, wenn man versucht, Barry Plugge zu ficken.«

Als Rocco Perfumo von einem seiner Kellner ans Telefon gerufen wurde, verabschiedete er gerade die letzten Mittagsgäste in seiner Pizzeria in der Innenstadt von Auckland, die außerdem als Zentrale für die Unternehmungen seiner Familie in Neuseeland diente. Er ging zum hinteren Bereich des Restaurants und ergriff den Hörer.

»Ja?«

»Ist da Rocco Perfumo?«

Der Anrufer klang, als hätte er eine Ladung Industrieklebstoff im Mund. Perfumo fragte sich, warum sich jemand solche Mühe gab, seine Stimme zu verstellen; für ihn hörten sich alle Neuseeländer gleich an.

»Ja? Was wollen Sie?«

»Erinnern Sie sich noch an Herman Pickrang?«

Erinnern Sie sich noch an Herman Pickrang? Wollte dieses Arschloch Witze machen? Was denkt der Kerl – daß jeden Tag irgendein Gorilla zur Tür hereinspaziert, der aussieht wie Doktor No nach 'ner Hormonbehandlung, und meinen Bruder mit dem Kopf nach vorn in den Pizzaofen schiebt?

Roccos Bruder Martino hatte eine erhebliche Beeinträchtigung seines Sehvermögens und schwere Verbrennungen im Gesicht erlitten – als Folge seines unfreiwilligen Aufenthalts im holzbefeuerten Pizzaofen, der in den Anzeigen des Restaurants immer besonders gepriesen wurde. Nun hielt er sich zur Erholung in Sydney auf. Sein Sehvermögen war zwar schon fast wieder normal, doch um sein Gesicht wiederherzustellen, waren teure kosmetische Operationen nötig, ohne die er durchs Leben wandeln würde wie eine Erdbeere nach einer Sandstrahlbehandlung. Die Brüder hatten von ihrem Onkel, dem Oberhaupt der Familie, Rache gefordert, doch dieser hatte entschieden, daß eine weitere Eskalation der Auseinandersetzung nur unerwünschte Aufmerksamkeit auf die Anwesenheit der Familie in Neuseeland ziehen würde. Rocco war über das Veto in höchstem Maße verärgert gewesen, denn er war überzeugt, daß sein Onkel die Ehre der Familie über den Profit gestellt hätte, wäre es sein eigener Sohn gewesen, dessen Kopf gebraten worden war.

»Klar erinnere ich mich an die Mistfotze«, blaffte Rocco. »Was ist mit ihm?«

»Ich dachte nur, es würde Sie vielleicht interessieren – er ist im Augenblick in Sydney und wohnt im Grosvenor-Apartmenthotel in Potts Point.«

Der Anrufer legte auf. Perfumo sah auf die Uhr. Er hatte genug Zeit, um den Nachmittagsflug nach Sydney zu schaffen. Er rief in der Wohnung seiner Mutter in der westlichen Innenstadt von Sydney an. Sein Bruder nahm den Hörer ab.

»Marty, hier ist Rocco. Ich komme fürs Wochenende rüber. Es gibt da was, das wir erledigen müssen.«

Lloyd Chennell, der Rektor des St. Bartholomew's College, einer Privatschule für Jungen in Bellevue Hill, einem schicken Vorort von Sydney, schaute auf die antike Uhr auf seinem antiken Schreibtisch. Es war 16 Uhr 15 am Freitag nachmittag; wieder eine Woche vorbei. Es war eine harte Woche gewesen: Ein Tütchen Ecstasy war in einem der Klassenschränke gefunden worden, Unbekannte hatten einen Käfig voller Labormäuse im neuen Wagen des Fachbereichsleiters Mathematik freigelassen, und ein taiwanesischer Multimillionär hatte seinen Sohn von der Schule genommen, nachdem die Schikanen seiner Mitschüler in einer Scheinhinrichtung gegipfelt hatten. Dadurch hatten Chennells Anstrengungen, sich die asiatische Gemeinschaft als zukünftige Klientel heranzuzüchten, um so die rückläufigen Anmeldungen durch die zunehmend unter Druck stehende Landbevölkerung auszugleichen, einen herben Rückschlag erfahren. Positiv war zu vermerken, daß die Tennismannschaft der Oberstufe ihr Spiel gegen die Erzrivalen von Marsden Grammar gewonnen hatte. In seinen acht Jahren als Rektor von St. Bartholomew's hatte Chennell die Erfahrung gemacht, daß der Freundeskreis St. Bart's, die allmächtige Vereinigung von Ehemaligen und Eltern, die den Schulvorstand dominierten, sich selbst dann noch blind gestellt hätte, wenn am Schulkiosk reines Heroin verkauft worden wäre, solange bei den verschiedenen sportlichen Auseinandersetzungen mit Marsden Siege errungen wurden.

Chennell wollte das Wochenende in den Blue Mountains verbringen und sich zu diesem Zweck möglichst bald auf den Weg machen, doch vorher mußte er noch dieses verdammte Interview durchstehen. Er verfluchte seine Eitelkeit, die ihn veranlaßt hatte, sich auf das Interview überhaupt einzulassen. Denn er hatte dafür nur einen einzigen Grund gehabt: Die Tatsache, daß er in der meistzitierten Zeitschrift Neuseelands als Rektor einer der angesehensten Schulen der südlichen Hemisphäre erwähnt wurde, würde seinen ehemaligen Kollegen vom Prince Albert College höchst unangenehm in Erinnerung rufen, wie weit er es gebracht hatte, während diese gönnerhaften Trampel nun dasaßen und den bitteren Geschmack der Niederlage und des Versagens in der Lehrerbibliothek mit billigem Sherry herunterspülten oder an irgendwelchen drittklassigen Provinzcolleges und Vorschulen versauerten.

Er konnte sich noch vage daran erinnern, wie dieser Journalist, Sparks hieß er wohl, ihn damit vollgelabert hatte, worum es in dem Artikel gehen sollte. Irgendein Quatsch von wegen, ob die Privatschulen sich den veränderten gesellschaftlichen Bedingungen anpassen sollten. Als ob mich das nur einen feuchten Dreck interessieren würde, dachte er. Chennells einziges Interesse an Privatschulen galt dem Geld, hier konnte er ordentlich absahnen und war verschont von den namenlosen Schrecken des staatlichen Erziehungssystems. Zehn weitere Jahre würde er noch in der klösterlichen Abgeschiedenheit von St. Bart's verbringen, um sich danach seinem komfortablen Ruhestand zu widmen, und dann wäre es ihm einerlei, ob Privatschulen abgeschafft, niedergebrannt oder zu Klapsmühlen umfunktioniert wurden. Nachdem er sich während seiner gesamten Laufbahn mit privilegierten Kindern herumgeschlagen hatte, war Lloyd Chennells Weltanschauung vom Nihilismus nur noch knapp entfernt.

Um 16 Uhr 30 wurde Reggie Sparks in das Büro von Chennell geleitet. Er trug ordentliche Cordjeans, ein neues Sportsakko und die Krawatte des Rasenbowlingclubs seines verstorbenen Vaters. Die finstere Atmosphäre, hervorgerufen durch die dunkle Holztäfelung an den Wänden, die schweren Vorhänge und die Tatsache, daß der Raum nur von einer einzelnen Lampe auf dem riesigen Schreibtisch erhellt wurde, löste bei Sparks ein Déjà-vu-Erlebnis aus. Glücklicherweise hatte die Gestalt, die sich zu seiner Begrüßung von ihrem Stuhl erhob, keinerlei Ähnlichkeit mit dem schizoiden Koloß Dr. Foster Hogbin.

An Chennell hatte Sparks nur trübe Erinnerungen; er machte dafür sein Gedächtnis verantwortlich, doch es lag eher daran, daß Lloyd Chennell in der Tat jemand war, den man leicht vergaß. Er war mittelgroß und schlank, und seine Bewegungen hatten etwas locker Dahingleitendes, als ob er keine Knochen im Leib hätte. Sein Haar war sandfarben, die Stirn hoch und vergeistigt, sein Mund schlaff und wäßrig. Er trug eine Brille, einen braunen Tweedanzug und braune Haferlschuhe – der typische Großstädter in der Rolle des Landedelmannes. Was Sparks besonders auffiel, waren seine beinahe scharlachrot leuchtenden und ungewöhnlich fleischigen Ohren, die aussahen, als würden beim kleinsten Einstich blutige Fontänen aus ihnen herausschießen, wie man sie im allgemeinen mit Bildern von Enthauptungen in Verbindung brachte. Chennells ansonsten blasse Hautfarbe gab Sparks zu der Überlegung Anlaß, ob der Blutstau in den Extremitäten wohl auf Kosten der übrigen Organe ging.

Etwa eine halbe Stunde befaßten sie sich mit dem vorgeblichen Thema des Interviews. Hätte Chennell größere Erfahrungen im Umgang mit der Presse gehabt, dann wäre ihm vielleicht aufgefallen, daß Sparks, nachdem er die Prozedur mit der weitschweifigsten aller nichtssagenden Fragen eröffnet hatte, keinerlei Anstrengungen unternahm, um das Gespräch in eine bestimmte Richtung zu lenken, indem er spezifischere Fragen stellte. Chennell nutzte die Gelegenheit, um ein Loblied auf sich selbst zu singen, und war gerade besonders schön in Fahrt, als Sparks seiner Eloge abrupt Einhalt gebot.

»Wenn Sie heute zurückblicken, dann hat es 1970 am Prince Albert College doch eine Reihe ziemlich seltsamer Vorkommnisse gegeben. Ich meine, zuerst fährt der Kaplan mit seinem Auto in eine Backsteinmauer, dann hängt sich ein Mädchen beim Schulball auf, und jetzt ist mir auch noch zu Ohren gekommen, daß es so was wie einen Schwarzmarkt für Prüfungsunterlagen gab.«

Chennell starrte Sparks an. Seine Ohren glühten wie Hufeisen, die gerade aus dem Schmiedefeuer genommen wurden.

»Da haben Sie mir etwas voraus«, sagte er schließlich.

»Erinnern Sie sich an jemanden namens Caspar Quedley?« Chennell nickte. »So wie's aussieht, hat er kurz vor den Klausuren die Fragen für die Abschlußprüfungen in Geschichte an der Schule verscherbelt. Sie waren verantwortlich für die Zusammenstellung der Fragen; wie, glauben Sie, ist er da rangekommen?«

Chennell erhob sich. Hier lief etwas fürchterlich schief. Wie es dazu gekommen war, ließ sich später immer noch feststellen; im Augenblick kam es erst einmal darauf an, dieses vermaledeite Interview zu beenden.

»Mr. Sparks, ich habe keine Ahnung, wovon Sie reden, und es hat wenig Sinn, diese Diskussion weiterzuverfolgen. Ich wollte übers Wochenende verreisen, und ich habe Ihretwegen meine Abreise verschoben, aber ich bin nicht bereit, für einen derartig haarsträubenden Unfug auch nur eine weitere Minute meiner Zeit zu opfern.«

Sparks schien die Entrüstung des Schuldirektors nicht weiter zu beeindrucken. Er klappte sein Notizbuch zu und steckte seinen Stift in die Brusttasche seines Jacketts. Dann schaute er zu Chennell auf, der nun neben ihm stand.

»Was ist mit Victor Appleyard? Sind Sie ihm in letzter Zeit mal begegnet?«

Chennell beschloß, nicht zu warten, bis Sparks endlich aufgestanden war. Er schritt zur Tür seines Arbeitszimmers und hielt sie auf. »Appleyard? Ich habe gehört, daß er gestorben ist, das ist alles.«

Sparks blieb an der Tür stehen und streckte Chennell die Hand entgegen. Als Chennell die seine nach einer flüchtigen Berührung schnell wieder zurückzog, schaute Sparks ihn fragend an und sagte: »Das ist aber seltsam, denn ich weiß genau, daß Appleyard eine Verabredung mit Ihnen hatte, als er das letzte Mal hier gewesen ist. Ich nehme mal an, Sie werden mir auch erzählen, daß Ihnen Julian Gage ebenfalls die letzten 20 Jahre nicht mehr unter die Augen gekommen ist?«

Die Erwähnung von Gage war ein Schuß ins Blaue, doch die Wirkung war verblüffend: Chennell zuckte zurück, als ob Sparks ihn gefragt hätte, ob er einen seiner Chorknaben für eine satanische Zeremonie ausleihen könne.

»Machen Sie, daß Sie hier rauskommen – und zwar sofort. Und seien Sie versichert, daß Ihr Chefredakteur hiervon erfahren wird.«

Sparks nickte. »Da können Sie Gift drauf nehmen.«

Herman Pickrang ging die Straße in Potts Point entlang, schaute nach den Hausnummern und genoß die warme Nachmittagssonne. Er gratulierte sich zu seinem Glück. Dieser Job in Sydney hätte zu keinem besseren Zeitpunkt kommen können. Selbst vor dem Auftauchen Ihakas hatte Pickrang deutlich gespürt, daß es mit Plugge nicht mehr so gut lief, und er konnte sicher sein, daß Plugge schier ausgerastet wäre, wenn er erfahren hätte, daß er irgendwie die Bullen am Hals hatte. So gesehen war es für alle Beteiligten besser, wenn er sich eine Weile nicht in Auckland blicken ließ. Vielleicht hätte er Plugge davon erzählen sollen, daß er mit einem Bullen zusammengerasselt war, aber da konnte er sich immer noch rausreden, wenn's nötig war – nach dem Motto: Ich dachte mir, es wär am besten, wenn ich erst mal abtauche, mich bedeckt halte, blablabla. Plugge interessierte ihn zwar nicht sonderlich, aber er konnte gut darauf verzichten, daß der Kerl rumlief und überall in der Stadt über ihn herzog. So was war nicht gut für den Ruf. In der Zwischenzeit hatte er sich darum zu kümmern, daß er diesen Job hier ordentlich über die Bühne brachte; wer auch immer den Auftrag erteilt hatte, zahlte verdammt gut, und es war durchaus möglich, daß da noch was nachkam – vorausgesetzt, er vermasselte die Sache nicht.

Pickrang blieb vor einem ansehnlichen dreistöckigen Terrassenbau stehen und verglich die Hausnummer mit der Adresse, die Tench ihm gegeben hatte. Er öffnete das schmiedeeiserne Tor, schritt die drei Stufen zu einer winzigen Veranda hinauf und klingelte. Die Tür wurde von einer jungen Frau geöffnet, deren bleiche Gesichtsfarbe in scharfem Kontrast zu ihrer ansonsten ganz in Schwarz gehaltenen Erscheinung stand: Sie hatte einen schwarzen Pagenkopf, trug ein schwarzes Kleid, schwarze Strümpfe und Schuhe und hatte schwarze Ringe unter den Augen. Pickrang grinste sie von oben herab an und dachte: Dir würd ich's glatt besorgen, wenn du mich freundlich drum bittest.

»Ich suche Julian Gage«, erklärte er. »Ist er zu Hause?«

Die Frau schob die Tür ein wenig zu und trippelte nervös von einem Fuß auf den anderen, während sie den Kopf schüttelte. »Nein«, sagte sie mit heiserer Stimme. »Er ist weg – nach Übersee.«

Pickrang warf einen Blick auf seinen Zettel.

»Was ist mit Dean Delamore?«

»Der ist auch weg.«

»Wer sind Sie?«

»Miranda. Ich passe für Julian auf das Haus auf. Er kommt wahrscheinlich in einer Woche oder zwei wieder zurück.« Sie wollte die Tür zumachen. »Vielleicht kommen Sie besser dann wieder ...«

Pickrang ließ seine Schulter sinken und rammte damit gegen die Tür. Sie flog auf, und die Frau wurde nach hinten geschleudert. Sie fing an zu protestieren.

»Halt die Klappe«, knurrte Pickrang. Er betrat das Haus und

schloß die Tür hinter sich. »Gage hat was, das einem Freund von mir gehört und das er zurückhaben will. Ich werde es jetzt suchen, und wenn du in einem Stück bleiben willst, dann verhältst du dich einfach ganz ruhig und machst keinen Ärger.«

Pickrang durchsuchte den Terrassenbau von oben bis unten, wobei er im dritten Stock anfing und sich nach unten vorarbeitete. Es war keine allzu schwere Aufgabe – im Haus herrschte eine nahezu klinische Sauberkeit und Ordnung, und es gab kaum Plätze, die sich als Versteck eigneten –, doch die Suche endete erfolglos. Als er sich den letzten Raum, die Küche, vornahm, war er ziemlich mieser Laune, ein Zustand, dem es nicht eben zuträglich war, als er feststellen mußte, daß sich kein Bier im Kühlschrank befand. Er rief die Frau zu sich, und sie kam zögernd näher, die Hände vor der Brust verschränkt.

»Ich suche nach etwas wie einem Brief, du weißt schon, ein paar Blätter, wo was drauf geschrieben ist. Kann sein, daß sie in einem Umschlag stecken oder einem Hefter oder einem Notizbuch. Hast du so was gesehen?«

Die Frau schüttelte den Kopf.

Pickrang sagte: »Verdammte Scheiße.« Dann rauschte er an ihr vorbei und stapfte durch den Korridor. In der Tür blieb er stehen und sagte: »Ich komme wieder.« Dann knallte er die Tür hinter sich zu.

Miranda, deren wirklicher Name Dean Delamore war, blieb vor dem großen Spiegel im Flur stehen und setzte die Perücke ab. Er lockerte seine Haare, die mit Gel an seinen Schädel geklatscht waren, und nahm dann ein Taschentuch, um sich den Lippenstift abzuwischen. Er fragte sich, was der furchterregende Fremde wohl getan hätte, wenn er ihm die Wahrheit gesagt hätte: daß Julian Gage seit zwei Tagen tot war und er am Tag zuvor einen Brief von Gage an Victor Appleyard in den Briefkasten des Postamtes von Potts Point geworfen hatte.

Dean Delamore war sich ziemlich sicher, daß es die vernünftigste Vorgehensweise gewesen war zu lügen. Er beschloß, sein ohnehin fragiles seelisches Gleichgewicht nicht weiter zu strapazieren, indem er Überlegungen darüber anstellte, was der furchterregende Fremde wohl anstellen würde, wenn er herausfand, daß er angelogen worden war.

14

Caspar Quedley war schon so oft mit einem Kater aufgewacht, daß er sich gar nicht mehr die Mühe machte, sich mit Selbstvorwürfen zu überhäufen, weil er offensichtlich nicht mehr Verstand hatte als der Pawlowsche Hund. Ebenso hatte er es aufgegeben, sich vorzunehmen, für eine Woche, einen Monat oder ein Jahr die Finger vom Schnaps zu lassen, denn all dies hatte sich als nutzlos erwiesen und doch nur zu Selbstbetrug verleitet. Weder das Kratzen in der Kehle noch der schale Geschmack in seinem Mund als Folge der Qualmerei bei solchen Gelegenheiten verursachten in ihm auch nur den Hauch von Selbsthaß oder Ekel. Caspar Quedley hatte sich vor langer Zeit angewöhnt, sich so zu nehmen, wie er war, und die verschiedenen Facetten seines Wesens – schillernd und schäbig, gesund und pervers – mit Gleichmut zu betrachten. Von Zeit zu Zeit ließ er sich eben volllaufen; na und, das war ebensowenig zu vermeiden wie der Tod, Blähungen oder die Steuer. Sicher, er fühlte sich hundeelend, aber die Erfahrung hatte ihn gelehrt, daß es nichts war, das man mit einem Zehnkilometerlauf am Strand, einem opulenten Frühstück und einer kontemplativen und produktiven Zwanzigminutensitzung auf dem Klo nicht wieder hinbiegen konnte.

Quedley schaute auf seine Uhr – es war 9 Uhr 30 –, schleuderte das Federbett von sich, rollte sich aus dem Bett, streckte und kratzte sich und zog einen weißen Frotteebademantel über. Auf seinem Weg nach unten warf er einen Blick auf den Anrufbeantworter in seinem Arbeitszimmer. Das blinkende Lämpchen zeigte an, daß er zwei Nachrichten hatte. Er drückte den Abspielknopf, und prompt schoß ihm Audrey Benns Redeschwall entgegen, der sich nicht nur durch Lautstärke, sondern auch durch eine gewisse herrische Note auszeichnete.

»Caspar, Audrey Benn hier, es ist Freitag abend 21 Uhr 30, und das hier ist nur eine kleine Erinnerung daran, daß du für morgen abend eine Verabredung zum Dinner bei uns hast. Ich zähle auf dich, also laß mich nicht hängen.«

»Höllenfotze«, sagte Quedley. »Welcher Teufel hat mich bloß geritten, da zuzusagen?« Bevor er sich diesem Mysterium weiter widmen konnte, sah er sich auch schon dem Sermon eines völlig aus der Fassung geratenen Lloyd Chennell ausgesetzt.

»Caspar, hier ist Lloyd Chennell. Bei mir war ein Journalist von *New Nation* – ein völlig anmaßender Haufen Scheiße namens Sparks, der auch auf dem Prince Albert war. Er hat behauptet, er schreibt einen Bericht über Privatschulen, doch das war nur ein Vorwand, um überhaupt hier vorgelassen zu werden. Caspar, er hat die Sache mit den Examensaufgaben rausgekramt. Wieviel weiß der Kerl, um Himmels willen? Worum geht's in dem Artikel? Ruf mich an, so schnell es geht. Ich bin in den Blue Mountains.«

So langsam geht mir diese Geschichte ziemlich auf den Sack, dachte Quedley sauer, als er die Nachrichten löschte. *New Nation* nahm die Angelegenheit offenbar ziemlich ernst, sonst hätten sie Sparks wohl kaum nach Sydney geschickt. Und wie zum Teufel war er an Chennell und Gage geraten? Aber eins nach dem anderen. Quedley nahm sein Adreßbuch aus dem Aktenkoffer, suchte die Nummer von Chennells Hütte in den Blue Mountains und wählte. Nachdem es ein dutzendmal geklingelt hatte, hob ein mürrischer Chennell den Hörer ab.

»Hier ist Caspar.«

»Verdammt noch mal Caspar, wie spät ist es? Ich habe tief und fest geschlafen.«

»Lloyd, bitte jammer jetzt nicht rum. Das erste, was ich heute morgen gehört habe, warst du, wie du dir in die Hosen machst, und das ist ein schwer beschissener Anfang für 'n Wochenende – besonders dann, wenn einem ohnehin der Schädel dröhnt. Ich bin absolut nicht in der Stimmung, mich anranzen zu lassen.«

»In Ordnung, okay. Also, was ist jetzt mit diesem verdammten Journalisten?«

»Was genau hat er denn gesagt?«

»Er hat gesagt, er hätte gehört, daß du 1970 eine Vorabkopie der Examensfragen für die Abschlußklausur in Geschichte bekommen und sie an deine Kumpels verkauft hast; er wollte wissen, wie du da rangekommen bist. Und dann hat er plötzlich nach Julian gefragt.«

»In welchem Zusammenhang?«

»Er fragte, ob ich ihn gesehen hätte.«

»Was hast du gesagt?«

»Ich habe mich geweigert, mich darüber zu unterhalten. Ich habe ihn aus meinem Arbeitszimmer rausgeworfen.«

O ja, dachte Quedley. Das kann ich mir lebhaft vorstellen, ich wette, Sparks ist immer noch am Zittern.

»Caspar, wußtest du, daß Sparks an dieser Geschichte schreibt?«

»Sicher. Er war vor ein paar Tagen schon bei mir.«

Chennell, der wieder zu seinem tremolierenden Tonfall gefunden hatte, wollte wissen, warum er nicht gewarnt worden war, doch Quedley fiel ihm ins Wort.

»Hör auf zu flennen«, sagte er scharf. Der ansonsten übliche freundliche Plauderton war völlig aus seiner Stimme gewichen. »Ich habe ihn nicht ernst genommen; das war offensichtlich ein Fehler, den es jetzt zu korrigieren gilt. Ist Sparks noch immer in Sydney?«

»Ich habe keine Ahnung. Bei mir ist er gestern nachmittag gewesen.«

»Angenommen, er ist noch da – irgendeine Idee, wo ich ihn

erreichen könnte? Ich meine, hat er eine Telefonnummer hinterlassen oder so was?«

»Stimmt, das hat er. Als wir das Interview vereinbarten, hat er mir gesagt, ich könnte ihm eine Nachricht in seinem Hotel hinterlassen, falls ich den Termin verschieben müßte. Es war das Plaza, glaube ich. Ja, das Plaza. Ich denke, es liegt in Kings Cross.«

»Okay, überlaß alles Weitere mir. Ich kümmere mich drum. Wenn du wieder von ihm hörst, stell fest, wo er ist, und melde dich sofort bei mir.«

»Danke, Caspar. Ich brauchte nur jemanden, der mich beruhigt. Der Gedanke daran, daß diese Affäre irgendwann ans Licht der Öffentlichkeit kommt, war mir einfach unerträglich.«

Caspar legte den Hörer auf. Was war dieser Chennell nur für ein altes Waschweib! Das allgemeine Pochen und Wummern in seinem Kopf wurde allmählich zu einem stechenden Schmerz im Stirnlappenbereich; was er jetzt dringend brauchte, war ein frischgepreßter Orangensaft – und eine Tasse starker Kaffee. Als er die Treppe hinunterstieg, kam ihm ein Gedanke in den Sinn, der ihm schlagartig wieder frischen Schwung verlieh. Es fiel ihm wieder ein, warum er Audrey Benns Einladung zum Dinner angenommen hatte: weil nämlich die überaus koitable – und mittlerweile wieder freie – Louise Appleyard dasein würde.

Caspar Quedley war ein Experte, was die leidenschaftslose Analyse der verschiedenen Kommunikationsformen im gesellschaftlichen Umgang betraf, seien sie verbaler oder nonverbaler Natur. Er nutzte seine Fähigkeiten auf verschiedenen Gebieten, und eines davon war, die Einstellung attraktiver Frauen zum Sex im allgemeinen und mit Caspar Quedley im besonderen zu ergründen. Sodann wurden sie eingeteilt in diverse Kategorien, die von »Matratzenringer« bis zu »Klosterfutter« reichten. In den nahezu zwei Jahrzehnten, die er dieses System nun benutzte, war es nur einmal dazu gekommen, daß er nicht genügend auf eine Begegnung mit dem anderen Geschlecht vorbereitet war und sich dadurch beinahe in eine unangenehme Situation gebracht hätte. Seitdem machte er einen großen Bogen um die Frauen von Politikern. Louise Appleyard war er in den vergangenen Jahren ein paarmal begegnet, und er war sicher, ein interessiertes Funkeln in ihren dunklen Augen wahrgenommen zu haben. Sie war dabei keinesfalls auf einen Flirt ausgewesen; sie hatte ihm einfach nur ein oder zwei Sekunden länger als nötig in die Augen geblickt, und als er versuchte, erneut ihre Aufmerksamkeit zu erregen, hatte sie ihn mit einem knappen, spöttischen Lächeln bedacht und weggeschaut. Andererseits, so sagte er sich, war damals auch dauernd ihr Mann herumgeschlichen und hatte irgendwelche armen Teufel mit endlosen Vorträgen über Zinssätze, Mietpreisbindung und ähnlich faszinierende Themen zu Tode gelangweilt. Nachdem er den Ehegattenfaktor in seine Berechnungen hatte einfließen lassen, war Caspar Quedley zu dem Ergebnis gekommen, daß Louise Appleyard in die Kategorie »Nachbrenner« gehörte, also zu dem Typ, der sich durch kühle Selbstbeherrschung auszeichnete und am liebsten die Kontrolle über die Situation behielt. Diese Sorte Frau ließ sich nicht allzu oft und nicht allzu leicht gehen, aber wenn es passierte, dann zahlte es sich aus, wenn man in Topform war, denn es stand einem ein wilder Ritt bevor.

Im Verlauf dieser Erwägungen kam Caspar Quedley der Gedanke, daß es womöglich noch aus einem weiteren Grund angebracht war, Mrs. Appleyard seine Aufmerksamkeit zu widmen. Bei der ganzen Aufregung hatte er noch gar nicht daran gedacht, daß die »geeignete und interessierte Adresse«, an die Julian Gage sein widerliches Erinnerungsgeschmiere zu schicken gedroht hatte, sehr wohl der verstorbene Victor Appleyard gewesen sein könnte. Das würde Sinn machen, dachte er: Gut möglich, daß Appleyard Julian auf einer seiner Reisen nach Sydney getroffen hatte und Julian später zu sehr mit Sterben beschäftigt war, um mitzubekommen, daß der tugendhafte Victor nicht mehr unter uns weilt.

Quedley preßte drei Orangen aus, trank den Saft, machte sich eine Tasse Kaffee und ging zurück in sein Arbeitszimmer. Bevor ich irgendwas unternehme, muß ich erst mal einem Mann in Sydney eine Nachricht zum Thema Reggie Sparks zukommen lassen. Der Kerl wird allmählich wirklich lästig.

Die Armee hatte Herman Pickrang jegliches Verlangen ausgetrieben, im Bett herumzuliegen; egal welcher Wochentag es war oder wie es um seine Gesundheit bestellt war, um acht Uhr morgens war er auf den Beinen. So kam es, daß Pickrang, als Bill Tench versuchte ihn zu erreichen, um ihm Quedleys Nachricht zu übermitteln, in der Innenstadt von Sydney einige Einkäufe erledigte. Er erstand eine Baseballmütze, um seine Kopfhaut zu schützen, und ein Tauchermesser. Dann befolgte er den Rat eines Nachbarn im Hotel und besuchte das Queen Victoria Building, Darling Harbour und die Oper. Kurz vor Mittag nahm er sich einen Mietwagen und fuhr hinaus nach Watson's Bay, wo er, wieder dem Ratschlag seines Nachbarn folgend, eine Portion Fish and Chips in Doyle's Restaurant verspeiste. Als ihm die Rechnung präsentiert wurde, beschloß er, seinem Nachbarn eine mäßig schmerzhafte Behandlung zukommen zu lassen, sobald er zurückgekehrt war. Nach dem Lunch machte er eine Spazierfahrt durch die östlichen Vororte Sydneys. Mit jedem Anwesen, das er passierte, wuchs sein Zorn, und so kam es, daß er vor lauter Neid gar nicht bemerkte, daß ihm die ganze Zeit über ein dunkelgrüner Ford folgte, und zwar schon, seit er den Mietwagen abgeholt hatte.

Als Pickrang am frühen Nachmittag zu seinem Apartmenthotel zurückkehrte, fand er die Nachricht, daß er Tench anrufen solle. Das tat er dann auch. Er erstattete kurz Bericht, daß er in bezug auf Gage keinerlei Fortschritte gemacht hatte, und erhielt neue Anweisungen Reggie Sparks betreffend. Dieser zusätzliche Auftrag rief bei ihm gemischte Gefühle hervor. Einerseits war es erfreulich, daß jemand bereit war, ihn großzügig dafür zu bezahlen, daß er sich den Journalisten noch einmal vorknöpfte, andererseits verwirrte es ihn aber auch ein wenig, wie es dazu kam. Gab es da irgendeine Verbindung zu Lydiate und Plugge? Nach ein paar Minuten angestrengten Nachdenkens ohne Ergebnis kam er zu seinem üblichen Schluß – wen kümmert's? Was zählte, war, den Job zu erledigen.

Pickrang hatte eigentlich vorgehabt, den Nachmittag damit zu verbringen, Gages Haus in Palm Beach zu überprüfen, doch das konnte warten. Statt dessen ging er nun zu Sparks' Hotel und setzte sich in die Lobby. Während er das allgemeine Kommen und Gehen beobachtete, fiel ihm auf, daß die Schlüssel der Gäste, wenn diese sie an der Rezeption abgaben, in kleine Fächer mit der Zimmernummer gelegt wurden. Schließlich ging er zum Empfangstresen und erklärte der jungen Dame an der Rezeption, daß er eine Nachricht für einen Gast namens Reggie Sparks hinterlassen wolle. Die junge Dame reichte ihm einen kleinen Notizblock und einen Stift. Pickrang schrieb: »Wir treffen uns um 18 Uhr in der Bar, Bert«, faltete den Zettel und reichte ihn ihr. Er sah zu, wie sie den Zettel in ein Fach legte, und merkte sich die Zimmernummer. In dem Fach lag außerdem ein Schlüssel, also war Sparks unterwegs. Pickrang suchte sich einen Sessel, der vom Eingang möglichst weit entfernt war, und wartete auf die Rückkehr des Journalisten.

Als es diesmal an der Tür klingelte, schaute Dean Delamore zuerst durch den Spion. Er kannte den Mann nicht, der draußen stand. Und um einer von Julians Bekannten zu sein, sah er mit seinem Sportsakko und seinen uncoolen Haaren – weder kurz noch lang genug – auch zu spießig aus. Andererseits wirkte er wesentlich weniger bedrohlich als der Eindringling vom Tag zuvor. Und so öffnete Delamore die Tür so weit, wie es die vorgelegte Sicherheitskette zuließ.

»Ja?«

»Oh, hallo«, sagte der Fremde. »Wohnt hier Julian Gage?«

»Julian ist im Augenblick nicht da.«

Der Fremde biß sich auf die Unterlippe. »Mein Name ist Reggie Sparks; ich bin ein Journalist aus Neuseeland. Ich hatte gehofft, mit Julian sprechen zu können – erwarten Sie ihn demnächst zurück?«

»Nein. Er wird einige Zeit wegbleiben.«

»Mist«, sagte Sparks und verzog das Gesicht. »Hören Sie, Sie sind offensichtlich ein Freund von ihm, vielleicht können Sie mir ja weiterhelfen. Hat Julian jemals den Namen Victor Appleyard erwähnt?«

»Ich habe gehört, wie Julian von ihm gesprochen hat. Was haben Sie mit Appleyard zu tun?«

»Bevor er starb...«

»Appleyard ist tot?« rief Delamore. Sparks nickte. Delamore löste die Sicherheitskette und öffnete die Tür.

»Sie kommen besser rein.«

Sparks trat ins Haus.

»Wir setzen uns nach hinten auf die Terrasse«, erklärte sein Gastgeber. »Den Korridor entlang und durch die Küche.«

Sparks ging hinaus zur Terrasse, die im hellen Schein der Nachmittagssonne lag, und setzte sich an einen Holztisch.

»Ich bin übrigens Dean Delamore. Kann ich Ihnen etwas zu trinken bringen – Kaffee oder Tee?«

Sparks verneinte. Delamore war Mitte Zwanzig, schlank und drahtig. Er hatte kurze, blond gefärbte Haare, die geschnitten waren wie bei den Standbildern aus dem alten Rom, und braune Augen, die besorgt wirkten. Er trug ein kariertes Hemd, das nicht zugeknöpft war, ein eng anliegendes weißes Netzhemd, schwarze Röhrenjeans, Doc-Martens-Schuhe und goldene Ohrringe. Sparks vermutete, daß er schwul war.

Sparks erzählte Delamore von Appleyards Interesse an den Ereignissen von 1970 und seinem Treffen mit Chennell und Gage in Sydney. »Was immer es war, das er hier herausgefunden hat, es hat ihm keine Ruhe gelassen, als er nach Auckland zurückgekehrt war. Dann starb er, und ich versuche nun, das Ganze wieder zusammenzubekommen. Appleyards Frau – beziehungsweise Witwe – hilft mir dabei«, fügte er hinzu, als ob das Unternehmen dadurch legitimiert würde.

Delamore setzte sich Sparks gegenüber an den Tisch.

»Julian ist tot. Er ist am Mittwoch gestorben.«

»Herrgott, wie ist er gestorben?«

Delamore senkte den Blick, fummelte an einem seiner Ohrringe herum und schaute Sparks schließlich herausfordernd an. »Er hatte Aids.«

Sparks blieb ungerührt sitzen, hielt Delamores Blick ein paar Sekunden stand und wandte sich dann ab.

»Das tut mir leid.«

Delamore nickte. »Mir auch.«

Er ging in die Küche und kam mit einem Apfel in der Hand zurück. Während er ihn aufaß, erzählte er Sparks von dem Drohbrief, den Gage an Caspar Quedley geschickt hatte, und daß er vor zwei Tagen einen weiteren Brief von Gage auf dessen Anweisung hin an Victor Appleyard abgeschickt hatte.

Sparks stieß einen leisen Pfiff aus. »Was stand da drin?«

»Keine Ahnung. Ich hab ihn nur in den Briefkasten gesteckt.«

»Hat er mit Ihnen je über die ganze Angelegenheit geredet?«

Delamore schüttelte den Kopf.

»Nun denn, ich nehme an, wir werden es bald genug erfahren. Ich werde Louise anrufen und ihr sagen, daß der Brief unterwegs ist.«

»Da ist noch was«, sagte Delamore. »Es muß ein ziemlicher Schock für Quedley gewesen sein, als er den Brief von Julian bekommen hat. Er hat eine völlig sülzige Nachricht auf dem Anrufbeantworter hinterlassen – Sie wissen schon: ›Bitte vergib mir, ich komme rüber und besuche dich, sobald ich kann.‹ Ich denke, er hat jemanden geschickt, der herausfinden sollte, was Julian geschrieben hat. Der Kerl ist gestern hier reingerauscht, hat sich mies aufgeführt und das ganze Haus durchsucht. Sie hätten ihn mal sehen sollen – wie von einem anderen Stern, der Kerl, ungefähr zwei Meter groß und sah irgendwie asiatisch aus. Und er war völlig kahl, bis auf ein Büschel Haare genau hier«, sagte er und deutete auf die Mitte seines Haaransatzes.

Heilige Scheiße, das ist doch nicht möglich, dachte Sparks. »Wie groß war sein Kopf?« fragte er.

Delamore sah ihn verstört an. »Was meinen Sie damit?«

»Hatte er einen ganz kleinen Kopf?« fragte Sparks und beschrieb mit den Händen eine Kugel.

»Stimmt, genau, er hatte einen winzigen Kopf, der irgendwie absolut nicht zum Rest paßte. Kennen Sie ihn?«

Er ist es, garantiert, dachte Sparks. Die Biologie leistet sich allenfalls einmal pro Generation einen Scherz wie Herman Pickrang. Aber wenn Pickrang für Quedley arbeitet, wie hängt das dann mit Lydiate zusammen? Vielleicht war es die ganze Zeit über Quedley, der mich einschüchtern wollte, und das ganze Gefasel von wegen Lydiate sollte das nur vernebeln.

»Ich bin ziemlich sicher, daß ich ihn kenne. Und wenn es derjenige ist, von dem ich glaube, daß er's ist, dann sehen Sie zu, daß Sie ihm nicht zu nahe kommen. Der Kerl ist ein Tier.«

Delamore zuckte mit den Schultern. »Das brauchen Sie mir nicht zu sagen. Ich werde sowieso nicht hierbleiben. Ich muß heute nacht noch in einer Show auftreten, und dann verbringe ich noch zwei Tage in Julians Haus in Palm Beach. Es ist meine letzte Gelegenheit; es wird verkauft.«

Auf dem Weg nach draußen fragte Sparks Delamore, was für ein Auftritt das sei, von dem er gesprochen hatte.

»Eine Drag-Show«, sagte Delamore, und sein Gesicht hellte sich auf. »Es ist echt ein Brüller. Wenn Sie heute nacht nichts vorhaben, sollten Sie's sich ansehen – bei Oscar's in der Oxford Street. Es wird Ihren Horizont erweitern.«

Sparks blieb am Fuß der Treppe stehen. »Wie kommt's daß Sie glauben, mein Horizont müßte erweitert werden?«

Delamore musterte ihn von Kopf bis Fuß. »Vielleicht sind Sie ja eine Ausnahme, aber den meisten Leuten täte es glaube ich ganz gut.«

Daß es Herman Pickrang an jenem Nachmittag nicht gelang, Reggie Sparks abzufangen, lag weniger an seiner Pflichtvergessenheit als an Mutter Natur. Nachdem Pickrang zwei Stunden in der Lobby gesessen hatte und ihm niemand, der das Hotel betrat, entgangen war, machten sich die diversen Biere, die er sich zum Lunch gegönnt hatte, bemerkbar. Er verharrte zwar noch weitere dreißig Minuten stoisch auf seinem Posten, doch dann wurde der Druck seiner Blase unerträglich. Der Anblick von Herman Pickrang, wie er mit zusammengeklemmten Oberschenkeln durch die Hotelhalle trippelte und den Hintern herausstreckte wie ein weiblicher Pavian während der Paarungszeit, erregte unter den Herumstehenden große Aufmerksamkeit. Doch niemand nahm ihn so genau wahr wie Reggie Sparks, der gerade dabei war, das Hotel durch eine der großen gläsernen Eingangstüren zu betreten. Augenblicklich machte er auf dem Absatz kehrt und ging eilends von dannen.

Und was mache ich jetzt? überlegte er. Ich werde von einem Irren verfolgt, der sich zu allem Überfluß auch noch in meinem Hotel eingenistet hat; meine Kreditkarte ist im Hotelsafe, und ich habe noch genau 70 Dollar in der Tasche; in der ganzen Stadt kenne ich keinen einzigen Menschen. Außer Dean Delamore.

Sparks ging zurück zu Gages Terrassenhaus und klingelte an der Tür. Niemand öffnete. In seinem Kopf arbeitete es fieberhaft. Dieser Club, wie hieß der noch mal? Oscar's. Sparks schaute auf seine Uhr; 17 Uhr 15. Er suchte sich eine Telefonzelle, warf eine Handvoll Münzen in den Schlitz und wählte die Nummer von Louise Appleyard. Es war, so überlegte er, die einzige Telefonnummer, die er auswendig wußte. Sie hob nach dem siebten Klingeln ab.

»Hier ist Reggie Sparks.«

»Reggie, es tut mir ehrlich leid, aber ich war schon auf dem Weg nach draußen. Ich hab ein Taxi vor der Tür warten.«

»Macht nichts. Ich wollte Ihnen nur sagen, daß Sie in ein oder zwei Tagen einen Brief bekommen, der an Ihren Mann adressiert ist. Dadurch wird vermutlich einiges klarwerden. Der Brief kommt von Julian Gage, das ist einer von den Typen, mit denen sich Victor hier getroffen hat. Gage ist vor ein paar Tagen gestorben – aber das ist eine lange Geschichte. Ich höre jetzt besser auf – viel Spaß noch heute abend. Ich erzähle Ihnen alles, wenn ich wieder zurückkomme.«

Sparks legte den Hörer auf und wünschte sich, er hätte nicht angerufen. Nun würde er sich das ganze Wochenende über mies fühlen; sie hatte sich so angehört, als hätte sie an diesem Abend einiges vor. Wenn Sparks später über jenen Anruf nachdachte, fragte er sich manchmal, ob sich die Dinge nicht ganz anders entwickelt hätten, wenn Louise Appleyard entweder gar nicht ans Telefon gegangen wäre oder es weniger eilig gehabt hätte, zu ihrer Dinnerparty zu kommen.

15

In dem großen Spiegel über dem Kamin beobachtete Louise Appleyard die beiden Männer, die sie mit Blicken verschlangen, oder besser gesagt ihre Beine mit Blicken verschlangen, die in dem schwarzen Bodysuit aus Lycra, den sie unter einer reichbestickten Jacke trug, ganz hervorragend zur Geltung kamen. Das ging nun mit Unterbrechungen schon eine ganze Weile so, seit sie angekommen war, und Louise fragte sich, wie lange es wohl noch dauern würde, bis ihre Frauen es ebenfalls bemerkten. Sie überlegte außerdem, wann der Mann, dessen Namen sie vergessen hatte und dem sie zuzuhören vorgab, wohl endlich mit seinen Lobgesängen auf ihren verstorbenen Ehemann fertig war und seine feuchte Hand die ihre loslassen würde. Nicht eher, als bis wir zu Tisch gebeten werden, dachte sie.

Das Atelier, in dem Audrey Benns Gäste ihren Aperitif zu sich nahmen, lag an der Vorderseite des Hauses ganz in der Nähe des Eingangs, so daß Caspar Quedleys Begrüßungsworte der Gastgeberin gegenüber deutlich zu hören waren. »Audrey, du widerlicher alter Drachen, was gibt's zum Essen?« Die Augen sämtlicher Gäste, selbst die des Gespanns, das gerade noch die Silhouette dessen, was sich von Louise Appleyards Hintern unter dem Saum ihres Jacketts abzeichnete, bewundert hatte, schwenkten zum Eingang. Quedley kam ins Atelier geschlendert, eine albern kichernde Audrey Benn im Arm. Er trug einen weit geschnittenen, zerknitterten marineblauen Anzug und einen schwarzen Pullover mit Polokragen. Er ließ seinen Blick durch die Runde schweifen, neigte den Kopf und sagte: »Seid gegrüßt Erdlinge.«

Audrey dirigierte ihn zu Louise hinüber. Er bedachte ihren Gesprächspartner, der mittlerweile wenigstens ihre Hand losgelassen hatte, mit einem argwöhnischen Blick und fragte: »Belästigt Sie dieser Mann?«

»Keineswegs«, antwortete sie, ein wenig peinlich berührt über den Mangel an Überzeugungskraft in ihrer Stimme.

Quedley machte ein zweifelndes Gesicht. »Ich weiß nicht, ob ich Ihnen glauben kann. Sind Sie sich darüber im klaren, daß es sich bei unserem lieben Harvey hier um einen weithin bekannten Damensattelschnüffler handelt?«

»Ein was?«

»Ein Damensattelschnüffler. Sie wissen schon, jemand – normalerweise männlichen Geschlechts –, der Damenunterwäsche von Wäscheleinen klaut. Gott weiß, was er damit anstellt. Vermutlich knabbert er den Schritt raus.«

Louise, die sich alle Mühe gab, sich nichts anmerken zu lassen, wandte sich an Harvey, der puterrot angelaufen war und nach Luft schnappte wie ein Fisch auf dem Trockenen. »Harvey, ist es möglich, daß das stimmt?«

Bevor er etwas erwidern konnte, mischte sich Audrey ein und fragte Caspar, was er trinken wolle. Harvey nutzte die Ablenkung zu einem schnellen Rückzug.

»Endlich Aud, ich dachte schon, du würdest nie fragen«, antwortete Quedley. »Ich nehme einen Bourbon, vorausgesetzt, du hast eine trinkbare Sorte auf Lager, sprich Wild Turkey oder Maker's Mark; wenn's sein muß, lasse ich auch Jack Daniel's durchgehen. Drei Finger breit und Eis in rauhen Mengen, wenn du so nett wärst.«

Audrey schaute Louise an und zog die Augenbrauen hoch. »Ich sehe, was ich tun kann.«

Als Audrey sich auf den Weg machte, lächelte Quedley gutmütig zu Louise herab. »Endlich allein. Lange nicht gesehen. Wie geht's denn so, altes Haus?«

Sie zuckte mit den Achseln. »Ach, ganz gut.«

»Das mit Vic tut mir höllisch leid. Er war ein guter Kerl.«

»Das war er.«

Er nickte. »Kommst du zurecht?«

»Ja, ganz gut.«

»Du sitzt hoffentlich nicht zu Hause rum und bläst Trübsal. Kommst du viel raus?«

»Um ehrlich zu sein, das hier ist mein Comeback in die Gesellschaft.«

Er stieß einen Pfiff aus. »Heiliger Strohsack. Da hast du dir ja einen prächtigen Anlaß ausgesucht. Warum gerade hier? Sogar beim Zahnarzt isses lustiger.«

»Na ja, wenn ich Audrey richtig verstanden habe, sollst du wohl für Glanz in der Hütte sorgen.«

»Ist sie nicht ein raffiniertes Biest? Mich hat sie hergelockt mit der Aussicht, daß du hiersein würdest; ansonsten hätten mich keine zehn Pferde hergeschleift.«

Louise schaute ihn mit großen Augen an. »Und ich armes Würstchen soll das geschafft haben. Da bin ich aber geschmeichelt.«

»Nun Louise«, sagte Quedley mit gespieltem Ernst, »du weißt ganz genau, daß ich schon seit Jahren scharf auf dich bin, wenn auch aus sicherer Distanz. Und es ist nur der Tatsache zu verdanken, daß ich Ehebruch zutiefst verabscheue, ansonsten hätte ich …«

Über seine Schulter sah Louise, daß Audrey Benn im Anmarsch war, und fiel ihm ins Wort. »Ah, da ist auch schon dein Drink.«

Streitlustig drückte Audrey Quedley einen schweren Becher aus Kristall in die Hand. »Alles, was ich zu sagen habe, ist, du läßt dir das hier besser schmecken. Ich mußte meinen Sohn zum Nachbarn schicken, und er war alles andere als begeistert.«

Quedley nippte an seinem Glas und schnalzte mit der Zunge. »Was für ein Prachtstück. Tut mir leid, daß ich so rumstänker, Aud, aber wie ich Louise schon gesagt habe, das hier ist nicht nur ein Bild des Jammers, es ist das heulende Elend schlechthin.«

Ihre Plätze an der Tafel befanden sich nebeneinander. Als sie sich setzten, sagte Quedley beiläufig: »Hast du übrigens schon von der Story gehört, die *New Nation* in der Mache hat?«

»Hab ich«, sagte Louise. »Ich habe mich sogar schon zweimal mit dem Journalisten unterhalten, der daran schreibt.«

»Reggie Sparks, diese Lichtgestalt des Journalismus? Mich schaudert bei dem Gedanken, was für ein Gesülze er wohl ablassen wird.«

»Ach, ich weiß nicht. Ich habe den Eindruck, daß Reggie um einiges fähiger ist, als er aussieht. Er hat mich heute abend sogar angerufen – aus Sydney. Er ist rübergeflogen, um sich mit ein paar Leuten zu unterhalten, von denen Vic gesprochen hatte … na ja, du weißt ja, worum's dabei ging. Dich hat er doch auch getroffen, oder? Jedenfalls hat Reggie gesagt, einer von ihnen – Julian irgendwas …«

»Julian Gage vermutlich«, fiel Quedley ihr ins Wort. »Ich habe gehört, er steht an der Schwelle zum Tod?«

»Er stand. Mittlerweile hat er angeklopft, wurde reingelassen und hat die Tür hinter sich zugemacht – diese Woche ist es passiert. Aber Reggie hat erzählt, daß Gage, bevor er starb, Victor einen Brief geschrieben hat wegen der Sache damals am Prince Albert. Wie's aussieht, ist der Brief unterwegs.«

Quedley schüttelte den Kopf. »Ich kann mir schon vorstellen, was drinsteht.« Er verfiel in ein Flüstern. »Hör zu, warum verkrümeln wir uns nicht von diesem Zombietreffen hier, sobald es möglich ist, ohne unangenehm aufzufallen, und gehen irgendwo was trinken? Dann erzähle ich dir alles über den kleinen Julian. Es ist besser, wenn du die ganzen Hintergründe kennst, bevor du den Brief liest – und erst recht, bevor du dir überlegst, ob du ihn an *New Nation* weitergeben sollst.« Der besorgte Ausdruck wich mit einem Mal aus seinem Gesicht und machte einem schiefen Grinsen Platz. »Es wird nicht lange dauern. Und danach können wir uns über uns beide unterhalten.«

Um 20 Uhr Ortszeit, eine Stunde nachdem Audrey Benns Gäste ihre Löffel in die Toheroasuppe getaucht hatten, verließ Herman Pickrang Sparks' Hotel in Sydney. Sein Opfer war nicht aufgetaucht, und von der langen, erfolglosen Warterei war Pickrang hungrig und übellaunig wie ein Vulkan. Er kam an einem McDonald's vorbei und aß drei Hamburger plus drei Ladungen Pommes und eine Apfeltasche. Dann kaufte er sich zwei Sechserpacks Bier und kehrte zu seinem Apartmenthotel zurück.

Um 21 Uhr 30 trat Pickrang mit einem Sechserpack unter dem Arm aus der Tür seines Apartments und stieg in seinen Mietwagen. Er schaltete die Innenbeleuchtung ein und faltete eine Karte von Sydney und Umgebung auseinander. Als er Palm Beach schließlich gefunden hatte, stieß er einen rüden Fluch aus; so wie es aussah, war es eine ganze Ecke weit weg. Andererseits war er während der elend langen Stunden in der Hotellobby zu der Überzeugung gelangt, daß sowohl Julian Gage als auch der Brief, der der Grund war, warum man ihn hierhergeschickt hatte, sich in Palm Beach befanden, und zwar unter der Adresse, die Tench ihm gegeben hatte. Außerdem, dachte er, was gibt es sonst schon groß zu tun: in diesem Schuhkarton rumsitzen und fernsehen oder zurück nach Kings Cross fahren und sich eine Nutte aufgabeln. Scheiß drauf. Pickrang war zu dem Ergebnis gelangt, daß es sich bei den Prostituierten von Kings Cross um die abschreckendsten Vertreterinnen des ältesten Gewerbes handelte, denen er je begegnet war. Und du bist schon auf ziemlichen Schreckschrauben rumgerutscht, sagte er sich und lächelte finster bei der Erinnerung daran.

Gegen 22 Uhr 30 war Pickrang in French Forest angelangt, einem Vorort nördlich von Sydney, wo er zum dritten Mal seit seiner Abfahrt von Potts Point an den Straßenrand fuhr, um einen Blick auf die Karte zu werfen. Fünfzig Meter hinter ihm schaltete Rocco Perfumo fluchend die Scheinwerfer seines Wagens aus und schwenkte schnell hinter einen geparkten Wagen.

»Ich sag dir, die Fotze hat sich verfahren«, sagte sein Bruder Martino zum wiederholten Mal.

Rocco drehte sich nach seinem Bruder um. Martinos Gesicht schälte sich schon wieder.

»Klar hat er sich verfranst, verdammt noch mal. Die Frage ist nur: Wo will er überhaupt hin?«

Martino klappte das Handschuhfach auf und zog einen Revolver Kaliber 38 heraus.

»Warum erledigen wir das Arschloch nicht auf der Stelle? Fahr einfach ran, und wir knallen ihn ab.« Er streckte den Arm aus und zielte über den Lauf des Revolvers, als just in diesem Augenblick ein Mann, der seinen Hund Gassi führte, an ihrem Wagen vorbeigeschlendert kam.

»Deswegen, verfickte Scheiße«, wetterte Rocco. »Steck endlich das verdammte Ding weg.« Er gab seinem Bruder einen freundschaftlichen Schubs gegen die Schulter. »Läuft doch ganz prima – je länger er sich hier draußen rumtreibt, desto besser für uns. Wir warten noch ein bißchen, bis niemand in der Nähe ist, und dann machen wir ihn kalt. Der Kerl ist mausetot, Alter – mach dir keine Sorgen.«

Es war nach dem Lammrücken mit Rosmarin und der Birnenpastete mit Karamelüberzug, als Louise Appleyard sich dazu entschloß, daß sie im Prinzip durchaus mit Caspar Quedley ins Bett gehen würde. Es kam ihr kurzfristig in den Sinn, daß es eventuell angebracht war, ihm diese Neigung auf irgendeine Weise mitzuteilen; wenn er den Rotwein weiter in diesem Tempo wegschluckt, dachte sie, wird aus dem Miteinanderschlafen eine verschnarchte Angelegenheit. Da sie sich aber scheute, ihm ihr Ansinnen durch so unzweideutige Gesten zu vermitteln wie etwa, ihre Hand auf die Innenseite seines Schenkels sinken zu lassen, blieb ihr nichts weiter übrig, als auf Quedleys eiserne Konstitution zu setzen und zu hoffen, daß er irgendwann erkannte, wie vorteilhaft es war, wenn er sich nicht völlig mit Alkohol außer Gefecht setzte.

Es war mittlerweile mehr als zehn Jahre her, seit Louise Appleyard zum letzten Mal ernsthaft in Erwägung gezogen hatte, mit jemand anderem als ihrem zwischenzeitlich verstorbenen Ehemann ins Bett zu gehen, und von daher war sie verständlicherweise nervös. Darüber hinaus war sie sich auch nicht ganz sicher, welche Absichten Quedley hegte. Sein Verhalten war auch nicht einfach zu deuten: Phasenweise schenkte er ihr seine ungeteilte Aufmerksamkeit und versprühte Charme wie ein Neujahrsfeuerwerk, um sich zwischenzeitlich mit anderen Männern in hitzige Diskussionen über irgendwelche Sportereignisse zu verstricken, wobei es sogar soweit kam, daß er Audrey Benn, die ihn für sein antisoziales Verhalten getadelt hatte, androhte, er würde sich mit einer Gruppe Männer in die Küche verziehen.

Die übrigen Essensgäste hingen förmlich an seinen Lippen; begierig, seine Ansichten in Erfahrung zu bringen, ihn zur Übereinstimmung mit ihren eigenen Auffassungen zu bewegen, lachten sie über seine Witzeleien und verfolgten kopfnickend wie eine Taubenschar seine Enthüllungen auf dem Gebiet der Intrigen in Politik und Wirtschaft. Es waren größtenteils gesetzte, konventionelle Gestalten, die eher der sogenannten zweiten Lebenshälfte zuzurechnen waren und in deren Gesellschaft Quedley herausstach wie ein schwarzer Panther in einer Tierhandlung. Von Zeit zu Zeit bleckte er die Zähne, als ob er demonstrieren wollte, daß Dinnerparties in Vorstädten nicht sein angestammtes Revier waren.

Harveys Frau Eleanor, eine dauergewellte, puderbestäubte Verfechterin hehrer Anliegen, war gerade dabei, das Aotea Centre, Aucklands Schauspiel- und Opernhaus, gegen wohlbekannte Vorwürfe zu verteidigen, es handle sich dabei um nichts weiter als eine häßliche Subventionsruine, als Quedley sich in die Diskussion einschaltete.

»Mir persönlich ist es schnurz, ob es Profit abwirft oder nicht. Ich meine, es steht nun mal da, also ist es ja wohl auch nur vernünftig, wenn es benutzt wird, oder? Ob die Veranstaltungen, die dort stattfinden, Gewinn abwerfen, sagt eher etwas aus über die Qualität des Managements und des Publikums in Auckland als über das Gebäude. Wenn wir über das Gebäude diskutieren, sollten wir uns auf ästhetische Gesichtspunkte beschränken: Ist es ein erfreulicher Anblick? Ist es schön? Eleanor?«

»Nun ja, ich bin zwar der Auffassung, daß es eher …«

»Wunderbar. Eleanor, ich gehe mal davon aus, daß Sie die Ansicht teilen, daß Architektur eine Kunstform darstellt und von daher ein Gebäude auch ein Kunstwerk sein kann?«

»Sicherlich.«

»Okay. Ich setze voraus, daß das definierende Element von Kunst die Poesie ist. Poesie hat zwei Bedeutungen: Im engeren Sinne ist es eine Komposition, die Reim und Metrum einschließt – das Zeug, das wir an der Schule gelernt haben. Im weiteren Sinne ist Poesie die Qualität eines Kunstwerkes – sei es ein Musikstück, ein Drama, ein Roman oder ein Gebäude –, die unsere Gefühle berührt, unseren Geist anregt und uns in Kontakt bringt mit dem Guten, Wahren, Schönen in uns selbst. Nun habe ich ein Haus auf Coromandel. Nichts Großartiges: Es hat zum Beispiel kein ordentliches Klo, sondern ein Häuschen draußen, ein Plumpsklo. Man kennt das ja. Ein tiefes Loch im Boden und darüber ein Holzkabuff – fertig. Und im Sommer, glauben Sie mir, da gärt es da drin. Haufenweise fette, blaue Schmeißfliegen so groß wie Kolibris, aber ohne deren Orientierungsvermögen, und deshalb fliegen sie einem dauernd in den Mund. Aber egal, worauf es mir ankommt, Eleanor, ist – bei allem Respekt –, daß mein ekliges, stinkiges, von Fliegen verpestetes Scheißhaus auf der Wiese tausendmal mehr poetische Qualität hat als das Aotea Centre.«

Allenthalben erhob sich ein Räuspern am Tisch, von manchen Plätzen war ein nervöses Kichern zu hören. Louise schaute Quedley in der Erwartung seines üblichen Haifischgrinsens an, doch er hielt lediglich den Kopf leicht geneigt und hatte den Mund zu einem freundlichen Lächeln verzogen, ohne seine Zähne zu zeigen, als erwarte er von Eleanor eine Antwort. Seine Augen schimmerten kalt und ausdruckslos. Es erinnerte Louise an den Gesichtsausdruck ihres Bruders, als sie noch Kinder waren und sie beim Monopoly auf der Parkstraße landete, nachdem er gerade zuvor ein Hotel darauf gebaut hatte.

Als schließlich Kaffee und Schnäpse gereicht wurden, hatten die meisten Männer schon leichte Schlagseite. Quedley hingegen war nichts anzumerken, obwohl er ebensoviel getrunken hatte wie alle anderen. Jemand machte den Vorschlag, daß jeder einen Witz erzählen sollte, was allgemeinen Beifall fand. Wieder wurde Louise an ihre Kindheit erinnert; die Witze waren ähnlich elend, keimfrei und sterbenslangweilig wie die Geschichten, die ihre Eltern und deren Freunde immer zum besten gaben, wenn sie ein oder zwei Sherry intus hatten und ein wenig von ihrer bürgerlichen Wohlanständigkeit abzublättern begann. Die Männer johlten, und die Damen tauschten gönnerhafte Blicke aus vom Kaliber »einfach unverbesserlich, diese Jungs«, als Harvey die Geschichte eines Ingenieurs erzählte, der eine neue Methode entwickelt hatte, wie man die üblen Gerüche des lokalen Schlachthofes loswerden konnte. Er machte den Vorschlag, Rohre von der Schlachtkette zu einem riesigen Tank zu verlegen, so daß sich die Gerüche im Wasser verflüchtigten. Der Bürgermeister hatte die Theorie abgeschmettert mit den Worten: »Mein Freund, was soll der Quatsch? Hast du noch nie in der Badewanne gefurzt?«

Als Caspar an die Reihe kommen sollte, ermahnte ihn Audrey Benn: »Aber keine Schweinereien, Caspar. Vielen Dank im voraus.«

Quedley zuckte mit den Achseln. »Dann muß ich passen. Ich kenne keine sauberen Witze.«

Die anderen Männer, die allesamt nicht den Mumm hatten, einen wirklich dreckigen Witz zu erzählen, verlangten daraufhin im Chor, daß Quedley trotzdem zum Zuge kommen sollte.

Quedley hob beschwichtigend die Hände. »Wenn Sie darauf bestehen, aber sagen Sie hinterher nicht, ich hätte Sie nicht gewarnt. Es ist eigentlich eine Geschichte, aus der man sogar was lernen kann: Eine Frau nimmt einen Job als Kellnerin in einem Pub an. An ihrem ersten Tag, einem Samstag, küßt sie ihren Mann zum Abschied und macht sich voller Vorfreude auf den Weg. Alles läuft prima, bis irgendwann zwei Besoffene hereinmarschiert kommen. Die beiden gehen schwankend zur Bar, und sie kommt zu ihnen hin, setzt ihr schönstes Lächeln auf und fragt den ersten: ›Und was möchten Sie, Sir?‹ Er mustert sie von oben bis unten und sagt: ›Ich würde dir gern die Titten mit Erdbeermarmelade einschmieren und sie anschließend ablecken.‹«

Ein paar der am Tisch Versammelten prusteten vor sich hin, um nicht loszulachen. Audrey Benn nahm irgend etwas in Augenschein, das in ihrer Kaffeetasse herumzuschwimmen schien.

»Nun ja, wie Sie sich denken können, ist die Frau ein wenig schockiert, aber der Boß hatte sie gewarnt, daß sie sich auf ein gewisses Maß an rüdem Verhalten und ungehobelten Manieren einstellen müßte. Also lächelt sie weiter und wendet sich an den zweiten Kerl: ›Und wie steht's mit Ihnen, Sir, was möchten Sie?‹ ›Ich würde dir gern‹«, sagte Quedley sehr bedächtig, »›die Vagina‹ – er hat ein anderes Wort benutzt, das ich mit Rücksicht auf Audreys empfindliche Ohren lieber vermeide – ›ich würde dir gern die Vagina mit Eiscreme vollstopfen und sie dann rausschlürfen.‹«

Eleanor lief rot an und erhob sich von ihrem Platz. »Bitte entschuldigen Sie mich, ich muß mir die Nase pudern.«

»Wenn ich Sie wäre, altes Haus, würde ich bei der Gelegenheit auch gleich mal strullen«, sagte Quedley. »Dann müssen Sie nachher nicht noch mal raus. Wo war ich? Ach ja, also das ist jetzt definitiv zuviel für die arme Frau. Sie bricht in Tränen aus, rauscht aus dem Pub, setzt sich in ihren Wagen und gibt Vollgas. Als sie nach Hause kommt, ist sie immer noch ein wenig mitgenommen. Ihr Mann liegt auf dem Sofa und schaut fern, doch als er sie sieht, springt er auf. ›Liebling, was ist passiert?‹ Also erzählt sie ihm von den zwei Besoffenen und daß der erste ihre Brüste mit Erdbeermarmelade einreiben wollte und so weiter und so fort. Der Mann ist außer sich. ›So redet niemand ungestraft mit meiner Frau‹, verkündet er. ›Ich fahr mal hin und knöpf mir die Drecksäcke vor.‹ Er zieht also seine Jacke an, und als er schon in der Tür steht, sagt er: ›Ach ja, und was hat der andere gesagt?‹ ›Er hat gesagt, er wollte meine Vagina mit Eiscreme vollstopfen und dann schlabb, schlabb, schlabb.‹ Der Ehemann bleibt wie angewurzelt stehen, macht auf dem Absatz kehrt, zieht seine Jacke wieder aus und schaltet den Fernseher ein. ›Was machst du da?‹ fragt seine Frau. ›Ich dachte, du wolltest diesen abscheulichen Typen Bescheid stoßen.‹ Der Mann schaut sie nur an und sagt: ›Wenn einer soviel Eis verspachteln kann, dann ist er zu groß für mich.‹«

Louise Appleyard hatte gespürt, wie die Spannung im Raum anstieg, während Quedley seinen Witz erzählte. Sie wußte, daß sie, egal wie es enden würde, nicht in der Lage wäre, sich zu beherrschen und nicht lauthals loszulachen. Als die Pointe, unerwartet und obszön wie sie war, endlich kam, schleuderte sie ihren Kopf in den Nacken und brach in schallendes Gelächter aus. Einige der Männer lachten mit, während die Frauen nur verstört die Köpfe schüttelten. Als das Gelächter verebbte, füllte Audrey Louises Tasse wieder auf und sagte: »Ihr beiden habt offenbar etwas gemeinsam.«

»Eine versaute Fantasie«, sagte Eleanor, die mit hochrotem Kopf in der Tür stand.

Louise blickte immer noch lachend zu Quedley hinüber und dachte, na ja, für den Anfang gar nicht so schlecht.

16

Die Atmosphäre in Oscar's Night Club war zu Sparks' Erstaunen weniger spektakulär, als er erwartet hatte. Er hatte früher am Abend in einer Cafébar in Darlinghurst gesessen, diverse Espresso getrunken, und in den Augenblicken, in denen er nicht über Louise Appleyard nachdachte, hatte er darüber spekuliert, was ihn wohl erwarten würde. Seine Überlegungen waren größtenteils beherrscht von den Stereotypen der schwulen Subkultur: Muskelmänner mit rasierten Schädeln, Selbstverstümmler mit Metallgegenständen in sämtlichen herausragenden Körperteilen, Anhänger obskurer Sexualpraktiken, die mit Farbcodes signalisierten, daß sie zu Techniken bereit waren, die man sich gar nicht ausdenken konnte oder mochte. Zu seiner Überraschung wirkte die Gästeschar im Oscar's eher wie eine Ansammlung glühender junger Christen, obwohl sich Sparks nicht daran erinnern konnte, daß es den Mormonen, die während seiner Kindheit in missionarischer Absicht in Auckland von Tür zu Tür gezogen waren, erlaubt gewesen wäre, sich Haare auf der Oberlippe wachsen zu lassen. Die meisten Schnurrbärte, die seitens der Klientel im Oscar's zur Schau gestellt wurden, waren eher dezent, wenn nicht gar verschämt, selbst wenn sie in Verbindung mit Vandyke Bärten daherkamen; jedenfalls waren keine Tropfenfänger à la Walroß oder cowboymäßige Fahrradlenkermodelle darunter. Ebensowenig vertreten waren Ledermützen, Ketten oder Lederhosen, bei denen der Hintern ausgespart war. Oscar's, so schien es, war nicht das Revier der Exaltierten und Exhibitionisten aus Sydneys Schwulengemeinde, sondern eher ein Treffpunkt für diejenigen, die sich nur am Wochenende voll austobten und sich selbst dann lieber unauffällig verhielten.

Der Club selbst war ein langer Schlauch mit drei Ebenen. Am einen Ende erhob sich eine Bühne, am anderen lag eine lange Bar mit Hockern und einer offenen Küche. Vor der Bühne befand sich eine kleine Tanzfläche, die wie der Raum selbst zum größten Teil mit Tischen und Stühlen vollgestellt war. Sparks sah sich die Show – eine Reihe von Imitationen der *Grandes Dames* aus Hollywood – von der Bar aus an. Er dachte, daß er Delamore als Carmen Miranda erkannt hätte, doch er war sich nicht sicher. Zwischen den einzelnen Nummern legte ein Diskjockey Dancemusic auf. Sparks, der an der Bar lümmelte, wurde nur ein einziges Mal zum Tanzen aufgefordert. Da ihn die Einladung ziemlich unvorbereitet traf, fiel seine Ablehnung heftiger aus, als eigentlich notwendig gewesen wäre. Der Abgewiesene, ein gutgebauter junger Mann, zuckte mit den Achseln und murmelte seinen beiden Begleitern etwas zu, woraufhin diese vorwurfsvolle, finstere Blicke in Sparks' Richtung warfen.

Kurz vor 23 Uhr kündigte der DJ den letzten Liveauftritt des Abends an: die Rexettes mit einer Girlgroup-Nummer aus den Sechzigern, darunter auch *He's a Rebel* und *Big Girls Don't Cry*, das besonders gut ankam. Delamore, der eine schwarze Perücke und ein eng anliegendes, kurzes weißes Kleid trug, wackelte schüchtern mit dem Hintern und schraubte sich mit seiner Falsettstimme in ohrenbetäubende Höhen. Nach sechs mitreißenden Songs trippelten die Rexettes winkend und Kußhändchen verteilend unter dem Jubel, Johlen und Applaus des Publikums von der Bühne.

Sparks beschloß, daß er noch ein Bier brauchte, bevor er sich zur Garderobe vorwagte. Mißmutig nippte er an seinem Glas, als ihm Dean Delamore, noch immer in voller Rexettes-Aufmachung, an die Schulter tippte.

»Ich dachte, daß Sie's wären – aber bei den Scheinwerfern kann man das nicht so gut erkennen. Also – was halten Sie davon?«

»Es ist prima«, sagte Sparks kopfschüttelnd. »Besonders die Rexettes.«

»Klar, die mag jeder. Ich sage Ihnen, das Frankie-Valli-Falsett nimmt einen ganz schön mit; am Ende geht mir immer die Luft aus.« Er fuhr sich über die Wangen. »Hab ich rote Backen? Ich fühle mich, als würden sie glühen.«

Sparks schüttelte den Kopf. »Nein, alles prima. Möchten Sie was zu trinken?«

»Ja bitte, eine Cola.«

Sparks drehte sich herum, um den Barmann auf sich aufmerksam zu machen, und dachte: Was machst du hier eigentlich? Das neben dir ist ein Typ, weißt du noch? Du führst dich auf, als wäre er Sharon Stone. Er bestellte die Cola und wandte sich wieder Delamore zu.

»Um ganz ehrlich zu sein, bin ich nicht nur gekommen, um mir die Show anzusehen«, sagte Sparks. »Ich sitze ein bißchen in der Klemme. Sie wissen doch noch, der Gorilla, der bei Ihnen zu Hause aufgetaucht ist? Ich habe Ihnen das nicht erzählt, aber vor ein paar Tagen ist er mir in Auckland über den Weg gelaufen – er war drauf und dran, mich in die Mangel zu nehmen, damit ich die Finger von der Story lasse. Und jetzt liegt er in der Lobby von meinem Hotel auf der Lauer. Meine Kreditkarte und mein Geld liegen im Hotelsafe, und in Sydney kenne ich keinen Menschen. Da dachte ich mir, ich frage mal, ob ich bei Ihnen übernachten kann?«

»Na klar, allerdings fahre ich heute nacht raus nach Palm Beach, das hatte ich aber gesagt, oder?«

»Wie weit ist das?«

»Ungefähr eine Stunde.«

»Na ja, wenn's trotzdem nicht allzu kompliziert ist. Ich kann ja morgen mit dem Bus zurückfahren.«

»Überhaupt kein Problem. Ich hole nur meine Sachen, und wir machen uns auf den Weg. Ist ganz schön, sich unterwegs mit jemandem unterhalten zu können.«

Es dauerte nur zwei Minuten, da kam Delamore wieder zurück. Er trug eine ausgewaschene Jeansjacke über seinem weißen Kleid.

»Ist mir zu umständlich, mich jetzt noch umzuziehen. Alles klar. Mein Wagen steht gleich draußen.«

Sparks trank sein Bier aus, und Delamore machte sich daran zu gehen. Als er an der Gruppe am anderen Ende der Bar vorbeikam, sah Sparks, wie er ein paar Worte mit seinem verhinderten Tanzpartner wechselte. Vor dem Club fragte Sparks Delamore, worum es bei der Unterhaltung gegangen sei.

Delamore schaute ihn verwundert an. »Nichts weiter.«

»Ach, kommen Sie schon. Was hat der Kerl gesagt? Es interessiert mich nur deshalb, weil er mich vorher gefragt hat, ob ich mit ihm tanzen will.«

Delamore steckte den Schlüssel in die Tür und schaute Sparks über das Autodach hinweg an.

»Wenn Sie's wirklich wissen wollen, er hat gefragt: ›Fährst du jetzt auf Heteros ab?‹«

Sie stiegen in den Wagen.

»Was haben Sie gesagt?«

Delamore startete den Wagen und fädelte sich in den Verkehr ein. Ohne Sparks anzusehen, sagte er: »›Das hängt von dem Hetero ab‹, hab ich gesagt.«

Am Ende lief alles ganz unkompliziert: Als die ersten Gäste der Dinnerparty aufzubrechen begannen, hatte Louise Appleyard gemurmelt, daß sie sich wohl besser ein Taxi bestellen sollte, und Caspar Quedley hatte ihr angeboten, sie nach Hause zu fahren. Ohne eine Miene zu verziehen, hatte sie erwidert: »Zu wem nach Hause?«

Bei Quedley angekommen, beschlossen sie, ohne darüber weitere Worte zu verlieren, sowohl den Drink als auch die Diskussion über Julian Gage und seinen Brief auf später zu verschieben. Statt dessen fielen sie nach einer kurzen Phase unkoordinierter Küsse im Wohnzimmer auf dem breiten Ledersofa mit Blick auf Rangitoto Island hemmungslos übereinander her, nachdem sie gerade mal soviel Kleidung abgelegt hatten wie absolut notwendig. Die Spontaneität des Ganzen kam Louise Appleyard gerade recht, denn so sehr sie auch dem Sex als solchem mit Vorfreude entgegengeblickt hatte, so unangenehm war ihr der Gedanke an die ganzen Präliminarien gewesen. Hinterher, als sie schwer atmend auf dem Sofa lagen und sie die Situation noch einmal an sich vorüberziehen ließ, kam sie zu dem Ergebnis, daß die Angelegenheit besser gelaufen war, als sie erwartet hatte, wenn man einmal von dem leichten Schluckauf absah, der sie ereilt hatte, als das Bild ihres verstorbenen Mannes kurz vor ihrem inneren Auge erschienen war.

Quedley, der ihren nachdenklichen Gesichtsausdruck bemerkte, streckte die Hand aus, um ihr das Haar aus dem Gesicht zu streichen.

»Post coitum omne animal triste est«, sagte er.

»Was?«

»Das ist Lateinisch. Grob übersetzt heißt es: Bei allen Wesen geht die Laune nach dem Rammeln ein bißchen in den Keller.«

»Nach dem Rammeln?« sagte sie. »Wie romantisch.«

Er küßte sie auf die Nase und stand auf. »Meine Liebe, daran, was eben gerade passiert ist, war nichts Romantisches. Machen wir uns doch nichts vor, wir sind übereinander hergefallen wie die Tiere. So, und wenn du jetzt schon mal in die Wanne möchtest, gehe ich in der Zwischenzeit schnell den Champagner holen.«

Quedley brachte außerdem noch eine Ladung Kokain mit, das er fertig in Linien ausgelegt auf einem silbernen Tablett präsentierte. Louise überlegte zunächst, ob sie nicht lieber ablehnen sollte, doch dann beschloß sie, daß seit ihrer Wiedergeburt als Partygirl noch nicht genug Zeit vergangen war, um schon wieder auf die Bremse zu treten. Nachdem sie zwei Lines probiert hatte, kam sie zu dem Ergebnis, daß Kokain – im Gegensatz zu Caspar Quedley – überbewertet war.

Als der Champagner und das Kokain alle waren und ihre Haut allmählich runzlig wurde, stiegen sie aus der Badewanne und gingen in Quedleys riesiges Bett, wo sie einander noch einmal liebten. Doch diesmal ließen sie sich mehr Zeit und machten sowohl den Weg wie auch das Ziel zu einer lustvollen Angelegenheit. Hatten beim ersten Durchgang noch zu viele Textilien den Blick auf die Physis des anderen versperrt, so blieb beiden im Verlauf des geruhsameren zweiten Durchlaufs die Enttäuschung erspart, die so häufig Menschen eines gewissen Alters im Verlauf sexueller Verstrickungen blüht: nämlich feststellen zu müssen, daß sämtliche noch so geschmackvollen Hüllen des Gegenübers nur dazu dienten, schlaffe Muskeln, ledrige Haut und welkes Fleisch zu verbergen.

Auf der Fahrt nach Palm Beach unterhielten sie sich über Julian Gage. Delamore zufolge hatte er zwei sündhaft teure Designerlampengeschäfte besessen, die Mitte der achtziger Jahre blendend liefen, als Geld keine Rolle für diejenigen spielte, die über Nacht an ihren Computerbildschirmen ein Vermögen machten. Dann, am Ende des Jahrzehnts, kam die Diagnose, daß er HIV-positiv war.

»Er hat immer gesagt, daß er Glück gehabt hat«, erklärte Delamore. »Sobald er es erfahren hat, hat er seine Läden verkauft und gutes Geld dafür kassiert. Ein halbes Jahr später war die

Party vorbei – die Wirtschaft ging den Bach runter, und es gab kaum noch Leute, die bereit waren, zehn Riesen für eine Lampe auszugeben. Er meinte, daß, wenn er ein Jahr später verkauft hätte, er kaum noch in der Lage gewesen wäre, die Kredite zu bedienen. Dann hat er das Terrassenhaus verkauft und vom neuen Eigentümer gemietet, so daß er genug Geld hatte, um aus der Zeit, die ihm noch blieb, das Beste zu machen. Er hat dieses Haus in Palm Beach gekauft und ist viel herumgereist. Es war auch mein Glück – ich bin genau zum richtigen Zeitpunkt aufgetaucht, und er hat mich überallhin mitgenommen. Es war wunderbar – wir sind immer nur erster Klasse geflogen und haben in den besten Hotels gewohnt. Überall sind wir gewesen – Paris, Venedig, New York, New Orleans, Rio. Wir sind mit dem Orientexpreß gefahren und mit der QE2, wir haben eine Kreuzfahrt in der Karibik gemacht und sind sogar in Afrika auf Safari gewesen, obwohl es kaum jemand gab, der das simple, einfache Leben weniger geschätzt hat als Julian.« Delamore starrte versonnen geradeaus. »Es war wie im Märchen. Einmal habe ich ihm das auch gesagt, und er meinte: ›Ja, und wir sind die Märchenprinzen.‹« Delamore lächelte einen Moment, dann verschwand das Lächeln aus seinem Gesicht, und in seiner Stimme schwang Trauer und Ratlosigkeit über den Verlust mit. »Vor etwa einem Jahr traten die ersten Symptome auf. Es hat nur ein paar Monate gedauert, bis aus einem nach außen hin normalen, gesunden Menschen ein Invalide geworden war. Noch ein paar Monate später sah er aus wie jemand aus einem Konzentrationslager – nichts als Haut und Knochen. Am Ende war er nur noch eine leblose Hülle. Es war, als wäre er von Termiten aufgefressen worden – man dachte, man braucht ihn bloß anzutippen, und er zerfällt zu Staub und wird weggeweht.«

Sie fuhren über die Spit Bridge und durch Manley in Richtung der Strände im Norden.

Schließlich brach Sparks das Schweigen. »Er hat also nie von den Ereignissen an der Schule gesprochen?«

»Er hat nichts Bestimmtes erwähnt. Aber die Begegnung mit Appleyard hat ihn ziemlich mitgenommen. Hinterher hat er erzählt, daß er eine wichtige Entscheidung treffen müßte, weil es etwas gab, das auf seinem Gewissen lastete und das er klären müßte, bevor er starb. Ich habe ihn gefragt, was für eine Entscheidung das sei. Doch er meinte nur, daß er nicht der einzige sei, der davon betroffen wäre.«

»Er hat nicht gesagt, wer noch?«

»Nein.«

»Aber der Brief an Quedley spricht eigentlich für sich selbst, oder?«

»Ich nehme schon an.«

»Hat er je von Quedley gesprochen?«

»O Gott, ja, immerzu. Einmal hat er ihn ›die Liebe meines Lebens‹ genannt.«

Sparks starrte Delamore einen Augenblick lang an. Dann, als er bemerkte, wie weit der Saum seines Kleides an dessen schlanken Schenkeln hochgerutscht war, wandte er schnell den Blick ab. »Wollen Sie mir erzählen, Quedley sei schwul?«

Delamore warf ihm einen kalten Blick zu. »Aus Ihrem Mund klingt das glatt so wie Nekrophilie oder was Ähnliches.«

Sparks hob beschwichtigend die Hand. »Nein, nein, so habe ich das gar nicht gemeint. Es ist nur so, daß der Kerl überall als großer Schürzenjäger gilt.«

Delamore zuckte mit den Achseln. »Ich habe nie behauptet, er sei schwul; was ich gesagt habe, war, daß Julian ihn angebetet hat.«

»Was, Sie glauben also, es war eine einseitige Angelegenheit – wie nennt man's noch mal …?«

»Eine unerwiderte Leidenschaft.«

»Genau, eine unerwiderte Leidenschaft. Glauben Sie, es war so etwas?«

Delamore verzog den Mund. »Das läßt sich schwer sagen. Ich würde behaupten, daß dies mein grundsätzlicher Eindruck war, aber manchmal hat Julian verschämte kleine Andeutungen gemacht... keine Ahnung, ich würde sagen, es war eine einseitige Angelegenheit ohne Aussicht auf Erfüllung, jedenfalls keine Beziehung, zumindest nicht, als sie erwachsen waren. Aber wer weiß schon, was in der Schule passiert ist? Es war immerhin ein Internat. Haben Sie nicht gesagt, Sie waren auch dort?«

»Ich war Externer.«

Danach legte Delamore eine Kassette ein, und sie lauschten den Rest der Fahrt Edith Piaf.

Wie in den Nachrichten vorhergesagt, war am frühen Abend eine Kaltfront über Sydney hinweggezogen und hatte Regen und kühlere Temperaturen mit sich gebracht. Selbst wenn man in Rechnung stellte, daß es schon spät war, wirkte Palm Beach wie ausgestorben; es war kaum ein Licht in den Häusern entlang der Küste zu sehen. Clifftops lag am Hang eines Hügels mit Blick auf den Strand. Es war aus Holz, das von Wind und Wetter ausgebleicht war. Der Weg dorthin führte bergab und endete als Sackgasse; das nächste Haus war 50 Meter entfernt.

Delamore hielt vor dem Gebäude an und sank auf seinem Sitz zusammen.

»Mir ist gerade was eingefallen«, sagte er. »Wir gehen davon aus, daß Quedley diesen Kerl – wie heißt er noch mal, Pickrang? – hierhergeschickt hat, richtig?«

»Es sieht zumindest so aus.«

»Julian hatte manchmal so eine großspurige Ader, er konnte nicht dagegen an. Als er das Haus hier gekauft hat, hat er sich persönliches Briefpapier drucken lassen – Sie wissen schon, mit Adresse drauf. Dieser Brief an Quedley, den er mir diktiert hat, der wurde auf diesem Briefpapier geschrieben. Was ich damit sagen will, ist, es könnte gut sein, daß Pickrang von diesem Haus hier weiß.«

»Sicher, das ist schon möglich, aber heute nacht würde ich mir darüber keine allzu großen Sorgen machen«, sagte Sparks nach kurzem Überlegen. »Zum einen wissen wir, wo Pickrang ist – nämlich in der Lobby von meinem Hotel, wo er auf mich wartet. Und selbst, wenn ihm das irgendwann zum Hals raushängt, wird er wohl kaum noch so spät und bei so einem Wetter die ganze Strecke hier rausfahren, oder?«

17

Obwohl er sich mehr als zwei Stunden vor Delamore und Sparks auf den Weg nach Palm Beach gemacht hatte, kam Pickrang erst fünf Minuten nach ihnen dort an. Angestrengt durch die Halbkreise auf der Windschutzscheibe starrend, war er mehr als einmal versucht gewesen, seine Irrfahrt abzubrechen und es bei Tageslicht und hoffentlich besserem Wetter noch einmal zu versuchen. Doch jedesmal hatte er sich wieder in Erinnerung gerufen, daß sowohl die fortgeschrittene Tageszeit als auch das schlechte Wetter seinem Vorhaben sehr entgegenkamen. Als er endlich den Weg nach Palm Beach gefunden hatte, stand er vor dem Problem herauszufinden, wo die Ocean View Road lag, und dort die Hausnummer 5 zu finden. Er spielte kurz mit dem Gedanken, einfach an einem der wenigen Häuser in der Straße, hinter deren Vorhängen noch Licht leuchtete, anzuklopfen, doch er verwarf diesen Gedanken wieder, weil es ihm unklug erschien, sich nach dem Weg zu einer Adresse zu erkundigen, wo man noch die eine oder andere Straftat zu begehen vorhatte. Es blieb ihm also nichts anderes übrig, als die kleine Ortschaft von einem Ende zum anderen zu durchkämmen und nach den Straßenschildern zu schauen. Zum Glück für Pickrang begann er am richtigen Ende.

Um sicherzugehen, daß Pickrang nicht merkte, daß er verfolgt wurde, war Rocco Perfumo auf die Taktik verfallen, von Zeit zu Zeit seine Scheinwerfer für ein paar Minuten abzuschalten. Es herrschte kaum Verkehr auf den Straßen, und so war es kein Problem, sich von Pickrangs Heckleuchten leiten zu lassen.

Sonntag nacht um Punkt ein Uhr fand Pickrang die Ocean View Road. Er fuhr langsam zum Ende der Sackgasse und hielt am Straßenrand an. Als Perfumo sah, daß Pickrang seine Scheinwerfer ausschaltete, stellte er seinen Motor ab und ließ den Wagen am oberen Ende der Straße ausrollen. Pickrang stieg aus dem Wagen. Hinter den Bäumen sah er Lichter, und er schlich sich vorsichtig über die Einfahrt darauf zu. Ein Wagen stand vor dem schlichten Holzbungalow geparkt. Immer darauf bedacht, im Schatten zu bleiben, näherte sich Pickrang dem Haus und glitt lautlos die Treppe zur Veranda hinauf. Über dem abklingenden Rauschen des Regens, der nun nicht mehr so heftig war, hörte er Musik. An die Hauswand gepreßt arbeitete er sich bis zu einem Fenster vor und spähte hinein.

Pickrang neigte zwar nicht gerade zu Selbstmitleid, doch die Mißgeschicke der jüngsten Zeit hatten ihm auf die Laune geschlagen, und er hatte das Gefühl, daß irgendwas passieren mußte. Ein kurzer Blick durch das Fenster überzeugte ihn davon, daß sich das Blatt nun endlich gewendet hatte. Im Vordergrund stand die Frau, der er in Gages Haus schon einmal begegnet war. Sie trug ein knappes weißes Kleid, das ziemlich sexy aussah, und wackelte, ein Glas in der Hand, mit dem Hintern zur Musik. In einem Sessel in der gegenüberliegenden Ecke des Raums fläzte sich der Journalist Reggie Sparks und schaute der Frau zu, wobei er irgendwie seltsam lächelte. Pickrang lehnte sich an die Hauswand und atmete tief durch. Seine Nasenflügel bebten. Dann fletschte er die Zähne und verzog den Mund zu einem fürchterlichen Raubtiergrinsen. Schließlich machte er drei große Schritte die Veranda entlang, stieß die Tür auf und trat ins Haus.

»'n Abend«, sagte er.

Pickrang schloß die Tür hinter sich und ließ seinen Blick zwischen Delamore und Sparks hin und her wandern. Beide blickten ihn starr vor Schreck an. Er zog den Reißverschluß seiner Windjacke auf, griff in die Innentasche und brachte mit genießerischer Ruhe das Tauchermesser mit seiner zwanzig Zentimeter langen Klinge zum Vorschein. Dann ging er leicht in die Hocke und kam, das Messer in der ausgestreckten rechten Hand haltend, auf Sparks zugekrochen, der aus dem Sessel aufsprang und sich panisch nach irgend etwas umschaute, womit er sich verteidigen konnte. Als er noch etwa einen Meter von Sparks entfernt war, wechselte Pickrang das Messer in die Linke und tat so, als würde er Sparks in den Bauch stechen. Sparks blökte wie ein sterbendes Schaf, er ließ die Hände sinken, seine Augen traten aus den Höhlen, und er wartete nur noch auf den qualvollen Moment, da der kalte Stahl in sein Fleisch eindringen würde. Mit einer blitzartigen Bewegung schnellte Pickrang aus seiner gebückten Haltung hoch und verpaßte Sparks mit solcher Wucht einen rechten Haken an den Unterkiefer, daß es ihn von den Füßen hob und er über den Sessel geschleudert wurde, bis er schließlich alle viere von sich streckend wie ein neugeborenes Fohlen mit dem Gesicht nach unten auf dem Boden landete, wo er reglos liegenblieb.

Pickrang richtete sich langsam auf und wandte sich Delamore zu, der sein Weinglas mit beiden Händen umklammert hielt.

»Gegen was zu Trinken hätt ich auch nichts«, sagte er. »Was hast du da?«

»Weißwein«, preßte Delamore hervor.

»Katzenpisse«, sagte Pickrang. »Wo ist Gage?«

»Er ist tot. Sie sind zu spät dran – das, wonach Sie suchen, ist auch schon weg. Ich hab's selbst abgeschickt.«

Pickrang zog die Augenbrauen zusammen. »Abgeschickt – wohin?«

»Nach Auckland. Auf die Adresse hab ich nicht geachtet; ich hab den Brief nur eingeworfen, wie Julian es mir gesagt hat.«

»Ah, du hast nicht auf die Adresse geachtet, ja sieh mal einer an. Natürlich.« Pickrang grinste neckisch. »Darüber können wir uns später noch unterhalten – wenn ich dich durchgerammelt habe.« Er legte das Messer auf die Sofalehne, zog seine Windjacke aus und legte sie darauf.

Delamore wünschte sich sehnlichst, er hätte nicht soviel Zeit damit zugebracht, sich eine Mädchenstimme zuzulegen. Er bemühte sich um einen Tonfall, der an pralle Hoden und vorspringende Adamsäpfel gemahnen sollte, doch alles, was er hervorbrachte, war ein schwaches Krächzen.

»Hören Sie, da gibt es was, das Sie wissen sollten...«

Pickrang lachte und schüttelte den Kopf. »Soll ich mal raten? Wir haben unsere Tage? Wenn du glaubst, daß mich das auch nur einen Fliegenschiß interessiert, liegst du aber ziemlich falsch.«

Delamore zerrte sich die Perücke vom Kopf, und zum Vorschein kamen seine kurzen, zurückgeklatschten blonden Haare. »Ich bin keine Frau.«

Pickrangs liebenswürdiger Gesichtsausdruck verflüchtigte sich. Er musterte Delamore mit zusammengekniffenen Augen. »Was ist das für 'n Scheiß?«

»Ich habe gesagt, ich bin keine Frau. Ich trete in einer Drag-Show auf – das hier ist eins von meinen Kostümen.«

»Was zum Teufel redest du da?« knurrte Pickrang. »Du hast Titten.«

»Die gehören auch zum Kostüm. Da, sehen Sie.« Delamore griff hinter sich, knöpfte sein Kleid auf und zog es ein Stück weit über die Schultern. Er wand sich aus seinem ausgestopften Büstenhalter und ließ ihn an einer Hand baumeln. Mit der anderen zog er das Kleid noch ein Stück weiter herunter, bis seine flache, leicht gebräunte Brust zum Vorschein kam, auf der nichts weiter wuchs als ein paar schüttere helle Haare.

»Du bist ein verdammter Transvestit«, krächzte Pickrang.

Delamore schüttelte den Kopf. »Nein, ich bin Künstler, Sänger. Ich trage Frauenkleider nur bei der Show.«

»Du erzählst Scheiße. Gestern hast du sie auch angehabt.«

»Das war ein neues Kostüm«, stammelte Delamore. »Ich hab's einfach nur ausprobiert.«

»Mich kannst du nicht verarschen.« In Pickrangs Augen trat ein verschlagenes Glitzern. »Ich hab mir schon mal von 'nem

Transi einen blasen lassen – in Singapur. Ich wette, du hast schon 'ne Menge Schwänze gelutscht.«

»Ich faß dich nicht an, du Tier«, sagte Delamore, dessen Augen vor Zorn glühten.

»Oh, du bist wählerisch, na so was. Erzähl mir bloß nicht, daß du unserem Schätzchen da drüben keinen abgelutscht hast«, sagte er und bewegte den Kopf ruckartig in Sparks' Richtung, der immer noch reglos am Boden lag. Pickrang machte ein paar Schritte auf Delamore zu und zog dabei den Reißverschluß seiner Hose auf, als plötzlich die Tür geöffnet wurde und die Perfumo-Brüder hereinkamen. Rocco schloß die Tür hinter sich und lehnte sich mit verschränkten Armen dagegen; Martino richtete den Revolver auf Pickrangs Brust.

Rocco verzog angewidert das Gesicht und ließ die Szene auf sich wirken. »Na, wer hätte das gedacht?« sagte er. »Ist der große, fiese Herman doch tatsächlich eine Jammerschwuchtel.«

Eine ganze Weile herrschte Stille. Pickrang stand, die Hände in die Hüften gestützt, da und musterte die beiden Brüder. Schließlich sagte er: »Wer zum Teufel seid ihr Arschgeigen?«

»Du weißt nicht mehr, wer wir sind, hä?« sagte Rocco, während Sparks unter Stöhnen zu sich kam und sich hinsetzte. »Wirf doch mal einen Blick auf ihn hier. So sieht dein Gesicht aus, wenn es jemand in einen Pizzaofen schiebt.«

Pickrang nickte. Nun war der Groschen gefallen. Er hatte keinerlei Zweifel gehabt, daß die beiden vorhatten, ihn umzubringen. Nun wußte er, warum, und es blieb nur noch eines übrig, das er wissen mußte.

»Woher habt ihr gewußt, daß ich hier bin?«

Rocco bedachte ihn mit einem schadenfrohen Lächeln. »Jemand will dich absägen, Kumpel. Ein kleines Vögelchen hat uns geflüstert, daß du nach Sydney fährst, wo du wohnst und was sonst noch. Wir hatten dich im Auge, seit du hergekommen bist. Wir haben nur auf den richtigen Moment gewartet. Und jetzt ist er da – ich meine, geht's denn besser?«

Pickrangs Neugierde war befriedigt. Er würde später herausfinden, wer den beiden den Tip gegeben hatte. Doch alles der Reihe nach. Was sind das bloß für elende Witzfiguren, dachte er. Zwei Typen und bloß ein Revolver; fahren mir hinterher und warten auf den richtigen Moment. Herrgott, was für beschissene Anfänger. Wenn man jemand abknallen will, dann hält man sich nicht mit Vorwarnungen oder großen Reden auf. Man geht zu dem Kerl hin, zieht die Pistole, drückt ab und fertig.

Rocco Perfumo redete mit Delamore und Sparks. Er fragte sie, ob sie mit Pickrang eine schwule Dreierkiste laufen hatten. Delamore setzte zu einer weitschweifigen Erklärung an, doch Rocco fiel ihm ins Wort.

»Laß stecken. Ich will's gar nicht wissen. Es hat nichts damit zu tun, weswegen wir hier sind, also warum verpißt ihr euch nicht einfach wieder nach Neuseeland? Anscheinend kann's euch ja egal sein, was mit der Fotze hier passiert, und wenn ihr in einem Stück bleiben wollt, vergeßt ihr besser, daß ihr uns jemals gesehen habt.«

Delamore hob seine Tasche auf und half Sparks auf die Beine. »Aber klar doch«, sagte er. »Danke. Vielen Dank. Wir sind schon so gut wie weg.«

Keiner von beiden sprach auch nur ein Wort, bis sie Palm Beach hinter sich gelassen hatten und wieder auf der Hauptstraße waren.

»Alles in Ordnung?« fragte Delamore.

»Ja«, preßte Sparks hervor. Er drückte seine Hand gegen die Kinnlade. »Jedenfalls ist nichts gebrochen.«

Delamore wurde plötzlich von einem solchen Zittern gepackt, daß der Wagen ins Schlingern geriet. »O Gott«, sagte er. »Ich hatte solche Angst. Pickrang dachte, ich wäre eine Frau, und wollte mir an die Wäsche. Die beiden sind gerade im richtigen Moment aufgetaucht.«

Sparks blickte Delamore kurz an und lehnte dann seinen Kopf

wieder gegen die Kopfstütze. »Mein Gott, kein Wunder, daß du immer noch zitterst.«

»Was glaubst du, machen die mit ihm?«

»Ich weiß nicht, ist mir auch egal – je schlimmer, desto besser, wenn's nach mir geht. Ich frage mich nur, ob den beiden klar ist, auf was sie sich da eingelassen haben.« Sparks rieb sich über den Bauch. »Mein Gott, ich dachte schon, alles ist vorbei, als er mit dem Messer auf mich los ist. Ich konnte beinahe spüren, wie es reinrauscht.«

»Ich frage mich, wo das Messer geblieben ist«, sagte Delamore. »Er hat es nicht in der Hand gehabt, als die beiden zur Tür hereingekommen sind.« Er lächelte matt. »Vielleicht hat er gedacht, daß es die romantische Stimmung versaut.«

Pickrang saß entspannt auf dem Sofa, die Arme über die Rückenlehne gebreitet. »Und was jetzt?« fragte er.

»Na was wohl?« sagte Rocco. »Wir knallen dich ab, und du bist tot. Dann fahren wir in die Stadt, gehen in eine Bar und trinken eine Flasche Champagner zur Feier des Tages. Wie hört sich das an?« Pickrang zog die Stirn in Falten.

»Also mit dem Champagner – ich weiß ja nicht. Ich krieg von dem Scheiß immer nur Kopfweh am nächsten Tag.«

Rocco schaute Pickrang ungläubig an.

»Rock, soll ich ihn jetzt abknallen?« fragte Martino.

»Warte mal noch. Vielleicht sollten wir mal nachsehen, ob's hier einen Ofen gibt?« sagte Rocco.

Fröhlich kichernd nickte Martino. Sein Bruder machte sich auf den Weg zur Küche und kam dabei in weniger als zwei Meter Entfernung an Pickrang vorbei. In diesem Augenblick schnellte Pickrang vom Sofa hoch, schnappte sich Rocco scheinbar mühelos mit der Linken, zog ihn heran und hielt ihn vor seiner Brust umklammert. Mit der freien Hand griff er unter seine Windjacke, die immer noch auf der Sofalehne lag, zog das Tauchermesser hervor und hielt es Rocco an die Kehle.

»Laß die Knarre fallen«, sagte er zu Martino, der die 38er in der ausgestreckten Hand hielt und nicht wußte, wohin er zielen sollte. »Oder ich schneide ihm den Kopf ab.«

»Knall ihn ab, Marty!« schrie Rocco. Daraufhin preßte ihm Pickrang seine linke Pranke auf den Mund und rammte ihm den Zeigefinger ins rechte Auge, um seinen Worten Nachdruck zu verleihen. Er schob seinen rechten Arm unter Roccos Achsel hindurch, bohrte ihm die Messerspitze ins Kinn und hob ihn zehn Zentimeter in die Höhe, wodurch er Martino jedes Ziel nahm.

»Leg das Ding aufs Sofa, und zwar sofort«, blaffte er Martino an.

Martino ließ den Arm sinken. »Ich muß es tun«, jammerte Martino. »Ich muß es tun.«

»Und jetzt zurück. Stell dich an die Tür.«

Martino gehorchte. Pickrang ließ Rocco wieder herunter. Er zog den rechten Arm zurück und richtete die Messerspitze auf eine Stelle unterhalb von Roccos rechtem Ohr. Er zog die Augenbrauen in die Höhe und grinste Martino an. Dann grunzte er und stieß das Messer mit aller Kraft schräg nach oben, bis die Klinge zu zwei Dritteln verschwunden war. Martino schrie auf und stürzte zum Sofa. Pickrang schleuderte Rocco zur Seite und machte einen Hechtsprung auf die Pistole zu. Martino drehte sich um und wollte zur Tür, doch Pickrang bekam sein Hemd zu fassen, riß ihn in die Höhe und rammte ihn mit dem Gesicht gegen die Wand. Er wirbelte ihn herum und warf ihn auf das Sofa.

Pickrang setzte sein linkes Knie auf Martinos Brust und beugte sich zu ihm herab.

»Wenn ich es nicht so eilig hätte«, sagte er beiläufig, »würde ich deinen Kopf in den Ofen stecken, bis er schmilzt.«

Mit der Linken ergriff Pickrang ein Sofakissen und drückte es Martino aufs Gesicht. Verzweifelt zappelte Perfumo mit den Beinen wie ein Käfer, der auf dem Rücken liegt. Pickrang spannte den Hahn des Revolvers und preßte die Mündung auf das Kissen.

Er feuerte dreimal, wobei er jedesmal den Lauf ein wenig verschob. Der erste Schuß ging daneben; die zweite Kugel zerschmetterte Perfumos Jochbein, pflügte sich an der Seite seines Schädels entlang und riß ihm einen Teil des Ohrs ab; die dritte Kugel drang knapp unterhalb der Nase in sein Gesicht ein – genau dort, wo früher die Mitte seines Schnurrbarts gewesen war. Seit seinem Aufenthalt in dem Pizzaofen hatte Martino einige Probleme mit dem Haarwuchs auf seiner Oberlippe. Schließlich war er zu dem Ergebnis gekommen, daß ein Schnurrbart, der so unregelmäßig sproß wie die Federn eines Suppenhuhns in der Mauser, schlimmer war als überhaupt kein Schnurrbart. Und so kam es, daß er glattrasiert starb und mit einer Familientradition brach, die bis ins Tierreich zurückging.

18

Caspar Quedley lag auf dem Rücken und schnarchte leise vor sich hin. In regelmäßigen Abständen von 90 Sekunden klappte sein Mund auf, und ein neuer Schwung Speichel schwappte heraus, um an seinem Kinn herunter in die kleine Pfütze zu sickern, die sich auf seinem Kopfkissen gebildet hatte. Sein anderer Mundwinkel war ebenso wie die Augenlider am Nasenansatz mit einer weißlichen Masse verklebt. Eine rauschende Nacht voller Ausscheidungen, dachte Louise Appleyard.

Nachdem sie ihre leicht desillusionierende Inspektion abgeschlossen hatte, stieg sie aus dem Bett. Sie blieb stehen, um sich in dem Spiegel über der Kommode zu betrachten, und schlüpfte befriedigt darüber, daß sie bei einem Morgenappell mindestens genausogut abschneiden würde wie ihr Bettgenosse, in dessen Frotteebademantel. Dann ging sie nach unten in die Küche und kochte sich einen Tee. Sie war schon bei der zweiten Tasse, als Quedley eine halbe Stunde später auftauchte. Er trug Jeans und

Sweatshirt, sein Haar war feucht, und die verkrusteten Absonderungen waren rückstandsfrei hinweggespült.

Er blieb in der Tür stehen und schaute Louise unsicher an.

»Hallo«, sagte sie.

Quedley schaute noch verwirrter drein. Schließlich fragte er: »Kenne ich Sie?«

Louise nippte an ihrem Tee. »Leg es ab unter der Rubrik ›Kähne, die vorüberziehen‹. War wohl ein bißchen viel letzte Nacht? Aber das kommt schon wieder, nur Geduld – die elende Dinnerparty, zuviel Alkohol und dann noch eine Zufallsbekanntschaft. Vielleicht solltest du ein Gästebuch am Eingang aufstellen, damit du nicht den Überblick verlierst, wen du abschleppst.«

Quedley nickte gewichtig mit dem Kopf. »Keine schlechte Idee.«

Er schaltete die Kaffeemaschine ein, nahm ein Päckchen Kaffee aus dem Kühlschrank und setzte sich Louise gegenüber.

»Und wie geht's dir?«

Louise erwiderte sein Lächeln. Sie wußte nicht, was sie von Quedley in bezug auf die Manieren am Morgen danach erwarten sollte, obwohl ein Heiratsantrag sie schon überrascht hätte. Worauf sie absolut verzichten konnte, war, die Ereignisse der vergangenen Nacht noch einmal abzuhandeln und sich dabei womöglich auch noch Lobgesänge anhören zu müssen, wie gut sie gewesen sei.

Quedley bestand darauf, Frühstück zu machen. Louise schätzte, daß es mindestens fünf Jahre her war, seit sie zum letzten Mal Rühreier mit Schinken gegessen hatte; sie hatte ganz vergessen, wie gut so was schmecken konnte.

Als sie die Teller abräumte, sagte Louise: »Wenn ich mich recht erinnere, wolltest du mir noch erzählen, was es mit diesem Briefwechsel zwischen zwei Toten auf sich hat. Oder war das einfach nur ein Trick, um mich zu verführen?«

Quedley zog die Augenbrauen in die Höhe. »Wie bitte? Ich

habe dich verführt?« Er lehnte sich in seinem Stuhl zurück und tat so, als würde ihm alles wieder einfallen. »Ach ja, ich wollte dir von dem armen Julian erzählen. Du hast bestimmt schon mal den Spruch über den Homosexuellen gehört, der glaubt, daß Übung den Meister macht? Na ja, das wäre jedenfalls eine passende Grabinschrift für Julian. Du weißt, es gibt Diskussionen darüber, ob man schwul geboren oder ob man dazu gemacht wird, weil die Mutter einen zwingt, mit Puppen zu spielen, oder der Fähnleinführer beim Pfadfinderlager einem im Zelt auf die Pelle rückt. Wenn es jemals jemanden gab, der von Geburt an schwul war, dann war es Julian. Als ich ihn kennenlernte – damals war er 15, glaube ich –, da wußte er jedenfalls ganz genau, daß er schwul war; und er machte daraus auch keinen Hehl, was damals eine ziemlich gewagte Angelegenheit war.«

»Ich versuche gerade, ihn mir vorzustellen«, sagte Louise. »Wie sah er aus?«

»Oh, er war ein ziemlich hübscher Junge – gut gebaut, braungebrannt, große braune Augen –, und er hat nichts anbrennen lassen. Was sich als tödliche Kombination entpuppte – schließlich bekam er Aids.«

»Ach nein, der arme, arme Mann.« Nach einem kurzen Moment sagte sie: »Der Vorwurf, daß er nichts hat anbrennen lassen, wird aus deinem Munde einigen Leuten etwas komisch vorkommen.« Quedley wollte protestieren, doch sie fuhr fort: »Also Caspar, was soll das Ganze? Kommt jetzt ein Geständnis, daß auch du seinem Charme erlegen bist?«

»Das bin ich nicht, aber es lag nicht daran, daß Julian sich keine Mühe gegeben hätte. Trotzdem – oder vielleicht gerade deswegen – sind wir ziemlich gute Freunde geworden. Wir haben uns auch nach der Schulzeit ziemlich häufig getroffen, und selbst nachdem er nach Sydney umgezogen war, habe ich den Kontakt nicht abreißen lassen. Vor ein paar Jahren kam dann die Diagnose HIV-positiv. Ich habe getan, was ich konnte: Ich bin rübergefahren und habe ihn besucht, habe ihm Geld geliehen –

oder einfach nur gegeben –, damit er in der Welt rumreisen konnte und was nicht alles. Aber es war nicht genug. Er stellte immer größere Ansprüche: Er wollte, daß ich alles stehen- und liegenlasse, um mich um ihn zu kümmern, oder daß ich ein kleines Vermögen lockermache, damit er sich irgendeiner obskuren Therapie in einer Klinik auf den Bermudas oder in der Türkei oder sonstwo unterziehen konnte. Schließlich habe ich eine Grenze gezogen. Ich habe ihm erklärt: ›Tut mir leid, alter Knabe, aber bis hierher und nicht weiter.‹ Und schwupp« – Quedley schnippte mit den Fingern –, »über Nacht war ich so was wie der leibhaftige Antichrist. Er hat mir vorgeworfen, ich würde ihn im Stich lassen, und fing an, mir zu drohen: Er würde mich bloßstellen, meinen Ruf ruinieren und Gott weiß was. Ich dachte mir einfach nur, der arme Mistbraten dreht halt durch. Mein Gott, ich konnte das verstehen. Wem würde es anders gehen? Und unter Umständen hatte er ja auch gar nicht so unrecht – vielleicht hätte ich mehr für ihn tun sollen; ich muß zugeben, ich bin nicht der barmherzige Samariter, meine Mittel sind auch nicht unbegrenzt, und ich habe ein Unternehmen, das ich leiten muß. Denn wenn ich nicht da bin, läuft der Laden einfach nicht. Meine Leute können sich um das Tagesgeschäft kümmern, aber die entscheidenden Verbindungen sind die persönlichen Beziehungen zwischen mir und den Topleuten in den Firmen, die ich betreue. Und die zahlen dafür, daß ich rund um die Uhr an sieben Tagen in der Woche erreichbar bin. Aber egal – Julian hat mir, kurz bevor er gestorben ist, einen Brief geschickt, in dem er geschrieben hat, er würde es mir heimzahlen, daß ich ihn im Stich gelassen habe. Er hat gedroht, daß alle Welt von meinen Untaten in der Schule erfahren würde – daß ich Leute betrogen, erpreßt, schikaniert hätte und so weiter. Alles, was du dir ausdenken kannst.« Scheinbar fassungslos schüttelte Quedley den Kopf. »Er behauptete, er hätte alles aufgeschrieben und würde es an eine interessierte Adresse schicken – und nun: Vorhang auf für deinen verstorbenen Gatten.«

»Stimmt, Vic ist ihm in Sidney begegnet.«

»Na prima, da haben wir's. Es paßt alles zusammen.«

»Und machst du dir deswegen Sorgen? Ich meine, wer würde so was denn glauben?«

Mißmutig zuckte Quedley mit den Achseln. »Es hängt wohl davon ab, was drinsteht, aber gibt's irgendwas, das die Leute lieber lesen als Skandalgeschichten? Das Problem ist, im PR-Busineß hängt fast alles davon ab, welchen Ruf man genießt, und es gibt eine Menge Leute, die gar zu gerne sehen würden, wie ich mich auf die Hinterbeine stelle, um mich besser mit Dreck bewerfen zu können. Was mir wirklich angst macht, ist, daß *New Nation* den Brief in die Hände bekommt – für Jackson Pike, diesen alten Mistbock, wäre das ein gefundenes Fressen.«

Louise ging um den Tisch herum zu Quedley und strich ihm das Haar aus der Stirn. »Zerbrich dir darüber mal nicht deinen kleinen Kopf, mein Süßer. Was auch immer in dem Brief über dich drinstehen mag, niemand wird es je lesen. Weil er nämlich gleich im Feuer landet.«

An jenem Sonntagmorgen nahmen Dean Delamore und Reggie Sparks den 10-Uhr-25-Flug der Air New Zealand nach Auckland. Delamore hatte während der Rückfahrt von Palm Beach angekündigt, daß er ebenfalls nach Neuseeland wolle; er sagte, er habe die Reise schon länger geplant, und nun schien ihm der Zeitpunkt günstig, um mal aus Sydney rauszukommen. Sparks paßte das ganz gut; er hatte den Eindruck, daß Delamore einiges zu seiner Story beisteuern konnte.

Um 9 Uhr 50 bestiegen sie das Flugzeug, und um 9 Uhr 55 betrat Herman Pickrang die Passagierlounge in einem anderen Teil des Flughafens, wo die Passagiere des 10-Uhr-40-Fluges der Qantas darauf warteten, ins Flugzeug gelassen zu werden. Um Punkt 10 Uhr, als die Fluggäste der Busineßklasse aufgerufen wurden, ging Pickrang zu einer Reihe von Telefonkabinen. Er warf ein paar Münzen ein und wählte die Nummer des Ristorante

Vesuvio in Leichhardt. Die Nummer hatte er von einer Visitenkarte, die er in der Brieftasche des verstorbenen Martino Perfumo gefunden hatte. Eigentlich hatte er nur das Geld des toten Mannes abgreifen wollen, doch als er auf die Karte stieß, die Martino Perfumo als Geschäftsführer des Restaurants auswies, war ihm eine Idee gekommen.

Eine Frau meldete sich am anderen Ende der Leitung.

»Martino Perfumo ist der Geschäftsführer von eurem Laden, stimmt's?«

»Ja, das ist richtig, aber er ist im Augenblick nicht da. Er kommt erst um 11 Uhr.«

»Nein, tut er nicht. Weil er nämlich tot ist; tot wie 'ne Dronte. Und sein Bruder auch.«

»Da muß ein Irrtum vorliegen ...«

»Wie wär's, wenn ich rede und Sie einfach nur zuhören? Haben Sie 'n Stift, denn es ist besser, wenn Sie mitschreiben. Die beiden liegen im Kofferraum eines grünen Ford, der in der Garage von 14 Clifftops Road draußen in Palm Beach geparkt ist. Klar? Die Garagentür ist zu, aber nicht abgeschlossen. Und jetzt spitzen Sie die Ohren, denn es ist wichtig. Die beiden sind tot, weil so 'n Kiwi namens Barry Plugge einen Killer auf sie angesetzt hat – das schreibt man P, L, U, G, G, E. Der Typ wohnt in Auckland. Wenn Sie das hier an die richtigen Leute weitergeben, werden die schon wissen, wer Plugge ist. Haben Sie alles?«

»Ich denke schon.«

»Wie heißt der Kerl?«

»Plugge. Barry Plugge.«

»Gut gemacht.«

Pickrang legte den Hörer auf und schlenderte zurück in den Wartesaal. Die meisten anderen Passagiere waren bereits eingestiegen, was ihm wunderbar in den Kram paßte, denn er haßte es, in einer Schlange zu stehen.

Steven Perfumo, der Rechtsanwalt, blickte ein weiteres Mal verstohlen auf seine Uhr. Es war kurz nach eins. Perfumo war unruhig, denn eigentlich hatte er vorgehabt, die Frau seines drittbesten Freundes zum Lunch auszuführen. Im Grunde genommen wollte er nur mit ihr ins Bett. Ihr Ehemann weilte gerade in Ho-Chi-Minh-Stadt, um einen Katzenfutterdeal unter Dach und Fach zu bringen. Am frühen Morgen des nächsten Tages wollte er wieder zurück sein. Und die Kaltschnäuzigkeit, die erforderlich sein würde, um danach noch eine Affäre ins Rollen zu bringen, hatte Perfumo einfach nicht.

Der Lunch war die letzte Etappe eines mit Geduld und Bedachtsamkeit ausgeführten Feldzuges, und Perfumo war guter Dinge, was die Erfolgsaussichten betraf. Es paßte wie die Faust aufs Auge, daß sich seine dämlichen Cousins ausgerechnet an diesem Tag ermorden lassen mußten. Rücksichtnahme war noch nie ihre Stärke gewesen, und wenn es ihnen auch schon an der Wiege gesungen worden war, daß sie eines Tages vollgepumpt mit Blei im Kofferraum eines Wagens enden würden, warum mußte es ausgerechnet heute sein? Allerdings wagte er es nicht, diese Gedanken in Gegenwart seines Vaters laut auszusprechen, dem Oberhaupt der Perfumo-Familie, der auf der anderen Seite des Schreibtisches saß, das Gesicht zerfurcht von Trauer und Reue.

»Das hier ist meine Schuld«, sagte sein Vater nun schon zum vierten oder fünften Mal. »Ich hätte handeln sollen, als Martino das Gesicht verbrannt wurde. Ich hätte Rocco erlauben sollen, Rache zu üben.«

Das hätte er ja doch nur vermasselt, dachte Steven und starrte an die Decke. Er faßte den Entschluß, einen letzten Versuch zu unternehmen, um die Diskussion zu einem wie auch immer gearteten Ende zu bringen. »Papa, wir haben das schon hundertmal durchgekaut«, sagte er, während er sich vorbeugte und die Ellbogen auf den Schreibtisch stützte. »Du weißt genau, warum wir nicht reagiert haben, und du weißt, daß es die richtige

Entscheidung gewesen ist. Unsere Strategie war, Plugge und die Asiaten aufeinanderzuhetzen und sich gegenseitig fertigmachen zu lassen, während wir am Rand sitzen, zuschauen und fein raus sind. Wir haben uns darüber unterhalten, daß drüben alles anders ist und daß wir uns keine Schlagzeilen erlauben können, von wegen Invasion der Italiener. Es war eine geschäftliche Entscheidung, weiter nichts. Die Frage ist, wie gehen wir mit dieser Sache hier um?«

Sein Vater strich sich mit den Fingern durch sein silbriges Haar, zuckte mit den Achseln und gab seinem Sohn auf seine spezifisch südländische Art zu verstehen, daß seine Argumente ihn nicht überzeugten. Es war nicht das erste Mal, daß Steven Perfumo den Eindruck hatte, sein Vater habe zu viele Gangsterfilme gesehen.

»Erklär mir das mal«, sagte der Alte. »Wie konnte diese furchtbare Sache passieren?«

Steven holte tief Luft. Vielleicht kamen sie jetzt endlich zu einem Ergebnis. »Ich habe schon versucht, es dir zu sagen: Es sieht ganz nach einer Racheaktion aus, die schiefgelaufen ist. Ich habe gerade mit Gino in Auckland telefoniert; Rocco hat ihm gesagt, er würde hierherkommen, weil er noch eine offene Rechnung zu begleichen hätte. Gino hat ein bißchen rumtelefoniert und herausgefunden, daß Pickrang – der Kerl, der Marty mit dem Kopf in den Ofen gesteckt hat – dieses Wochenende in Sydney war, klar? Pickrang hat für Plugge gearbeitet – er ist derjenige, den man in solchen Fällen in Auckland anheuert –, aber Gino hat gehört, daß es zwischen den beiden gekracht hat. Meine Vermutung ist, daß Plugge Pickrang abservieren wollte und deswegen Rocco den Tip gegeben hat, daß Pickrang nach Sydney kommt – in der Hoffnung, daß Rocco die Drecksarbeit für ihn erledigen würde. Du kennst Rocco – er mußte alles immer so persönlich nehmen. Und folglich hat er sich wohl entschlossen, Pickrang selbst umzulegen, und Marty ist einfach mitgekommen.« Er zuckte mit den Achseln. »Aber da haben sie sich an jemandem vergriffen, der eine Nummer zu groß für sie war. Ganz offensichtlich war es Pickrang, der heute morgen im Restaurant angerufen hat. Er versucht, die gleiche Masche zu reiten wie Plugge.«

Sein Vater brachte den Bericht feierlich auf einen Punkt: »Also sind sie beide verantwortlich?«

»Da ist was dran. Wenn Plugge Rocco nicht den Tip gegeben hätte, wäre das Ganze wohl nicht passiert.«

»Und dieser Pickrang – haben wir eine Idee, wo er jetzt ist?«

»Es sieht so aus, als wäre er zurück nach Auckland. Wir haben jemanden draußen am Flughafen, der das gerade überprüft.«

Das Familienoberhaupt erhob sich. Er stützte seine Handflächen auf den Schreibtisch und blickte auf seinen Sohn herunter. »Ich will, daß diese Angelegenheit geregelt wird, sobald die Jungs begraben sind, Stefano.« Seine Stimme zitterte. »Und ich will, daß du die Angelegenheit persönlich in die Hand nimmst.«

Schöne Scheiße, dachte Steven. Einfach wunderbar, Euer Ehren, kann ich um ein paar Tage Aufschub bitten, ich muß erst noch zwei Typen umlegen lassen.

»Ich würde trotzdem empfehlen, daß wir in der Angelegenheit im Hintergrund bleiben«, sagte er. »Ich halte es für keine allzu gute Idee, wenn unsere Leute da mit reingezogen werden.«

»Schwebt dir jemand Bestimmtes vor?«

»Erinnerst du dich noch an die Maori-Gang, die für uns den Vertrieb drüben erledigt? Die Blood Drinkers? Warum setzen wir die nicht drauf an?«

»Sind die fähig?«

»Na ja, mir ist noch nie was Fieseres unter die Augen gekommen, und das ist ja schon mal gar nicht so schlecht für den Anfang«, sagte Steven sichtlich bewegt. Er höchstpersönlich hatte die Verhandlungen über die Vertriebsbedingungen mit dem Führungskollektiv der Blood Drinkers geführt – vier Fleischberge, die fast nicht menschlich zu nennen waren und stanken wie ein Zoo in der Dritten Welt während einer Hitzewelle. Die Erinnerung daran ließ ihn jetzt noch schaudern. »Das sind Tiere. Die würden ihre Großmutter für einen Kasten Bier und einen Big Mac skalpieren. Außerdem werden dadurch die Spuren verwischt – die Polizei kommt nicht drauf, daß jemand von außerhalb etwas damit zu tun hat.«

»Ich überlasse es dir, Stefano. Mach es, wie du willst, aber kümmer dich drum. Sorg dafür, daß es über die Bühne geht. Ich kann meiner Schwester nicht eher wieder in die Augen schauen, bis diese Sache erledigt ist.«

Steven nickte und wollte sich auf den Weg machen.

»Ach ja, da ist noch was«, sagte sein Vater. »Was wird die Polizei wegen Rocco und Martino unternehmen?«

Steven zuckte mit den Achseln. »Sie werden uns ein oder zwei Wochen auf die Nerven gehen. Die Sache liefert ihnen einen Vorwand, um uns Ärger zu machen, aber danach erzählen sie das gleiche wie immer – wieder mal ein Fall von Spaghetti-Vendetta.«

Caspar Quedley setzte Louise Appleyard um halb zehn am Sonntag abend bei sich zu Hause ab. Sie lud ihn noch auf einen Kaffee und einen letzten Drink ein, doch er wand sich mit der Begründung heraus, daß er am nächsten Morgen früh aufstehen müsse. Er hatte den Verdacht, daß Kaffee und Cognac nicht alles waren, was ihr vorschwebte, und daß er nach den Anstrengungen des späten Nachmittags und frühen Abends zu ausgepumpt war, um sich für eine weitere Runde aufzurappeln. Die Witwe ist lüstern wie eine Stute, die zu lange eingesperrt war, dachte er.

Um Viertel nach zehn lag Quedley im Bett. Nach zwei langen Nächten und einem körperlich anstrengenden Tag freute er sich darauf, neun Stunden lang durchschlafen zu können. Als die Leuchtanzeige seines Weckers jedoch 4 Uhr 21 anzeigte, schoß Quedley in seinem Bett hoch wie von der Tarantel gestochen.

»Ich muß nicht alle Tassen im Schrank haben«, sagte er laut vor sich hin. »Wie komme ich dazu, der Schlampe zu glauben, wenn sie sagt, sie wirft den Brief ungelesen ins Feuer?«

19

Um 7 Uhr 45 am nächsten Morgen saß Caspar Quedley an seinem Schreibtisch und war um einiges besser aufgelegt, als nach den Schrecken der Nacht zu erwarten gewesen wäre. Während er die Kaffeemaschine in Gang setzte, sang er: »Oooh-ooh Brown Sugar, how come ya dance so good? Oooh-ooh Brown Sugar, just like a black girl should«, und beendete seinen Vortrag mit einem energischen Hüftschwung. Quedley war deshalb guter Laune, weil er allmählich Licht am Ende des Tunnels sah. Über eine Stunde hatte er sich im Bett hin und her gewälzt und sich mit Vorwürfen und Selbstanklagen wegen seines kindlich-naiven Vertrauens in Louise Appleyard überhäuft. Das führte dazu, daß es in seinem Hirn an allen Ecken und Enden zu mahlen und knirschen begann und folglich an Schlaf überhaupt nicht mehr zu denken war, bis schließlich in dem heillosen Gewirr unzusammenhängender Bilder ein Geistesblitz in seinem Schädel aufflackerte. Er war aus dem Bett gestiegen, an seinen Schreibtisch gegangen und hatte drei Worte auf einen selbstklebenden Notizzettel geschrieben, den er an seinen Aktenkoffer geklebt hatte. Fünf Minuten, nachdem er sich wieder ins Bett gelegt hatte, schlief er bereits tief und fest.

Die drei Worte auf dem Zettel lauteten: »Dr. Carl Plews«. Dr. Plews war Amerikaner, hatte Universitätsabschlüsse von Yale und der London School of Economics und wurde in den Medien häufig als »einer der weltweit führenden Experten« auf dem Gebiet der »neuen Managementkultur innerhalb von Großorganisationen« gepriesen, was immer das auch sein mochte. Quedley hatte seine Zweifel an dieser Einschätzung. Seiner Meinung nach wäre jemand, der wirklich ein weltweit führender Experte auf irgendeinem Gebiet war, statt ausgerechnet nach Neuseeland zu kommen, mit seinem Arsch in den USA geblieben, wo er zigmal mehr Geld damit verdienen konnte, das Offensichtliche als tiefgreifende wissenschaftliche Erkenntnis zu verkaufen, indem er es mit New-Age-Management-Gelaber verklausulierte. Was nicht heißen sollte, daß der Doktor es in Neuseeland nicht geschafft hätte, sein Schäfchen ins trockene zu bringen. Im Gegenteil, er hatte ein paar satte Honorare von diversen Regierungsstellen dafür abgestaubt, daß er sie bei der Umwandlung von Behörden in staatliche Aktiengesellschaften beraten hatte. Es gab drei Gründe, weshalb Quedley der Auffassung war, daß sein Problem durch Dr. Plews gelöst werden konnte: erstens die Tatsache, daß Plews' neuester Kunde die Post von Neuseeland war, zweitens, daß der Doktor ein leidenschaftlicher Hobbygärtner war, eine Tatsache, die stets in seinen Persönlichkeitsprofilen erwähnt wurde – normalerweise gleich nach der Tatsache, daß er über ein ungezügeltes Temperament verfügte. Und das war der dritte Grund.

Am frühen Abend eines schwülen Sommertages im letzten Jahr hatte Dr. Plews, überaus zufrieden mit dem korrekten Sitz seiner Fliege, seinen Frack vom Kleiderbügel genommen und seiner Frau Estelle zugerufen, daß, wenn sie nicht innerhalb von fünf Minuten aufbrachen, sie den Anfang der Vorstellung verpassen würden. Sie hatte aus dem Badezimmer neben dem Schlafzimmer zurückgebrüllt, daß sie mit ihrem Make-up gleich fertig wäre. Dr. Plews lächelte selbstzufrieden und zog sich sein Jackett über. Vor einer Viertelstunde brauchten sie nicht aufzubrechen, aber auf diese Weise wäre Estelle wenigstens rechtzeitig fertig. Dr. Plews mochte es, wenn die Dinge nach Plan verliefen – seinem Plan wohlgemerkt.

So kam Dr. Plews auf den Gedanken, die verbleibende Zeit dafür zu nutzen, ein wenig in seinem Garten herumzuschlendern.

Er ging nach unten und durch das Atelier mit seinen Schiebetüren hinaus auf den oberen Rasen. Es war ein schöner Abend; das Tageslicht verblaßte allmählich, und diverse Blumendüfte mischten sich in den leichten Wind, der von der See heraufwehte. Dr. Plews schloß die Augen und atmete tief ein. Als er gerade mal halb ausgeatmet hatte, erstarrte er: Ein tiefes Schnüffelgeräusch drang von der gegenüberliegenden Seite des Rasens herüber. Obwohl ein Busch die Quelle des Geschnüffels verdeckte, wußte Dr. Plews augenblicklich, was dies zu bedeuten hatte – in seinem Garten war ein verdammter Hund. Er überquerte den Rasen, umrundete den Busch, und der Anblick, der sich ihm bot, ließ die Vene, die sich über seine Stirn zog wie ein Wurm, zittern wie einen Schlauch unter Hochdruck: Das Ritterspornbeet, das er durch die widrigen Witterungsverhältnisse des Frühlings und Frühsommers hindurch von der Aussaat bis zur prachtvollen Blüte gehegt, gepflegt und gepäppelt hatte, war nur noch ein Trümmerfeld, die Blumen mit Stumpf und Stiel ausgerissen, verstreut und zertrampelt. Die Verwüstung hätte nicht größer sein können, wenn ein Wildschwein in dem Blumenbeet gewütet hätte. Der Übeltäter war hingegen kein Wildschwein, sondern eine junge Bulldogge, kaum mehr als ein Welpe, die nun leicht hechelnd vor Plews stand und ihn friedlich mit glänzenden Triefaugen anstarrte.

»Hierher, Kleiner«, krächzte Plews, dem es schier die Kehle zuschnürte.

Die kleine Bulldogge kam gehorsam auf ihn zugetapert. Als der Hund in Reichweite war, stieß Plews ein Wutgeheul aus, ließ sich auf die Knie fallen und packte ihn beim Halsband. Er drehte ihn auf den Rücken und fing an, ihn zu würgen. Es dauerte geschlangene zwei Minuten, bis der Hund tot war. Als es vorbei war, hatte Plews Schaum vor dem Mund, und seine sorgfältig gebügelten Hosen waren mit Erde verschmiert, die der Hund zuvor aufgewühlt hatte. Plews stand auf, sein Brustkorb bebte, und seine Stirn war triefnaß vor Schweiß. Er wischte sich das Gesicht mit einem Taschentuch ab und verschaffte sich einen Überblick über die Situation: Er kannte den Hund; er hieß »Rumpole« und gehörte seinem Nachbarn, Mr. Justice Smouth, einem Richter am High Court, mit einer gewissen Neigung zu Wutausbrüchen. Es war gerade mal ein paar Tage her, seit Rumpole das Thema einer Unterhaltung zwischen Plews und dem Richter gewesen war, die über den malerischen, aber etwas wackligen Lattenzaun hinweg geführt worden war, der ihre beiden Anwesen voneinander trennte, seit Estelle ihren exquisit beschuhten rechten Fuß in einen noch dampfenden Haufen des kleinen Rackers gesetzt hatte. Der Richter hatte sein Bedauern zum Ausdruck gebracht und versprochen, Rumpole gegenüber in Zukunft ein strengeres Regiment zu führen, doch seine Sympathie für den häßlichen kleinen Übeltäter war nicht zu übersehen. Während sich die Dunkelheit nun allmählich über den Garten senkte und Plews wieder zu Atem kam, dämmerte ihm, daß es ein hartes Stück Arbeit werden würde, Richter Smouth davon zu überzeugen, daß sein Köter nur den Nachtisch bekommen hatte, den er verdiente.

Plews dachte nach und kam zu dem Ergebnis, daß er weder scharf darauf war, einen auf Rache sinnenden und womöglich prozeßgeilen Richter als Nachbarn zu haben, noch eine Haßfigur für Haustierhalter und militante Tierschützer zu werden. Also schnappte er sich einen Spaten aus dem Schuppen und trug den toten Hund in den hintersten Winkel des Gartens, wo sich der Komposthaufen befand, und begrub ihn dort. Gleichzeitig faßte die 17jährige Kirsty Bolton, die vom Fenster im Obergeschoß des Hauses Rumpoles Ende mit angesehen hatte, den Entschluß, daß sie, egal wie gut die Plews auch zahlen mochten, nie wieder bei ihnen babysitten würde.

Als Quedley die Geschichte von Rumpoles Ableben zu Ohren kam, mußte er so heftig lachen, daß er vom Stuhl fiel, was nicht ganz die Reaktion war, die seine Informantin, Kirsty Boltons

Mutter, erwartet hatte. Er unternahm keine bewußte Anstrengung, sich das Ereignis zu merken. Das brauchte er auch nicht: Quedley vergaß niemals irgend etwas, das jemand anderen in einem unvorteilhaften Licht erscheinen ließ.

Um 8 Uhr 15 rief Quedley bei Plews an und hatte keine Mühe, die Sekretärin des Doktors dazu zu bewegen, ihn durchzustellen.

»Dr. Plews? Hier ist Caspar Quedley. Wir sind uns letztes Jahr beim Postminister begegnet.«

»Ich erinnere mich gut, Caspar. Wie geht's?«

»Nun, ich habe da ein kleines Problem, und ich hatte gehofft, daß Sie mir bei der Lösung eventuell helfen könnten.«

»Schießen Sie los.«

»Es hat mit der Post zu tun.«

»Da kann ich Ihnen eins schon gleich mal versichern, Caspar: Den Laden kenne ich wie meine Westentasche. Wenn irgendein Postler auch nur furzt, kriege ich das mit. Erzählen Sie mir, was Sie für ein Problem haben, und ich leite Sie weiter an den, der die Sache regeln kann.«

»Also gut. Just in diesem Augenblick ist eine Postsendung unterwegs, die letzte Woche in Sydney abgeschickt wurde. An einen Mr. Victor Appleyard in Takapuna. Diese Postsendung möchte ich haben.«

»Wie bitte?«

»Ich will nicht, daß der Brief zugestellt wird; ich will, daß er abgefangen und an mich weitergeleitet wird.«

»Sie machen Witze, stimmt's?« Der Ton, in dem Dr. Plews dies aussprach, ließ erkennen, daß er sehr ungehalten werden würde, wenn dies nicht der Fall war.

»Carl, wenn ich Witze mache, brauchen Sie nicht zu fragen.«

»Nun denn, Kumpel, da sind Sie an den Falschen geraten«, sagte Dr. Plews frostig. »So was würde ich noch nicht mal für meine Freunde in Erwägung ziehen, und zu denen gehören Sie mit Sicherheit nicht. Und jetzt, wenn Sie nichts dagegen haben, muß ich mich anderen Dingen widmen.«

»Was denn, einen Hund erwürgen zum Beispiel?«

»Was haben Sie gesagt?«

»Einen Hund erwürgen. Das haben Sie doch mit dem kleinen Freund von Judge Smout gemacht, oder – den armen Scheißer mit ihren bloßen Händen erdrosselt? Und dann auch noch im Frack, aufgetakelt wie ein Pinguin – Herrgott, das muß ein Anblick gewesen sein.«

»Ich weiß nicht, wovon Sie reden, und ich beende diese Unterhaltung genau in diesem ...«

Quedley schnitt ihm das Wort ab; jemand wie er redete nicht lange um den heißen Brei herum: »Carl, die Sache läuft folgendermaßen: Entweder Sie tun mir diesen Gefallen, oder ich rufe den alten Smout an und erzähle ihm, daß Sie seinem kostbaren kleinen Liebling den Hals umgedreht und ihn unter Ihrem Komposthaufen vergraben haben. Es liegt ganz bei Ihnen, Kumpel.«

Dreißig Sekunden verstrichen. Schließlich sagte Dr. Plews: »An wen, sagten Sie, war der Brief adressiert?«

Eine Stunde, bevor Caspar Quedley und Dr. Carl Plews darüber diskutierten, sich an der Post Ihrer Majestät zu vergreifen, hielt ein Taxi vor einem der Hotels in der Innenstadt. Der Fahrer, ein Samoaner mittleren Alters, bestand darauf, seinem Fahrgast den schweren Koffer in die Hotelhalle zu tragen; hätte er gewußt, daß die nach außen hin so attraktiv wirkende junge Dame in Wirklichkeit ein Mann war, hätte er dies dem Hotelpagen überlassen.

Dean Delamore hatte das Haus der Sparks in St. Heliers ohne Vorankündigung oder Erklärung verlassen, während Reggie und seine Mutter noch schliefen. Er trug sich unter dem Namen Lesley Gore an der Rezeption ein und nahm den Aufzug zum 14. Stock, wobei er so tat, als würde er die bewundernden Blicke des 18jährigen Hotelpagen nicht bemerken. Nachdem der Page um einen Dollar reicher wieder gegangen war, zog Delamore sich aus, setzte die blonde Perücke ab und hängte sein Kostüm, eine elegante limettengrüne Kombination, sorgsam auf einen Bügel in den Kleiderschrank. Dann legte er sich ins Bett und schlief drei Stunden, um die Zeitverschiebung zwischen Neuseeland und Australien auszugleichen und den Schlaf nachzuholen, der ihm entgangen war, nachdem er so früh aufgestanden war.

Um 11 Uhr stöckelte Dean Delamore in hochhackigen Pumps, passend zu dem limettengrünen Kostüm, durch die Hotelhalle. Er gab seinen Schlüssel an der Rezeption ab und stieg in ein Taxi, dessen Fahrer er die Adresse eines Bürogebäudes in Parnell nannte, wo Quedley Communications ihren Sitz hatte. Er betrachtete die Schilder im Foyer des Gebäudes und nahm dann den Lift zum vierten Stock.

Delamore stieg aus dem Fahrstuhl und schaute sich zögernd um. Die Empfangsdame hinter dem Tresen schenkte ihm ein strahlendes Lächeln.

»Kann ich Ihnen helfen, Madam?«

»Ich glaube, ich bin im falschen Stock gelandet«, sagte Delamore. »Das hier ist doch nicht Deco Design?«

»Ein Stockwerk höher. Das hier ist Quedley Communications.«

»Oh, davon habe ich schon gehört. Sie machen PR, richtig?«

»Haargenau.«

»Kann sein, daß wir demnächst einen PR-Berater brauchen. Haben Sie einen Firmenprospekt oder so was?«

»Haben wir. Ich gehe Ihnen einen holen.«

Die Empfangsdame eilte davon und kam eine Minute später mit einer Hochglanzbroschüre zurück, die Delamore in seine große schwarze Handtasche steckte. Er bedankte sich bei der Empfangsdame, drückte den Knopf für den Fahrstuhl und stieg ein. Die Rezeptionistin betrachtete die Leuchtanzeige über dem Fahrstuhl und schüttelte den Kopf. Etwas durcheinander, die Gute, dachte sie; da sage ich ihr, Deco Design ist ein Stockwerk höher, und was macht sie? Fährt nach unten.

Kurz vor fünf am gleichen Nachmittag wurde Quedley ein Briefumschlag zugestellt, der am Donnerstag zuvor in Sydney abgestempelt worden war und die Adresse von Mr. Victor Appleyard trug. Quedley wog ihn in seiner Hand. Seltsam, dachte er; da drin ist allerhöchstens ein Blatt Papier. Er riß den Umschlag auf; er enthielt eine Nachricht in der gleichen Handschrift wie der letzte Brief von Julian, mit dem Wortlaut:

> Obwohl dieser Brief an Victor Appleyard geschickt wurde, nehme ich an, daß er in diesem Augenblick von Caspar Quedley gelesen wird.
>
> Wenn dem nicht so sein sollte, Victor, dann bedarf es einer Erklärung: Vor nicht allzu langer Zeit habe ich Caspar geschrieben, daß ich etwas zu Papier gebracht hätte, das ich als eine kleine Erinnerungslektüre an unsere Schulzeit bezeichnet habe. Ich wurde damals von heftigem Selbstmitleid geplagt und warnte Caspar, daß, wenn er sich nicht mit mir in Verbindung setze, bevor es zu spät sei, ich dieses Dokument an eine interessierte Adresse – Dich – weiterleiten würde. Es war in der Tat schon immer meine Absicht, irgend jemandem zu erzählen, was 1970 wirklich am Prince Albert geschehen ist; ich habe genug auf dem Gewissen, da muß ich die Wahrheit nicht auch noch mit ins Grab nehmen. Als ich im nachhinein darüber nachdachte, kam ich zu dem Ergebnis, daß es ein Fehler gewesen ist, Caspar vorzuwarnen; er ist nicht der Typ, der herumsitzt und die Hände in den Schoß legt. Vielmehr würde er alles daransetzen, mir Knüppel zwischen die Beine zu werfen, und, bei seinem Talent für solche Unternehmungen, vermutlich sogar Erfolg damit haben.
>
> Deshalb habe ich es arrangiert, daß Dir das Material persönlich zugestellt wird. Falls ich Caspars Einfalls-

reichtum überschätzt haben sollte, so hat es wenigstens nichts geschadet. Und wenn nicht – tja, Caspar, diesmal war jemand schlauer als Du.
Zum Schluß noch eines: Die Tatsache, daß dieser Brief von jemandem gelesen wird, bedeutet, daß ich tot und begraben bin. Aber nicht vergessen, gell Caspar?
Julian Gage

Quedley las den Brief dreimal, bevor er ihn beiseite legte. Er seufzte und rieb sich die Augen; er betrachtete seine Fingernägel; er bohrte geistesabwesend in der Nase herum; schließlich setzte er sich wieder in seinen Sessel und verschränkte die Hände hinter dem Kopf. Nach einigen Minuten des Nachdenkens kam er zu dem Ergebnis, daß ihm ein ziemlicher Haufen Scheiße ins Haus stand. Wie üblich hatte er recht.

Quedley schenkte sich gerade seinen zweiten Bourbon ein, als seine Vorzimmerdame ihm sagte, ein Mr. Dean Delamore sei auf Leitung eins. Er nahm den Hörer ab, drückte den Knopf und sagte: »Sie haben's, stimmt's?«

»Was soll ich haben, Caspar?«

»Sie wissen verdammt genau, wovon ich rede«, knurrte Quedley. »Die Julian-Gage-Story – ›Der Planet der minderjährigen Schwanzlutscher‹.«

»Hmmm, hat was«, sagte Delamore. »Kein Wunder, daß Sie im PR-Geschäft sind. Julian hatte also recht – Sie haben sich den Brief unter den Nagel gerissen? Wie haben Sie das hingekriegt?«

»Was spielt das schon für 'ne Rolle, verdammt? Warum kommen Sie nicht zur Sache? Die ganze Angelegenheit geht mir allmählich schwer auf den Sack.«

Delamore schnalzte mit der Zunge und verfiel in einen gezierten Tonfall. »Wie unangenehm, mein Lieber, um nichts in der Welt möchte ich Sie langweilen. Okay; zur Sache, Caspar: Ja, ich habe die Aufzeichnungen, und ich hole Angebote dafür ein.«

»Sie bieten ihn mir zum Kauf an? Das ist wohl kaum das, was Ihrem Gönner vorgeschwebt hat.«

»Appleyard ist tot. Dadurch bin ich an keinerlei Verpflichtungen mehr gebunden. Abgesehen davon, sind Sie ja wohl gerade der Richtige, um sich über Julians Wünsche zu äußern – wenn Sie auch nur einen Funken Anstand bewiesen hätten, würden wir dieses Gespräch wohl kaum führen.«

Quedley knurrte verächtlich. »Selbst wenn ich mehr Hingabe gezeigt hätte als Mutter Teresa bei einem Zugunglück, würden wir diese Unterhaltung führen. Tut mir leid, daß ich Sie enttäuschen muß, aber ich bin nicht interessiert. Sehen Sie, ich glaube einfach nicht, daß das, was Sie da offerieren, überhaupt wert ist, gekauft zu werden. Weshalb sollte es mich interessieren? Erstens: Es steht mein Wort – gegen was? Das Horrorgeschwafel eines verbitterten Mannes auf dem Totenbett, der vermutlich gar nicht mehr recht bei sich war. Zweitens: Was wollen Sie damit machen, wenn ich nicht mitspiele? Die Aufzeichnungen weiterleiten an die Presse? Machen Sie sich nicht lächerlich. Keine Zeitung hier würde auch nur ein Wort davon drucken.«

»Das ist nicht der Eindruck, den mir Reggie Sparks vermittelt hat«, sagte Delamore unbeirrt. »Und wenn Sie die ganze Angelegenheit so wenig kratzt, warum haben Sie dann dieses Tier von Pickrang nach Sydney geschickt? Überhaupt, wer spricht denn von den Zeitungen? Ich kann mir kaum vorstellen, daß Ihre Klienten Luftsprünge machen vor Begeisterung, wenn sie erfahren, was Sie als Jungspund so alles getrieben haben. Wie der Zufall so spielt, habe ich eine Ihrer Firmenbroschüren gerade vor mir. Oh, Mann – ganz schön beeindruckend, wen Sie da alles in Ihrer Kundenliste drinhaben. Also wollen Sie sich jetzt unterhalten, oder soll ich mir einen Copyshop suchen gehen?«

»Hat Sparks damit irgendwas zu tun?«

»Machen Sie sich nicht lächerlich.«

»Na dann, schadet ja nichts, sich mal zu unterhalten, oder? Wo wohnen Sie?«

»Also Caspar«, sagte Delamore tadelnd. »Das ist unter Ihrer Würde – dabei hat Julian immer behauptet, Sie wären so clever. Ich bin heute ein bißchen rumspaziert, und der Albert Park scheint mir ein ganz nettes Plätzchen zu sein. Besonders um die Mittagszeit, mit all den hübschen jungen Studenten. Sagen wir morgen gegen halb eins.«

»Wie weiß ich, wer Sie sind?«

Delamore kicherte. »Machen Sie sich darüber keine Gedanken. Ich habe Ihre Broschüre, wissen Sie noch? Mein Gott, was für ein Ego-Trip – mindestens ein Dutzend Fotos von Ihnen sind da drin. Nicht, daß Sie sich nicht gut machen würden auf Fotos ...«

Quedley sagte Delamore, er solle sich ins Knie ficken, und schmetterte den Hörer auf die Gabel.

20

Um 11 Uhr des folgenden Morgens schritt Dean Delamore durch die Lobby seines Hotels hinaus auf die Straße. Er war unrasiert und trug Jeans, Turnschuhe und ein weites Sweatshirt über einem Polohemd; er trug weder Ohrringe noch eine blonde Perücke oder Make-up. Niemand würdigte ihn eines Blickes. Er ließ seinen Zimmerschlüssel nicht an der Rezeption zurück. Soweit es das Hotelpersonal betraf, war der Gast in Zimmer 1414 eine junge, blonde Frau, und Delamore war darauf bedacht, diesen Eindruck nicht zu zerstören.

In einem der Cafés an der High Street trank er einen Cappuccino, dann kaufte er sich eine Zeitung und ein Thunfischsandwich mit Tomaten und Alfalfasprossen und schlenderte durch den Albert Park zur Universität. Es war ein milder Frühlingstag; in regelmäßigen Abständen von einer halben Stunde zogen schmutziggraue Wolkenfelder vom Westen her über die

Stadt, und der Geruch des Regens stieg vom Asphalt auf, wenn die Sonne wieder zum Vorschein kam.

Um Viertel nach zwölf setzte sich Delamore auf eine Parkbank gegenüber dem Glockenturm der Universität und fing an, seine Zeitung zu lesen. Um ihn herum wimmelte es von Menschen, hauptsächlich Studenten, aber auch ein paar Bürotypen, die von der Stadt heraufgekommen waren, um ihren Kollegen zu entgehen, ihren Lunch zu essen und neidvolle Blicke auf die Studenten zu werfen, die mit großer Hingabe herumschmusten oder Zigaretten rauchten, gerade so, als ob sie noch nie von den Risiken gehört hätten, die mit beiderlei Aktivitäten einhergingen. Um 12 Uhr 25 kam Caspar Quedley die Prince Street herauf und bog in den Park ein. Er blieb stehen, schaute sich erwartungsvoll um und vergrub dann die Hände in den Taschen seines Trenchcoat, während er so tat, als würde er sich für ein großes Blumenbeet in Form des Zifferblattes einer Uhr interessieren. Delamore betrachtete ihn ein oder zwei Minuten durch seine Sonnenbrille; als er zu dem Ergebnis gekommen war, daß die Fotos in der Broschüre Quedley nicht gerecht wurden, wandte er sich wieder seinem Thunfischsandwich zu.

Um 12 Uhr 45 entstieg Herman Pickrang dem roten Mitsubishi, der vorschriftswidrig auf dem Fahrradweg auf der anderen Seite der Prince Street geparkt war, und überquerte die Straße. Mit seinen Blicken langsam die Umgebung absuchend, ging er auf Quedley zu. Als er an Quedley vorbeikam, schüttelte er den Kopf. Quedley zuckte mit den Achseln. Delamore tupfte sich die Lippen mit einer Serviette ab, warf sie mitsamt dem Einwickelpapier seines Sandwiches und der Zeitung in einen Papierkorb, stand auf und verließ den Park. Es gab vermutlich angenehmere Beschäftigungen, als in der Bibliothek von Auckland Mikrofilme zu sichten, doch schließlich, so erinnerte er sich, war er geschäftlich in Auckland und nicht zum Vergnügen.

Delamore kehrte um vier Uhr nachmittags in sein Hotel zurück. Er spielte mit dem Gedanken, Quedley anzurufen, beschloß dann jedoch, zuerst einmal ein Bad zu nehmen. Laß ihn ruhig noch ein bißchen in seinem eigenen Saft schmoren, dachte er. Delamore genoß das Katz-und-Maus-Spiel um so mehr, als er sich vorstellte, wie sehr Quedley die Rolle des kleinen Nagers dabei zuwider war. Und das war noch untertrieben, wie sich herausstellte, als Delamore kurz nach fünf endlich zum Hörer griff.

»Was zum Teufel soll dieses Scheißspiel?« schrie der PR-Mann in den Hörer. »Ich hab mir im Albert Park eine halbe Stunde die Beine in den Bauch gestanden...«

Delamore schnitt ihm das Wort ab: »Caspar, ich muß sagen, ich bin sehr enttäuscht von Ihnen. Was hat Julian immer von Ihnen geschwärmt – bevor er die Nase von Ihnen voll hatte –, Caspar dies, Caspar das, Caspar ist so schlau und gerissen, er hat die Sachen im Griff, Mr. Cool. Ich meine, habe ich was verpaßt oder so? Ich erwarte Stil und Klasse, und alles, was ich sehe, ist dröges Deppentum. Ich bin heute im Park gewesen, pünktlich und bereit, den Handel unter Dach und Fach zu bringen. Wenn Sie nicht versucht hätten, krumme Touren zu reiten, dann hätten Sie Julians Kram jetzt.«

»Was soll das heißen, Sie waren da? Wo waren Sie?«

»Na ja, das müssen Sie mir einfach glauben. Ich habe Sie gesehen – sie hatten einen elfenbeinfarbenen Trenchcoat an und darunter einen marineblauen Anzug. Wenn Sie mich fragen, ich denke, der Mantel ist eine Idee zu... dramatisch. Ich glaube nicht, daß der Humphrey-Bogart-Look zu Ihrem Typ paßt.«

Quedley geriet hörbar aus der Fassung: »Wenn Sie da waren, warum zum Teufel haben Sie sich dann nicht blicken lassen?«

»Warum zum Teufel glauben Sie wohl? Ich dachte mir, Sie probieren garantiert irgendeine krumme Nummer, und ich hatte ja wohl auch recht, oder? Wie schon gesagt, Caspar, das war sehr dröge und ungeschickt. Herrgottchen, Ihren Gorilla sieht man doch kilometerweit.«

»Okay«, sagte Quedley kleinlaut. »Sie haben gewonnen. Sie

sind mir überlegen. Nennen Sie mir Zeit und Ort, und ich bin da – keine Tricks, kein Nix, nur ich.«

»Ah-ah, nicht so schnell, Süßer«, sagte Delamore in dem, was er für den Tonfall einer Südstaatenschönheit hielt. »Ich habe Ihnen den ersten Bissen vom Kuchen angeboten, und Sie wollten nicht. Jetzt müssen Sie sich wieder ganz hinten anstellen.«

Quedley protestierte, doch Delamore legte mitten in seiner Tirade einfach den Hörer auf, brach in schallendes Gelächter aus und ließ sich rückwärts auf das Bett fallen, wo er mit den Fersen auf die Matratze trommelte. Als er mit Lachen fertig war, ging er zu seinem Koffer und nahm das Blatt Papier zur Hand, das er aus Reggie Sparks' Notizbuch herausgerissen hatte. Es war eine Liste mit Namen und Telefonnummern, von denen er nun eine wählte. Kaum daß es zweimal geklingelt hatte, meldete sich jemand am anderen Ende.

»Dermot Looms am Apparat.«

»Hallo, mein Name ist Dean Delamore. Ich war ein Freund von Julian Gage – ein sehr enger Freund.«

»Julian Gage – na so was. Den hatte ich schon fast vergessen.«

»Da überraschen Sie mich aber – ich meine, bei all dem, was Sie gemeinsam haben.«

»Ich denke, da sind Sie auf dem falschen Dampfer, mein Freund. Was Julian und ich gemeinsam haben, können Sie aufzählen, ohne einmal Luft zu holen.«

»Nun denn, Dermot – ich darf Sie doch Dermot nennen? –, da muß ich aber widersprechen. Julian, und das wird Sie sicher traurig stimmen, ist letzte Woche verstorben. Kurz bevor er starb, hat er sich hingesetzt und eine Chronik seiner Schulzeit am Prince Albert College aufgeschrieben. Als ich sie gelesen habe, ist mir sofort aufgefallen, daß zwischen Ihnen beiden eine ganz starke Verbindung bestand, beinahe so was wie eine verschworene Gemeinschaft. Ich denke, man kann sagen, daß ich dieses Fragment einer Autobiographie geerbt habe, doch ist mir beim Lesen der Gedanke gekommen, daß es unter Umständen für Sie einen emotionalen Wert besitzt. Und außerdem habe ich mir gedacht, daß Sie diesen emotionalen Wert eventuell in Zahlen ausdrücken können.«

Eine ganze Weile herrschte Schweigen, und Delamore gab sich keinerlei Mühe, dieses Schweigen zu brechen. Schließlich sagte Looms, daß das gut sein könne und sich eventuell etwas machen ließe in dieser Hinsicht.

»Fein«, sagte Delamore. »Ich war mir ganz sicher, daß Sie Interesse hätten. Der nächste Schritt ist dann ja wohl, daß wir uns mal treffen und ein paar Zahlen durch den Raum schwirren lassen.«

Nie wieder, dachte Steven Perfumo. Es ist mir scheißegal, was passiert oder was der Alte sagt, so was wie das hier mache ich nie wieder – Schluß, aus.

Er saß in der Busineßclass einer Boeing 767 der Air New Zealand. Es war gerade mal eine Stunde seit dem Start der Maschine in Auckland vergangen, doch Perfumo war bereits betrunken. Geräuschvoll schlürfte er einen weiteren Schluck Scotch, schloß die Augen und lehnte sich zurück. Vor seinen Augen tauchten Bilder auf – wie Szenen aus einem seiner Lieblingsfilme. Er lebte in einer Kleinstadt auf dem Lande oder vielleicht irgendwo weiter nördlich an der Küste – irgendwo, wo das Wetter schön war, jeder jeden kannte und man nachts aus dem Haus gehen konnte, ohne die Tür abzuschließen. Er würde eine kleine Einmannkanzlei haben, von neun Uhr früh bis nachmittags um fünf arbeiten und dann nach Hause gehen zu Frau und Kindern, ein paar Bier trinken und ein paar Steaks auf den Grill hinter dem Haus klatschen. Er würde sogar eine Kochmütze tragen und eine Schürze mit dem Aufdruck »Habt Erbarmen mit dem Koch – er tut sein Bestes« oder irgendeinem Scheiß in dieser Richtung. Das Leben wäre einfach und sicher, es gäbe keine »Familienangelegenheiten«, um die er sich zu kümmern hatte, er müßte nicht dauernd über die Schulter blicken, hätte keinen Ärger mit den Bullen. Und vor allem gäbe es dort keine 300 Pfund schweren Maori-Soziopathen mit gelbumrandeten, rotgeäderten Schweinsaugen und obszönen Tätowierungen auf ihren unglaublichen Armen und Dreadlocks bis zum Arsch und dreckigen Klamotten mit Flecken, die aussahen, als stammten sie von sämtlichen Körperflüssigkeiten und Ausscheidungen, die der menschliche Körper zu produzieren in der Lage ist.

Perfumo war sich schon im voraus darüber im klaren gewesen, daß sich die Verhandlungen mit den Blood Drinkers über die Beseitigung von Herman Pickrang und Barry Plugge zu einem nervenaufreibenden und unangenehmen Erlebnis gestalten würden. Wie sich herausstellte, war dies noch schwer untertrieben. Wie Gino, der augenblicklich die Geschäfte der Familie in Neuseeland leitete, ihm auf dem Weg zurück zum Flughafen erklärte, waren die Blood Drinkers, mit denen er bei seinem letzten Besuch verhandelt hatte, die Wirtschaftsabteilung der Gang gewesen; die Jungs, mit denen er gerade zusammengesessen hatte, waren die Sturmtruppen.

Was an den 60 Minuten in der Bruchbude in Otara so furchterregend gewesen war, war das Gefühl des völligen Ausgeliefertseins an Leute, für die der Begriff der Gnade und des Mitleids ganz offensichtlich so irrelevant war wie die Wirtschaftsbilanz des letzten Monats. Sicher, auch Perfumo kannte grausame und bösartige Leute; er war sogar mit ein paar von der Sorte verwandt, obwohl sich deren Anzahl am Wochenende um zwei verringert hatte. Aber für das, was diese Leute an Schlechtem taten, hatten sie meist einen Grund. Wenn es sein mußte, wurden sie bösartig, doch meistens hatte dies geschäftliche Gründe. Wenn es nicht sein mußte, konnten sie sich benehmen wie ganz normale Menschen, und mehr oder weniger taten sie das auch. Aber die Blood Drinkers – wer mochte sich ausmalen, welch atavistischen Instinkten diese Leute folgten? Welchen heidnischen Gottheiten sie anhingen? Was war das für ein Gefühl, als italoaustralischer Anwalt von gerade mal knapp 70 Kilo mit seinem

Armani-Anzug und Troddeln an seinen auf Hochglanz polierten Slippern dazusitzen und sich von einem Quartett von Höhlenmenschen finster anstarren zu lassen? Er hatte sich gefühlt wie ein Kalb im Wartegatter eines Schlachthofes, dem der Tod um die Nase wehte; Heilige Mutter Gottes, er hatte sich gefühlt wie ein Abendessen!

Der Herr allein weiß, welcher Wahnsinn ihn dazu getrieben hatte, doch irgendwann hatte er sie gefragt, wie sie zu ihrem Namen gekommen waren. Der Anführer, ein dickwanstiger Koloß mit einem Blumenkohlohr und Maori-Narben am Kinn, hatte ein grollendes Gelächter angestimmt, das sich anhörte wie ein unterirdischer Bombentest.

»Unser Vorfahre Te Kooti war ein großer Krieger. Einmal töteten er und seine Männer einige Pakeha in einer Kirche und tranken ihr Blut, eyh.« Er rutschte ein wenig auf der abgewetzten löchrigen Couch herum und produzierte einen Schwall übelriechender Luft, der Perfumo den Magen umdrehte. »Wir machen das aber nicht, eyh.« Er warf seinen Kumpels einen verschlagenen Blick zu. »Vielleicht, wenn uns mal die Pisse ausgeht.« Die vier Blood Drinkers brachen in schallendes Gelächter aus und stießen ihre Bäuche gegeneinander wie Sumoringer, und Perfumo beschloß, einer Eingebung des Augenblicks folgend, sein ursprüngliches Angebot um 10 000 Dollar zu erhöhen. Er hatte keine Lust herumzufeilschen.

Erneut wurde Perfumo von einem Schaudern geschüttelt, und er gab der Stewardeß ein Zeichen, daß er Nachschub brauchte. Wenigstens würde sein Vater glücklich und zufrieden sein; Pickrang und Plugge waren so gut wie tot; für sie gab es kein Entrinnen. Ihre Chancen, ihre Haut zu retten, standen schlechter als die einer Katze in einem China-Imbiß.

Caspar Quedley hatte zwei Sofas in seinem Büro; eines davon war eine ziemlich monströse Angelegenheit, die er sich im Anschluß an ein relativ schmerzhaftes Unternehmen zugelegt hatte, in dessen Verlauf eine ebenso gelenkige wie abenteuerlustige Sekretärin, eine Portion Schlagsahne, ein paar Trauben und die Kante seines Schreibtisches eine Rolle gespielt hatten. An diesem Dienstagmorgen jedoch war er einfach nur froh darüber, daß die Couch lang genug war, damit er sich in voller Länge darauf ausstrecken konnte, den Kragen aufgeknöpft und die Krawatte auf Halbmast, um so zu versuchen, seine Fassung wiederzuerlangen und sich irgendwie aus dem Treibsand zu ziehen, in den er da irgendwie geraten war.

Wie war es nur möglich, daß Delamore ihnen im Park entwischt war? Pickrang, dieser Vollidiot – er hatte den kleinen Drecksack doch schon leibhaftig vor sich gehabt. Es war einfach nicht zu fassen, daß Pickrang Delamore nicht erkannt haben sollte, falls er wirklich dagewesen war. Aber das war er; er war ihnen nur einen Schritt voraus. Vielleicht verkleidet?

Quedley stöhnte gequält, als ihm aufging, auf welche Art er hereingelegt worden war. Pickrang hatte steif und fest behauptet, Delamore sei ein Transvestit; es erschien zwar völlig unwahrscheinlich, doch als seine Sekretärin erklärte, ja, es sei jemand dagewesen, der eine Firmenbroschüre mitgenommen hätte, eine junge Dame in einem limettengrünen Kostüm... nun, von da an paßte doch alles zusammen. Pickrang hatte Delamore deswegen im Albert Park nicht erkannt, weil er keinen Fummel getragen hatte.

Also wieder zurück zum Ausgangspunkt. Wie spürt man jemanden auf, von dem man nicht weiß, wo er sein Haupt zur Ruhe bettet oder wie er aussieht? Man fängt mit dem an, was man weiß. Was sich in diesem Falle auf ungefähr zwanzig Prozent von einem Haufen Scheiße reduzieren läßt: Er ist ein Schwuler aus Australien, Mitte Zwanzig und hat eine Vorliebe für Weiberklamotten. Das ist alles.

Quedley hatte eine Idee; es war ein ziemlicher Schuß ins Blaue, aber er hatte keine andere Möglichkeit. Er ging an seinen Schreibtisch und wählte eine Nummer, die er auswendig kannte.

Es war die Nummer seines Lieblingsrestaurants, einer Brasserie in Ponsonby, deren Eigentümer in der lokalen Schwulenszene ziemlichen Respekt genoß.

»Jerry, tu mir einen Gefallen – ich versuche jemand aufzuspüren; der Kerl heißt Dean Delamore. Er ist schwul, Australier, Mitte bis Ende Zwanzig, schlank und gerade erst aus Sydney angekommen. Er behauptet, er wäre Drag-Künstler, obwohl ich kaum glaube, daß er tagsüber im Fummel rumläuft. Vermutlich wohnt er in einem Hotel oder Motel; ich würde mal annehmen in einem besseren in der Stadt – ich würde sagen, er hat ein Faible für Luxus und so weiter. Kannst du dich mal in den entsprechenden Schuppen umhören und mir Bescheid sagen, wenn dir was zu Ohren kommt?«

21

Es war ein ganz neuer Look, in dem sich Louise Appleyard präsentierte, als sie Reggie Sparks die Tür öffnete. Sie war barfuß und trug goldene Ohrringe und ein langes enganliegendes Kleid mit Blumenmuster und Knöpfen vom Ausschnitt bis zum Saum. Es sah beinahe so aus, als hätte sie am Nabel angefangen, es zuzuknöpfen, und wäre dann abgelenkt worden, bevor sie die Gelegenheit gehabt hatte, sich allzuweit in irgendeine Richtung vorzuarbeiten. Ihr Haar war zerzaust, andauernd fielen ihr Locken ins Gesicht, was dazu führte, daß sie den Kopf zurückwarf wie ein Pferd, was Sparks reichlich enervierend fand. Der Glanz war wieder in ihre Augen zurückgekehrt, und zwar mit solcher Intensität, als sei er nie daraus verschwunden. Gleich nach seinem Anruf aus Sydney hatte Sparks ein ungutes Gefühl gehabt, es war, als würde sich etwas anbahnen, das ihm gar nicht paßte; als er ihr nun ins Haus folgte, kehrte dieses unbestimmte Mißbehagen wieder zurück.

Sie setzten sich in die Küche.

»Neuer Look?«

Sie lächelte zufrieden. »Nicht wirklich. Ich hatte nur das Gefühl, daß es an der Zeit war, mich ein bißchen zu entkrampfen. Was halten Sie davon?«

»Mir gefällt's. Hat was Zigeunermäßiges, allerdings ohne die Haare unter den Achseln.«

Louise prustete los vor Lachen. »Heiliger Strohsack, Reggie, was soll das wieder heißen? Soll das ein Kompliment sein?«

Die Unterhaltung plätscherte so dahin, bis Sparks das Gespräch auf Julian Gages posthume Briefsendung brachte. Da erst bemerkte er, daß Louise Appleyard nicht nur ihr Aussehen, sondern auch ihre Einstellung geändert hatte.

»Ist nicht angekommen«, sagte sie und senkte den Blick.

»Was? Das kann doch nicht sein! Delamore – der Freund von Gage – hat ihn vor einer Woche abgeschickt. Er hätte gestern oder vorgestern schon hier sein müssen.«

»Na ja, ich nehme mal an, er wird irgendwann eintrudeln«, sagte Louise desinteressiert. Sparks versuchte ihr in die Augen zu blicken, doch sie untersuchte den Inhalt ihrer Kaffeetasse. Eine ganze Weile sagte keiner von beiden ein Wort. Schließlich meinte sie: »Hören Sie, Reggie, ich habe mir die ganze Angelegenheit noch mal durch den Kopf gehen lassen.«

Sparks rieb sich das Kinn und starrte sie unverwandt an.

»Ach ja? Und wie kam's dazu?«

Zaghaft zuckte Louise mit den Achseln. »Ach, ich weiß nicht. Es ist halt so, je mehr ich darüber nachdenke, desto weniger glaube ich, daß es viel Beweiskraft hat, was jemand nach zwanzig Jahren über bestimmte Ereignisse zu sagen hat. Abgesehen davon, wer weiß, ob er überhaupt die Wahrheit sagt.«

»Wer sagt, daß er das nicht tut? Der Mann lag im Sterben – warum zum Teufel sollte er lügen?«

Ein weiteres Achselzucken. »Nun ja, wissen wir überhaupt, was für ein Motiv er hatte? Nein, oder? Vielleicht hat er Vic nur verschaukelt und so getan, als wüßte er etwas über den Tod des Mädchens. Vielleicht hatte er auch mit irgendwelchen Leuten noch eine Rechnung offen und hatte vor, sie anzuschwärzen.«

Louise hob den Blick, sah, wie Sparks die Stirn runzelte, und zog trotzig die Augenbrauen in die Höhe, als ob sie sagen wollte: »Na ja, möglich wäre es immerhin.« Sie senkte den Blick wieder und fuhr fort: »Jedenfalls, was ich damit sagen will, ist, daß ich Ihnen nicht garantieren kann, daß Sie den Brief zu sehen kriegen. Sie müssen sich einfach auf meine Urteilskraft verlassen, okay?«

Sparks stieß einen Seufzer aus, wandte den Kopf ab und strich sich mit den Fingern durch die Haare. Sein Blick fiel auf eine kleine Tafel an der Wand gleich neben dem Kühlschrank. Umgeben von Mahnungen an kleinere Erledigungen – »Telefonrechnung bezahlen«, »neuer Aerobicdreß« – stand da eingerahmt in der Mitte, unterstrichen und in Großbuchstaben der Name »CASPAR«, plus zwei Telefonnummern. Hinter einer der Nummern stand in Klammern »zu Hause«.

Sparks brachte 30 Sekunden damit zu, die Tragweite dieser Entdeckung zu ermessen, und kam zu dem Ergebnis, daß alles, was daraus gefolgert werden konnte, extrem negativer Natur war. Er hob eine Schachtel Zigaretten auf, die auf dem Tresen lag.

»Darf ich?«

»Nur zu.«

Er zündete sich eine Zigarette an und inhalierte. Davon wurde ihm noch schlechter. Zum Teufel, dachte er: Bringen wir's hinter uns. Er räusperte sich und sagte: »Sie treffen sich mit Caspar Quedley?« Es hatte sich ganz beiläufig anhören sollen, doch in seinen Ohren klang es nur inquisitorisch und stumpf.

»Wie kommen Sie auf die Idee?« fragte sie erstaunt.

Sparks zog erneut an seiner Zigarette und redete durch eine Rauchwolke hindurch. »Nur so, wegen dem Ding auf der Tafel da drüben. Fehlt nur noch ein Herz mit einem Pfeil.«

Sie lächelte schwach. »Wie putzig. Aber um Ihre Frage zu beantworten, wir sind ein paarmal aus gewesen.«

»Und?«

»Und was?« fragte sie ein wenig aufbrausend. »Wollen Sie das etwa auch in *New Nation* bringen?«

»Ich hab nur gemeint, wie es gelaufen ist«, sagte Sparks steif. »Aber das geht mich ganz offensichtlich nichts an.« Er stand auf. »Danke für den Kaffee – und die Zigarette.«

Louise Appleyard folgte Sparks zur Tür und dachte, daß sie die ganze Angelegenheit auch schlechter über die Bühne hätte bringen können – zum Beispiel, indem sie und Quedley sich bei Sparks' Ankunft gerade auf dem Rasen herumgewälzt hätten. Sparks wandte sich in der Tür noch einmal halb um, nickte ihr kühl zu und ging dann zum Wagen seiner Mutter, den er am Ende der Einfahrt direkt neben dem Briefkasten geparkt hatte. Als er gerade beim Auto angekommen war, kam eine Briefträgerin herangeradelt und steckte einen Stapel Briefe in den Kasten. Sparks schaute sich um; Louise war wieder im Haus verschwunden und hatte die Tür hinter sich zugemacht. Er nahm die Post aus dem Briefkasten und blätterte die Briefe durch. Aus Sydney war keiner dabei.

Er ging wieder den Fußweg zum Haus zurück und klopfte an die Tür. Als Louise aufmachte, reichte er ihr die Post.

»Ist er dabei?« fragte sie. »Erzählen Sie mir bloß nicht, Sie hätten nicht nachgeschaut?«

»Nein. Bitte fassen Sie es nicht als Unverschämtheit auf, aber darf ich Ihnen eine persönliche Frage stellen?«

Louise überlegte, ob in Sparks' formellem Gehabe eventuell eine Spur von Ironie stecken mochte, doch sie fand dafür keine Anzeichen.

»Nur zu.«

»Haben Sie Quedley erzählt, daß ein Brief von Gage an Sie unterwegs war?«

Sie nickte.

»Kann ich mal Ihr Telefon benutzen?«

Sparks rief Jackson Pike an und fragte ihn, ob er glaube, daß

Quedley Mittel und Wege habe, die Post anderer Leute abzufangen. Pike antwortete, wie zum Teufel er das wissen solle, doch er würde jemanden fragen, der es wußte, und gleich zurückrufen. Sparks gab ihm die Nummer von Louise.

»Kann's sein, daß wir ein klitzekleines bißchen paranoid werden?« fragte sie, als er aufgelegt hatte.

»Das werden wir ja sehen.«

Pike rief Garth Grimes an und stellte ihm die Frage. Grimes lachte. Es war nicht sein übliches kehliges Keuchen, sondern ein wahres Gackern aus vollem Halse, das eine geschlagene Minute lang anhielt. Dann sagte er: »Jackson, so was solltest du mit dem alten Mann nicht machen. Ich lege jetzt auf, ich muß mich erst mal hinlegen.«

Das heißt wohl ja, dachte Pike und rief Sparks an. Sparks hörte ihm zu, bedankte sich und legte auf.

»Nun?« fragte Louise.

Sparks bedachte sie mit einem Blick, aus dem keine allzu große Freundlichkeit sprach. »Jemand, der wesentlich mehr über Ihren Freund weiß als wir, glaubt nicht, daß ich paranoid bin.«

Als Sparks gegangen war, begab sich Louise Appleyard hinaus auf das Sonnendeck, um über den Blick nachzudenken, mit dem Reggie Sparks sie bedacht hatte, als er den Hörer aufgelegt hatte. Sie brauchte gerade mal so lange, wie es dauerte, eine Zigarette zu rauchen, um zu dem Ergebnis zu kommen, daß dieser Blick sie irgendwie getroffen hatte. Herauszufinden, warum dem so war, dauerte ein wenig länger.

Während Reggie Sparks am Rand des Swimmingpools im Hotel Mon Desir saß, Bier trank und bittere Gedanken in Hinblick auf Dean Delamore, Louise Appleyard und Caspar Quedley hegte, erhielt letzterer gute Nachrichten.

»Ich glaube, ich hab Ihren Kumpel gefunden«, sagte sein Freund aus der Gastronomie. »Der Barmann aus dem Rococo sagt, ein Australier, der behauptet, er heißt Dean, ist an den letzten zwei Abenden dagewesen. Die Beschreibung paßt jedenfalls – Alter, schlanke Figur und so weiter. Der Barmann und er haben ein bißchen miteinander geplaudert, und dieser Dean hat dabei erwähnt, daß er im Regis wohnt. Ich wollte nicht fragen, ob sie sich auch nähergekommen sind, das kam mir unziemlich vor.«

Das Regis, dachte Quedley, während er auflegte. Wurde auch langsam Zeit, daß die sich mal revanchieren. Schließlich haben sie mir einigen Umsatz zu verdanken. Er rief den Bankett-Manager des Regis an, der sich als überaus zuvorkommend entpuppte und dem es natürlich nicht die geringsten Umstände bereitete, einmal nachzusehen, ob ein Dean Delamore in seinem Hotel wohnte. Doch es gab keinen. Irgendein Name, der so ähnlich klang? Ebenfalls Fehlanzeige. Quedley dachte angestrengt nach; vielleicht war Delamore bei seinem Einzug als Frau aufgetreten? Warum nicht? Clever genug für so was war er, und er kam auch damit durch, immerhin hatte er auch seine Empfangsdame reingelegt.

Quedley bat den Bankett-Manager, sämtliche jungen, alleinreisenden Frauen zu überprüfen, die im Hotel wohnten. Diejenige, nach der er suchte, war erst vor ein paar Tagen angekommen; sie war schlank, blond und in einem – was war's noch mal? –, ach ja, in einem limettengrünen Kostüm gesehen worden.

Eine halbe Stunde später rief der Bankett-Manager zurück und teilte ihm mit, daß derzeit nur drei alleinreisende Frauen im Hotel wohnten; diejenige, auf die die Beschreibung paßte, war am Montag morgen eingetroffen und hatte sich unter dem Namen Lesley Gore eingetragen.

Lesley Gore? Verdammt noch mal, dachte Quedley. War das nicht eine Pop-Sängerin? Aber schon vor einer halben Ewigkeit. Hatte sie nicht *C'mon baby, do the Locomotion* gesungen? Nein, das war Little Eva. *It's my party and I'll cry if I want to?* Irgendwas in der Richtung. Lesley Gore war garantiert so ein Insiderwitz. Typisch Schwuler – einfach einen Tick zu schlau.

»Na prima«, sagte Quedley. »Endlich kommen wir vom Fleck. Welche Zimmernummer hat Ms. Gore?«

Das Treffen zwischen Delamore und Looms sollte um 14 Uhr 30 in den North Tearooms am Fuß der Brynderwyn-Hügel nördlich von Wellsford stattfinden. Kurz vor Mittag machte sich Delamore in einem Mietwagen auf den Weg. Der Hotelpage hatte ihm erklärt, daß die Fahrt etwa 90 Minuten dauern würde, doch er wollte sich Zeit lassen und die Landschaft genießen.

Die Tearooms waren eine weiß gestrichene Bretterbude mit einem rostroten Wellblechdach und einer Glasfront, die es den Besuchern erlaubte, die Lastwagen vorbeituckern zu sehen, die sie 50 Kilometer zuvor unter größten Schwierigkeiten überholt hatten. Das Etablissement lag an einer strategisch günstigen Stelle, nämlich genausoweit von Auckland entfernt, wie es beim Ausflug einer Durchschnittsfamilie dauerte, bis der erste Ärger losging. Gerade dann, wenn die Kinder anfingen zu nölen, daß sie mal müßten und wann sie denn endlich ein Eis bekämen, und der Vater das Gefühl hatte, eine Pause und eine Tasse Tee wären nicht schlecht, bevor es die Brynderwyns hinaufging, tauchte das Schild »Tearooms 200 Meter« auf. Im Sommer herrschte hier Hochbetrieb; neben dem Ansturm der Ferienreisenden waren da noch die Fernfahrer und Vertreter, die sich angesichts der nun in Scharen auftretenden jungen Mädchen in Shorts und Tanktops gerne eine Extraportion Hörnchen und Pulverkaffee gönnten, um die Aussicht zu genießen.

Es standen jedoch nur zwei Wagen auf dem Parkplatz, als Delamore mit fünf Minuten Verspätung ankam – ein weißer Kombi mit Antenne fürs Autotelefon und ein Volvo. Delamore parkte und ging hinein. Ein junger Mann mit rotem Kraushaar, sommersprossengesprenkelten Unterarmen und einer Reihe von billigen Kugelschreibern in der Brusttasche seines kurzärmeligen weißen Hemds debattierte mit der Frau hinter dem Tresen über die Vorteile von Vollmilch gegenüber fettarmer Milch. Ein älterer, braungebrannter Mann, der kaum noch Haare auf dem Kopf hatte, saß mit dem Rücken zur Wand allein an einem Tisch in der hintersten Ecke des Raumes. Er betrachtete Delamore über den Rand seiner Tasse hinweg. Farmer Giles, nehme ich an, dachte Delamore.

Er bestellte sich eine Cola und ging zu dem Tisch in der Ecke.

»Mr. Looms?«

»Genau der. Setzen Sie sich.«

Delamore zog einen Stuhl zurück und setzte sich. Looms stützte die Ellbogen auf den Tisch und beugte sich vor. Er hatte die Ärmel über die Ellbogen hochgekrempelt, und auf seinen Unterarmen und Handgelenken zeichneten sich dicke Venen ab, die sich verzweigten und die Handrücken seiner kräftigen Pranken wie ein Netz bedeckten. Das hier ist ein harter Brocken, dachte Delamore. Aber das hatte er schon vorher gewußt.

»Gage hat also eine kleine Geschichte geschrieben, stimmt's?«

Delamore nickte. »Ich würde sagen, sie läßt einem die Haare zu Berge stehen – so man welche hat, versteht sich.«

»Sie sind ja ein richtiger Witzbold«, sagte Looms, ohne daß sich auf seinem granitharten Gesicht auch nur der Hauch einer Gefühlsregung abgezeichnet hätte. »Wie kommt's, daß Sie das Ding haben?«

»Julian und ich waren Freunde.«

»Arschkneter?«

Delamore zuckte mit den Achseln. »Ich bin schon dreimal von Schwulenhassern zusammengedroschen worden; Beschimpfungen machen mir nichts aus, aber Sie können ruhig weitermachen, wenn Sie sich dann besser fühlen.«

»Mir sind die ersten Haare ausgefallen, als ich 19 war; kann mich nicht erinnern, daß sich allzu viele Leute drüber lustig gemacht hätten.«

»Na, was für eine Überraschung«, murmelte Delamore. »Aber jetzt, wo wir unsere Sensibilitäten abgeklärt haben, können wir vielleicht endlich weitermachen?« Er schaute sich um. »Es ist ja wirklich gemütlich hier, aber irgendwie nicht so ganz mein Stil.«

Looms zog die Augenbrauen hoch, als sei er in höchstem Maße erstaunt, daß irgend jemand etwas an dieser Umgebung auszusetzen haben könnte.

»Okay, haben Sie's bei sich?«

Delamore neigte den Kopf. »Das ist doch wohl nicht Ihr Ernst.«

»Wo ist es?«

»In Auckland. An einem sicheren Ort.«

»Es ist einen Dreck wert, wissen Sie das?«

»Da bin ich anderer Ansicht«, sagte Delamore selbstsicher. »Ich kann mir eine ganze Menge Leute vorstellen, für die es hochinteressant wäre, einmal einen Blick darauf zu werfen – Mr. und Mrs. Ticehurst zum Beispiel. Ich habe mich über sie erkundigt; sie leben noch immer in Auckland. Er ist einer der Partner einer großen Steuerberatungskanzlei – ein vermögender Mann, wie es so schön heißt; genau die Sorte Mann, die die Behörden wachrüttelt. Ich denke, daß die Julians Erinnerungen durchaus überzeugend finden würden; machen wir uns doch nichts vor: Geständnisse auf dem Totenbett haben nun mal eine gewisse Glaubwürdigkeit.«

Looms verzog das Gesicht und rieb sich das Kinn. »Kann sein. Also, was haben Sie sich vorgestellt?«

»Hier ist mein Angebot, und ich sage Ihnen gleich, darüber wird nicht verhandelt: Ich bekomme von Ihnen 100 000 australische Dollar, und Sie bekommen von mir Julians Erzählungen eines Toten und hören nie wieder von mir. Sie haben bis zum Wochenende Zeit, das Geld aufzutreiben. Ich rufe Sie dann an und sage Ihnen, wo Sie es deponieren sollen. Sobald die Bank die Überweisung bestätigt, bekommen Sie von mir das Dokument.«

»100 Riesen? Haben Sie noch alle Tassen im Schrank?«

Delamore lächelte. »Sie brauchen's ja nicht allein aufzutreiben; teilen Sie sich die Kosten doch mit jemandem. Schließlich sind Sie nicht der einzige, der etwas zu verlieren hat, warum sollten Sie alleine blechen?«

Looms nickte zweifelnd. »Selbst wenn ich das Geld auftreiben könnte – was hält Sie davon ab, Fotokopien davon zu machen und irgendwann wieder aufzukreuzen und einen Nachschlag zu verlangen?«

»Nun, wo Sie das erwähnen, eigentlich nichts. Es bleibt Ihnen einfach nichts weiter übrig, als mir zu vertrauen. Fakt ist, Sie bezahlen mich, damit ich den Mund halte und verschwinde. Was ich auch tun werde. Sie können mir glauben, ich habe nicht vor, damit Karriere zu machen.«

»Warum nicht«, sagte Looms säuerlich. »Das Talent dafür haben Sie anscheinend.«

Delamore erhob sich. »Wirklich reizend von Ihnen. Ich melde mich dann.«

Delamore eilte zu seinem Mietwagen und stieg ein. Als er den Zündschlüssel ins Schloß steckte, spürte er etwas Kaltes, Metallisches in seinem Genick. Er schaute sich um. Ein plumper, mondgesichtiger Mann mit einem Pferdeschwanz und buschigen Koteletten lag quer auf dem Rücksitz. Er schaute ihn durch dicke Brillengläser hindurch an und hielt ein einläufiges Jagdgewehr in den Armen, mit dem er auf Delamore zielte.

Basil Batrouney lächelte sein Lächeln aus einer anderen Welt und sagte: »Fahr einfach los, Alter – ich sag dir, wo's langgeht.«

22

An den Verhörmethoden, die Dermot Looms Dean Delamore gegenüber zur Anwendung brachte, war nichts Raffiniertes. Basil Batrouneys Anweisungen folgend hatte Delamore seinen Mietwagen zu Looms' Farm gefahren und in einer Garage geparkt. Als Looms ankam, wurde Delamore zum Wollschober getrieben, der etwa hundert Meter hinter dem Farmhaus am Fuße eines leichten Abhangs lag. Der Wollschober hatte die Größe eines einstöckigen Hauses. In seinem Inneren gab es ein Dutzend Gatter, eine massive Holzbank zum Sortieren der Wolle und einen großen freien Raum, wo die Schafe geschoren wurden. Obwohl Looms seinen Schober sauberhielt, wurde Delamore als typischer Großstadtmensch von dem Geruch – einer Mixtur aus einem Teil Blut, einigen Teilen Schweiß und etlichen Teilen Schafsknödel und -urin – schier überwältigt. An einer der Wände stand ein wackliger alter Holzstuhl mit einer hohen Rückenlehne. Looms trug ihn in die Mitte der Scherzone und befahl Delamore, sich darauf zu setzen, er bog Delamores Arme hinter die Stuhllehne, fesselte ihm die Hände und band seine Füße an den Vorderbeinen des Stuhles fest.

Nachdem er die Vorbereitungen abgeschlossen hatte, stellte sich Looms vor Delamore hin und stemmte seine mächtigen Pranken in die Hüften. Batrouney wuselte im Hintergrund herum und summte vor sich hin.

»Also los, Sonnenscheinchen«, sagte Looms. »Wo hast du das Ding von Gage versteckt?«

Während der Fahrt von den North Tearooms zu Looms' Farm war Delamore zu der Einsicht gelangt, daß er – wenn überhaupt – nur dann eine Chance hatte, allzu große Verletzungen oder Schlimmeres zu vermeiden, wenn er sich weigerte preiszugeben, wo sich der Brief von Julian Gage befand. Dies wiederum, da war er sich ziemlich sicher, würde bedeuten, daß er einem gehörigen Maß an Schmerzen standhalten mußte.

Wie er Looms schon erzählt hatte, war er bereits dreimal jener Sorte junger Männer in die Hände gefallen, die freitags und samstags aus den Arbeitervierteln im Westen Sydneys in die schicken Gegenden im östlichen Teil der Innenstadt herüberfuhren – Oxford Street, Paddington und Darlinghurst –, mit dem festen Vorsatz, homosexuelle Männer zusammenzuschlagen. Delamore hatte die Prügelorgien mehr oder weniger fatalistisch über sich ergehen lassen und daraus den Schluß gezogen, daß wohl ein genetischer Zusammenhang bestand zwischen Heterosexualität, niedrigem IQ und dem drängenden Verlangen, große Mengen billigen Bieres zu konsumieren, um sich dann zusammenzurotten und Jagd auf Schwule zu machen. Das dritte Mal, als es ihm passierte, hatte er versucht ihnen mit Vernunft beizukommen und argumentiert, daß sie ohne die ganzen Schwulen noch weniger Chancen bei den Mädchen hätten. Vielleicht hatte er sich unglücklich ausgedrückt, jedenfalls traten sie ihn dennoch zusammen.

Zwar hatte er aufgrund dieser Erlebnisse weniger Angst vor physischen Attacken als ein Durchschnittsmensch, doch hegte er die Befürchtung, daß das, was ihm in Looms' Wollschober bevorstand, weit schlimmer sein würde als das, was er bisher durchgemacht hatte: Diesmal wären es keine betrunkenen Jugendlichen, die, erfaßt von Gruppenhysterie, wild durcheinanderprügelten und um sich traten und sich dabei gegenseitig im Weg standen; wenn es um Anwendung physischer Gewalt ging, würde Looms, dessen war er sich ziemlich sicher, methodisch und mit Leidenschaft zu Werke gehen. Eine absolut formidable Kombination. Hoffentlich hält sich der fette Depp mit dem Pferdeschwanz raus, dachte Delamore. Der Kerl ist geisteskrank.

Also schluckte Delamore den Kloß in seinem Hals herunter, leckte sich die trockenen Lippen und sagte: »Ich fürchte, das muß leider mein kleines Geheimnis bleiben.«

Looms schnalzte mit der Zunge und machte ein paar Schritte vorwärts, so daß er Delamore ohne Probleme erreichen konnte. Er stellte sich in Positur.

»Sicher?«

Delamore nahm seinen Mut zusammen und nickte leicht.

Looms lehnte sich ein wenig zurück, holte aus und wuchtete seine rechte Faust mit voller Kraft gegen Delamores rechte Gesichtshälfte. Der Stuhl kippte seitlich um. Mit seiner unverletzten Wange landete Delamore auf dem Boden. Hier unten war der zwischen den Dielen hochwabernde Gestank von Schafskot noch um einiges übler als ohnehin schon. Batrouney trippelte schattenboxend herum und johlte: »Zack! Peng! Bazonga! Nimm das, du Schuft!«

Looms zerrte den Stuhl hoch und schickte Delamore mit einem Schwinger aufs Jochbein erneut zu Boden. Als er den Stuhl wieder aufrichtete, zog er eine Augenbraue in die Höhe.

»Und jetzt?«

Delamore spürte, wie sein Gesicht unterhalb des linken Auges anschwoll. Seine Oberlippe fühlte sich an, als sei sie aufgeplatzt, und er schmeckte Blut in seinem Mund. Er schüttelte den Kopf.

»Ich kann den ganzen Nachmittag so weitermachen, wenn's sein muß«, sagte Looms achselzuckend. »Hübsch siehst du dann allerdings nicht mehr aus.«

Delamore schloß für ein paar Sekunden die Augen. Er öffnete sie gerade rechtzeitig, um zu sehen, wie eine große, knorrige braune Faust genau auf die Mitte seines Gesichts zugeschossen kam. Seine Nase wurde zerschmettert und platt gedrückt, während Blut und Knorpel in alle Richtungen schossen und der Stuhl nach hinten kippte.

Delamore lag auf dem Rücken. Seine gefesselten Beine ragten in die Luft. Er konnte kaum noch sehen, und sein ganzes Gesicht schien vor Schmerz zu bersten. Er hörte Batrouney kreischen: »... und jetzt geht der Herausforderer zum dritten Mal zu Boden. Der Ringrichter zählt: Und eins, und zwei, und drei, und vier ...«

»Baz, du durchgeknallter Arschficker, halt die Klappe«, sagte Looms freundlich und ging zu Delamore. Dann: »Ja, was haben wir denn da?« Delamore drehte seinen Kopf zur Seite, um Blut auszuspucken, und sah, wie Looms stehenblieb und seinen Hotelzimmerschlüssel aufhob, der ihm aus der Gesäßtasche seiner Jeans gefallen war.

»Zimmer 1414 im Regis-Hotel«, sagte Looms. Er wuchtete den Stuhl wieder hoch und starrte Delamore mit zusammengekniffenen Augen an. »Ich wette, da ist es. Spar dir die Luft, Süßer – ich seh's in deinen Augen. Jedenfalls in dem, das noch auf ist.« Seufzend schüttelte er den Kopf. »Herrgott noch mal, ich hab's dir doch gesagt – du hättest dir einiges an Schlägen ersparen können, wenn du gleich damit rausgerückt wärst.«

Looms ließ sich auf der Bank nieder. Er streckte ein paarmal die Finger seiner rechten Hand. »Ich muß den Hut vor Ihnen ziehen, Mister – das war das letzte, was ich erwartet hätte. Ich dachte, ein satter Schlag, und du flennst uns die Ohren voll.« Er betrachtete den Schlüssel. »Wenn das Ding nicht aus deiner Tasche gefallen wäre, hätte ich vermutlich noch stundenlang die Scheiße aus dir rausprügeln können. Na ja, viel genutzt hat's dir nicht. Ich rausche nachher nach Auckland runter und werd mir das Geschreibsel von Gage abgreifen. Dann überlegen wir uns, was wir mit dir anstellen. Was schlägst du vor, Baz?«

»Marschall, ich würde sagen, hängen ist für so 'n Ungeziefer noch viel zu gut«, sagte Batrouney in aufgesetztem Hillbilly-Singsang. »Ich sage, wir machen's genau so wie die Indianer – hängen ihn an seinem Sack auf und ziehen ihm bei lebendigem Leib die Haut mit einem glühenden Messer ab.«

Um 21 Uhr 10 an jenem Mittwochabend schlenderte Herman Pickrang, gewandet in einen Anzug und bewaffnet mit einem Aktenkoffer, zielgerichtet durch die Halle des Regis-Hotels. Die Kleidung und der Aktenkoffer, die er noch am gleichen Nachmittag gekauft hatte, sollten ihm das Aussehen eines Geschäftsmanns verleihen, doch in Wirklichkeit sah er haargenau so aus wie das, was er war: ein Killer in einem fünf Jahre alten Anzug, der einen billigen Aktenkoffer aus Plastik herumschleppte. Da die Hotelhalle allerdings nahezu menschenleer war, fiel die Dürftigkeit seiner Tarnung nicht allzusehr ins Gewicht.

Pickrang nahm den Lift zum 14. Stock und fand Zimmer 1414. Die Flure waren verlassen. Er streifte sich ein Paar enge Gummihandschuhe über. Wie Quedley versprochen hatte, war es kein Problem, ins Zimmer hineinzukommen; der Bankett-Manager war ein paar Minuten zuvor dagewesen, um dafür zu sorgen.

Pickrang war keiner jener akribischen Diebe, die stolz darauf sind, abgesehen vom Fehlen des Diebesguts keinerlei Spuren zu hinterlassen, die auf ihren Besuch hindeuten. Ohne viel Federlesens zu machen, riß er die Bezüge vom Bett, die Matratze vom Gestell und verstreute den Inhalt sämtlicher Schubladen und Schränke im Zimmer, ohne etwas zu finden.

Der Koffer war abgeschlossen. Pickrang war lange Zeit in keine Messerstecherei mehr verwickelt gewesen, doch als er Rocco Perfumo aufgespießt hatte, war ihm wieder eingefallen, wieviel Vergnügen einem die Arbeit mit einem Messer bereiten konnte. So hatte er gleich nach seiner Rückkehr nach Auckland ein rasiermesserscharfes Springmesser erworben, das er mit Klebeband über seinem rechten Knöchel trug, wie er es mal bei Clint Eastwood in einem Film gesehen hatte. Er ließ die Klinge herausspringen und stieß sie durch die Leinenhülle des Koffers. Er zog sie den Rand entlang und schnitt eine Seite des Koffers komplett heraus. Als er die Hülle gerade wegwerfen wollte, fühlte er den Umschlag, der zwischen dem Leinenstoff und dem Futter eingenäht war.

Pickrang öffnete den Umschlag; er enthielt mehrere mit Schreibmaschine vollgeschriebene Blätter. Er überflog kurz den Inhalt und stellte fest, daß es das war, worauf Quedley scharf war. Dann klebte er das Messer wieder an Ort und Stelle, steckte den Umschlag in seinen Koffer, sah zur Tür hinaus, um sicherzugehen, daß niemand draußen war, und verließ den Ort des Geschehens.

Er trat zum Hotel hinaus, bog nach rechts und machte sich auf den Weg zu seinem Wagen, den er zwei Blocks weiter in einer Seitenstraße geparkt hatte. Wie an einem Mittwochabend um 21 Uhr 30 üblich, war die Stadt nahezu menschenleer und ruhig.

Luther »Bad Louie« Potau wurde vom Klingeln seines Handys

aus dem Schlaf gerissen. Er saß hinter dem Steuer eines 15 Jahre alten Ford Falcon, der in einer Einbahnstraße in der Innenstadt genau gegenüber von Pickrangs Mitsubishi geparkt war. Der Anrufer war einer seiner Kumpels von den Blood Drinkers, der an der Bushaltestelle gegenüber dem Regis-Hotel darauf gewartet hatte, daß Pickrang herauskam; er teilte nun seinem Kollegen mit, daß Pickrang auf dem Weg war.

Potau richtete sich auf und rieb sich die Augen. Er schraubte den Deckel wieder auf seine halbleere Literflasche Rum, die er zwischen seinen massigen Schenkeln festgeklemmt hielt, und ließ die Flasche unter den Sitz gleiten. Zum dritten Mal an diesem Abend öffnete er die abgesägte Schrotflinte, um nachzusehen, ob sie geladen war. Just in dem Augenblick, als er sie wieder zuschnappen ließ, sah er in seinem Rückspiegel, wie Pickrang um die Ecke bog. Potau legte das Gewehr auf den Beifahrersitz und kurbelte das Fenster auf dieser Seite herunter. Pickrang ging ein Stück weit den Gehsteig auf Potaus Straßenseite entlang und überquerte dann die Straße zu seinem Auto. Er stellte den Aktenkoffer ab und kramte nach seinen Autoschlüsseln. Als er den Schlüssel ins Schloß steckte, hörte er, wie irgendwo hinter ihm eine Wagentür geöffnet wurde. Er schaute sich um. Ein riesiger Maori mit Wollmütze und Panoramasonnenbrille stieg aus einem klapprigen alten Ford auf der anderen Straßenseite und ging langsam um den Wagen herum. Er lehnte sich gegen die Beifahrertür, verschränkte die Arme und schaute zu Pickrang herüber, ohne ein Wort zu sagen.

Pickrang wußte sofort, daß es sich um das Mitglied einer Gang handelte – eine Spezies, für die er nur Verachtung empfand, obwohl er soviel mit ihr gemeinsam hatte. Nach einem Moment des Schweigens blaffte er: »Was willst du, du fette Fotze?«

Als Luther Potau in den Wagen griff und die abgesägte Schrotflinte hervorzog, kam Pickrang zu der Einsicht, daß eine weniger provozierende Vorgehensweise durchaus angebracht war. Doch weil eine solche nicht seinem Naturell entsprach, war er noch mitten in seinen angestrengten Überlegungen darüber, welches denn nun die geeigneten Worte waren, als Potau die Flinte anlegte und beide Läufe auf ihn abfeuerte. Von der Wucht der Ladung wurde Pickrang auf die Kühlerhaube seines Wagens geschleudert. Er rollte von der Motorhaube herunter auf die Straße, wo er mit dem Gesicht im Rinnstein liegenblieb.

Potau, der die Auffassung vertrat, daß es nichts schaden konnte, geschenkten Gäulen ins Maul zu schauen, überquerte die Straße und schnappte sich Pickrangs Aktenkoffer. Er stieg in seinen Wagen, warf den Aktenkoffer und die Schrotflinte auf den Rücksitz und fuhr davon. Als Potau um die Ecke bog, hob Pickrang seinen Kopf ein paar Zentimeter aus dem Rinnstein und hustete Blut. Seine Brust schmerzte fürchterlich. Vielleicht, so überlegte er, sollte er um Hilfe rufen. Es verstieß zwar gegen seine Grundauffassung, nämlich daß man stets gelassen bleiben und sich auf niemanden als sich selbst verlassen sollte, doch andererseits hatte er auch noch nie, die Brust voller Schrotkugeln, mit dem Gesicht im Rinnstein gelegen. Als er versuchte, um Hilfe zu rufen, stellte er fest, daß er einfach nicht genug Luft hatte, um einen Ton herauszubringen. Bevor Herman Pickrang die Gelegenheit hatte, die Folgen dieser extremen Atemnot mental zu verarbeiten, starb er auch schon.

Cec Gilpin hielt sich für einen wahren Glückspilz, weil er einen Freund wie Barry Plugge hatte. Obwohl Plugge es geschafft hatte – und zwar wirklich geschafft hatte –, hatte er seine Kumpel von früher nicht vergessen. Und so kam es, daß Gilpin, als er im Alter von 50 Jahren vom Gartenbauamt der Stadt wegrationalisiert wurde, nachdem er sein ganzes Leben für diese Behörde gearbeitet hatte, von Barry Plugge auf seine Lohnliste gesetzt wurde.

Plugge nannte ihn seinen »Chauffeur und Gofer«. Gilpin hatte keine Ahnung, was ein »Gofer« war, und es war ihm auch egal; er tat einfach, was Plugge von ihm verlangte. Sicher, die Bezahlung war nicht gerade weltbewegend – nicht viel mehr als die

Stütze, wenn man genau sein wollte –, aber die Hauptsache war, daß er eine Anstellung hatte. Er hatte etwas zu tun, etwas, wofür er morgens aufstand, und mußte nicht den ganzen Tag zu Hause rumhängen und sich das Genöle seiner Alten anhören. Außerdem hatte seine Stellung noch einen weiteren großen Vorteil: Er durfte Plugges kirschroten Jaguar Sovereign mit dem Spezialnummernschild »FLASH« in der Gegend herumfahren. Seit den Tagen seiner Kindheit war ein Jaguar für Gilpin der Gipfel automobiler Klasse gewesen. Hätte ihm damals jemand gesagt, daß er irgendwann einmal Tag für Tag mit einem Jaguar durch die Gegend fahren würde, hätte er dies als hohles Gerede abgetan. Doch hier war er nun, hinter dem Steuer einer wahrhaft majestätischen Maschine, in der er den Großteil der Woche durch die Straßen kreuzte.

Gilpins Begeisterung für den Jaguar und für Plugge hätte vermutlich einen gehörigen Dämpfer erhalten, wäre ihm bekannt gewesen, mit welchen Hintergedanken der Baron des Rotlichts ihm vor einigen Monaten plötzlich erklärt hatte, daß er von nun an sein Chauffeur sei. Es hing zusammen mit der Bedrohung durch die Italiener aus Sydney. Aufgrund gelegentlicher Fernsehberichte über die Lage in Sizilien und Reportagen über Staatsanwälte, die von Autobomben zerfetzt wurden, war Plugge zu der Ansicht gelangt, daß die von der italienischen Mafia bevorzugte Methode zur Beseitigung unliebsamer Gestalten die Autobombe war. Wie jeder Kinogänger wußte, waren die meisten Autobomben so konstruiert, daß sie hochgingen, sobald der Wagen angelassen wurde. Sich gegen diese Eventualität abzusichern bedeutete, daß man sich jedesmal, bevor man irgendwohin fuhr, auf alle viere herablassen und den Wagenboden inspizieren mußte. Der Gedanke an ständige Genickschmerzen und dreckige Hosen erschien Plugge alles andere als verlockend; außerdem hatte er keinerlei Ahnung von Autos und technischen Dingen, so daß er eine Bombe auch dann nicht als solche erkannt hätte, wenn er sie genau vor der Nase gehabt hätte. Da war es doch viel besser, den Jaguar so hoch zu versichern, wie es nur ging, und jemand anderen den Kopf hinhalten zu lassen.

So kam es, daß an jenem Mittwochabend um 21 Uhr 53 Cec Gilpin den Jaguar aus der Garage holte, um die Ecke fuhr und ihn in zweiter Reihe vor dem Blue Angel Strip Club parkte, um auf seinen Arbeitgeber zu warten. Weil er wußte, daß er unter Umständen bis zu einer halben Stunde würde warten müssen, schaltete Gilpin das Radio an, bei dem der Classic-Hits-Sender eingestellt war. Der erste Song war gleich Gene Pitneys *The Man Who Shot Liberty Valance*. Gilpin stieß ein erfreutes Grunzen aus und drehte die Lautstärke hoch. In Cec Gilpins Helden-Pantheon rangierte Gene Pitney nur knapp hinter Barry Plugge auf dem zweiten Platz. Er lehnte sich auf dem weichen Ledersitz zurück, schloß die Augen und sang mit Gene Pitney im Chor, und so kam es, daß er nicht bemerkte, wie ein klappriger Ford Falcon aus der Gegenrichtung die Karangahape Road entlanggefahren kam, kurz anhielt, um ein entgegenkommendes Auto vorbeizulassen, und dann ausscherte und den Mittelstrich überquerte, bis er genau neben dem Jaguar stand.

Gilpin schraubte sich gerade eher schlecht als recht mit Pitney zusammen die aufsteigende Kadenz der Zeile »He was the bravest of them all« hinauf, als Luther »Bad Louie« Potau ihn aus einer Entfernung von weniger als drei Metern anbrüllte: »Yo, du Weißwurst.«

Gilpin schwenkte den Kopf in die Richtung dieser unwillkommenen Unterbrechung. Potau schob seine abgesägte Schrotflinte durch das Fenster, wartete, bis sich Gilpins Gesichtsausdruck von verwirrter Verärgerung zu panischer Froschaugenangst gewandelt hatte, und drückte den Abzug durch. Er verpaßte ihm nur eine Ladung, aber das reichte auch schon. Schließlich war der Kerl eine halbe Portion verglichen mit der anderen Fotze, warum also eine zweite Patrone für ihn verschwenden, sagte sich Bad Louie, als er die Karangahape Road in Richtung Autobahnauffahrt Symonds Street hinunterrauschte.

23

Dean Delamores Abendessen bestand aus zwei Scheiben leicht altbackenem Brot, einem Stück Cheddarkäse und einem Glas Wasser sowie einer Handvoll Aspirin. Danach wurde er für die Nacht in den Keller unter Looms Haus gesperrt. Es war kalt und so finster, daß man die Hand nicht vor Augen sehen konnte, und bei jedem Knacken und Knirschen überlegte Delamore, welche anderen Kreaturen diesen Keller wohl noch bevölkerten. Irgendwann nach Mitternacht ließ die Wirkung des Aspirins nach, und seine Nase wurde von einem brennenden Pochen durchzuckt, das immer heftiger wurde, je länger die Minuten dahinkrochen. Der Schmerz allein erschwerte das Einschlafen schon beträchtlich; die Kombination aus Schmerz und der Vorstellung, daß irgendwelche Ratten auf der Suche nach etwas Eßbarem über ihn hinweghuschen oder schlimmer noch an ihm herumknabbern würden, sowie die dunklen Gedanken daran, was der Morgen wohl bringen mochte, die er, sosehr er sich auch abmühte, einfach nicht ausblenden konnte, machten Schlaf vollends unmöglich.

Um acht Uhr am nächsten Morgen ließ Looms ihn aus dem Keller, damit er aufs Klo gehen konnte. Er betrachtete sein verschwollenes, in Gelb und Blau schimmerndes Gesicht im Spiegel. Mit den Rexettes konnte er so nicht auftreten, überlegte er. Plötzlich machten sich mit Verspätung all die Schmerzen und Schrecken bemerkbar, die er ausgestanden hatte, und er wurde von einem heftigen Zittern geschüttelt. Als das Zittern allmählich verebbte, warf er einen letzten Blick in den Spiegel. Denk dran, sagte er sich, große Mädchen weinen nicht.

Er trat aus dem Badezimmer. Looms, der vor der Tür gewartet hatte, packte ihn am Arm und zerrte ihn den Flur entlang.

»Ich nehme an, du überlegst dir, was jetzt passiert«, sagte er. »Würde ich zumindest, wenn ich in deiner Haut stecken würde.

Ich bin den ganzen Weg nach Auckland gefahren und noch nicht mal in die Nähe von deinem Hotel gekommen. Ich habe keine Ahnung, was da für 'n Scheiß abgelaufen ist, aber überall hat es von Polizei nur so gewimmelt. Straßensperren, Kontrollen, all so 'n Kram. Also werd ich's heute abend noch mal versuchen. Ich sollte Spritgeld von dir kassieren.« Er brachte Delamore an der Küchentür zum Stehen und atmete tief ein. »Riechst du das? Rührei, Schinken, Tomaten, gebratenes Brot und Pilze – die Spezialität von Baz. Wie hieß es früher so schön – ›der Verurteilte aß ein herzhaftes Frühstück‹?«

Nachdem er die Ereignisse der Nacht von Mittwoch auf Donnerstag noch einmal hatte Revue passieren lassen, konnte Tito Ihaka sich des Gefühls nicht erwehren, daß diese Nacht aus Sicht der Ordnungskräfte zu einer der besseren Nächte des Jahres zählte.

Sicher, da draußen lief ein Killer mit einer Schrotflinte frei herum, der allem Anschein nach bei der wichtigen Unterscheidung zwischen angemessenen Zielen und gesetzestreuen Steuerzahlern leicht schluderte. Doch selbst unter diesem Aspekt betrachtet, war Cec Gilpin nicht umsonst gestorben: Der schokkierende Anblick seines Chauffeurs, dessen Gesicht über die gesamte Windschutzscheibe des Jaguar verspritzt war, hatte Barry Plugges Redseligkeit geradezu monströse Flügel verliehen. Er war zu dem naheliegenden Ergebnis gekommen, daß er und nicht sein Angestellter das Ziel des Anschlags gewesen war, und hatte von daher keine Sekunde vergeudet und augenblicklich Schutz im Hauptrevier der Polizei von Auckland gesucht, denn dies erschien ihm der einzige Ort, wo er in Sicherheit war. Um sicherzustellen, daß die Polizei ihn nicht gleich wieder auf die Straße beförderte, hatte Plugge nach einem Tonbandgerät verlangt und ein umfassendes Geständnis abgelegt. Als Ihaka das Gerät vier Stunden später wieder abschaltete, schätzte er, daß Plugge frühestens im Jahre 2015 auf Bewährung freikommen würde.

Plugge hatte damit begonnen, daß er den Betrug aufdeckte, den er zusammen mit dem einsitzenden Anwalt Trevor Lydiate ausgeheckt hatte. Dann erklärte er die Umstände, die zum Tode des Detektivs und Meisters mit der versteckten Kamera, Wallace Guttle, geführt hatten. Kaum daß Plugge erklärt hatte, daß Wallace Guttle auf Herman Pickrangs Konto ging, da trudelte auch schon die Nachricht ein, daß Pickrang selber der Vergangenheit angehörte; er war das erste Opfer in der Sammlung des unbekannten Schützen.

Obwohl Ihaka insgeheim die Auffassung hegte, daß die Gesellschaft dem Schützen von ganzem Herzen dafür dankbar sein sollte, daß er sie von Pickrang befreit hatte, und er sich eines gewissen Maßes an Bewunderung für dessen Effizienz und schnörkellose Art nicht erwehren konnte, stand er doch unter dem Druck, möglichst schnell eine Verhaftung vorweisen zu können. Während Ihaka die Ereignisse der letzten Nacht aus einer leidenschaftslosen Perspektive betrachtete und – wie immer – unfähig war, sich gar zu sehr darüber aufzuregen, was Zivilisten einander antaten – soweit es ihn betraf, die einzig vernünftige Haltung für einen Polizisten –, schürten die Medien mit ihrer Berichterstattung über den Doppelmord Angst und Schrecken unter den Bürgern des Landes. Ihaka glaubte nicht, daß es lange dauern würde, den Täter aufzuspüren. Unser Kunde zeichnet sich ja nicht gerade durch allzu große Diskretion und Heimlichtuerei aus, dachte er. Die einzige Frage war, wie viele Leute bei dem Versuch, ihn aus dem Verkehr zu ziehen, auf der Strecke bleiben würden. Paß auf deinen eigenen Arsch auf, Dicker, rief sich Ihaka in Erinnerung; was auch passiert, sieh zu, daß du nicht das arme Schwein bist, das als erstes durch die Tür stürmt.

Detective Constable Johan Van Roon stand nervös vor Ihakas Schreibtisch und wartete darauf, daß der Sergeant seine Gegenwart zur Kenntnis nahm. Van Roon war 24 und Neuseeländer der ersten Generation. Seine Eltern waren aus Holland eingewandert, und von ihnen hatte er auch seine helle Hautfarbe geerbt. Ihaka hatte einen scharfen Blick für Merkmale und Besonderheiten, und Van Roons milchiger Teint war ihm gleich aufgefallen. Van Roon, so hatte er im dichtbesetzten Besprechungszimmer des Hauptreviers am ersten Arbeitstag des neuen Constable erklärt, war der weißeste Mann, den er je gesehen hatte.

Schließlich hob Ihaka den Kopf.

»Na so was, wenn das nicht die Kindermilchschnitte ist. Was haben wir denn für 'n Problem?«

Van Roon versuchte zu lächeln, doch es gelang ihm nicht ganz. »Sarge, da ist etwas im Fall Pickrang, das ist ein bißchen seltsam; es sieht so aus, als hätte er, kurz bevor es ihn erwischt hat, einen Einbruch im Regis-Hotel gedreht.«

»Ach ja«, sagte Ihaka desinteressiert. »Ich wette, das war nicht das einzige Ding, das er gedreht hat.«

Van Roon erstattete voller Beharrlichkeit weiter Bericht: »Pickrang hat etwa um 21 Uhr 30 das Besteck abgegeben. Ein Hotelpage hat ihn kurz nach neun in der Hotelhalle gesehen, und just um diese Zeit ist das Zimmer von einem der Gäste auf den Kopf gestellt worden.«

Ihaka zog geräuschvoll die Nase hoch und schaute auf seine Uhr. »Dauert das hier noch lange, Constable?«

Der Constable, der schon mal gehört hatte, daß Ihaka, wäre er ein Hund, zu der Sorte gehörte, die zwar bellen, aber nicht beißen, dies aber nicht ganz glaubte, schluckte hart. »Sicher Sarge, ich bin gleich soweit. Der Gast, dessen Zimmer auf den Kopf gestellt wurde, ist eine Ms. Lesley Gore aus Syndey, aber in den Unterlagen der Einwanderungsbehörde gibt es keinen Hinweis auf eine Person dieses Namens. Es lag ein australischer Paß in dem Koffer, den der Einbrecher mit dem Messer aufgeschlitzt hat – Pickrang hatte übrigens ein Messer bei sich…«

»Moment mal, was hat er mit dem Messer aufgeschlitzt – den verdammten Koffer oder den Paß?«

Der Constable nickte hektisch mit dem Kopf. »'tschuldigung, 'tschuldigung – den Koffer. Er hat die ganze Seite herausgeschnitten. Aber das gehört eigentlich nicht hierher...«

»Was gehört dann hierher, mein Sohn?« sagte Ihaka ruhig, aber bestimmt.

»Der Paß gehörte einem 27 Jahre alten Mann namens Dean Delamore, der am Sonntag mit dem Flugzeug aus Sydney hier angekommen ist; der Hotelgast hat sich unter dem Namen Lesley Gore eingetragen, und es waren sowohl Männer- als auch Frauenkleider und Toilettenartikel im Zimmer. Die Zimmermädchen sagen, sie hätten niemals einen Kerl oder Männersachen gesehen, er muß sie im Koffer aufbewahrt haben – und sie sind sicher, daß immer nur eine Person im Zimmer war.«

Ihaka sagte »Hmmmm« und erhob sich von seinem Stuhl. »Woher wissen sie das? Schnüffeln sie an der Bettwäsche, oder was?« Er ging um den Schreibtisch herum und setzte sich vor dem Constable auf die Schreibtischkante. »Haben wir den mysteriösen Gast schon aufgespürt?«

»Nein. Es gibt keine Spur von ihm – oder ihr. Das Empfangspersonal sagt, sie haben Ms. Gore schon seit zwei Tagen nicht mehr gesehen. Sie hängt immer das ›Bitte nicht stören‹-Schild an die Tür, wenn sie im Zimmer ist. Wir haben Delamores Paß herumgezeigt, und ein, zwei Leute meinen, daß es sich bei Gore und Delamore um die gleiche Person handelt, aber beschwören wollen sie es auch wieder nicht. Gestern morgen hat ein Typ, den der Portier vom Paßfoto her als Delamore identifiziert hat, herumgefragt, wie er nach Norden kommt, irgendwo in der Nähe von Wellsford.«

»Haben Sie die Mietwagenfirmen kontrolliert?«

»Ja. Delamore hat gestern gegen Mittag einen Honda Civic bei der Hertz-Niederlassung in der City abgeholt. Er hat einen Führerschein aus New South Wales vorgelegt und gesagt, daß er den Wagen spätestens zum Wochenende zurückbringen würde. Ich habe die Nummer des Kennzeichens nach Wellsford geschickt und sie gebeten, die Augen offenzuhalten. Wir haben außerdem ein Fax nach Sydney geschickt, aber bis jetzt noch nichts von denen gehört.«

»Also hat Pickrang einen Mann ausgeraubt, der vorgibt, eine Frau zu sein; ein paar Minuten später verspritzt jemand Pickrangs Lungen über die halbe Innenstadt. Sie scheinen ja bestens informiert über die Faktenlage, mein Sohn – was haben Sie für eine Theorie?«

»Eigentlich überhaupt keine, Sarge. Ich dachte mir halt, daß alles ein bißchen seltsam ist. Falls es sich bei Delamore und Gore um ein und dieselbe Person handelt – und es sieht ganz danach aus –, dann kommt einem irgendwie der Gedanke, daß er irgendeinen Grund hat, diesen ganzen Aufstand zu machen. Ach ja, das hier haben wir auch noch in dem Koffer gefunden.«

Er reichte Ihaka ein zusammengefaltetes Blatt Notizpapier. Ihaka faltete es auseinander. Es war eine von Hand geschriebene Liste mit Namen, Adressen und Telefonnummern. Einige waren durchgestrichen, andere waren mit Häkchen oder Fragezeichen versehen. Es war das zweite Mal, daß Ihaka diese speziellen Namen aufgelistet sah. Das erste Mal waren sie auf der Ballkarte der lange verstorbenen Bronwen Ticehurst aufgetaucht.

Ihaka starrte eine volle Minute lang auf die Liste.

»Sie haben völlig recht. Das hier ist allerdings seltsam. Es gibt aber noch was, das Sie mir sagen wollen, oder?«

Van Roon dachte angestrengt nach. »Ich glaube, das ist alles, Sarge«, sagte er unsicher.

Ihaka schaute ihn mit großen Augen an und schüttelte den Kopf. »Äh-äh. Falls es wirklich Pickrang war, der in das Zimmer eingebrochen ist, was hat er geklaut, und wo ist das, was er geklaut hat?«

»Soweit wir bisher sagen können, hat er nichts geklaut. Ich meine, er hatte nichts bei sich, und in seinem Wagen haben wir auch nichts gefunden. Ach Scheiße, warten Sie mal – der Page hat gesagt, Pickrang hatte einen Aktenkoffer dabei.«

»Aber Sie haben keinen Aktenkoffer gefunden, stimmt's? Also ist es doch durchaus vernünftig anzunehmen, daß a, was er auch aus Delamores Zimmer hat mitgehen lassen, sich in dem Aktenkoffer befand, und b, wer immer ihn auch umgelegt hat, den Aktenkoffer mitgenommen hat.«

Van Roon war aufgrund der Tatsache, daß der Aktenkoffer ihm entgangen war, so wütend auf sich selbst, daß er beinahe vergessen hätte, seine letzte Information an Ihaka weiterzugeben. Er mußte noch einmal kehrtmachen und seinen Vorgesetzten erneut bei der Erledigung seiner Schreibarbeiten unterbrechen.

»Eines noch, Sarge«, sagte er. »Auf dem Einreiseformular hat Delamore als Adresse überhaupt nicht das Regis-Hotel angegeben, sondern eine Adresse irgendwo in St. Heliers – ich habe es notiert, falls Sie sie wollen. Es handelt sich um das Haus einer Mrs. Sparks, Mareena Sparks.«

Mareena Sparks und Tito Ihaka begrüßten einander wie alte Freunde. Nachdem sie sich gegenseitig ihres jeweiligen Wohlergehens versichert hatten, geleitete Mareena den Polizisten die Treppe hinunter ins Wohnzimmer, wo ihr jüngster Sohn auf der Couch lag und fernsah. Als sie den Raum verlassen hatte, erkundigte sich Ihaka bei Reggie Sparks, wie es mit seiner Story lief.

»Volle Kanne Scheiße«, sagte er. »Nächste Frage.«

»Jaja, das Leben ist einfach wunderbar. Ich habe allerdings Neuigkeiten für Sie, die Sie vielleicht etwas aufmuntern – es geht um Ihren alten Sparringspartner, Herman Pickrang.«

Sparks hievte die Beine über die Sofakante und setzte sich aufrecht hin.

»Nichts sagen – lassen Sie mich raten. Pickrangs Leiche wurde irgendwo in der Gegend von Palm Beach, einem kleinen Ort nördlich von Sydney, gefunden. Er wurde erschossen, und zwar mit einem Revolver. Vermutlich am frühen Morgen des vergangenen Sonntags. Hab ich recht?«

Ihaka schaute Sparks an, als hätte dieser ihm gerade erklärt, er wolle den Südpol auf Rollschuhen erreichen. »Sind Sie fertig? Pickrang ist in der Tat tot. Seine Leiche wurde in einer Seitenstraße im Zentrum von Auckland gefunden, einer Stadt auf der Landzunge zwischen den Häfen von Waitemata und Manukau. Und außerdem: von wegen Revolver. Er hat sich eine volle Ladung Schrot aus einer abgesägten doppelläufigen Flinte eingefangen – und zwar aus einer Entfernung, die allenfalls so groß war wie von mir zu Ihnen. Also was soll der ganze Scheiß von wegen kleines Kaff nördlich von Sydney?«

Sparks beugte sich vor und stierte Ihaka an. »Was? Er ist hier umgebracht worden? Letzte Nacht?« Er sackte auf dem Sofa zusammen. »Ich bin letzte Woche für *New Nation* nach Sydney geflogen. Pickrang war ebenfalls dort. Ich war in einem Haus in Palm Beach, und plötzlich ist Pickrang dort aufgetaucht und hat seine Ich-reiß-dir-die-Ohren-ab-Masche abgezogen. Dann sind auf einmal zwei andere Typen aufgetaucht. Fragen Sie mich nicht, wer sie waren, aber sie waren stinksauer auf Pickrang – es hatte wohl irgendwie damit zu tun, daß er einen von ihnen in einen Pizzaofen gestoßen hatte. Jedenfalls hatten diese Kerle eine Pistole dabei. Sie haben zu uns gesagt, wir sollten uns verpissen; es war ziemlich offensichtlich, was die beiden vorhatten.«

»Was hat Pickrang da drüben gemacht?«

»Ich bin ziemlich sicher, daß er von jemandem namens Caspar Quedley rübergeschickt worden ist.« Sparks erzählte Ihaka von Julian Gage. Er schloß seinen Bericht: »... aber als er dort ankam, war Gage schon tot, und seine Aufzeichnungen waren schon in der Post. Gage wußte nicht, daß Appleyard bereits tot war, deshalb hat er ihm den Brief zuschicken lassen – aber er ist bis jetzt noch nicht angekommen. Ich nehme an, daß Quedley es irgendwie geschafft hat, sich die Aufzeichnungen unter den Nagel zu reißen.«

»Wie soll er das geschafft haben?«

»Er ist ein gerissener Hund, er hat überall seine Finger im Spiel, kennt überall jemanden, der jemanden kennt.«

Ihaka nickte bedächtig. »Na ja, wenn er sich ins Zeug legt, kann schon sein. Kennen Sie eigentlich jemanden namens Dean Delamore?«

Wieder richtete Sparks sich auf. »Klar. Er war ein Freund von Gage; er hat die Sachen für ihn abgeschickt. Delamore war auch in Palm Beach, als Pickrang dort aufgetaucht ist. Er ist mit mir zusammen am Sonntag hierhergekommen.«

»Das erklärt schon mal eines. Wo ist er jetzt?«

»Keine Ahnung«, sagte Sparks mißmutig. »Er hat am Sonntag hier übernachtet und sich ohne ein Wort aus dem Staub gemacht.«

»Sagen Sie mir eins, Sparks, wie eng sind Sie mit diesem Typen befreundet? Ich frage deshalb, weil ich gehört habe, daß er gerne in Frauenkleidern rumläuft. Sie und er duschen nicht zufällig zusammen und lassen dann abwechselnd die Seife runterfallen oder so was in der Art?«

Sparks schaute ihn säuerlich an. »Doch, genau das.«

»Hey, verstehen Sie mich nicht falsch; dagegen habe ich nicht das geringste; um ehrlich zu sein, es würde mich nicht wundern, wenn der Junge, mit dem ich ins Bett gehe, nicht auch ein bißchen so wäre.«

Sparks' Lippen zuckten ein wenig. Näher war er einem Lächeln in den letzten 24 Stunden nicht gekommen.

»Was ist mit Delamore?«

»Nachdem Delamore von hier verschwunden ist, hat er sich im Regis-Hotel ein Zimmer genommen – und zwar als Frau. Er nannte sich Lesley Gore – sagt Ihnen das was? Und so wie's aussieht, war Pickrangs letzte Großtat ein Einbruch in Delamores Hotelzimmer. Und zwar in seiner typischen Art – er hat das ganze Zimmer auseinandergenommen. Was schätzen Sie, wonach er gesucht hat?«

»Die Aufzeichnungen von Gage? Das ergibt doch keinen Sinn. Delamore hat die Sachen letzte Woche von Sydney aus abgeschickt…« Mitten im Satz verstummte Sparks.

»Was das angeht, haben Sie wohl auch nichts weiter als sein Wort, stimmt's? Ich glaube, Ihr kleiner Freund spielt sein eigenes Spielchen.« Ihaka reichte Sparks den Zettel mit der Namensliste. »Wir haben das hier in seinem Zimmer gefunden.«

»Verdammt noch mal, das ist aus meinem Notizbuch, der kleine Mistsack.« Sparks ließ den Kopf in die Hände sinken und dachte angestrengt nach. »Wenn Delamore den Brief von Gage gar nicht abgeschickt hat, kann Quedley ihn auch nicht abgefangen haben. Also findet Quedley heraus, daß Delamore im Regis wohnt – wie konnte er überhaupt wissen, daß er hier in der Stadt ist?«

»Delamore hat wohl Kontakt zu ihm aufgenommen. Quedley muß ziemlich scharf auf diesen Brief sein, daß er Pickrang deswegen nach Sydney schickt. Und warum? Weil er darin beschissen wegkommt?«

»Da bin ich mir ziemlich sicher.«

»Dann würde ich doch sagen, daß Delamore versucht ihn zu erpressen.«

Sparks dachte darüber nach. »Keine Ahnung, es fällt mir schwer, mir Delamore als Erpresser vorzustellen.«

»Werden Sie endlich erwachsen, Kollege. Wie lange kennen Sie Delamore – gerade mal ein paar Tage? Allein die Art, wie er sich von hier verpißt hat, deutet doch schon darauf hin, daß er irgendwas vorhat.«

Sparks zuckte mit den Achseln. »Okay, sagen wir mal, Sie haben recht. Aber wenn Delamore die Aufzeichnungen hat und Pickrang sie geklaut hat, wo sind sie jetzt?«

»Wir wissen nicht mit Bestimmtheit, daß er sie wirklich hatte. Ich meine, er hat das ganze Zimmer auf den Kopf gestellt, aber das beweist nicht, daß er wirklich was gefunden hat. Im Hotel hatte Pickrang angeblich einen Aktenkoffer bei sich, den wir bis jetzt noch nirgendwo gefunden haben. Folglich sieht es ganz so aus, als hätte derjenige, der Pickrang aus dem Weg geräumt hat, auch seinen Aktenkoffer.«

Erschöpft rieb sich Sparks das Gesicht. »Mein Gott, wenn man dran denkt, daß das Ganze anfangs einfach nur ein Zeitschriftenartikel werden sollte.«

»Tja, und jetzt geht's drunter und drüber, na und? Für die Polizei läuft's nie anders – nie kann irgendwas mal einfach und geradlinig sein. Ihr verdammten Journalisten seid's doch, die immer alles so hindrehen, als würde alles laufen wie am Schnürchen.«

»Irgendwelche Journalisten vielleicht – ich habe bis jetzt noch kein einziges Wort geschrieben. Wo ist Delamore jetzt überhaupt?«

Ihaka schüttelte den Kopf. »Weiß Gott wo. Er hat einen Wagen gemietet, und so wie's aussieht, ist er nach Norden gefahren. Er hat was davon gesagt, daß er nach Wellsford wollte oder so.«

Ihaka lieferte Sparks noch schnell eine Kurzfassung des Schwindels von Lydiate und Plugge samt der Auswirkungen auf Wallace Guttle, und dann erhob er sich. »Na ja, dann will ich Sie mal nicht weiter in Anspruch nehmen, Sparks. Sie haben ja offensichtlich jede Menge zu tun – fernsehen, sich an den Eiern kratzen und so weiter. Können Sie mir vielleicht noch sagen, wo ich diesen Witzbold von Quedley finde? Ich denke, ich werde ihn mal besuchen und mich mit ihm über den Tod seines ehemaligen Angestellten unterhalten.«

24

Als Herman Pickrang sich an jenem Mittwochabend nicht meldete, war sich Caspar Quedley sicher, daß irgend etwas schiefgelaufen war. Ist nur logisch, dachte er, alles andere ist ja auch schiefgelaufen. Am nächsten Morgen rief ihn Bill Tench in seinem Büro an, um ihm mitzuteilen, daß seinen Verbindungsleuten bei der Polizei zufolge Pickrang den Auftrag in Zimmer 1414 des

Regis-Hotels ordnungsgemäß ausgeführt hatte, um sich kurz darauf jedoch am falschen Ende einer abgesägten Schrotflinte wiederzufinden. Als Quedley laut die Frage stellte, wer es denn wohl gewesen sein könnte, der den Abzug gedrückt hatte, brach Tench in schallendes Gelächter aus und erwiderte, daß die Polizei gar nicht wüßte, wo sie mit der Suche anfangen sollte, da man den ganzen Eden Park mit Leuten vollstellen konnte, wenn man die Feinde von Pickrang auf einem Haufen zusammentriebe. Nach seiner Unterhaltung mit Tench überlegte Quedley, daß, falls Pickrang in Zimmer 1414 den Brief von Gage nicht gefunden hatte, er wieder genausoweit war wie ganz am Anfang. Und wenn doch, dann war es höchst wahrscheinlich, daß genau in diesem Moment Gages Aufzeichnungen über Leben und Tod am Prince Albert College mit einigem Interesse – wie er sich bildlich vorstellen konnte – im Hauptrevier von Auckland gelesen wurden.

Entsprechend gedrückt waren sowohl seine Haltung als auch seine Stimmung, als er, nachdem er von einem vorgezogenen Lunch wieder in sein Büro zurückkehrte, dort Detective Sergeant Tito Ihaka vorfand, der auf ihn wartete. Er riß sich jedoch zusammen und drückte Ihaka mit solcher Inbrunst die Hand, als habe er ein Leben lang dieser Begegnung entgegengefiebert, um ihn sogleich in sein Büro zu komplimentieren. Ihaka, so sollte sich herausstellen, war allerdings ein harter Brocken, dem nicht so leicht beizukommen war.

»Waren Sie nicht Verteidiger bei University?« fragte Quedley, nachdem er Ihaka eingehend gemustert hatte.

»Ich? Scheiße, nein. Da verwechseln Sie mich mit irgend 'nem anderen dicken Nigger.«

»Ach so, na ja, es gibt so viele von Ihrer Sorte mit beeindruckender Physis, in welcher Hinsicht auch immer«, sagte Quedley, der sich durch Ihakas naßforsche Art nicht aus der Ruhe bringen ließ. »Das hängt wohl mit den Knochen zusammen. Also Sergeant, was kann ich Ihnen anbieten – Kaffee, Tee oder irgendwas Stärkeres?«

Ihaka schüttelte den Kopf. »Nein, danke.«

»Stimmt ja, ihr armen Schweine dürft im Dienst ja nicht trinken. Na ja, wenn Sie mich bitte entschuldigen, aber ich hatte einen ziemlich üblen Lunch mit einem von diesen wiedergeborenen Gutmenschen, die sich ausschließlich von Salat und Mineralwasser ernähren. Wissen Sie, wie Alfalfa riecht?« fragte Quedley und nahm sich ein Bier aus dem kleinen Kühlschrank unter der Bar. »Schnuppern Sie mal dran, und Sie wissen, warum es Heldengras genannt wird.« Er goß das Bier in ein Glas und prostete Ihaka zu.

»Cheers. Und nun, wie kann ich Ihnen helfen?«

»Herman Pickrang hat für Sie gearbeitet, richtig?«

Quedley runzelte die Stirn. »Herman wer?«

»Pickrang. Wir haben Anlaß zu der Vermutung, daß er in Ihrem Auftrag letzte Woche nach Sydney gereist ist.«

Quedley lachte kurz. »Anlaß zu der Vermutung – ist das nicht die übliche Ausdrucksweise, wenn Sie nicht den geringsten Beweis für etwas haben? Ich würde gern wissen, was Sie dazu veranlaßt, Sergeant, ich habe nämlich von dem Mann noch nie gehört.«

»Dann kennen Sie Dean Delamore vermutlich auch nicht?«

Quedley rieb sich das Kinn. »Delamore, sagen Sie? Also der Name kommt mir irgendwie bekannt vor. Ich kann meine Sekretärin mal fragen, aber ich glaube mich zu erinnern, daß jemand namens Delamore vor ein paar Tage hier angerufen hat. Ich konnte ihn einfach nicht abwimmeln; er hat mir ellenlange Vorträge über das Prince Albert College gehalten, aber ich bin einfach nicht schlau daraus geworden. Ich glaube, er wollte mir eine Spende zum Wiederaufbau der Schulkapelle aus dem Kreuz leiern. Diesen Leuten kann man einfach nicht entkommen, wissen Sie. Nicht genug damit, daß man ihnen fünf elende Jahre ausgeliefert ist, anschließend sitzen sie einem auch noch den Rest des Lebens im Nacken.«

Ihaka nickte. »Klar, ich kenne das nur zu gut. Das Tamaki College will auch dauernd Geld von mir für einen neuen Krocketrasen. Was ist mit Julian Gage – kennen Sie den?«

»Na ja, früher mal. Er ist tot. Wäre es zuviel verlangt zu fragen, was das Ganze soll?«

Ihaka erhob sich. »Angesichts der Tatsache, daß Sie noch nie von Pickrang gehört haben, wird es Sie wohl kaum interessieren, daß er letzte Nacht erschossen wurde.«

Quedley kippte sein Bier hinunter. »Ach, tatsächlich?« sagte er ungerührt. »Auch wenn ich ihn zu Lebzeiten nicht gekannt habe – aber Beerdigungen deprimieren mich einfach. Wer war's denn?«

»Das wissen wir bis jetzt noch nicht, aber wir werden den Kerl schon finden. Tatsache ist, daß der Schütze sich Pickrangs Aktenkoffer gekrallt hat, und wir haben – schon wieder – Anlaß zu der Vermutung, daß in dem Aktenkoffer etwas war, auf das einige Leute hier aus der Gegend richtig rattenscharf sind. Ich dachte, Sie gehören vielleicht dazu. Aber da liege ich wohl schon wieder falsch, oder?«

Ihaka konnte sehen, daß Quedley nachdenklich wurde. Er verließ das Büro und stieg in den Fahrstuhl. Auf dem Weg nach unten stellte er sich vor, wie er Caspar Quedley, falls sich jemals die Gelegenheit dazu bieten sollte, an die Wand nageln würde – und zwar mit seinem ohne Zweifel hundertprozentig wohlproportionierten Schwanz.

Nachdem er Quedleys Büro verlassen hatte, fuhr Ihaka durch Parnell, dann den Hügel hinauf an der Universität vorbei und quer durch die Stadt nach Grey Lynn. Er parkte in der Williamson Avenue und stieg aus seinem Zivilfahrzeug. Er trug Jeans, Turnschuhe und eine Bomberjacke. Er setzte eine Baseballmütze und eine Sonnenbrille auf und ging eine Seitenstraße entlang bis zu einem alten Gebäude aus Stein. Es war eine Kirche einer der polynesischen Gemeinden. Wenn er sich recht erinnerte, waren es Tongalesen. Im Augenblick schien niemand dazusein. Ihaka ging den Fußweg an der Seite des Gebäudes entlang bis zu dessen Rückseite, wo sich eine kleine Böschung befand. Oben auf der Böschung stand ein zwei Meter hoher Lattenzaun, der das Kirchengrundstück begrenzte. Ihaka kletterte die Böschung hinauf, stieß einen Fluch aus und zog sich hoch. Er hievte sich über den Zaun und landete in dem gepflegten Hinterhof eines Privathauses. Ihaka ging weiter bergauf über den Rasen zu einer liebevoll restaurierten alten Holzvilla. Er klopfte an die Hintertür.

Der Mann, der die Tür öffnete, war Anfang Dreißig. Er war hochgewachsen und dünn, hatte lange ungekämmte Haare, einen Ohrring sowie ein dreieckiges Büschel weißer Haare unter seiner Unterlippe. Er trug ausgewaschene Jeans, Cowboystiefel und ein enganliegendes T-Shirt mit dem Aufdruck »Murkst sie alle ab. Gott wird sich die Richtigen schon raussuchen«. Der Mann hieß Blair Corvine und war verdeckter Ermittler. Im großen und ganzen stand Ihaka verdeckten Ermittlungen skeptisch gegenüber; es dauerte eine Ewigkeit, einen Ermittler an den richtigen Stellen einzuschleusen, und danach konnte man die Hälfte der Informationen, die sie heranschafften, nicht verwerten, weil sie ansonsten aufflogen. Außerdem gab es etliche unter ihnen, mit denen man auf Dauer nichts als Ärger hatte – und zwar massiv; er hatte den Verdacht, daß es an dem ganzen Dope lag, das sie rauchten. Corvine hingegen schien wie geschaffen für seinen Job; manchmal überlegte Ihaka, wie jemand mit so offensichtlichen kriminellen Neigungen überhaupt auf den Gedanken verfallen konnte, ausgerechnet der Polizei beizutreten.

Corvine ließ Ihaka herein. »Hey, wen haben wir denn da, den großen Häuptling Ihaka«, sagte er. »Wie sieht's aus? Hast du zusammen mit deinen Brüdern in letzter Zeit wieder hart schuftende Weiße enteignet?«

»Alter Freund, du weißt ja selber, daß der Kampf für Gerechtigkeit einfach kein Ende nimmt. Und eines sag ich dir: Diese Pakehas können einen echt fertigmachen mit ihrem Gejammer, daß ihre Familien schon hundertfünfzig Jahre da sind, wo sie jetzt sind, und was es für eine Plackerei war, die ganzen Hügel einzuebnen und Tausende Hektar Busch zu roden und all der Scheiß. Du glaubst gar nicht, was wir uns für einen Mist anhören müssen. Herrgott, wir sind doch keine Unmenschen, immerhin lassen wir euch hierbleiben – was wollt ihr denn noch?«

»Ich wär schon froh, wenn ich mir nicht alle zwei Tage diesen schmierigen Schleimbeutel mit seinem Tiki im Fernsehen anschauen müßte.«

»Tut mir leid, aber da mußt du dich schon genauer ausdrükken.«

Corvine holte zwei Dosen Bier aus dem Kühlschrank und reichte eine davon Ihaka. Nachdem er voller Mißbehagen hatte mit ansehen müssen, wie Quedley sich sein Bier hatte schmecken lassen, dauerte es nicht einmal eine Minute, bis Ihakas Dose leer war.

Corvine seinerseits nippte nur vorsichtig an seinem Bier. »Paß mal auf, ich finde es ja wirklich prima, wenn du hier vorbeikommst, über meine Blumen trampelst und meine Pisse wegschlürfst, aber kann's sein, daß das Ganze was zu tun hat mit – sagen wir mal – unseren Jobs?«

»Stimmt, das wollte ich dich gerade fragen. Ich meine, was soll das Ganze mit den Blumen? Warum pflanzt du nicht mal Gemüse oder so was?«

»Ah, die Philosophie des großen Ihaka – warum seine Zeit verschwenden mit etwas, das man weder ficken noch fressen kann? Ich denke, es liegt einfach daran, daß jemandem, dessen Urgroßvater Kannibale war, der Zugang zu ästhetischen Genüssen erschwert ist.«

»Paß auf, was du sagst, Kumpel, ich hab noch nicht zu Mittag gegessen. Der Grund, warum ich hier bin, ist folgender: Die Spaghettis aus Sydney, die vor einer Weile dafür gesorgt haben, daß in der K Road die Kacke am Dampfen war …«

»Die Perfumos.«

»Genau. Die haben ihre Zentrale doch in einer Pizzeria, oder?«

»Haargenau – am oberen Ende der Queen Street. Machen übrigens eine verdammt gute Pizza, haufenweise Sardellen. An Sardellen könnt ich mich tot fressen. Magst du Sardellen?«

»Corvine, du bist einfach krank im Kopf. Ist Herman Pickrang nicht irgendwann mit denen zusammengerasselt?«

»Der gute alte Herman, der ja nun leider von uns gegangen ist? Aber klar doch! Die Perfumos haben zwei Brüder rübergeschickt, damit sie hier den Laden aufziehen; die Pizzeria dient nur als Fassade. Offensichtlich ist Herman Pickrang irgendwann in den Laden reingerauscht und hat einen von den beiden mit dem Kopf voran in den Pizzaofen geschoben. Es hieß, man konnte die arme Sau bis Henderson schreien hören. Ich hab vergessen, wer es war, Marty oder Rocco. Jedenfalls war es der Dämlichere von beiden; Alter, der Kerl ist so lahmarschig, der wüßte noch nicht mal, was zu tun ist, wenn sein Schwanz in Flammen steht.«

»Das ist allerdings ziemlich dröge. Wo sind die beiden jetzt?«

»Der eine, der gebraten wurde, ist zurück nach Sydney. Der andere ist immer noch hier, soweit mir bekannt ist. Was ist los?«

»Ich habe mich nur gefragt, ob die vielleicht was damit zu tun haben, daß Pickrang weggepustet wurde. Ich meine, diese Typen gehören doch angeblich zur Mafia, oder? Da liegt der Gedanke doch nahe, daß sie hinter Herman her sind.«

»Klar, stimmt schon«, sagte Corvine, »aber es hieß auch, daß sie einen Waffenstillstand geschlossen haben. Kann aber auch sein, daß sie einfach nur ein bißchen Zeit vergehen lassen wollten. Warum zum Teufel bist du hinter dem Kerl her, der diesen Drecksack erledigt hat? Der Kerl verdient einen Orden.«

»Die Angelegenheit ist komplizierter, als sie aussieht, alter Kumpel. Du hast doch Kontakt zu den Kollegen in Sydney, oder? Warum klingelst du nicht mal bei denen durch und erkundigst dich, ob sie in letzter Zeit von den Perfumos gehört haben? Mir ist nämlich zu Ohren gekommen, daß Herman Pickrang letztes Wochenende dort war und mit zwei Typen zusammengerasselt ist, die der Beschreibung nach glatt die beiden sein könnten.«

»Wie bitte? Ich soll von meinem Apparat ins Ausland telefonieren?«

»Jetzt mach mal halblang, Blair. Ich habe deine Spesenabrechnungen gesehen. Ich wette, davon läßt es sich ganz gut leben.«

Corvine griff zum Telefon und rief an. Das Gespräch, das mehrfach von lautem Hallo unterbrochen wurde, dauerte zehn Minuten, wovon die Hälfte für obszönes Geschwafel draufging.

»Mann, Häuptling, da hast du ja mal eine richtig heiße Quelle«, sagte Corvine, als er den Hörer auflegte. »Martino und Rocco hat's letzten Samstag erwischt. Der eine hat ein drittes Nasenloch und der andere ein Messer im Hals. Abgespielt hat sich das ganze in einem Kaff namens...«

»Nichts sagen. Laß mich raten – Palm Beach, ein kleiner Ort nördlich von Sydney?«

»Du bist wirklich hart am Ball, Häuptling, mein Gott. Tja, da wissen wir wenigstens, wer Herman umgenietet hat und warum. Scheiße, da fällt mir gerade was ein.«

»Muß wohl ein Schaltjahr sein.«

»Weißt du, wer hier das ganze Dope für die Perfumos verschiebt? Die Blood Drinkers. Und die beiden Morde von gestern nacht sind eindeutig die Machart der Blood Drinkers – man fährt mit 'ner abgesägten Schrotflinte auf dem Schoß zu dem Opfer hin, wumm, das war's. Nix von wegen ›Oh, das tut uns aber leid‹, sondern ›Was, wir haben den falschen Kerl umgenietet? So was kann passieren, probieren wir's halt morgen wieder‹. Die Sache gestern geht hundertprozentig auf das Konto der Blood Drinkers. Es paßt einfach zu gut. Ich wette, das Ganze ist so abgelaufen: Als Rocco und Marty abgemurkst wurden, hat die Familie die Blood Drinkers auf den Fall angesetzt und ihnen erklärt, daß sie bei der Gelegenheit Plugge gleich mit erledigen sollen. Ich hätte mir ja fast in die Hosen gemacht vor Lachen, als ich gehört habe, wie Barry zum Hauptrevier geflitzt kam, um sich einlochen zu lassen. Aber zum Teufel, wenn diese Kerle hinter ihm her sind, ist das seine einzige Möglichkeit, den Kopf auf dem Hals zu behalten.«

»Die Blood Drinkers«, sagte Ihaka. »Das ist ja entzückend.«

Kurz nachdem er wieder zum Hauptrevier zurückgekehrt war, erhielt Ihaka einen Anruf von Reggie Sparks.

»Was haben Sie bei Quedley erreicht?«

»Ist er nicht süß? Mit einem Wort: nichts. Er sagt, er hat noch nie von Pickrang gehört. Natürlich lügt er. Er hat nicht mal mit der Wimper gezuckt, als ich ihm erzählt habe, daß Pickrang tot ist, obwohl wir den Namen von dem Drecksack noch gar nicht bekanntgegeben haben. Er kann von Glück sagen, daß derjenige, der Pickrang erledigt hat, vermutlich auch den Brief von Gage hat; jedenfalls ist das für Quedley besser, als wenn wir ihn hätten, und die Chancen stehen nicht schlecht, daß er einfach verlorengeht oder weggeworfen wird oder irgendwas. Übrigens, was diese Typen angeht, die in Palm Beach aufgekreuzt sind – sieht so aus, als hätten sie die Sache vermasselt, und zwar so gründlich, wie's nur irgend geht.« Er erzählte Sparks, was mit den Brüdern Perfumo passiert war. »So kann's kommen«, schloß er. »Ich denke, Quedley weiß jetzt, was einem blüht, wenn man sich mit den wirklich schweren Jungs anlegt.«

Sparks rief Louise Appleyard an, die ihm erklärte, was es doch für eine angenehme Überraschung sei, wieder mal von ihm zu hören.

»Sagen wir lieber nur, was für eine Überraschung«, sagte Sparks, der dem Frieden nicht so recht traute. »Angesichts dessen, was Sie mir gestern erzählt haben – von wegen alter Rechnungen und einem Namen, der in den Dreck gezogen werden soll –, hat es den Anschein, daß Sie und Quedley sich darüber unterhalten haben, was in dem Brief von Gage eventuell stehen könnte?«

Louise beschloß, den bitteren Beigeschmack in Sparks' Stimme zu ignorieren. »Caspar sagte, daß er und Gage ziemlich eng befreundet waren und sich dann aber tief zerstritten haben. Gage war völlig verbittert und durchgedreht und hat gedroht, seinen Ruf zu zerstören. Er sagte, der Brief würde nichts weiter enthalten als einen Haufen Lügen – aber er blieb ziemlich vage, worum es sich konkret handeln könnte, wenn es das ist, was Sie meinen.«

»Haben Sie ihm geglaubt?«

Eine ganze Weile herrschte Schweigen am anderen Ende der Leitung. »Ja, aber ich würde sagen, daß ich mir nicht allzu große Gedanken über die Angelegenheit gemacht habe.«

»Was soll das heißen?«

»Das soll heißen, daß ich mir zum damaligen Zeitpunkt über andere Sachen Gedanken gemacht habe.«

Sparks räusperte sich. »Hören Sie, ich würde Quedley gern ein paar Fragen stellen, und ich möchte, daß Sie dabei sind, damit er nicht wieder um den heißen Brei herumredet. Wie wär's?«

»Ich denke, daß Sie vermutlich meinen Einfluß überschätzen, aber warum nicht. Wann?«

»Jetzt. Heute nachmittag.«

Eine Stunde später trafen sie sich im Vorzimmer von Quedley Communications. Sparks begrüßte sie höflich, aber reserviert und dankte ihr dafür, daß sie sich so kurzfristig hatte freimachen können. Sie wollte ihn gerade fragen, wie lange sie denn im Bombenhagel würde ausharren müssen, als Quedley aus seinem Büro kam und die beiden begrüßte. Er tat gerade so, als wäre es die natürlichste Sache der Welt, daß sie unangekündigt mitten in der Geschäftszeit bei ihm auftauchten, und führte sie in sein Büro, wo er Sparks auf dem Zweisitzersofa und Louise auf dem Dreisitzer plazierte, die im rechten Winkel zueinander in der Ecke standen. Er selbst ließ sich auf der Lehne von Louises Sofa nieder, wodurch er, wie Sparks vermutete, seine Besitzansprüche untermauern wollte. Louise, in ihren enganliegenden dunkelgrünen Leggings und einem weiten weißen Oberteil, wirkte ein wenig beunruhigt. Sparks hatte keine Lust auf großes Geplänkel und kam gleich auf den Punkt.

»Was ist am Prince Albert College passiert, daß Sie sich solche Mühe geben, es unter den Teppich zu kehren?«

Quedley spreizte die Hände, lächelte verwirrt und ließ seinen Blick zwischen Sparks und Louise hin und her schwenken.

»Und ich dachte schon, das wäre ein privater Besuch. Mein Gott, es stört mich nicht weiter, daß Sie mich von der Arbeit abhalten; ich lasse mir sogar Fragen vom Kaliber ›Wann haben Sie aufgehört, Ihre Frau zu verprügeln?‹ gefallen. Aber warum müssen Sie Louise da mit reinziehen? Was haben Sie für 'n Problem, Reggie? Sind Sie wegen mir und Louise so aus dem Häuschen, daß Sie mich vor ihr schlecht dastehen lassen müssen? Ist es das?«

»Warum machen Sie nicht weiter? Warum bringen Sie nicht noch meine Schwägerin ins Spiel?«

»Ihre Schwägerin?« fragte Louise. »Was hat sie damit zu tun?«

»Quedley hat vor einiger Zeit versucht, sie zu verführen«, sagte Sparks.

Quedley grinste voller Häme. »Ja, das ist leider etwas schiefgegangen. Was verheiratete Frauen angeht, handle ich nach dem Motto, was der Ehemann nicht weiß, macht ihn nicht heiß. Woher sollte ich denn wissen, daß Gavin das ganze Haus durchsuchen würde?« Er fuchtelte mit dem Zeigefinger in Richtung Sparks herum. »Aber um der Wahrheit die Ehre zu geben, Reggie, die Formulierung ›versuchte‹ ist nicht ganz korrekt, denn das hieße ja, daß ich versucht habe, die gute alte Heather zu verführen, und damit gescheitert bin. Und wir beide wissen, daß das nicht der Fall ist.«

Sparks nickte Louise zu und sagte: »Sie können sich's aussuchen.« An Quedley gewandt fuhr er fort: »Sie ist deswegen hier, weil ich dachte, daß so vielleicht die klitzekleine Chance besteht, daß Sie sich ihr gegenüber platte Lügen verkneifen.«

»Was sind Sie aber charmant heute. Spielen Sie eigentlich wieder den großen Reporter oder was?«

»Es sieht ganz so aus, als würde es gar keine Story geben. Die Bullen sind mittlerweile in die Geschichte involviert, verdammte Scheiße, es sind Leute umgebracht worden. Und es kann passieren, daß ein paar Monate lang die ganze Angelegenheit als Verschlußsache behandelt wird. Aber wenn Sie nichts zu verbergen haben, weshalb machen Sie sich dann Sorgen?«

»Ach, dann sind Sie es, dem ich den Besuch vom Kommissar zu verdanken habe? Ich habe mich schon gewundert.« Quedley stieß einen übertriebenen Seufzer aus und schaute zur Zimmerdecke. »Eins muß man Ihnen lassen, Sparks: Sie sind hartnäckig. Sie mögen noch so stumpfsinnig und fehlgeleitet sein – aber hartnäckig sind Sie. Also gut, wenn Sie es unbedingt wissen müssen.« Er glitt von der Lehne herunter neben Louise auf die Couch. »Was jetzt kommt, ist nicht zur Veröffentlichung bestimmt. Wie ich Louise schon erzählt habe, hat Julian an der Schule ziemlich die Sau rausgelassen. Er hat mir immer erzählt, mit wem er seine Doktorspielchen veranstaltet hat, und wenn ich den Eindruck hatte, daß für mich was dabei rausspringen könnte, habe ich demjenigen gedroht, daß ich es überall rumerzählen würde, wenn er nicht mit irgendwas rausrückte. Es war keine Erpressung im großen Stil, sondern eher – Sie wissen schon: ›Her mit dem Taschengeld‹ oder ›Der Kuchen, den dir deine Mutter heute gebracht hat, gehört mir.‹ Aber es ist auch wiederum nichts, was man ausführlich in *New Nation* nachlesen möchte.«

Eine ganze Weile herrschte Schweigen. Louise betrachtete Quedley nachdenklich, doch der schien nur damit beschäftigt, seine teuer aussehenden schwarzen Haferlschuhe zu betrachten. Schließlich zog Sparks verächtlich die Nase hoch und brach damit das Schweigen.

»Natürlich«, sagte er und schnippte mit den Fingern. »Und Sie haben auch nur deswegen einen gottverdammten Irren nach Australien geschickt, weil Sie verhindern wollten, daß alle Welt erfährt, daß Sie vor über 20 Jahren ein paar verzogenen Rackern ihren Schokoladenkuchen abgejagt haben. Sie glauben wohl, Sie haben zwei völlige Idioten vor sich?«

»Ich kann mir keine Situation vorstellen, in der ich Sie und Louise über einen Kamm scheren würde«, sagte Quedley kühl. »Ich habe Ihre gottverdammte Frage beantwortet; wenn Ihnen die Antwort nicht in den Kram paßt, kann ich auch nichts dafür.«

»Und das ist alles, hä? Und was war mit den Prüfungsunterlagen, die Sie verscherbelt haben?«

»Oh, die Prüfung in Geschichte – das hatte ich ganz vergessen. Obwohl es eine kleine Glanztat war, auf die ich ziemlich stolz gewesen bin. Ich bin in das Büro des Fachleiters eingebrochen, habe die Liste mit den Fragen gestohlen und Kopien davon verkauft. Da haben Sie mich tatsächlich erwischt, Chef.« Er schaute zu Louise hinüber. »Nun, meine Süße, jetzt, wo du all meine schmutzigen Geheimnisse kennst«, sagte er theatralisch, »wirst du mich da noch eines Blickes würdigen? Bedeutet dies, daß wir uns nie mehr wiedersehen werden?«

Louise warf Reggie einen unsicheren Blick zu und fragte sich, ob nun wohl alles zu Ende war. Er saß da, den Ellbogen auf der Armlehne des Sofas, das Kinn in seine Hand gestützt, und ließ Quedley nicht aus den Augen. Es war nicht das erste Mal, daß sie diesen Gesichtsausdruck an ihm bemerkte; gestern noch war sie es gewesen, die er so zornig und voller Verachtung angeblickt hatte.

»Wissen Sie was?« sagte Sparks. »Es gibt nichts Dämlicheres als einen Schlaumeier, der sich für wirklich schlau hält.«

Quedley stand auf, ging hinter seinen Schreibtisch und setzte sich. »Das ist aber nicht von Ihnen, oder?« sagte er beiläufig. Dann drückte er einen Knopf auf seinem Telefon und fragte seine Sekretärin, ob irgend jemand eine Nachricht für ihn hinterlassen hatte. Sparks baute sich vor seinem Schreibtisch auf und blickte auf ihn herab.

»Sie wissen gar nicht, warum Pickrang ermordet wurde, stimmt's?«

Quedley schaute von seinem Terminkalender auf. »Sie sind immer noch hier? Muß ich Sie erst auffordern zu gehen?«

»Als Pickrang in Sydney war – in Ihrem Auftrag, wohlgemerkt –, hat er zwei Leute umgebracht. Die beiden waren Brüder, sie hießen Rocco und Martino Perfumo. Die Perfumo-Familie spielt eine gewisse Rolle im organisierten Verbrechen. Scheiße, warum um den heißen Brei herumreden? Sie gehören zur Mafia. Und Sie wissen ja, wie diese Leute sind – du bringst einen von uns um, und wir bringen zwei von euch um –, so läuft das bei denen. Blutrache gehört zum Leben dazu. Wenn die Perfumos herausfinden, daß Pickrang für Sie gearbeitet hat, sind Sie der nächste, dem sie ein Gesichtspeeling mit Schrot verordnen. Und wenn Sie mich fragen ›Woher sollten die das denn erfahren?‹, dann ist die Antwort: weil ich es ihnen sagen werde. Und ich bin ziemlich sicher, daß sie mir glauben werden; ich könnte ihnen eine astreine Geschichte erzählen, denn ich war nämlich dabei und habe in der ersten Reihe gesessen.«

Quedley lehnte sich in seinem Sessel zurück, verschränkte die Arme und stierte Sparks an, der seinerseits den Blick nicht von ihm wandte. Dann hob Quedley den Hörer ab und wählte eine Nummer.

»Ken? Caspar Quedley. Du hast doch immer den *Sydney Morning Herald*? Hast du den vom letzten Montag gerade zur Hand? Würde es dir was ausmachen, mal nachzusehen, ob da irgendwas drinsteht über den Mord an zwei Brüdern – Rocco Perfumo und noch einer? Ja, ich bleibe dran.« Es verstrich eine kurze Zeit des Wartens. »Auf der Titelseite? Was steht noch drin?« Quedley hörte ein paar Minuten zu, dankte seinem Informanten und legte auf. Er schaute zu Sparks hinüber, der mit dem Rücken zu ihm am Fenster stand.

Er hüstelte höflich. »Entschuldigen Sie, Reggie, was war Ihre Frage?«

Sparks drehte sich um. »Immer noch die gleiche: Was könnte Gage aufgeschrieben habe, von dem Sie nicht wollen, daß es andere Leute lesen?«

Quedley ging zur Bar hinüber. »Will jemand was trinken?« Louise und Sparks lehnten ab. Er schenkte sich selbst ein Glas aus einer schweren Kristallkaraffe ein, fügte ein paar Eiswürfel hinzu und ging wieder zurück an seinen Schreibtisch. »Der Kaplan, ein harmloser alter Junggeselle namens Swindell, war völlig verschossen in Julian«, sagte er langsam, ohne einen der beiden anzusehen. »Außerdem war er Masochist. Er hat Julian gebeten, Sachen mit ihm zu machen, die ich vermutlich nicht weiter ausführen muß, oder? Ich habe ihn erpreßt. Nachdem das ein paar Wochen so gegangen ist, hat er sich umgebracht – er ist mit seinem Wagen in eine Steinmauer gefahren.«

»Was ist mit Bronwen Ticehurst?«

Quedley spülte einen Schluck aus seinem Glas hinunter und schüttelte den Kopf. »Mit Bronwen hatte Julian nichts zu tun. Vermutlich hat er sich gar nicht mehr an sie erinnert. Es ist wahr, es gibt Leute, die sagen, es sei meine Schuld gewesen, aber wie hätte ich denn wissen sollen, daß sie so reagieren würde? Ich habe ihr einfach nur die Wahrheit gesagt – daß ich keine Lust hatte, mich an ein Mädchen fest zu binden. Herrgott, ich hätte mir nie träumen lassen, daß sie sich umbringen würde.«

»Haben Sie schon mal von Dean Delamore gehört?« fragte Sparks.

Quedley nickte. »Er hat mir den Brief angeboten«, sagte er tonlos. »Dann hat er seine Meinung geändert und gesagt, er würde sich an jemand anderen wenden.«

»Wer war das?«

»Keine Ahnung. Ich war mir nicht sicher, ob er es ernst meinte. Ich dachte, er wollte mich einfach nur ein paar Tage zappeln lassen und dann wieder auftauchen.«

Louise Appleyard ging auf Quedley zu und blieb neben ihm

stehen. »Caspar, warum zum Teufel hast du all diese Sachen veranstaltet?«

Er schaute zu ihr hoch. »Meine Familie ... wir sind nicht gerade im Geld geschwommen. Mein Vater war Priester und verdiente so gut wie nichts. Ich bin nur deshalb aufs Prince Albert College gegangen, weil für die Söhne von Geistlichen die Gebühren viel niedriger waren. Ich habe gesehen, wie andere Familien lebten, die Familien von Jungs, mit denen ich befreundet war. Es war eine ganz andere Welt, ich meine, Geld spielte für die überhaupt keine Rolle. Sagen wir mal, der kleine Simon wollte mit seinem Freund zusammen in den Ferien auf die Fidschi-Inseln fliegen. ›Aber klar doch, mein Lieber. Braucht unser Si-si noch ein bißchen Taschengeld? Sind 1 000 Dollar genug? Oder willst du nicht lieber 1 500 mitnehmen, man kann ja nie wissen.‹ Wenn ich ein Paar neue Schuhe haben wollte, weil ich mir mit meinen ausgelatschten schwarzen Tretern wie ein Depp vorkam, wenn ich sie auch noch außerhalb der Schule anzog, dann war das für meine Familie eine größere Ausgabe, und meine Eltern haben eine Woche darüber diskutiert. Dann ist meine Mutter gestorben. Wir hatten doch nur uns, das war alles, was wir hatten, und das wurde uns nun auch noch genommen. Wir waren nicht mal mehr eine Familie. Es schien so, als hätten wir überhaupt nichts und alle anderen so viel.«

Den Kopf gesenkt saß Quedley da. Er streckte den Arm aus und ergriff Louises Hand; sie ließ ihn gewähren, doch das war alles.

Sparks sagte: »Heilige Scheiße, mir kommen gleich die Tränen.« Und marschierte aus Quedleys Büro.

25

Reggie Sparks saß hinterm Steuer des Peugeot seiner Mutter, der ein Stück weiter oberhalb von Quedleys Büro am Parnell Rise geparkt stand, und überlegte, was er als nächstes tun sollte. Er hatte gerade einen Entschluß gefaßt und wollte schon den Wagen starten, als er hörte, wie sein Name gerufen wurde. Er schaute hoch. Louise Appleyard kam auf dem Gehweg auf ihn zugelaufen. Mit ihrer sportlichen Figur, den Haaren, die locker ihre Schultern umwehten, und – wie Sparks nicht umhinkam zu bemerken – ihren Brüsten, die unter dem weiten Oberteil munter auf und ab wogten, sah sie aus, als wäre sie geradewegs einem jener Hochglanzmagazine für Fitneß und gesunden Lebensstil entsprungen. Sparks kurbelte das Fenster herunter.

Sie war ein wenig außer Atem. »Haben Sie's schrecklich eilig?« keuchte sie.

Er zuckte mit den Achseln. »Nicht besonders.«

Sie ging um den Wagen herum und stieg auf der Beifahrerseite ein.

»Das war aber ein bezaubernder Spruch zum Abschied«, sagte sie. »Haben Sie nicht einen Funken Mitleid mit ihm?«

Er schaute sie ungläubig an. »Mitleid mit Quedley? Sie machen wohl Witze. Und was das *Unsere kleine Farm*-Getue angeht, mein Gott«, er schüttelte den Kopf, »ich frage mich, wie ich's geschafft habe, mein Essen unten zu behalten.«

»Sie haben ihm also nicht geglaubt?«

»Den Kram über seine Familie? Klar, das glaube ich ihm schon – es ist mehr oder weniger das, was ich vorher schon wußte. Aber was soll's? Die meisten Kinder haben irgendwann das Gefühl, daß die ganze Welt sich gegen sie verschworen hat. Und was ist mit dem Kaplan, dem er so übel mitgespielt hat? Was für eine Heuchelei – das arme Schwein war vermutlich kein bißchen besser dran als Quedleys Vater.«

Sie zog nachdenklich die Augenbrauen hoch. »Was ist mit dem Rest?«

»Schwer zu sagen. Ich bin nach wie vor der Ansicht, daß er über den Tod des Mädchens mehr weiß, als er zugibt. Aber nachdem ich ihm einmal mit den Perfumos gedroht hatte, hatte ich mein Pulver verschossen.«

»Ach Gott, ja. Was war das denn? Haben Sie wirklich mit angesehen, wie diese Männer ermordet wurden?«

»Na ja, genaugenommen nein. Wenn es so gewesen wäre, würde ich jetzt nicht hier sitzen.«

»Sagen Sie mir die Wahrheit, Reggie: Hätten Sie das wirklich getan – ihn verpfeifen?«

Sparks verzog den Mund zu einem kalten, verkniffenen Lächeln. Louise Appleyard hatte nicht mehr den geringsten Zweifel, daß Reggie Sparks über eine fiese Ader verfügte. Die einzige Frage war, wie stark war diese Neigung, und zum zweiten Mal an diesem Nachmittag stellte sie fest, daß sie darüber nachdachte, ob sie ihn in dieser Hinsicht wohl unterschätzt hatte.

»Scheiße, ja«, sagte Sparks. Er hielt das Lächeln für einige Sekunden. »Und es kann sein, daß ich's immer noch mache.«

Sie schaute ihn an. Ihre Augen zogen sich zusammen. »Das glaube ich Ihnen nicht.«

Sparks senkte den Blick. »Regen Sie sich ab, Louise. Ich werde Ihrem Süßen schon nicht die Meute auf den Hals hetzen. Sie können den Rückzug antreten und ihm ausrichten, daß Sie Ihren Auftrag ausgeführt haben.«

Sie lachte freudlos. »Wissen Sie was? Sie können ziemlich eklig sein, wenn Sie wollen. Um mal eins klarzustellen, ich bin hier, weil ich Ihnen sagen wollte, daß diese Bemerkung, die er gemacht hat, als er unterstellt hat, daß Sie eifersüchtig sind – jedenfalls ist das nicht auf meinem Mist gewachsen, und ich habe ihn auch nicht auf die Idee gebracht.«

Sparks zuckte gleichgültig mit den Achseln. »Das brauchten Sie auch gar nicht. Das ist nun mal die Art, wie er denkt.«

»Sie sind nicht gerade ein Fan von ihm, oder?«

»Seltsamerweise mag ich ihn auf eine komische Art und Weise«, sagte Sparks versöhnlich. »Aber der Kerl ist ein Arschloch; was Sie oder ich denken, spielt da keine Rolle, das ist alles.« Er drehte sich auf seinem Sitz um und schaute sie an. »Und wissen Sie, wie er damit durchkommt? Er versucht gar nicht, es zu verstecken; alle Welt kann sein Geheimnis betrachten – hey Leute, schaut mich an, ich bin ein Arschloch, wie's leibt und lebt. Die Leute genießen das, denn er hat eine gewisse Klasse, und er sagt und tut Dinge, die sie auch gern tun würden, wenn sie nur den Mumm dazu hätten. Weil er keinen Hehl aus dem macht, was er ist, glauben sie, das Ganze sei nur Show; sie denken, er tut nur so, und tief in seinem Inneren ist er nicht halb so egozentrisch und voller Verachtung für uns alle, wie er tut. Doch in Wirklichkeit ist es keine Fassade – er ist ein Arschloch mit Haut und Haaren.«

Louise hätte diese Unterhaltung gerne fortgesetzt, doch Sparks beendete das Gespräch, indem er den Motor anließ. Sie stieg aus, machte jedoch die Tür nicht zu.

»Wo fahren Sie jetzt hin?«

»Ich denke, ich mache mich auf den Weg nach Norden«, sagte er, »vielleicht finde ich ein Fräulein in Nöten.«

Da er zuerst nach Hause fahren mußte, um seine Mutter zu fragen, ob er den Wagen am Abend haben konnte, und er später auch noch in den Berufsverkehr auf der Harbour Bridge geriet, kam er erst kurz vor acht auf Looms' Farm an. Er folgte der Auffahrt zum Haus, parkte vor der Vordertür und stieg aus dem Wagen. Aus dem Inneren des Hauses drang laute Rockmusik. Dermot Looms als Rock 'n' Roll-Monster, dachte Sparks; darauf wäre ich nie gekommen. Rechts vom Haus befand sich eine Doppelgarage. Das Rolltor war hochgeschoben, und als er die Auffahrt hinaufgefahren war, hatten seine Scheinwerfer einen Wagen angestrahlt, der darin geparkt war. Sparks ging hinüber, um sich das Ganze einmal genauer zu betrachten. Bei dem Wagen handelte es sich um einen Honda Civic Kombi. Die Tür war nicht abgeschlossen, und als Sparks sie öffnete, schaltete sich die Innenbeleuchtung ein. An einem der Knöpfe am Armaturenbrett baumelte eine Plastiktüte mit dem Hertz-Logo, und die Unterlagen im Handschuhfach besagten, daß der Wagen von Dean Delamore gemietet worden war.

Sparks ging die Treppe zum Eingang des Hauses hinauf und klopfte an. Es regte sich nichts. Die Musik war unglaublich laut. Der Arsch muß taub sein, dachte Sparks. Nach drei weiteren, ebenfalls erfolglosen Klopfversuchen ging er dazu über, gegen die Tür zu hämmern. Nachdem er zwölfmal so heftig gegen die Tür getrommelt hatte, daß sie trotz ihrer soliden Machart in den Angeln zu zittern begann, wurde sie von Basil Batrouney geöffnet, der ihn eulenhaft durch seine dicken Brillengläser anblinzelte.

Der Flur bebte unter Mick Jaggers laszivem Gekreische: »Oh yeah, you're a strange stray cat / Oh yeah, don't you scratch my back / Oh yeah, you're a strange stray cat / I bet your momma don't know you can sweat like that.« Sparks fand es ein wenig irritierend, daß Batrouney sich einen Song anhörte, in dem das Hohelied auf Sex mit Minderjährigen gesungen wurde.

»Kannst du die Musik ein bißchen leiser machen«, blökte Sparks und machte eine Drehbewegung mit seiner rechten Hand.

Batrouney nickte und schlenderte den Korridor entlang. Sparks folgte ihm ins Wohnzimmer. Die Musik dröhnte aus einer ziemlich neu aussehenden Stereoanlage, die auf einer Anrichte an der gegenüberliegenden Wand aufgestellt war. Batrouney drehte die Lautstärke ganz runter und sah Sparks fragend an.

»Wer bist du?« murmelte er schließlich.

»Reggie Sparks«, sagte er, und seine Stimme schallte grell durch die unvermittelte Stille. »Ich bin Journalist. Ich habe dich vor einer Weile in Waiheke besucht. Du hast mir deine Comics gezeigt. Wie hieß es noch mal – *Schmadder?* « fügte er in der Hoffnung hinzu, mit dieser Eselsbrücke dem völlig desolaten Räderwerk im Gehirn des ehemaligen Rockstars einen Ruck zu geben.

Obwohl es in Batrouneys Augen keinerlei Anzeichen dafür gab, daß er irgendeine gedankliche Verbindung herstellte, schien plötzlich irgendwo etwas einzurasten.

»Ich kenne dich«, sagte er in einem leicht vorwurfsvollen Tonfall. »Dir hat Freddie Fladen nicht gefallen.«

»Ach weißt du, das ist alles eine Frage der Gewöhnung«, versuchte Sparks sich herauszuwinden. »Ich bin sicher, wenn ich erst mal ein paar davon gelesen habe ...« Halt mal, dachte er, wie komme ich dazu, gemeinsam mit diesem analfixierten Zombie verbal in der Kloake zu wühlen. Er wechselte das Thema. »Was führt dich hierher? Ich dachte, du wärst eher 'n Homeboy?«

»Ich besuche meinen Freund Dermie.«

Dermie und Baz? Eine Männerfreundschaft, wie sie im Buche steht. »Ist Mr. Looms auch hier?«

Batrouney schüttelte den Kopf.

Sparks rückte näher an Batrouney heran. »Aber ist sonst noch jemand da, Basil? Ein Mann namens Dean Delamore?«

Batrouneys massiger Rundschädel begann heftig zu wackeln. »Quatsch, Alter, völliger Quatsch.«

»Ich weiß, daß er hier ist, Baz. Sein Wagen steht in der Garage.« Er packte Batrouneys rechten Arm oberhalb des Ellbogens. Seine Finger versanken in den weichen, teigigen Fleischmassen. »Wo ist er?«

Batrouney ließ den Kopf sinken, und er versuchte sich loszumachen. Sparks hielt ihn fest und blaffte ihn an: »Wo zum Teufel ist er, verdammt noch mal? Ich will, daß du mir das jetzt sofort zeigst.«

Sparks schob Batrouney zur Tür. Dieser ging, immer noch mit gesenktem Kopf, voraus in die geräumige Küche, wo er einen Schlüssel von einem der Haken an der Wand nahm. Er ging zur Hintertür hinaus und stieg ein paar Stufen hinunter zu einer Tür, die unterhalb des Erdgeschosses gelegen war. Er schloß die Tür auf und trat zur Seite.

Sparks spähte durch die Tür in die Dunkelheit. »Da drin?«

Batrouney nickte.

»Rück die Schlüssel raus.«

Batrouney reichte ihm die Schlüssel. Sparks stieg zwei Stufen der Kellertreppe hinunter. In diesem Augenblick fiel ihm ein, daß Batrouney bei ihrer ersten Begegnung behauptet hatte, er würde sich überhaupt keine Rockmusik mehr anhören. Sparks kam der Gedanke, daß vielleicht auch alles andere, was der ehemalige Rockstar ihm erzählt hatte, gelogen war, doch bevor er diesen Gedankengang weiterverfolgen konnte, traf ihn ein harter Schlag am Hinterkopf. Er verlor den Boden unter den Füßen, stürzte die restlichen Treppenstufen hinunter und landete, alle viere von sich gestreckt, auf dem Boden. Während er noch völlig überrascht und zerschrammt auf dem Boden lag und versuchte die Orientierung wiederzugewinnen, wurde ihm der Schlüssel aus der Hand gerissen, und er hörte Schritte, die sich über die Treppe zurückzogen. Dann wurde die Tür zugeknallt und abgeschlossen und der Keller in totale Dunkelheit getaucht.

Draußen wiegte Batrouney nachdenklich die schwere Gartenschere in der Hand und ließ sie wieder in die Schubkarre neben der Kellertür fallen. Mit einer tiefen Filmstimme sagte er: »Gut gemacht, Batman« und ging wieder zurück ins Haus, um sich die andere Seite von *Beggars Banquet* anzuhören.

Sparks rollte sich auf den Rücken und setzte sich auf. Er betastete die Schwellung, die sich bereits an seinem Hinterkopf zu bilden begann, und Blut verklebte seine Finger. Just in dem Augenblick, als ihm siedendheiß einfiel, daß er von jemandem aufs Kreuz gelegt worden war, den er ein paar Minuten zuvor noch als Zombie charakterisiert hatte, drang Dean Delamores Stimme unsicher durch die Dunkelheit: »Bist du das Reggie?«

»Nein«, antwortete Sparks leicht verbittert. »Es ist Sir Lancelot.«

Es war 20 Uhr 25 am Donnerstag, als Reggie Sparks von Basil Batrouney mit der Heckenschere niedergeschlagen wurde. Um 22 Uhr des gleichen Abends stürmten mehrere Einsatzkommandos der Polizei gleichzeitig diverse Gebäude in South Auckland, von denen angenommen wurde, daß sie führenden Mitgliedern der Blood Drinkers als Unterkunft dienten. Tito Ihaka stand an der Spitze eines Kommandos, das ein Apartment in Otara ausheben sollte, der letzten bekannten Adresse von Luther »Bad Louie« Potau. Ihaka beherzigte allerdings seinen Vorsatz und vermied es, als erster durch die Tür zu stürmen; diese Ehre kam einem besonders verwegenen 26jährigen Constable und Mitglied der Sondereinsatztruppe zu. Ihaka fragte sich, ob wohl irgend jemand den Constable darüber aufgeklärt hatte, daß sein brandneues Präzisionsgewehr und die gepolsterte Weste keinen absolut sicheren Schutz gegen einen Soziopathen mit einer abgesägten Schrotflinte boten.

Als der Polizeieinsatz losging, saß Potau in seinem Wohnzimmer mit Kochnische im hinteren Teil des Apartments auf dem Sofa und sah fern. Um ihn herum verstreut lag diverser Müll, darunter auch das Packpapier seines Abendessens – eine Ladung Kentucky Fried Chicken im Wert von 35 Dollar – und die Knochen, die davon übriggeblieben waren. Auf seinem Schoß saß ein 19jähriges Mädchen, dessen Name, da war sich Potau ziemlich sicher, Christine lautete, die er aber je nach Stimmung mit »Weib« oder »Schlampe« anredete und die fester zuschlagen konnte als seine vier vorherigen De-facto-Frauen. Christine hatte vier große Flaschen Bier intus sowie drei großzügig bemessene Bourbon mit Cola und war dementsprechend besoffen. Potau, der seinen Tag gerne mit zwei Flaschen Dunkelbier begann, jedoch aus Prinzip keinerlei Bier mehr nach Einbruch der Dunkelheit trank, hatte gerade erst die Hälfte seiner allabendlichen Ration von einem Liter braunem Rum hinter sich gebracht und war infolgedessen mehr oder weniger nüchtern, sofern man medizinische oder juristische Kategorien außer acht ließ.

Als Ihaka gegen die Tür hämmerte und »Aufmachen, Polizei!« brüllte, unternahm Potau den Versuch, Christine von seinem Schoß zu schieben. Doch 110 Kilo träge Masse zu bewegen kostete auch ihn einige Mühe, so daß, als Christine endlich auf den Boden kippte, die Tür schon aufgebrochen war und er hörte, wie die Polizeitruppe sich durch den Korridor vorarbeitete. Potau stellte die Flasche mit dem Rum vorsichtig ab und griff nach einer leeren Bierflasche. Als er sich gerade aufrichtete, blickte er in die Mündung eines Gewehrs, an dessen Ende sich eine hochgewachsene Gestalt in einem dunklen Overall befand, die ihm befahl, sich verdammt noch mal nicht von der Stelle zu rühren. Ihaka betrat gerade das Zimmer, als Potau ein Gebrüll anstimmte, das nicht von dieser Welt war, und Anlauf nahm, um sich seinen Angreifern entgegenzuwerfen. Da ihm der Weg durch die am Boden liegende Christine, zwei Bierkisten und den Rücksitz eines 1966er Zodiac, der als Sitzgelegenheit für Gäste diente, wenn er und Christine gesellige Abende veranstalteten, versperrt wurde, kam er nicht recht auf Touren, was ihm allerdings das Leben rettete. Denn so hatte Ihaka genügend Zeit, um sich vor den Constable zu stellen und Potaus Ansturm zu stoppen, indem er ihm mit voller Wucht einen Baseballschläger quer durchs Gesicht zog.

Die anschließende Durchsuchung des Apartments von Bad Louie erwies sich als überaus ertragreich: Die abgesägte Schrotflinte, mit der Gilpin und Pickrang erschossen worden waren, wurde unter dem Bett gefunden; Pickrangs Aktenkoffer fand sich in dem fast mannshoch wuchernden Gras im Hinterhof, und Julian Gages Aufzeichnungen über seine Zeit am Prince Albert College lagen übersät mit Fettspritzern zwischen den schmutzigen Tellern auf dem Küchentisch. Christine hatte die Rückseite eines der Blätter für ihre Einkaufsliste benutzt und auf einem anderen einen Brief an ihre Mutter in Gisborne angefangen.

26

Als Luther Potau wieder zu sich kam, wurde er zum Polizeirevier von Otara gebracht, wo er zu den Morden an Herman Pickrang und Cec Gilpin vernommen werden sollte. Sein beharrliches Schweigen war eine gängige Praxis seitens der Blood Drinkers, so daß es eine Weile dauerte, bis die mit dem Verhör betrauten Beamten feststellten, daß er nicht aus freien Stücken schwieg, sondern es ihm buchstäblich die Sprache verschlagen hatte. Er wurde unter schwerer Bewachung ins Middlemore Hospital geschafft, wo die Röntgenaufnahmen seiner Kieferfrakturen so großes Aufsehen erregten, daß sie zu Sammlerobjekten wurden. Derweil saß Tito Ihaka im Revier von Otara und las die Erinnerungen von Julian Gage ein zweites Mal, bevor er sie ans Hauptrevier zu Händen von Inspector Finbar McGrail schickte. Danach suchte er sich ein stilles Eckchen und machte drei Anrufe.

Der erste galt Reggie Sparks, der sich, so erfuhr er von Mareena, auf den Weg nach Norden gemacht hatte und erst später in der Nacht zurückerwartet wurde, wobei ihr Tonfall zu der Vermutung Anlaß gab, daß er bereits überfällig war. Unter normalen Umständen hätte Ihaka vielleicht gezögert, sie zu bitten, nach der Liste zu suchen, die Dean Delamore aus dem Notizbuch ihres Sohnes herausgerissen hatte, doch dies waren keine normalen Umstände. Weil es Mareena ein wenig tröstete, daß Ihaka sich so für ihren verlorenen Sohn interessierte, tat sie ihm den Gefallen. Sie fand die Liste genau dort, wo ihr Sohn sie zurückgelassen hatte – nämlich im Fernsehzimmer im Untergeschoß –, und teilte Ihaka mit, was er wissen wollte: die Adresse von Dermot Looms.

Ihaka dachte angestrengt und lange nach, bevor er seinen zweiten Anruf machte. Das nächstliegende wäre gewesen, die Polizei in Wellsford anzurufen. Er führte sich die Unterhaltung mit dem Diensthabenden der Nachtschicht in Wellsford vor Augen: Also, was haben wir denn da? Ein Mädchen, das beim Ball einer Privatschule im Jahre 1970 erhängt aufgefunden wurde, einen toten Zeugen und einen Transvestiten, der jemanden zu erpressen versucht. Und das ist noch lange nicht alles. Wie würden die in Wellsford auf so einen Scheiß reagieren? Wenn ihn jemand um elf Uhr nachts anrief und ihm eine derartige Geschichte auftischte, würde er annehmen, daß der Kerl sich wohl über eine Ladung konfiszierter Drogen hergemacht hatte. Und was war, wenn die in Wellsford die Angelegenheit ernst nahmen, wenn sie wirklich ein paar von den Jungs aus dem Bett scheuchten, sie zu Looms rausschickten und sich dann herausstellte, daß das Ganze völliger Schwachsinn und nichts weiter als ein übler Schwindel war? Das einzige, was er in diesem Fall davon hatte, war, daß er sich zum Gespött der gesamten Polizei machte.

Also galt Ihakas zweiter Anruf nicht dem Revier in Wellsford, sondern Blair Corvine, dem verdeckten Ermittler.

»Alter Kumpel, ich brauch 'ne Knarre.«

Eine ganze Weile herrschte Schweigen am anderen Ende der Leitung. »Chef, das letzte Mal, als ich vorbeigeschaut habe, gab's im Hauptrevier mehr Knarren als in der gesamten verdammten Armee. Also würdest du mir vielleicht mal erklären, warum du mich um diese Uhrzeit noch anrufst?«

»Die Sache ist ziemlich kompliziert und außerdem reichlich eilig – sagen wir einfach mal, es geht um etwas, das sich in einer juristischen Grauzone abspielt.«

»Also Chef, ich würde mir das ja lieber noch mal überlegen. Und zwar gründlich. Hört sich ganz so an, als gäbe es danach kein Zurück mehr.«

»Wer will denn unbedingt befördert werden? Das heißt doch eh nur, daß man sich mit noch mehr Papierkram rumschlagen muß.«

Wieder herrschte Schweigen. »Na ja, es ist deine Karriere. Was willst du denn?«

»Ein Revolver würde schon reichen.«

»Ach, nur 'n Revolver? Nicht vielleicht doch 'ne Uzi – 600 Schuß pro Minute, du weißt schon? Oder wie wär's mit 'ner Boden-Boden-Rakete, die du von der Schulter feuern kannst? Die kannst du auf den One Tree Hill schleppen und von dort aus das Rathaus in Schutt und Asche legen. Und zwar gründlich. Wie wär's?«

»Deine Vorschläge sind gar zu verführerisch, du süßer kleiner Teufel, aber ein Revolver reicht mir fürs erste. Kann ich ihn mir in einer Stunde abholen?«

Sie verabredeten sich für die Übergabe um Mitternacht am Pavillon im Victoria Park.

Ihakas dritter Anruf galt Louise Appleyard. Eigentlich tat er es nur der Form halber, um sie darüber zu informieren, daß sie Julian Gages Brief an ihren verstorbenen Ehemann gefunden hatten, doch wie sich herausstellen sollte, blieb es nicht dabei.

»Wann kann ich ihn lesen?« war ihre erste Frage.

»Ich weiß nicht. Für uns ist er ein Beweisstück und muß dementsprechend behandelt werden, deswegen können wir ihn nicht so ohne weiteres der Öffentlichkeit zugänglich machen.«

»Ich frage Sie nicht aus schierer Neugier«, sagte Louise, wobei sich ihre Stimme überschlug, »und zwischen mir und der Öffentlichkeit besteht ja wohl ein Unterschied.«

»Darüber bin ich mir sehr wohl im klaren, Mrs. Appleyard. Deswegen habe ich Sie ja auch überhaupt erst angerufen.«

»Nun, Sie haben den Brief offensichtlich gelesen; sagen Sie mir, was drinsteht.«

»Hören Sie, es tut mir leid, aber ich habe einfach nicht die Zeit dazu. Ich bin ein wenig besorgt wegen Ihrem Freund, diesem Journalisten – Reggie Sparks.«

»Ich habe Reggie heute nachmittag noch gesehen – da ging's ihm gut. Er hat gesagt, er wolle nach Norden fahren.«

»Genau das ist es, was mir Sorgen macht und wohin ich mich jetzt auch auf den Weg machen werde, weshalb ich…«

»Was heißt ›nach Norden‹, Sergeant?«

Ihaka wünschte sich, er hätte diesen Anruf bleibenlassen. »Zu einem Kerl namens Dermot Looms.«

»Der war doch auch auf dem Ball, stimmt's? Verdächtigen Sie ihn wegen irgendwas?«

»Das könnte man so sagen.«

»Ich habe eine ganz tolle Idee, Sergeant. Ich fahre mit Ihnen nach Norden, und auf dem Weg dahin können Sie mich, was den Brief angeht, briefen – so heißt das doch bei der Polizei, oder?«

Ihaka protestierte, doch Louise beharrte darauf, daß ihr verstorbener Mann die ganze Sache erst ins Rollen gebracht hatte und sie von daher das Recht hatte, daß man sie mit einbezog. Ihaka spielte mit dem Gedanken, sich mit der Entschuldigung herauszureden, daß es sich um eine Polizeiangelegenheit handelte, doch strenggenommen war dies nicht der Fall. Und obwohl Ihaka, wenn es darauf ankam, nie um eine hieb- und stichfeste Notlüge verlegen war, fiel ihm in diesem Augenblick kein einziger Grund ein – wenn man einmal davon absah, daß er sich als verantwortungsvoller Polizeibeamter auf etwas Derartiges nie einlassen sollte –, warum er sich um die Gesellschaft einer attraktiven Frau bringen sollte, die ihn unbedingt auf einer mitternächtlichen Fahrt begleiten wollte.

Es war 1 Uhr 15, doch im Haus von Looms brannte noch immer Licht, als Ihaka seinen Wagen hinter dem Peugeot von Mrs. Sparks parkte, der genau vor der Haustür stand.

»Das ist Reggies Wagen«, sagte Louise.

Ihaka grunzte und nahm die Pistole aus dem Handschuhfach. In der tiefen ländlichen Stille war die Musik aus dem Haus deutlich zu hören. Es war *Hey Joe* von Jimi Hendrix, doch Ihaka erkannte es nicht, weil Hendrix ein wenig vor seiner Zeit gewesen war. »Hören Sie sich das an«, sagte er. »Klingt so, als würden sie da drin 'ne Party feiern.« Er legte die Pistole wieder zurück ins Handschuhfach. »Die brauche ich wohl doch nicht.«

Er sagte zu Louise: »Sie bleiben hier – wenn ich in zehn Minuten nicht zurück bin, fahren Sie los«, und stieg aus dem Wagen. Er stieg die Treppe zur Vordertür hinauf und klopfte. Nachdem er es ein zweites Mal ohne Erfolg mit Klopfen probiert hatte, ging er ums Haus herum.

Das Klopfen hatte Basil Batrouney aufgeschreckt. Sein Freund Dermie war zwar schon seit einer halben Stunde überfällig, aber egal ob er sich verspätet hatte oder nicht, warum sollte er klopfen, wenn er doch seine Schlüssel hatte? Vielleicht war es wieder einer von diesen Schnüfflern, von denen es auf dem Anwesen von Looms, so abgeschieden es auch sein mochte, nur so zu wimmeln schien. Batrouney faßte den Entschluß, daß es besser war, erst einmal die Lage zu peilen, bevor er die Tür aufmachte. Das Resultat war, daß Ihaka, als er um die Ecke zur Rückseite des Hauses bog und zum Rosengarten kam, einem absonderlich aussehenden Exemplar der menschlichen Gattung auf die Zehen trat, das eine einläufige Schrotflinte in der Hand hatte.

Den – wenn auch nur geringfügig – größeren Schrecken erlitt der ehemalige Rockstar. Batrouneys Vorstellung von Schnüfflern war im großen und ganzen geprägt von Delamore und Sparks, denen man beiden, was ihre Physis betraf, keine sonderlich bedrohliche Wirkung nachsagen konnte. Der dritte Eindringling war dagegen von ganz anderem Kaliber, wie ihm allein schon der stechende Schmerz sagte, den er in seinem linken Fuß verursachte. Ihaka seinerseits hatte die Nase allmählich voll von Irren mit Schrotflinten. Der Spinner, den er in diesem Augenblick vor sich hatte, wirkte zwar weit weniger blindwütig als Potau, doch Ihakas erster Eindruck war, daß er, was den Grad an Wahnsinn anging, Bad Louie locker den Rang ablaufen konnte.

Sie zuckten beide zusammen und wichen ein wenig zurück. Es verstrichen ein paar Sekunden voller Anspannung, in denen sie sich gegenseitig musterten.

»Wow, immer mit der Ruhe, Amigo«, sagte Ihaka mit erhobenen Händen. »Ich will keinen Ärger. Tut mir leid, daß ich so spät noch aufkreuze, aber ich hab eine dringende Nachricht für Dermot Looms. Sind Sie das?«

Batrouney umklammerte mit zitternden Händen das Gewehr und schüttelte den Kopf. Ihaka richtete seinen Blick auf einen Punkt irgendwo hinter Batrouneys Schulter und verzog den Mund zu einem Lächeln. »Dann sind Sie bestimmt, Dermot, oder?«

Die Leichtigkeit, mit der er dieses Manöver ausführte, hätte auch Leute aufs Glatteis geführt, die weniger schwer von Begriff waren als Batrouney, der außerdem mit seiner Rolle als Empfangschef völlig überfordert war und von daher um so leichter auf den ältesten Trick im Pfadfinderhandbuch hereinfiel. Sein Kopf fuhr herum, als säße er auf einer Sprungfeder, und im gleichen Augenblick schoß auch schon Ihakas rechte Hand nach vorne und entwand Batrouney das Gewehr. Als dieser den Kopf wieder drehte und Ihaka anschaute, schien er gar nicht bemerkt zu haben, daß er entwaffnet worden war.

»Ich kann Dermie nirgendwo sehen«, jammerte er. »Wo ist er?«

»Ich hab mich geirrt«, sagte Ihaka. »Da hat mir doch glatt das Mondlicht einen Streich gespielt.« Er beugte sich vor und zog sachte an Batrouneys Wollpullover. »Wer sind Sie?«

»Baz.«

»Basil Batrouney?«

Der ehemalige Rockstar nickte nervös.

»Ja da leck mich doch einer am Arsch, ist die ganze Bande hier versammelt«, sagte Ihaka freudig. »Wo ist Sparks?«

»Wer?«

Ihaka verstärkte seinen Griff. »Reggie Sparks. Sein Wagen steht vor der Haustür.«

»Den hab ich nicht gesehen. Ich hab überhaupt niemand gesehen«, sabberte Batrouney. »Ich war voll am Grooven mit Jimi und hab drauf gewartet, daß Dermie nach Hause kommt.«

Ihaka ließ den Pullover kurz los und packte ihn gleich darauf wieder knapp unterhalb des Kragens. Er riß ihn mit aller Gewalt in die Höhe, so daß Batrouney sich auf die Zehenspitzen stellen mußte, und zog ihn dicht zu sich heran. »Soll ich dir mal so richtig den Arsch versohlen?« erkundigte er sich sanft.

»Tun Sie mir nicht weh«, jammerte Batrouney, dem die Tränen in die Augen traten. »Ich zeig's Ihnen.«

Er humpelte zur Hintertür, nahm den Schlüssel vom Haken, führte Ihaka zur Kellertür und schloß auf. Ihaka trat an ihm vorbei und stieß die Tür auf. »Sparks«, rief er in die Dunkelheit. »Hier ist Ihaka. Sind Sie da drin?«

»Aufpassen!« brüllte Sparks aus der Dunkelheit zurück.

Ihaka wirbelte herum. Batrouney stand auf Zehenspitzen hinter ihm, die Zähne gebleckt und die Heckenschere über seinem Kopf. Er wollte sie gerade niedersausen lassen, doch Ihaka drehte die Schrotflinte um und rammte ihm den Kolben ins Gesicht. Brille und Nasenbein des ehemaligen Rockstars wurden zertrümmert, und Batrouney stieß einen markerschütternden Schrei aus und vergrub sein Gesicht in den Händen. Ihaka packte ihn am Pullover und hielt ihn am ausgestreckten Arm fest. »Alles in Ordnung«, rief er in den Keller. »Kommen Sie rauf.«

Sparks kam als erster, gefolgt von Delamore, der zwei blaue Augen hatte und dessen übel zugerichtetes Gesicht im Schimmer des trüben Lichts, das aus der Küche auf die Kellertür fiel, einen gespenstischen Glanz hatte.

»Danke für die Warnung«, sagte Ihaka. »Sie hat er wohl auf diese Art erwischt, oder?«

Sparks nickte und strich sich behutsam über den Hinterkopf. »Allerdings.«

»Na ja, vielleicht ist es ja ein Trost, daß ich ihm ordentlich eins auf die Nase gegeben habe.« Er schob Batrouney auf die Kellertür zu. »Okay, Kumpel. Jetzt bist du an der Reihe, ab ins Verließ.«

Batrouney fing an herumzuquengeln und wild mit den Armen um sich zu schlagen, doch Ihaka stieß ihn unsanft durch die Kellertür und schloß hinter ihm ab.

Louise Appleyard stand an den Zaun der Koppel gelehnt, die rechts von Looms' Haus gelegen war, und betrachtete die Sterne. Allmählich wurde ihr kalt, und sie wollte gerade zum Wagen zurückgehen, als sie zwei Scheinwerfer sah, die in die Zufahrt zum Haus einbogen. Das Auto kam die Auffahrt bis zur Hälfte herauf und hielt in dem Augenblick an, als die Lichtkegel der Scheinwerfer die beiden Wagen erreichten, die vor dem Haus geparkt waren. Der Motor wurde abgestellt und das Licht ausgeschaltet. Louise hörte, wie eine Wagentür geöffnet und wieder geschlossen wurde. Sie verdrückte sich weiter in den Schatten der Garage.

Delamore, Ihaka und Sparks hatten gerade eine Flasche Scotch in einem der Küchenschränke gefunden, als Looms zur Hintertür hereinkam. Er schaute sich in aller Ruhe um, zog seine Jacke aus und hängte sie über eine Stuhllehne.

»Bedienen Sie sich ruhig.«

»Nett von Ihnen«, sagte Ihaka und kippte einen ordentlichen Schluck hinunter. »Sie sind vermutlich Looms.«

»Und wer sind Sie vermutlich?«

»Ihaka ist mein Name, Detective Sergeant vom Hauptrevier in Auckland.«

Looms nickte gelassen. »Da hat's Sie aber weit weg verschlagen von zu Hause?« Er ging zum Tisch, ergriff die Whiskyflasche und nahm einen Zug daraus. Ihaka ließ unauffällig die Hand auf den Lauf von Batrouneys Schrotflinte sinken.

»Aber wo Sie schon mal da sind, Mr. Detective Sergeant«, sagte Looms, »möchte ich gleich mal eine Anzeige erstatten gegen unser Jüngelchen da drüben.« Er nickte in Richtung Delamore. »Die freche kleine Schwuchtel hat versucht mich zu erpressen.«

»Ach wirklich?« sagte Ihaka. Er betrachtete Delamore, der verlegen lächelte. »So wie er aussieht, könnte er vielleicht selbst Anzeige erstatten.« Ihaka wandte sich wieder an Looms. »Wissen Sie was? Es gibt eine Möglichkeit, wie Sie ihm glatt den

Wind aus den Segeln nehmen könnten. Geben Sie einfach zu, daß Sie Bronwen Ticehurst umgebracht haben.«

Looms runzelte die Stirn und rieb sich das Kinn, als würde er diesen Vorschlag ernsthaft in Erwägung ziehen, als Lloyd Chennell zur Hintertür hereinkam und ein Kleinkalibergewehr auf Ihaka richtete.

»Ich glaube nicht«, sagte er. »Das würde bedeuten, daß ein Haufen Mühe ganz umsonst gewesen wäre. Wenn Sie also jetzt bitte die Hände hochnehmen und vom Tisch weggehen würden …«

Sie saßen im Wohnzimmer – Delamore und Sparks auf dem breiten Sofa und Ihaka in einem Sessel zu ihrer Linken. Looms und Chennell hielten sich auf der anderen Seite des Zimmers neben der Tür. Chennell saß ebenfalls in einem Sessel, den Gewehrkolben zwischen seinen Füßen, während Looms herumstand und die Schrotflinte am Abzug in der Hand hielt.

Looms führte das Wort: »Das war vielleicht 'ne Scheißnacht, falls es jemanden interessiert. Erst konnte ich am Regis gleich wieder abzischen, weil ein Bulle vor dem Zimmer stand, und dann hatte Lloyds Flug auch noch Verspätung …«

»Hallo, ist irgendwer zu Hause?« Louise Appleyards Stimme wehte von der Hintertür durch den Flur. Sparks warf Ihaka einen entsetzten Blick zu, der seinerseits kurz den Kopf schüttelte, um dann das Kinn auf die Brust sinken zu lassen und sich die Stirn zu massieren. Chennell wandte sich mit weit aufgerissenen Augen an Looms, der nichts weiter zu sagen wußte als: »Das ist doch nicht zu fassen …« Er hielt die Flinte parallel zu seinem Bein und schaute um die Ecke zur Tür hinaus.

»Hallöchen«, sagte Louise, die den Flur entlangkam. »Entschuldigen Sie, daß ich hier einfach so reinplatze, aber mir ist anscheinend mein Fahrer abhanden gekommen.«

»Gut möglich, daß er hier steckt«, sagte Looms. »Halb Auckland sitzt hier rum.«

Louise betrat das Zimmer. »Ach da sind Sie«, sagte sie und strahlte dabei über das ganze Gesicht. Die spannungsgeladene Atmosphäre im Raum schien sie gar nicht zu registrieren. »Die ewige Rumsitzerei im Auto ist mir langweilig geworden, da habe ich mir...« Mit sichtlichem Erstaunen bemerkte sie Chennells Gewehr. »Was ist hier los?«

Looms zog die Flinte hervor. »Springen Sie auch mal rüber zum Sofa.«

Louise setzte sich neben Delamore, die Hände zwischen den Knien verschränkt, aber ansonsten bemerkenswert gefaßt. Sparks gab sich redliche Mühe, ihr aufmunternd zuzulächeln.

»Sind das jetzt alle?« fragte Looms. »Oder spazieren draußen noch mehr von euch rum?«

»Sie müssen Dermot Looms sein«, sagte Louise. »Stimmt es, was Julian Gage in seinem Brief über Sie geschrieben hat?«

Ihaka wollte schon den Kopf heben, doch er überlegte es sich noch einmal anders. Looms sah verwirrt aus. »Wie kommt's, daß Sie den gesehen haben?« fragte er.

»Der Sergeant hat ihn mir auf dem Weg hierher gezeigt«, erwiderte sie. Allenthalben wurden Blicke ausgetauscht. Louise schaute Ihaka an. »Hätte ich das nicht sagen sollen?« fragte sie sorgenvoll. Ihaka hob den Kopf, schnaubte kurz und schaute wieder auf seine Schuhe.

Looms lachte schallend los. »Ja, da leck mich doch einer am Arsch. Ich lauf mir die Hacken ab nach dem verdammten Ding, und wir kriegen's ins Haus geliefert.« Doch schon im nächsten Moment fing er sich wieder. »Herrgott, ich hab Baz ganz vergessen – wo zum Teufel ist er?« Er funkelte Ihaka an. »Du elender Mistbock hast ihn doch nicht etwa in den Keller gesperrt? Das arme Schwein dreht doch völlig durch.«

Looms tauschte das Gewehr mit Chennell. »Ich geh mal runter und laß Baz raus und hole den Brief von Gage«, sagte er. »Wenn die hier irgendwelche Mätzchen machen, verpaß ihnen 'ne Ladung.« Mit diesen Worten verließ er den Raum.

Chennell erhob sich und stellte sich, die Flinte quer vor der Brust, in Positur. Der Lauf der Waffe war auf die Wand gerichtet, und als Louise hörte, wie die Tür auf- und wieder zuging, griff sie unter ihr weites Oberteil und zog Ihakas Revolver aus dem Bund ihrer Leggings. Sie richtete ihn auf Chennell und befahl ihm, das Gewehr hinzulegen.

Chennell war starr vor Schreck. Louise saß auf der Kante des Sofas und hielt die Pistole ausgestreckt in beiden Händen. Ihre Augen fixierten Chennells Gesicht, doch sie hatte Probleme, die Pistole ruhig zu halten.

»Meine Liebe«, hauchte Chennell, »sind Sie wirklich bereit, mich umzubringen?«

Die Hintertür ging auf. Die Pistole zitterte in Louises Hand. Chennell holte tief Luft und versuchte die Flinte anders zu packen.

»Louise«, sagte Sparks ganz beiläufig, »ist Ihnen eigentlich klar, daß diese Dreckschweine Victor umgebracht haben?«

Für den Bruchteil einer Sekunde sah Chennell etwas Rotes in Louises Augen aufflackern, und dann drückte sie auch schon ab und schoß ihm in das Fettgewebe oberhalb seiner rechten Hüfte, das gemeinhin als »erotischer Greifspeck« bezeichnet wird. Er quietschte wie ein Ferkel, ließ die Flinte fallen und faßte sich mit beiden Händen an die Wunde.

Ihaka machte einen Satz quer durch das Zimmer und schnappte sich die Schrotflinte. Er warf einen kurzen Blick in den Flur und sah Batrouney, der in der Küche stand und an dem Kleinkalibergewehr herumfummelte. Von Looms war nichts zu sehen. Ihaka rief Batrouney zu, er solle das Gewehr fallen lassen. Batrouney stierte mit zusammengekniffenen Augen in den Flur und kreischte: »Ihr habt mich im Dunkeln eingesperrt!« Dann hob er das Gewehr. In diesem Augenblick trat Looms, der in keinem der Autos den Brief gefunden hatte und durch den Schuß aufgeschreckt worden war, durch die Vordertür und wurde von der Kugel, die für Ihaka bestimmt war, im Adamsapfel getroffen. Er gab ein gruselerregendes Gurgeln von sich, kippte nach hinten über und segnete unter erheblicher Geräuschentwicklung auf der Veranda das Zeitliche. Ihaka seinerseits zielte hastig auf Batrouneys Beine und feuerte. Seine Absicht war, Batrouney kampfunfähig zu machen, ohne ihn zu töten, und er war damit erfolgreich. Da er nach oben zielen mußte, wurden bei dieser Gelegenheit allerdings zugleich sämtliche Hoffnungen zunichte gemacht, daß irgendwann einmal kleine Batrouneys die Welt mit ihrem Dasein beglückten, was aber insofern unerheblich war, da der ehemalige Rockstar in den vergangenen zwei Jahrzehnten ohnehin keinerlei Fortpflanzungsaktivitäten an den Tag gelegt hatte.

27

Zehn Tage später erhielt Reggie Sparks einen Brief von Tito Ihaka. Er lautete:

> Kia ora Reggie,
> ich dachte mir, ich halte Dich über den Stand der Dinge auf dem laufenden. So wie's aussieht, wird die ganze Angelegenheit jetzt abgeschlossen und zu den Akten gelegt. Batrouney hat seit der Schießerei am OK-Corral kein Wort gesagt – er war sowieso noch nie eine große Leuchte, aber jetzt ist er nur noch sabberndes Gemüse.
> Der Scheißhaufen Chennell ist eine andere Angelegenheit: Wenn wir uns wirklich den Arsch aufreißen, können wir ihn eventuell wegen irgendwas in Richtung Mitgliedschaft in einer kriminellen Vereinigung oder so drankriegen, aber die Staatsanwaltschaft ist in dem Zusammenhang keine große Hilfe – »angesichts

der höchst ungewöhnlichen Umstände, die in diesem Fall zum Tragen kommen, erachten wir ein weiteres Vorgehen gegen Mr. Chennell als nicht besonders aussichtsreich.« Du würdest kaum für möglich halten, was einem diese Typen für einen vollmundigen Scheiß auftischen. Andererseits hat er sich oben auf der Farm weiter nichts zuschulden kommen lassen, außer unserer »Calamity Jane« Gelegenheit für ein paar Schießübungen zu geben. Es gibt hier eine Fraktion (also ich), die der Ansicht ist, daß die genauen Details über die Vorgänge da oben vielleicht besser nicht allzu genau beleuchtet werden sollten – ich hoffe, Du verstehst diesen Wink mit dem Zaunpfahl. Wie zu erwarten, landen sämtliche Erkenntnisse im Fall Bronwen Ticehurst im Ordner »Lieber nicht dran rühren«. Wir haben Chennell wissen lassen, daß, was auch immer passieren wird, seine Schule in Sydney davon erfahren wird. Sein Anwalt hat erklärt, er hätte bereits gekündigt. Doch wir werden es ihnen trotzdem mitteilen, nur um ihm seine Berufsaussichten zu vermasseln. Ansonsten kommt er vermutlich ungeschoren davon.

Einer der Gründe, warum wir ihn nicht allzu hart rangenommen haben, ist – wie Dir Louise vermutlich erzählt haben wird – der, daß er uns erklärt hat, was mit ihrem Mann passiert ist. Nachdem Gage Appleyard erzählt hatte, daß die Ballkarte der Schlüssel zur Antwort auf seine Fragen wäre, hat Appleyard die Namen auf der Karte unter die Lupe genommen (und Guttle angeheuert, um Informationen über Lydiate zu bekommen). Er ist nach Waiheke gefahren und hat Batrouney ausgequetscht und, wie es aussieht, von ihm auch einen Teil der Geschichte erfahren. Als Batrouney sich darüber klar wurde, was er angerichtet hatte, ist er zu Looms und hat sich bei ihm ausgeheult. Looms hat daraufhin irgendwo in der Stadt ein Treffen mit Appleyard vereinbart und die gleiche Masche abgezogen wie mit Dolores Delamore – Baz auf dem Rücksitz mit der Schrotflinte und so weiter und so fort. Gegen vier Uhr morgens haben sie Appleyard gezwungen, auf die Brücke zu fahren, wobei Looms in seinem Wagen hinterhergefahren ist, und in der Mitte anzuhalten, wo Looms ihn über das Geländer gewuchtet hat. Wenn sie richtig Pech gehabt hätten, wären sie auf dem Monitor zu sehen gewesen, aber erstens decken die Kameras nicht immer die gesamte Brücke ab, und zweitens war derjenige, der gerade Dienst geschoben hat, zu diesem Zeitpunkt vermutlich mit seinem Kreuzworträtsel oder so was beschäftigt. Was ja auch nicht so schlecht ist – man hört ja, daß einige von den jungen Leuten, die heutzutage in die Armee eintreten, noch immer die Lippen bewegen, wenn sie was lesen. Looms jedenfalls war ein harter Bursche. Wir können von Glück sagen, daß Batrouney so ein elend schlechter Schütze ist.

Aber was soll's. Die Versicherungsgesellschaft ist informiert, so daß Louise demnächst ihr Geld bekommen müßte, und wo wir gerade dabei sind, hier ein Rat unter Freunden – schmiede das Eisen, solange es heiß ist. Es ist kaum zu übersehen, daß sie es Dir ziemlich angetan hat, aber eine Frau wie sie bleibt nicht allzulange allein. Mir war gar nicht klar, daß sie ein paar Runden mit Quedley hinter sich gebracht hatte, aber ich denke, das gehört der Vergangenheit an. Mir hat sie jedenfalls gesagt, Du hättest ihr die Augen geöffnet, was für ein absoluter Drecksack er wäre oder so ähnlich, und das ist ja schon mal nicht schlecht für den Anfang. War es nicht Mahatma Gandhi, der gesagt hat, wenn Du einer Frau die Augen öffnen kannst, ist

es nur eine Frage der Zeit, bis es auch bei ihren Beinen funktioniert? Oder vielleicht war es doch Errol Flynn. Nun denn, mit diesem kurzen Ausflug in die Philosophie will ich mich denn auch verabschieden. Soweit ich sehe, gibt es keine rechtlichen Hemmnisse, die Deiner Story im Wege stehen, also leg Dich mal schön ins Zeug. Es wäre allerdings nett, wenn Du nicht allzu genau beleuchten würdest, wie plötzlich irgendwelche unregistrierten Revolver aus dem Nichts aufgetaucht sind und ein Geisteskranker mit einer Schrotflinte kastriert wurde usw. Beigefügt ist eine Kopie des Briefes von Gage, der für Dich vermutlich ganz hilfreich ist. Als Gegenleistung verlange ich nicht viel – stell einfach klar, daß meiner Intuition in dieser kleinen Saga so ungefähr der größte Geniestreich in der Geschichte polizeilicher Ermittlungsarbeit seit dem Mordfall Crewe zu verdanken ist. Darüber hinaus kannst Du sicher sein, daß ich schwer sauer werde, wenn Du es unterläßt, Quedley als ein scheißefressendes Schwein bloßzustellen. Diese Formulierung kannst du wortwörtlich zitieren.
Hasta la vista.

Chief Inspector Tito Ihaka
(jedenfalls kurz nachdem der Artikel herauskommt).

PS: Verbrenne diesen Brief.

Sparks nahm den Brief von Julian Gage an Victor Appleyard zur Hand.

Lieber Victor,
zunächst einmal, laß mich noch einmal wiederholen, wie sehr ich Deine Geste in dem Restaurant vor kurzem zu schätzen wußte. Ich hoffe, daß ich mich irre, doch

ich hege den starken Verdacht, daß es nur wenige Männer in Deiner Position gibt, die ein Geschäftsessen unterbrechen, um mit jemandem zu reden, dessen Erscheinung eher geeignet ist, einen das Schlimmste vermuten zu lassen. Deine Besuche und die Gespräche mit Dir in der Folgezeit habe ich ebenfalls in höchstem Maße genossen. Vielen Dank noch einmal für die Bücher. Ich weiß, daß man beim Erhalt von Geschenken gewöhnlich behauptet, dies sei doch nicht nötig gewesen, doch darüber setze ich mich kurzerhand hinweg, um Dir noch einmal zu sagen, wie sehr ich diese Bücher genossen habe – ganz besonders das von Jan Morris über Venedig, das einige wundervolle Erinnerungen in mir wachrief.
Es wäre stark untertrieben zu behaupten, daß Deine Bemerkungen über Bronwen Ticehurst mich nachdenklich stimmten; ich habe seitdem an kaum etwas anderes gedacht. Es war sehr bewegend festzustellen, daß Du Bronwen nicht nur nicht vergessen hast, sondern daß ihr Tod Dich noch immer sehr mitnimmt (und im gleichen Maße fühle ich mich tief beschämt angesichts meines eigenen Verhaltens).
Ein- oder zweimal war ich kurz davor, Dir die ganze Geschichte zu erzählen, doch dann konnte ich mich einfach nicht dazu durchringen. Ich nehme an, es liegt daran, daß ich sie so lange verdrängt habe, daß es mir nun entsetzlich schwerfällt, mir Gedanken darüber zu machen, ganz zu schweigen davon, darüber zu reden. Zweifellos fandest Du es unmöglich, daß ich mich so angestellt habe. Und ich wage zu behaupten, daß die dramatische Art, wie ich mit der Ballkarte herausgerückt bin, und das auch noch gewürzt mit vagen Andeutungen, Dir vermutlich ziemlich selbstgefällig und theatralisch vorgekommen sein muß. Dafür entschul-

dige ich mich. Wie schon gesagt, ich habe die Erinnerung an diese Episode so tief in mir vergraben, daß es eine immense, nahezu physische Anstrengung bedeutet, sie wieder hervorzuzerren, und meinen physischen Reserven sind derzeit Grenzen gesetzt. Was meine Geziertheit, meine Selbstgefälligkeit und das theatralische Pathos angeht, möchte ich außerdem noch entschuldigend anführen, daß es schwer ist, mit lebenslangen Gewohnheiten zu brechen.

Aber genug der Erklärungen und Entschuldigungen. Heute war ein ziemlich bewegender Tag. Ich bin endlich an den Punkt gelangt, wo ich mich mit meinem bevorstehenden Tod abfinde. Mein Arzt, er sei gesegnet, versucht nach wie vor krampfhaft, sich um die Diagnose des allzu Offensichtlichen herumzudrücken und in der beeindruckenden Bandbreite meiner Leiden irgendeinen Aspekt zu finden, über den sich etwas Ermutigendes sagen ließe. Doch ebenso wie ich kämpft auch er auf verlorenem Posten, und es wird von Tag zu Tag deutlicher, wie vergebens dieser Kampf ist. Sein ganzes Gebaren läßt nur einen einzigen Schluß zu, den auszusprechen er sich nicht überwinden kann. Von einem abgehobeneren Blickwinkel aus betrachtet ist dies schon wieder eine Dramatisierung des allzu Selbstverständlichen. Ich kann schließlich nicht erwarten, daß die Gesetze der Natur und der Medizin meinetwegen außer Kraft gesetzt werden, oder etwa doch? Nichtsdestotrotz – man hofft, solange man lebt. In meinem Fall ist das jetzt jedoch vorbei. Ich werde mich von nun an darauf konzentrieren, in Frieden zu sterben.

Wie sehr ich dem Fatalismus zuneige, wird am ehesten daran deutlich, daß mein Geist sich nun darauf konzentriert, emotionalen und spirituellen Ballast abzuwerfen, den ich dort, wo ich hingehe, entweder nicht mehr brauche oder nicht mit mir herumschleppen will. Ich habe mich daher entschlossen, Dir die ganze Wahrheit über die Geschehnisse am Prince Albert College im Jahre 1970 zu erzählen. Ich werde sie nun niederschreiben und Dir zuschicken lassen, sobald ich diese sterbliche Hülle abgeworfen habe. Ich weiß, daß dies in gewisser Weise feige erscheinen mag, doch es ist die einzige Art und Weise, wie ich es überhaupt fertigbringe. Es hat für mich den verlockenden Vorteil, nicht mit dem Wissen um Deine Verachtung leben zu müssen, denn ich bin sicher, daß Du genau das für mich empfinden wirst, wenn Du diesen Brief zu Ende gelesen hast. Deine Sympathie und Freundschaft haben mir eine Menge bedeutet, und ich bin selbstsüchtig genug, sie mir die kurze Zeit, die mir noch bleibt, erhalten zu wollen.

Fangen wir von vorne an. Ich weiß nicht mehr genau, wie alt ich war, als ich zum ersten Mal den Verdacht hatte, ich könnte schwul sein, doch als ich 1968 ins Prince Albert College eintrat, wußte ich es mit Sicherheit. Du warst Externer, und ich weiß nicht, was unter den Externen an Schweinereien abgelaufen ist. In den Schlafräumen der Internen herrschte rege Aktivität, sobald das Licht ausging – in erster Linie ging es dabei um das, was wir »eine Hand wäscht die andere« nannten –, man holte dem Jungen im Bett nebenan einen runter, wenn er einem den Gefallen erwiderte.

Wenn ich eine Zahl nennen müßte, würde ich sagen, daß 50 Prozent der Internen gleichgeschlechtlichen Sex praktizierten. Das hatte nichts mit Homosexualität im Sinne von Veranlagung oder Neigung zu tun; es war vielmehr eine Art und Weise, einem gewissen

Mangel beizukommen in einer ausschließlich männlichen Umgebung, die keine anderweitigen Gelegenheiten bot. Schiere physische Nähe ist letztendlich doch das stärkste Aphrodisiakum. Ich kann nicht behaupten, daß ich jemals jemandem begegnet wäre, der an diesen Ritualen nicht teilgenommen hätte, weil er so starke moralische Einwände dagegen hatte. Diejenigen, die nicht mitmachten, hatten entweder nur einen äußerst bescheidenen sexuellen Appetit, waren zu schüchtern oder so ekelhaft, daß niemand mit einem Funken Selbstachtung im Leib sie auch nur mit Skihandschuhen angefaßt hätte.

Wie schon gesagt, während der ersten beiden Jahre fand niemand etwas dabei – es war nichts Schändliches. Doch das änderte sich, sobald man in die neunte Klasse kam. Wenn man danach noch weitermachte wie zuvor, wurde man eindeutig abgestempelt. So gesehen war es wesentlich sicherer, sich zur Befriedigung seiner Bedürfnisse mit dem *Playboy* und einem Papiertaschentuch irgendwohin zurückzuziehen. Diejenigen, die selbst dann noch im alten Trott weitermachten, waren entweder zu häßlich oder in ihrem Sozialverhalten zu plump und ungeschickt, um wenigstens während der Ferien zum Stich zu kommen (bitte entschuldige diese rüde Ausdrucksweise, doch der Schulhofjargon springt mich immer wieder an), oder sie waren einfach geil auf alles, was Beine hatte und nicht schnell genug die Bäume hochkam – Segen oder Fluch, wer weiß das schon zu sagen. Und dann gab es noch jene verschwindend kleine Minderheit, die eine Vorliebe für Jungs hatte und der es egal war, ob deswegen hinter ihrem Rücken getuschelt wurde oder sie mit Beschimpfungen und Schikanen zu rechnen hatte. Bei aller gebotenen Bescheidenheit kann ich behaupten, daß ich ein herausragendes Beispiel für die letzte Gruppe war. Ich bin völlig überzeugt, daß es zu meiner Zeit am Prince Albert niemanden gab, der sexuell so aktiv war wie ich; respektabler zweiter war – mit einigem Abstand – Caspar Quedley, und hier beginnt unsere Geschichte.

Es war 1969, als ich mich in Caspar verliebte, ich weiß es noch wie heute. Er wußte wohl kaum, daß es mich gab, denn ich war erst in der siebten Klasse und er bereits in der neunten, und es gab, wegen der strikten Trennung der Schlafräume, kaum Kontaktmöglichkeiten. Zu Beginn des folgenden Jahres waren wir jedoch beide in der Theatergruppe der Schule, die *Julius Cäsar* aufführte. Caspar spielte den Marc Anton mit hinreißender Verve, während ich eine stumme Rolle in der Schar der Freunde, Römer, Mitbürger hatte, deren Ohr er sich lieh. Im Verlauf der Proben gelang es mir, mit ihm in Kontakt zu kommen, und bei der ersten Gelegenheit gestand ich ihm meine Liebe und erklärte ihm, daß er frei über mich verfügen könne. Caspar war nicht im geringsten peinlich berührt oder irritiert. Er erklärte, daß er sich geschmeichelt fühle, er aber nichtsdestotrotz andere Präferenzen hätte. Falls er jedoch seine Meinung ändern oder er einmal Lust bekommen sollte, etwas Neues auszuprobieren, so wüßte er nun jedenfalls, an wen er sich wenden würde.

Wir wurden Freunde. Wir waren beide Außenseiter: Ich wegen meiner »unnatürlichen« Neigungen, über die die wildesten Gerüchte im Umlauf waren, und Caspar, weil er sich den anderen gegenüber schäbig und benachteiligt vorkam – ich habe nie verstanden, wie jemand, der alles hatte, worauf es ankommt, sich so minderwertig fühlen konnte. Aber diese Konstellation schweißte uns zusammen. Caspar kümmerte sich einen Dreck um das Gerede der anderen, und er hatte einen perversen Sinn für Humor, so daß es ihn richtiggehend amüsierte, sich als der Weiberheld des Internats schlechthin in aller Öffentlichkeit in Gesellschaft des Oberschwulen der Schule zu zeigen. Er war sehr interessiert an allem, was ich so trieb, und wollte immer genauestens über meine Liebschaften informiert werden. Ich machte mir deshalb schon einige Hoffnungen, bis ich herausfand, daß er von einigen meiner Partner Geld erpreßte, indem er ihnen drohte, daß er sie andernfalls bloßstellen würde. Ich war stinkwütend auf ihn, doch Caspar konnte sich aus allem herausreden. Außerdem verstand er es damals schon zu flirten wie kaum jemand, und er verstand es, in mir die Hoffnung am Leben zu erhalten, daß meine Leidenschaft doch irgendwann erwidert würde – zumindest bildete ich mir das ein.

Ich war damals, auch wenn es schwer zu glauben ist, ziemlich religiös. Ich war im Chor, zu diesem Zeitpunkt lyrischer Tenor, nachdem ich eine kurze Zeitlang den jugendlichen Sopran gesungen hatte – vielleicht hast du mich ja sogar gehört, ich habe das Solo von *Once in Royal David's City* beim alljährlichen Weihnachtsgottesdienst gesungen. Außerdem war ich Meßdiener, was bedeutete, daß ich dem Kaplan, Pater Swindell, bei verschiedenen Erledigungen in der Kapelle zur Hand ging. Der Kaplan war von mir sehr angetan und lud mich immer wieder in seine Wohnung zu Tee und Schokoladenkeksen ein. Ich dachte mir nichts dabei, bis er eines Abends zu meiner völligen Verblüffung mit einem Stock in der Hand vor mir stand und mich geradezu anflehte, ihn damit zu schlagen. Weil ich nicht unhöflich erscheinen wollte, tat ich wie mir geheißen, und der arme alte Knabe mußte seinen Hintern schon ziemlich weit herausstrecken, um seine Erektion zu verbergen.

Den Rest kannst du dir mit Sicherheit denken. Ich habe Caspar davon erzählt, und er erkannte sofort die kommerziellen Möglichkeiten. Als ich das nächste Mal mit dem Kaplan zusammen Tee trank, ließ ich die Tür unverriegelt, und wie der Zufall so spielt, kam Caspar just zu dem Zeitpunkt hereinspaziert, als ich dem Kaplan seine Medizin verabreichte. Caspar tat so, als sei er entsetzt, empört und völlig fassungslos – schauspielern konnte er wirklich –, und befahl mir dann, mich aus dem Staub zu machen, damit er in Ruhe den Preis für seine Verschwiegenheit aushandeln konnte. Später erzählte mir Caspar, daß der Kaplan meinetwegen mindestens genauso besorgt war wie um seine Stellung. Er sagte sinngemäß: »Julian trifft keinerlei Schuld; er hat keine Ahnung, welche Wonnen er mir bereitet hat.« Dadurch wurde es natürlich noch schlimmer, als er einige Wochen später seinen Wagen gegen eine Mauer fuhr.

Obwohl es als ein Unfall hingestellt wurde, kamen bald Gerüchte auf, daß es Selbstmord gewesen sei. Ich war kurz davor durchzudrehen. Schließlich hielt Caspar mir einen Vortrag: Ja, Pater Swindell hatte sich umgebracht, erklärte er, doch es hätte mit uns nichts zu tun. Angeblich hatte der Kaplan ihm erzählt, daß er an einer unheilbaren Krankheit litt. Und das sei der Grund für den Selbstmord gewesen. Selbstverständlich war das eine Lüge, wie er ein paar Jahre später gestand, doch er hatte damals befürchtet, daß ich zusammenbrechen und alles gestehen würde, weshalb er sich diese Geschichte einfallen ließ, um mein Gewissen zu beruhigen.

Normalerweise würde man davon ausgehen, daß ich

mich von nun an auf solcherlei gefährliche Spielchen nicht mehr eingelassen hätte, doch das Gegenteil war der Fall. Die nächste Fliege, die mir auf den Leim ging, war Lloyd Chennell, der Geschichtslehrer, wie du bestimmt noch weißt, der außerdem stellvertretender Vertrauenslehrer in meinem Gebäude war. Lloyd war allerdings ein ganz anderes Kaliber als der passive, von Schuldgefühlen geplagte Pater Swindell. Seine unmißverständlichen Signale blieben mir nicht verborgen, und eines Abends kam es in seinem Arbeitszimmer, während wir uns über meine schulischen Leistungen unterhielten, so weit, wie es kommen mußte, und seine Hand glitt auf mein Knie.

Lloyd war zwar alles andere als ein Traummann, doch er war mein erster Sexualpartner, der mir in puncto Erfahrung voraus war – wenn ich mich recht entsinne, war er damals 26. Sicher, ich hatte schon mit etlichen Jungs zu tun, die älter waren als ich, doch stets war ich derjenige, der mehr wußte, der die Kontrolle hatte. Lloyd war sehr geschickt und erfahren; er hatte Fingerspitzengefühl. Manche Leute haben es und andere wieder nicht, und aus meiner Erfahrung kann ich sagen, daß es absolut unmöglich ist, das im voraus festzustellen. Es hat auch nichts damit zu tun, ob jemand, was seine Erscheinung oder seine Leidenschaftlichkeit angeht, als sexy bezeichnet werden kann. Ich hatte einige Liebhaber, die wirklich blendend aussahen und voller Leidenschaft waren, sich aber dennoch plump und tolpatschig aufführten.

Natürlich habe ich Caspar davon erzählt, und kurz danach hat er Lloyd zur Rede gestellt und ihm seine Bedingungen diktiert. Wie es schien, wurde die Angelegenheit auf höchst zivilisierte Art und Weise über die Bühne gebracht. Lloyd hat mir nie vorgehalten, daß ich Caspar alles erzählt hatte, doch das mag rückblickend betrachtet auch daran gelegen haben, daß er mir ziemlich verfallen war. Was für Caspar bei der Angelegenheit heraussprang, darüber bin ich mir bis heute nicht im klaren. Vermutlich weit mehr, als er zugab, würde ich schätzen. Zum einen wird es Geld gewesen sein und zum anderen die berühmte Geschichte mit den Prüfungsfragen, wegen der Lloyd beinahe einen Herzanfall bekommen hätte. Er hatte Caspar die Fragen ausschließlich zum persönlichen Gebrauch zugesteckt und sich nie träumen lassen, daß er davon Kopien machen und sie verkaufen würde. Die beiden hatten eine eigenartige Beziehung – Freundschaft konnte man es nicht nennen, aber es war auch nicht Abscheu oder Furcht, wie man es unter den gegebenen Umständen hätte vermuten können. Vielleicht konnte auch Lloyd sich Caspars betörender Wirkung nicht entziehen.

Ich bin mir sicher, daß Dir all dies in hohem Maße geschmacklos und langweilig erscheint, doch ich versichere Dir, es ist von Bedeutung für die weiteren Ereignisse. Kommen wir nun zu dem Schulball des Jahres 1970. Überflüssig zu sagen, daß ich nicht hingegangen bin. Diejenigen, die nicht teilnahmen, hatten den Abend frei, doch ich blieb im Prince Albert. Ich weiß nicht mehr warum – wahrscheinlich hätte es meinen Eltern nicht gepaßt, wenn ich nach Hause gekommen wäre. Lloyd war einer der Aufsichtslehrer beim Ball. Seine Aufgabe bestand darin, herumzuschlendern und den jungen Leuten auf der Tanzfläche jede Lust an Zungenküssen oder Trockenficks (Sorry) im Stehen zu vermiesen. Er machte mir den Vorschlag, daß, falls ich mich ausgeschlossen fühlte, er sich zwischendurch für eine schnelle Nummer loseisen könnte. Wir verabre-

deten ein Treffen im Glockenturm oberhalb der Bibliothek um Viertel vor elf.
Ich weiß nicht, ob du jemals dort gewesen bist, aber wenn man die Wendeltreppe von der Etage, in der die Bibliothek lag, weiter hinaufging, kam man zu einer Reihe von kleinen Räumen, die ein wenig wie Karnickelställe aussahen und als Lagerräume für ausrangierte Bücher aus der Bibliothek und alte Möbel genutzt wurden. Wir waren im dritten oder vierten dieser Räume und spielten in der Dunkelheit aneinander herum, als wir Schritte hörten, die auf uns zukamen, und das Gemurmel von Stimmen, von denen eine ganz ohne Zweifel einem Mädchen gehörte.
Sie kamen immer näher, und wir erstarrten förmlich. In dem Raum neben unserem blieben sie stehen. Es gab keine Türen; es war einfach nur eine Reihe von Räumen, die untereinander verbunden waren. Und so kam es, daß wir jedes Wort klar und deutlich hören konnten. Es waren zwei Jungs und ein Mädchen, die heraufgekommen waren, um zu rauchen und sich einen hinter die Binde zu kippen. Sie stritten darüber, ob sie das Licht anmachen sollten oder nicht, und einer der Jungs, offensichtlich der Anführer, sagte, sie könnten andernfalls nicht sehen, was sie machten, und daß es sowieso egal war, weil es keine Fenster gab, und außerdem, wer sollte schon hier raufkommen? Also schalteten sie das Licht an und fingen an zu qualmen und zu saufen und zu kichern. Lloyd und ich verkrochen uns derweil, so gut es ging. Wir trauten uns nicht einmal, unsere Hosen wieder hochzuziehen – aus Furcht, bemerkt zu werden. Überflüssig zu sagen, daß Lloyd geradezu gelähmt war vor Angst.
Nachdem wir zehn Minuten dagesessen und gelauscht hatten, war mir klar, daß einer der Jungs Dermot

Looms war, ein wahres Prachtexemplar der Gattung verzogener Sprößling reicher Großgrundbesitzer, auf die das Prince Albert anscheinend eine magische Anziehungskraft ausübte, und der andere Basil Batrouney, ein ausgeklinkter junger Spinner, der wegen seiner musikalischen Ambitionen bekannt war. Dem Mädchen, ihr Name war Bronwen, ging es offensichtlich alles andere als blendend. Es dauerte nicht lange, bis wir erfuhren, daß niemand anders für ihr Unglück verantwortlich war als Caspar Quedley. Soweit ich es mitbekam, war Bronwen bis über beide Ohren verliebt in Caspar, doch der hatte ihr wohl gerade zu verstehen gegeben, daß diese Gefühle nicht auf Gegenseitigkeit beruhten. Am liebsten hätte ich gesagt, willkommen im Club, Schwester.

Nachdem schätzungsweise eine halbe Stunde vergangen war, die mir wie eine Ewigkeit vorkam, machte sich der Schnaps bemerkbar – sie hatten eine Flasche portugiesischen Brandy dabei, wenn ich mich recht entsinne. Looms gab ihr zu verstehen, daß es noch andere Männer auf der Welt gab: Warum schlug sie sich ihn nicht einfach aus dem Kopf und hatte ein bißchen Spaß? Daraufhin wurde eine Weile gar nichts gesprochen – ich vermute, daß sie ein wenig angesäuselt und verwirrt herumsaß, während Looms sie abknutschte. Doch dann wurde es kritisch: Looms legte offenbar eine härtere Gangart ein, und Batrouney wollte auch nicht außen vor bleiben. Ob die beiden sie hier heraufgelockt hatten, um sie besoffen zu machen und dann abwechselnd über sie herzufallen, oder ob sie erst in diesem Augenblick darauf kamen, weiß ich nicht. Jedenfalls kreischte sie, die beiden sollten sich verpissen und sie in Ruhe lassen und daß sie Batrouney selbst dann nicht küssen würde, wenn er der einzige Junge auf der ganze Welt wäre. Und wenn Looms glaubte, daß sie für ihn die Höschen runterlassen würde, wäre er ja wohl noch dämlicher, als er aussah. Looms nannte sie eine Scheißschlampe, die nur drauf aus war, Typen heiß zu machen, um sie dann abblitzen zu lassen, und Batrouney beschimpfte sie als verklemmte Nutte. Ihre Stimmen wurden immer lauter und ihr Vokabular immer aggressiver. Sie sagte den beiden, sie könnten sich ja gegenseitig bumsen, denn sie würde jetzt gehen; Looms brüllte, einen Scheiß wirst du machen, sie kreischte ihn an, daß er sie loslassen solle. Dann hörte es sich an, als würden sie miteinander ringen, und plötzlich gab es ein kurzes, aber lautes Klatschen, Looms nannte sie eine Dreckschlampe, und dann hörte ich dieses Röcheln, das man einfach nicht beschreiben kann. Ohne darüber nachzudenken, rannte ich in den Raum nebenan und brüllte, noch während ich meine Hosen hochzog, sie sollten sofort aufhören.

Wie vom Donner gerührt standen wir zu viert da, starrten uns gegenseitig an und versuchten uns über den Anblick klarzuwerden, der sich unseren Augen bot. Zunächst glaubte keiner von uns, daß sie wirklich tot war – wir dachten, sie wäre ohnmächtig geworden. Unsere Gedanken drehten sich in erster Linie um die vergleichsweise weniger ernsten Vergehen, bei denen wir uns gegenseitig ertappt hatten, obwohl Lloyd durchaus den beruflichen Ruin vor Augen hatte. Eine Minute lang sagte keiner ein Wort. Als ich das Schweigen brach und fragte, ob mit dem Mädchen alles in Ordnung sei, kniete Looms sich auf den Boden und versuchte sie herumzudrehen. Dann stand er wieder auf und sagte ziemlich gelassen: »Ich würde sagen, sie ist tot.« Sie hatte ihm eine Ohrfeige gegeben, und er hatte sie daraufhin an der Kehle gepackt und gewürgt. Es hatte nicht viel gebraucht – Looms war groß und kräftig und Bronwen ziemlich zierlich. Looms schaute Lloyd an und sagte: »Sir, ich denke, es ist am besten, wenn wir alle vergessen, was hier passiert ist.« Es war erstaunlich, wie kühl und gelassen er war. Batrouney war ziemlich neben der Spur – er war reichlich betrunken, und ich glaube nicht, daß er die Situation überhaupt erfaßt hat; ich stand einfach nur da und heulte; Lloyd stand unter Schock. Er schaute von Bronwen auf und sah Looms an, und dann sagte er immer wieder: »Sicher doch, sicher.« Plötzlich schien es bei ihm klick zu machen, und er war wieder völlig klar im Kopf. Es war faszinierend zu sehen, wie er und Looms mit einem Mal auf der gleichen Wellenlänge agierten. Vermutlich liegt es daran, daß in Krisensituationen die merkwürdigsten Allianzen zustande kommen. Erst später wurde mir klar, daß Bronwens Tod aus seiner Sicht ein Geschenk des Himmels war, denn erst dadurch wurde es notwendig, in verschworener Gemeinschaft den Mantel des Schweigens auch über die weniger ernsten Fehltritte und Vergehen zu breiten, von denen seine die bei weitem schwerwiegendsten waren.

Er und Looms nahmen die Sache in die Hand. Die Idee mit dem Aufhängen kam von Looms. Sie benutzten dazu meinen Schlips. Ich trug die normale Abenduniform – die ewig kratzenden Hosen samt Blazer und Schulkrawatte. Die anderen beiden hatten schwarze Anzüge an und konnten unmöglich ohne Schlips zurück zum Ball, ebensowenig wie Lloyd, und so blieb nur noch meine Krawatte, damit sie eine Schlinge machen konnten. Im Durchgang zwischen den beiden Räumen war eine stabile Stange angebracht, an der

sich früher wohl ein Vorhang befunden hatte, um die Zimmer voneinander abzutrennen, und daran hängten sie sie auf. Lloyd legte ihr die Schlinge um den Hals und stellte sich auf einen Stuhl, um den Schlips an der Vorhangstange festzumachen, während Looms Bronwen in die Höhe hob. Dann ließ er sie los, und sie baumelte hin und her wie eine zerbrochene Puppe.
Lloyd befahl mir, zurück in den Schlafsaal zu gehen und mich ins Bett zu legen. Ich solle mit niemandem reden und mich gleich am nächsten Morgen mit ihm treffen, damit wir uns unterhalten könnten. Als ich mich auszog, entdeckte ich ihre Ballkarte in meiner Jackentasche. Ich konnte mich gar nicht daran erinnern, sie eingesteckt zu haben. Am nächsten Tag kam Lloyd vorbei und hielt mir einen Vortrag, daß alles ein schrecklicher Unfall gewesen sei und die beiden nicht vorgehabt hätten, sie umzubringen, doch nun war es eben passiert, und nichts würde sie wieder zum Leben erwecken. Wenn die Wahrheit herauskam, wäre unser aller Leben verpfuscht, und folglich wäre es besser, die Sache zu vergessen und so zu tun, als wäre es nie passiert. Er schärfte mir ein, daß ich standhaft bleiben mußte und niemals jemandem davon erzählen durfte, auch wenn es bestimmt Augenblicke geben würde, in denen ich nichts lieber wollte, als mich jemandem anzuvertrauen, um mir die Sache von der Seele zu reden. Anscheinend hat es gewirkt, denn bis zum heutigen Tag habe ich niemandem ein Wort davon erzählt. Er war es dann auch, der mir von irgendwoher eine neue Krawatte besorgt hat.
Danach hatte ich nie wieder etwas mit Lloyd. Wir haben uns noch ein paarmal über Bronwen unterhalten; ich weiß noch, daß ich ihn gefragt habe, wieso es nie herausgekommen ist, daß Bronwen getrunken

hatte. Er sagte, sie hätten die Sache vertuscht, um ihren Eltern weitere Aufregungen zu ersparen. Es vergingen mehrere Wochen, in denen ich jeden Tag damit rechnete, daß ich in das Zimmer des Vertrauenslehrers gerufen wurde, wo ein Polizist auf mich wartete – doch es passierte nicht. Allmählich ging mir auf, daß es allen Beteiligten – mit Ausnahme von Bronwens Eltern – wunderbar in den Kram paßte, wenn ihr Tod als Selbstmord angesehen wurde. Wäre die Wahrheit ans Licht gekommen, so hätte der daraus resultierende unvermeidliche Skandal Prince Albert in seinen Grundfesten erschüttert. Und was das College selbst und den Freundeskreis der Ehemaligen anging, so war – nach dem Motto, wir halten zusammen wie Pech und Schwefel – viel zuviel Macht, Geld und Prestige im Spiel, als daß es soweit hätte kommen können. Gut möglich, daß sich daran nichts geändert hat.

Vielleicht hältst Du mich jetzt für zynisch, aber bedenke dies: Wenn sie gewußt haben, daß Bronwen getrunken hatte, dann hätte sich die Vermutung doch geradezu aufgedrängt, daß sie dabei nicht allein gewesen war. Es gibt nicht so viele 16jährige Mädchen, die einsam vor sich hin trinken, und es war kaum anzunehmen, daß sie sich mit einer Flasche Brandy in ihrer Handtasche auf den Weg zum Ball gemacht hatte. Daraus ergeben sich alle möglichen Szenarien, doch wie kommt es, daß die Polizei keinerlei Anstrengungen unternommen hat, ihre Trinkkumpane aufzuspüren?

Außerdem: Wie hatte sie den Weg zum Glockenturm gefunden? Nicht mal von den Jungs wußten alle, daß da oben überhaupt irgendwelche Räume und Zimmer waren. Du kannst Dich sicher noch erinnern, daß wir alle ein kleines Namensetikett in all unsere Kleidungsstücke einnähen lassen mußten, die Schulkrawatten eingeschlossen. Lloyd hatte das Etikett von meiner Krawatte abgerissen; dachte die Polizei, daß Bronwen das selbst getan hatte? Und woher hatte sie den Schlips überhaupt?

Und das war es dann auch schon, Victor. Mein Gewissen ist zwar dadurch nicht beruhigt, doch ich fühle mich allein deshalb schon besser, weil ich weiß, daß ich dieses Geheimnis nicht mit ins Grab nehmen werde. Und nun, da Du Bescheid weißt, was willst Du mit Deinem Wissen anfangen? Ich bin sicher, Du kennst den alten – chinesischen? – Fluch: »Mögest Du bekommen, was Du Dir immer gewünscht hast.« Es fällt mir schwer zu glauben, daß Du Deinem Seelenfrieden dadurch näher kommst, wenn Du diese Angelegenheit weiterverfolgst – wenn schon, dann eher umgekehrt. Auf der anderen Seite kann ich mich dafür verbürgen, daß Bescheid zu wissen und zu schweigen einem die Seele zerfrißt wie Säure.

Gott segne Dich.

Julian Gage.

Als er den Brief zu Ende gelesen hatte, rief Sparks Tito Ihaka an.

»Danke, daß du mir den Brief von Gage geschickt hast.«

»Geht schon in Ordnung, Reggie. Überleg dir gut, was du damit anstellst.«

»Hatte er recht?«

»Womit?«

»Du weißt, was ich meine – daß man sich bei den Nachforschungen absichtlich kein Bein ausgerissen hat, weil es allen so gut in den Kram paßte, wenn man es als Selbstmord darstellte.«

»Wie zum Teufel soll ich das wissen? Ich war gerade mal neun Jahre alt.«

»Erzähl mir nicht, daß du nicht in den Akten nachgesehen hättest.«

»Sparks, fragst du mich jetzt als Journalist?«

»Ja.«

»In dem Fall ist die Antwort nein, Gage hatte unrecht. Die Nachforschungen wurden ordnungsgemäß und mit aller Gründlichkeit durchgeführt.«

»Okay, also nur unter uns.«

Ihaka sagte: »Unter uns gesagt, bin ich überrascht, daß du überhaupt fragst.« Dann legte er den Hörer auf.

Zwei Tage später, an einem Mittwoch, gab es einen überraschenden Vorgeschmack auf den Sommer in Auckland. Ein warmer Wind wehte von Norden her, und zum ersten Mal seit Monaten stiegen die Temperaturen auf über zwanzig Grad. Reggie Sparks fuhr Louise Appleyard zum Flughafen. Sie wollte nach Brisbane fliegen, um ihre Schwester zu besuchen. Wie lange sie bleiben würde, wußte sie nicht.

Während die Küstenlandschaft von Manukau Harbour an ihnen vorbeizog, fragte sie: »Hast du mittlerweile den Brief von Julian Gage zu Gesicht bekommen?«

»Ja, Ihaka hat mir eine Kopie geschickt.«

»Was hältst du davon?«

Sparks schaute zu Louise hinüber, die ihn wiederum durch ihre große, dunkle Sonnenbrille ansah. Ihr Fenster war heruntergekurbelt, und ihre Haare bauschten sich im Wind.

»Ich fand es traurig. Traurig für Bronwen, traurig für Gage und traurig für Victor.«

»Was ich schon länger fragen wollte«, sagte sie. »Weshalb bist du zu Looms' Farm gefahren? Ich meine, wie kamst du auf die Idee?«

»Dazu brauchte man nicht Sherlock Holmes zu sein. Delamore kannte die ganze Geschichte, denn er hatte den Brief von Gage; ich wußte, daß er nach Norden gefahren war, und als

Quedley mir erzählte, daß Delamore ihm gesagt hatte, er würde woanders versuchen, den Brief an den Mann zu bringen, lag es auf der Hand, daß es Looms sein mußte.«

»Wo ist er eigentlich?«

Sparks lächelte. »Delamore? Er ist wieder zurück nach Sydney, um sich sein Gesicht richten zu lassen. Er hat gesagt, wenn sie ihn wieder so hübsch hinkriegen wie vorher, würde er zu seiner Drag-Show zurückgehen. Er hat eingesehen, daß ihm für eine kriminelle Laufbahn der rechte Schneid fehlt, außerdem bekommt es seinem Aussehen nicht.«

»Zweite Frage: Woher wußtest du, daß Looms an dem Mord an Victor beteiligt war?«

»Das war einfach nur besseres Raten. Ich hatte die ganze Zeit über den Verdacht, daß, wenn Victor ermordet worden war, es derjenige getan haben mußte, der auch Bronwen auf dem Gewissen hatte. Aber ich wollte deiner Motivation etwas auf die Sprünge helfen.«

»Das hat auch geklappt. Ich hab's gebraucht.«

Nach einer Weile fragte er: »Und warum bist du da hochgefahren?«

Louise schenkte ihm ein strahlendes, leicht spöttisches Lächeln. »Reggie, erzähl mir nicht, daß du das nicht schon lange weißt. Du bist doch sonst nicht auf den Kopf gefallen.«

Er schüttelte den Kopf. »Tut mir leid, aber da bin ich völlig ahnungslos.«

»Weil«, sagte sie gedehnt, »Tito dachte, daß du vielleicht in Gefahr bist.«

Sparks nickte bedächtig. »Ach deswegen? Und ich dachte schon, du wolltest einfach mal die Gelegenheit haben, jemanden abzuknallen.«

Er hielt vor dem Übersee-Terminal und trug ihr das Gepäck hinein. Sie bedankte sich dafür, daß er sie hergebracht hatte, und sagte ihm, er brauche nicht zu warten. Etwas verlegen stand Reggie da. »Okay. Gute Reise dann noch. Und viel Spaß.«

»Danke.« Sie schenkte ihm einen langen Blick, in dem sich Belustigung und Zuneigung mischten. Er hatte den Eindruck, daß da noch etwas anderes mitschwang, doch schließlich flog sie weg und hatte noch nicht einmal ihren Rückflug gebucht, und so beließ er es bei Belustigung und Zuneigung. »Reggie, ich habe mir überlegt, daß ich in ein paar Wochen, wenn meine Schwester und ich kein Wort mehr miteinander reden, einen Abstecher nach Neukaledonien mache, bevor ich nach Auckland zurückkomme. Du sprichst doch Französisch, oder?«

»Ja, ziemlich gut sogar. Ich dachte immer, es wäre mein einziger Vorzug, aber hier nützt es mir nicht viel.«

»Ein Vorzug ist es auf jeden Fall. Ich habe mir überlegt, ob du vielleicht auch hinkommen und für mich dolmetschen und mir, na ja, die französische Kultur und all das ein bißchen näherbringen könntest. Wegen Geld brauchst du dir keine Sorgen zu machen – das übernehme ich schon. Ich bin ja jetzt reich.« Sie neigte den Kopf und zog die Augenbrauen fragend in die Höhe.

»Hört sich prima an«, sagte Sparks zögernd und wußte nicht recht, ob er seinen Ohren trauen sollte. »Aber das mit dem Geld vergiß mal besser – ich würde mir vorkommen, als würde ich mich aushalten lassen.«

Louise nickte ihm bedeutungsschwanger zu. »Da hast du vermutlich recht. Erst mal müßte ich sowieso wissen, ob sich's mit dir aushalten läßt.«

Sie schenkte ihm ein verschlagenes Lächeln in Kombination mit einem Schlafzimmerblick, der ihm noch tagelang den Schlaf raubte, legte ihm eine Hand auf die Brust und küßte ihn sacht auf die Lippen. »Ich melde mich.«

Leicht benommen fuhr Sparks nach Hause. Dort angekommen ging er sofort zu dem Schreibtisch, den er im Fernsehzimmer im Untergeschoß aufgestellt hatte. Auf dem Schreibtisch stand ein Laptop, den sein Bruder Gavin ihm geborgt hatte, und daneben lagen stapelweise Notizen. Nach einem kurzen Moment schaltete Sparks den Computer ein und starrte auf den erleuchteten Bildschirm.

Dann begann er zu schreiben: Es war absolut bezeichnend, daß Wallace Guttle, der Privatdetektiv, die letzte Stunde seines Lebens damit zubringen sollte, Fotos zu betrachten, die andere Leute beim Sex zeigten…